WARNUNG

An dieser Stelle erwartest du sicherlich, dass ich dich vor mir warne, oder, Baby? Die Sache ist die: Ich *will* dich nicht warnen. Ich *will* nicht, dass du deine schönen Beine in die Hand nimmst und feige das Weite suchst, bevor ich dich in meinen Abgrund zerren kann.

Und glaub mir, ich bekomme *immer*, was ich will.

Ich will deine Angst. Ich will deine Lust. Ich will deine dunkelsten Gedanken wecken, mich wie ein Parasit in deiner Seele einnisten und deine fragile Moral f*cken.

Also werde ich genau das tun.

Ich werde dir nicht sagen, dass du nicht bereit für diese Story bist, weil es mir schlichtweg *egal* ist.

Siehst du, wohin die Reise führen wird?

Siehst du, was ich mit dir vorhabe?

Du kannst die nächsten Seiten entweder genießen oder dir vor Angst ins Höschen machen.

Es ändert nichts daran, dass du längst mir gehörst.

Auf folgende Themen wirst du im Laufe dieses Buches stoßen: Mord, Mordfantasien, Bloodspleen, Breathplay, Sexualisierte Gewalt, elterliche Vernachlässigung, Drogenmissbrauch, Zwangsprostitution

I

Aurora

Mein Leben ist ein verdammtes South-Side-Klischee. Das wird mir in dem Moment klar, als ich den Deckel des zerfledderten gelben Schuhkartons öffne und nichts als gähnende Leere darin vorfinde.

»Fuck!« Ich lasse mich auf den instabilen Küchenstuhl fallen, der erst vorgestern von Moms Lover Derek – oder David? – so hart durch den Raum geschleudert wurde, dass sich einige Holzstücke daran halb gelöst haben. Eines davon drückt sich gerade schmerzhaft in meinen nackten Oberschenkel, aber ich bleibe trotzdem sitzen und vergrabe das Gesicht in den Händen.

Die ersten Tränen quellen aus meinen Augenwinkeln und finden ihren Weg über meine Wangen. Mein Make-up, das ich für diese verkorkste Parkparty aufgelegt habe, brennt wie Höllenfeuer in meinen Augen. Ich nehme die Hände vom Gesicht und starre erneut in den leeren Schuhkarton, in dem sich eigentlich einhundertfünfzig Dollar befinden sollten. Die Betonung liegt auf »eigentlich« und

»sollten«. Denn das Geld ist weg. Es lässt sich an zwei trostlosen Fingern abzählen, was mit der Kohle passiert ist, für die ich mir in den letzten Wochen förmlich den Arsch aufgerissen habe.

Mom ist passiert. Entweder hat sie damit Schulden bei einem ihrer Dealer abgestottert oder sie brauchte neuen Stoff. Instinktiv gehe ich von Letzterem aus. Das Ende vom Lied? Ich werde die Stromrechnung nicht begleichen können und spätestens morgen Abend werden sie uns wieder die Lichter ausknipsen. Das dritte Mal in diesem Jahr, und dabei haben wir gerade einmal Mai. Mir entflieht ein heiseres, selbstironisches Lachen, das kläglich klingt. *Warum zum Teufel habe ich das Geld nicht besser vor ihr versteckt?*

»Fuck, fuck, fuck!«, fluche ich erneut und fege den leeren Karton, der mir meine nicht sehr rosige Zukunft vor Augen führt, mit einer harschen Bewegung vom Küchentisch. Er landet irgendwo neben dem Kühlschrank, der seit einer Woche komische Geräusche von sich gibt, die sich echt nicht gesund anhören. Sollte das Mistteil auch noch den Geist aufgeben, werde ich endgültig durchdrehen, das steht fest. Kühlschränke sind ätzend teuer, selbst die schäbigen gebrauchten auf Ebay.

»Was ist ein ›Fuck‹, Auri?« Wie vom Blitz getroffen rapple ich mich auf, und als ich meinen kleinen Bruder Leon im Türrahmen stehen sehe, rutscht mir das Herz in die Hose. Der kleine Knirps hat ein richtiges Zuhause verdient. Eines, in dem der Kühlschrank immer voll, der Strom immer angestellt und das Wasser immer warm ist. Dafür kämpfe ich, seit er vor fünf Jahren geboren wurde. Und doch sitze ich jetzt hier und habe keine Ahnung, wie ich das Geld, das ich angespart habe, wiederbekommen soll. Schließlich kann ich das gottverdammte Heroin schlecht aus Moms Venen saugen und wieder verkaufen. Leider. Wenn ich es könnte, würde ich es tun, egal wie ekelhaft die Vorstellung auch ist.

»Hey, mein Löwe. Warum bist du denn auf?« Ich wische mir die nassen Spuren von den Wangen, erhebe mich und gehe auf meinen Bruder zu. Anschließend knie ich mich vor ihn und zupfe an seinem ausgewaschenen Iron-Man-Pyjama, den wir letztes Jahr aus dem Kleidercontainer an der 71. gestohlen haben. Die dort abgelieferten löchrigen Klamotten sind schließlich den armen Leuten dieser Stadt vorbehalten und wir gehören zu den ärmsten Säuen der ganzen South Side.

Im Vergleich zu den Leuten aus unserer Nachbarschaft sind wir nämlich nie dazu übergegangen, Stoff zu verticken oder für Blowjobs Geld zu nehmen. Von beidem habe ich bis jetzt strikt Abstand gewahrt, weil ich weiß, dass man nicht mehr aus dem Sumpf herauskommt, wenn man einmal einen Fuß reingesteckt hat.

Die weißblonden Haare meines kleinen Bruders stehen wild in alle Richtungen ab, also fahre ich einmal durch seine dichten Strähnen, um sie ein wenig zu richten.

»Du solltest doch längst schlafen, hm?«

»Aber ich kann nicht schlafen, wenn es so dunkel ist«, erwidert er mit bebender Unterlippe. »Die Schatten sind böse!«

»Komm mit, Löwe. Ich knipse dir das Nachtlicht an, okay? Dann können dir die Schatten nichts mehr anhaben.« In meinem Kopf arbeitet es bereits auf Hochtouren. Spätestens in vierundzwanzig Stunden wird uns der Strom abgedreht, was heißt, dass ich morgen dringend Lichterketten besorgen muss, die batteriebetrieben sind. Mein Bruder hatte schon immer Probleme mit der Dunkelheit, und auch wenn es Nächte gibt, in denen er besser mit ihr klarkommt, braucht er in den meisten eben etwas Licht.

Ich nehme Leon auf den Arm, und während sein Kopf müde auf meine Schulter sinkt, trage ich ihn durch unseren ranzigen Trailer direkt zu seinem Zimmer. Unser Zuhause ist das reinste Rattenloch – im wörtlichen Sinn. Mehr als einmal hat sich ein Nagetier in unsere Küchenschränke verirrt und sich an unseren Vorräten bedient.

Dieser Trailerpark wurde vor etlichen Jahren gebaut, nachdem viele Wohnsiedlungen in Englewood einfach abgerissen wurden. Darunter auch die, in der ich aufgewachsen bin. Gemeinsam mit Mom, die damals noch kein Addict war, und Dad, der vor über zehn Jahren die Biege gemacht hat. Keine Ahnung, wo sich dieses Arschloch jetzt herumtreibt, aber ich bin froh, dass Leon nicht sein Sohn ist. Seine verdammten Feiglingsgene braucht wirklich niemand. Wir wissen nicht, wer Leons Vater ist, denn die Liste der potenziellen Kandidaten ist sehr, sehr lang. Es spielt im Grunde genommen auch keine Rolle für mich. Selbst wenn man ihn wie ein Paket vor unserer Tür abgelegt hätte, würde ich alles für ihn tun. Leon ist mein einziger Lichtblick in dieser Scheiße, die sich mein Leben nennt.

Ich kicke ein paar Spielsachen zur Seite, die vor seinem Kinderzimmer liegen, schlüpfe hinein und trage meinen Bruder zu seinem Bett. Die Federn quietschen grell, als ich ihn auf der Matratze ablege und die bunte Patchworkdecke über seinen vor Angst zitternden Körper lege.

Anschließend greife ich blind nach seinem Nachtlicht und knipse es an. Der Raum wird in ein blassgelbes Schimmern getaucht. Mein Bruder schnappt sich sein Löwenkuscheltier und drückt es unter sein Kinn, dann dreht er sich in meine Richtung und sieht aus großen graublauen Augen zu mir auf. Die Farbe haben wir beide von Mom geerbt, genau wie die hellen Haare und den hellen Hautton.

»Sagst du mir jetzt, was ein ›Fuck‹ ist, Auri?«

Aus der Sache komme ich wohl oder übel nicht mehr raus. Vermutlich ist es albern, meinen Bruder von Kraftausdrücken fernhalten zu wollen, schließlich nehmen Moms wechselnde Lover nur selten ein Blatt vor den Mund, wenn sie ihr mal wieder im Rausch das Hirn rausvögeln. Oder das, was noch davon übrig ist. Aber es gibt einen Teil in mir, der die kindliche Unschuld in Leon mit aller Macht beschützen will. Wie eine Löwenmama eben. Manchmal fühlt es sich an, als wäre Leon mein Sohn und nicht mein Bruder, obwohl ich selbst erst in wenigen Wochen volljährig werde.

»Ein ›Fuck‹ ist …« *Herrgott, Aurora! Was zur Hölle willst du dir für eine dämliche Geschichte ausdenken?* »… das ist so was Ähnliches wie eine Ente, weißt du? Eine mit ganz großen Glubschaugen und einem Schnabel, der gern in kleine Kinderzehen beißt!« Ich greife unter der Decke nach Leons nacktem Fuß und ziehe an seinem großen Zeh. Umgehend windet sich mein Bruder vor Lachen und stößt ein so herrlich unbeschwertes Kichern aus, dass mir erneut die Tränen kommen. Dieses Mal aus anderen Gründen. Gründe, die weniger schwer und weniger melancholisch sind. Sein Lachen macht jede beschissene Nacht etwas schöner. Ich brauche kein künstliches Licht, wenn mich die innere Dunkelheit überkommt, die bloße Erinnerung an das herzliche Lachen meines Bruders reicht vollkommen aus.

»Hör auf, Auri!«

»Ich bin das nicht«, sage ich empört und hebe unschuldig die Hände hoch. »Das ist die Fuck-Ente!« Noch einmal kneife ich in seinen Fuß, bevor ich mich zu meinem Bruder beuge und ihm einen Kuss auf die Stirn hauche. »Und jetzt musst du wieder schlafen, okay?«

»Okay«, erwidert er müde und kuschelt sich tiefer ins Kissen.

Ich streichle ihm ein letztes Mal beruhigend durch das blonde Haar, stehe auf und verlasse sein Zimmer. Bevor ich die Tür schließen kann, hält Leon mich noch einmal auf.

»Auri?«

»Ja, mein Schatz?«

»Meinst du, Fuck-Enten leben auch im Lake Michigan?«

Meine Mundwinkel verziehen sich zu einem Grinsen. »Bestimmt.«

»Können wir dann mal welche füttern gehen?«

»Ganz sicher.« Ich höre sein zufriedenes Seufzen und schließe die Tür hinter mir. Anschließend lehne ich mich gegen sie und atme tief durch, doch die Wärme, die bis eben meine Brust durchfloss, verschwindet viel zu schnell. Meine Wut auf Mom kehrt mit einem Schlag zurück in mein System, weshalb ich mich auf den Weg in ihr Schlafzimmer mache, um sie zur Rede zu stellen. Ohne anzuklopfen – immerhin hat sie nicht mal den Anstand, mir mein hart erspartes Geld zu lassen – trete ich ein. Das Bild, das sich mir bietet, lässt mich nach all den Jahren und all den Nächten, in denen ich sie so gefunden habe, eiskalt. Vielleicht macht mich das zu einer schlechten Tochter, aber zu meiner Verteidigung muss ich sagen, dass ich auch keine gute Mutter hatte. Also sind wir quitt. Auge um Auge, Zahn um Zahn.

Mom liegt auf ihrem Bett, in den Armen ihres widerwärtigen Lovers, und ist vollkommen weggetreten. Die Nadel steckt sogar noch in ihrer Armbeuge, weil sie scheinbar keine Kraft mehr hatte, sie aus ihrer Vene zu ziehen. Auf dem Boden liegen ihre dreckigen Klamotten verteilt, genau wie die fleckige Bluejeans von Derek-David-Whatever. Ihre blonden Haare sind so von Fett durchtränkt, dass sie auch als braun durchgehen könnten, und ihr Gesicht ist genauso abgemagert wie ihr blasser Körper. An manchen Stellen sieht es aus, als hätte man hautfarbenes Leder über ihre bloßen Knochen gezogen.

Der Ball aus Wut vergrößert sich in meinem Magen und wandert anschließend bis in meine Kehle. Ich will sie anschreien, will an ihr rütteln und sie dazu zwingen, mir mein Geld zurückzuholen, das sie sich so fröhlich in den Körper gespritzt hat, aber ich kriege kein Wort heraus. Vielleicht ist es auch der Respekt vor diesem Muskelprotz, der meine Mutter im Arm hält wie eine billige Flasche Schnaps.

Nicht selten kommt es vor, dass ihre Lover mich antatschen, als wäre es ihr gutes Recht, weil sie meine Mutter vögeln. Als wäre ich Teil ihrer seltsam verkorksten – und verkoksten – Beziehungen. Zum Glück hat dieses minderbemittelte Exemplar noch nie Hand an mich gelegt, aber ich will es beim besten Willen nicht herausfordern. Seine Pranken schreien nahezu nach fehlender Impulskontrolle und sein steinhartes Gesicht hat noch nie ein Lächeln in unserer Gegenwart zustande gebracht. Die raspelkurzen Haare und das Hakenkreuz auf seinem Nacken tun ihren Rest. Das Tattoo beweist, wie wenig Skrupel der Kerl hat, immerhin wimmelt es in unserer Nachbarschaft vor Schwarzen.

Ohne auf die beiden halb nackten und zugedröhnten Turteltauben zu achten, fische ich Moms Jeans vom Boden und suche ihre Taschen ab, in der Hoffnung, dass sie nicht das ganze Stromgeld für ihr Heroin ausgegeben hat. Aber das Glück ist heute definitiv nicht auf meiner Seite und so finde ich nur ein paar Fussel von mitgewaschenen Taschentüchern in ihrer Hose.

»Irgendwann bringe ich sie um«, murmle ich und filze als Nächstes ihre Handtasche, deren Leder an mehreren Stellen aufgeplatzt ist. Auch hier finde ich keinen einzigen Penny. Mein Blick schießt erneut zu Mom und Derek-David.

Ganz langsam löst sich der Wutball in meiner Kehle und macht dafür etwas anderem Platz: einer tiefen Traurigkeit, die mich schon mein ganzes Leben lang begleitet wie ein unsichtbarer Freund. Der einzige Freund, den ich neben meinem kleinen Bruder habe. Ich muss hier raus. Raus aus diesem verfluchten Trailer, weg von dieser Frau, die all ihre mütterlichen Pflichten vor so langer Zeit abgelegt hat, um einen auf rebellischen Teenie zu machen.

Meine Lust auf die Party ist mir zwar inzwischen vergangen, doch ich muss trotzdem an die frische Luft. Chicago – und vor allem der Stadtteil, in dem wir leben – ist kein Ort, an dem man als Frau nachts vor die Tür gehen sollte, aber ich halte es hier drin nicht länger aus. Ich renne in die Küche, hole das Haustelefon und rufe damit meine Handynummer an. Sobald die Verbindung aufgebaut ist, schleiche ich mich erneut in Leons Zimmer und lege das Telefon auf seinem Nachttisch ab. Sollte er aufwachen und mich brauchen, kann ich direkt nach Hause gehen und mich zu ihm legen. Dieses Ritual haben wir schon vor einiger Zeit für uns entwickelt. Wenn er mich nicht im Trailer finden kann, macht er sich auf die Suche nach dem Telefon und nimmt so Kontakt zu mir auf.

Auf dem Weg nach draußen bleibe ich im Flur stehen und werfe einen Blick in den Spiegel. Meine Wimperntusche hat meinen Tränen scheinbar standgehalten und auch das Rouge befindet sich noch auf meinen Wangen, aber ich werde trotzdem keinen Fuß auf diese Hillbillyparty im Hamilton Park setzen.

Ich fahre mit den Fingern durch meine grün gefärbten Haare und binde sie anschließend zu einem hohen Pferdeschwanz zusammen. Die Farbe ist inzwischen so ausgeblichen, dass vereinzelt blonde Strähnen zum Vorschein kommen. Ich setze auf meine innere To-do-Liste, sie nachzufärben, sobald ich wieder zu etwas Geld gekommen bin. Nachdem ich in einen schwarzen Hoodie geschlüpft bin und mir die Kapuze tief in die Stirn gezogen habe, verlasse ich den Trailer und trete nach draußen auf die Straße.

Es ist erstaunlich ruhig heute Abend, wenn man bedenkt, dass die Cops normalerweise im Minutentakt mit ihren Chryslers durch die Straßen fahren und ständig irgendwo Schüsse fallen. Die South Side wird von Gangs bestimmt. Kriminelle Gruppen, die das Wort »Gangbang« komplett neu definieren. Ich schlurfe in meinen abgetretenen Chucks durch den Trailerpark, lasse meinen Blick über die heruntergekommenen Wohnwagen schweifen und halte das Handy dabei fest in meiner Hand. Es ist ruhig am anderen Ende der Leitung, was bedeutet, dass Leon dank des Nachtlichts scheinbar besser schlafen kann.

Meine Füße tragen mich durch meine Heimat, diese Drecksstadt, die Menschen wie schwarze Löcher verschluckt und anschließend durchgekaut wieder ausspuckt. Einmal South Side, immer South Side. Einmal Addict, immer Addict. Einmal am Arsch, immer am Arsch. Ich weiß, dass es stimmt. Ich weiß es und doch klammere ich mich jeden Morgen an die Hoffnung, dass ich den Teufelskreis für Leon und mich eines Tages durchbrechen kann. Aber ohne Schulabschluss und ohne festen Job werde ich nicht verschwinden können, so sehr ich es mir auch wünsche.

Ich habe keine Ahnung, wohin ich gehen soll, weil es in dieser Stadt niemanden gibt, dem ich vertraue oder dem ich mich anvertrauen könnte. Freunde habe ich keine nennenswerten und meine Familie beschränkt sich auf Mom und Leon. Als ich den Blick vom pfützenbenetzten Asphalt nehme, bleibe ich abrupt stehen.

Die St. Marianne Church baut sich gruselig vor mir auf und ragt in den pechschwarzen Himmel wie der Schauplatz einer neuen Staffel American Horror Story. Die alte Kirche ist seit mittlerweile zwei Jahrzehnten nicht mehr im Dienst und wird jetzt lediglich von Kids oder Obdachlosen zweckentfremdet. Von den Kindern zum heimlichen Weed-Rauchen und von den Pennern zum Rausch-Ausschlafen.

Ich bin nicht religiös erzogen worden, aber als Kind habe ich immer daran geglaubt, dass es etwas Größeres als uns gibt. Etwas Mächtigeres als das menschliche Ego, das unter den abgefucktesten Umständen zu allem fähig ist. Inzwischen bin ich mir sicher, dass – sollte es einen Gott geben – er ein riesiges Arschloch ist. Ich balle meine freie Hand zur Faust und marschiere entschlossen auf dieses gottverlassene Gebäude zu. Der Kies unter meinen Schuhen knirscht, während ich die Tür ansteuere, die an mehreren Stellen scheinbar mit einer Axt bearbeitet wurde. Ich spähe durch das kaputte Türblatt, checke, ob die Luft rein ist, und stelle erleichtert fest, dass heute kein Obdachloser hier drin campt. Ich bin allein.

Leise öffne ich die Tür und schlüpfe in das kalte Gebäude, das mir sofort eine Gänsehaut über den kompletten Körper jagt. In dieser Sekunde wünschte ich, ich hätte mir anstelle der Shorts eine lange Hose angezogen. Ohne die Verbindung zu unserem Haustelefon zu unterbrechen, schalte ich die Taschenlampe meines Handys an und sehe mich hier drin um. Die Decken sind hoch, die Buntglasfenster an den meisten Stellen zerschlagen. Überall liegen leere Schnapsflaschen, Spritzbesteck und Kippenstummel herum. Die Kirche ist klein und besitzt nur zehn Sitzreihen aus Holz, das fast überall von Holzwürmern zerfressen wurde. Vorn am Altar bleibe ich stehen, und als ich dem gekreuzigten Jesus über mir ins Gesicht sehe, verenge ich meine Augen zu Schlitzen. In mir brodelt so viel Hass, dass ich mich beinahe an meinen eigenen bösen Gedanken verschlucke.

»Sag deinem Vater, dass ich ihn hasse«, zische ich ihn an und fahre mit den Fingern über das kalte Gestein des Altars. »Sag ihm, dass er ein verdammter Heuchler ist, wenn er zulässt, dass Kinder wie Leon in einem so schäbigen Dreckloch groß werden müssen und Eltern haben, die einen Fick auf sie geben.«

Mein Handy habe ich inzwischen in die Tasche meines Hoodies geschoben, damit ich mich voll und ganz auf den gekreuzigten Mann über mir konzentrieren kann, zu dem so viele Menschen aufsehen, während er nur auf uns hinabblickt, als wären wir lästige Kakerlaken.

»Weißt du, früher habe ich wirklich geglaubt, dass es deinen Vater gibt. Dass er eines meiner zahlreichen Gebete erhören wird. Dass Dad zurückkommt und Mom aufhört, sich selbst durch dieses Teufelszeug kaputtzumachen. Dass sie wieder anfängt, eine Mutter zu sein, und ich wieder Tochter sein darf.« Der Druck hinter meinen Augen wird nahezu schmerzlich. Zu Hause halte ich meine Gefühle meistens gut unter Verschluss, weil ich nicht will, dass Leon sieht, wie es mir wirklich geht. Hier ein Lächeln, da eine witzige Geschichte. Aber tief in mir ist nur Schwärze, die gerade mit aller Macht aus mir herausbrechen will. Irgendwann wird es wohl jedem zu viel, schätze ich.

»Jeden verfickten Abend habe ich mich unter meiner Bettdecke versteckt und zu dir gebetet«, brülle ich und wende mich von Jesus ab, um mich der Kirchendecke zu widmen. Inzwischen gewittert es draußen, die ersten Blitze rasen über den Himmel, als würde Gott mir durch dieses Naturschauspiel antworten wollen. Aber wir sprechen komplett unterschiedliche Sprachen. Ich verstehe ihn nicht und er hat keine Ahnung, wie es in mir aussieht.

»Jede verfickte Nacht habe ich dich angefleht, uns zu helfen. Mom zu helfen. Mir.« Meine Stimme bricht zum Ende hin ab. »Und trotzdem hast du uns nur noch mehr Scheiße vor die Füße geworfen, als wären wir wertlos.« Jetzt rede ich sogar schon mit einem Gott, an den ich nicht mehr glaube, in einer Kirche, die längst keine mehr ist. Ich bin echt am Arsch. Schniefend wische ich meine Nase mit dem Ärmel meines Hoodies trocken und schlinge die Arme um meinen Oberkörper, weil es hier drin wirklich schweinekalt ist.

»Das wollte ich dir nur sagen. Danke für nichts.« Bevor ich mich vom Altar abwenden kann, höre ich plötzlich ein Geräusch von draußen. Sind das … Schritte? Fuck, das Letzte, was ich heute Nacht gebrauchen kann, ist die Begegnung mit einem Junkie, der hier einsteigt und mir mein Handy klauen will, um es an der nächstbesten Straßenecke für ein bisschen gestreckten Stoff zu verscherbeln. Noch bevor der nächtliche Besucher die Tür der Kirche öffnen kann, husche ich durch die Dunkelheit zum Beichtstuhl hinüber, öffne ihn so leise, wie es mir möglich ist, und schlüpfe hinein.

Ich habe noch nie eine Beichte abgelegt, auch wenn ich sicherlich einige Sünden auf meinem Konto vorzuweisen habe. Die größte Sünde war eindeutig die Nacht meiner Entjungferung vor sechs Jahren. Eine Nacht, die ich mit einem von Moms Geliebten geteilt habe. Ich kenne nicht einmal seinen vollen Namen, alles, was ich weiß, ist, dass er wahnsinnig attraktiv war. Außerdem hat er im Vergleich zu den anderen schäbigen Drecksäcken gut gerochen und hat mich nicht angesehen wie Billigfleisch an der Supermarkttheke. Er hat mich eher angeschaut, als hätte er noch nie etwas so Schönes wie mich gesehen. Darauf bin ich so heftig reingefallen, dass ich etliche Male mit ihm gevögelt habe, bevor ich die Sache wegen meines schlechten Gewissens Mom gegenüber beenden musste. Aber ich bin nicht hier, um über meine jugendlichen Fehltritte zu reden, also wische ich die Gedanken beiseite.

Es riecht modrig im Beichtstuhl, nach schimmeligem Holz und angetrockneter Kotze. Die Kirchentür wird nicht gerade leise geöffnet, und als das Türblatt gegen die Wand knallt, zucke ich heftig zusammen, als hätte man mir einen Stromstoß verpasst.

Ich presse mich gegen das Holz des Beichtstuhls, werde eins mit der Dunkelheit, die hier drin herrscht. Schwere Schritte hallen durch die Kirche. Schritte, die genauso viel Wut in sich tragen wie ich in mir. Ob noch jemand herkommt, um den armen Jesus anzuschreien? Wäre doch möglich. Es gibt sicher mehr als eine einsame Seele auf diesem Planeten, die so viel Wut in sich trägt wie ich. Ich versuche, so ruhig wie möglich zu atmen, aber je näher die Schritte kommen, desto stärker wird der Wunsch in mir, mich einfach in Luft aufzulösen. Plötzlich legt sich ein Schleier der Stille über die Kirche, der lediglich vom Donnergrollen am Himmel unterbrochen wird.

Dann höre ich das Quietschen einer weiteren Tür.

Jemand betritt den Beichtstuhl auf der anderen Seite.

Verdammte Scheiße! Ich presse mich noch dichter gegen das Holz, schiele zu den kleinen Löchern, die meine Kabine von der meines Gegenübers trennen. Aber durch die Dunkelheit kann ich nichts sehen. Wer zur Hölle ist das? Ich grabe meine Fingernägel in den Stoff meines Hoodies, rutsche so leise wie möglich an der Wand herunter, bis ich schließlich auf dem Boden sitze. Ein schwerer Atem, der perfekt zu den düsteren Schritten passt, erfüllt die modrige Luft.

Inzwischen besteht kein Zweifel mehr daran, dass der

seltsame Besucher hier ein Kerl ist. Ein Kerl, der Sekunden später seine Stimme erhebt. Eine Stimme, die mir augenblicklich bis ins Mark schießt und meine komplette Wirbelsäule erschüttert wie ein Erdbeben. *Heilige Mutter Gottes!*

»Im Namen des Vaters, des Sohnes und des Heiligen Geistes.« Ein zynisches Lachen entflieht seiner Kehle, das meine Gänsehaut auf ein mir unbekanntes Level treibt.

Verflucht, ich kenne diese Phrase, aber sie klang noch nie so sexy wie aus dem Mund dieses Fremden. So rau, so roh, so ungefiltert.

»Vergib mir, Vater, denn ich habe gesündigt.«

O mein Gott. Dieser Kerl will tatsächlich eine Beichte ablegen. Und noch bevor er seine Sünde mit mir teilt, weiß ich bereits, dass ich mächtig in der Klemme stecke …

2

AURORA

Was hast du getan, Fremder?

Das will ich ihn am liebsten fragen, auch wenn es mich einen feuchten Dreck angeht, wovon er spricht. Ich bin heute Nacht sicher nicht hergekommen, um mir die Fehler irgendeines dahergelaufenen Ghetto-Kerls anzuhören, und dennoch bewege ich mich nicht von der Stelle. Noch könnte ich meine Beine in die Hand nehmen und fliehen, bevor mir Mr. Mysterious sein Herz ausschüttet. Stattdessen drücke ich mich dichter gegen die Wand, die mich von ihm trennt, und halte den Atem an.

»Ich habe Helen getötet«, fährt der Fremde fort. Augenblicklich bereue ich meine Entscheidung zutiefst. Scheiße, ist das sein Ernst?! Mein Herz klopft wild in meiner Brust, wird mit jeder Sekunde drängender und drängender. Mein Fluchtinstinkt kickt rein, aber ich bin am Arsch. Wenn ich mich jetzt zu erkennen gebe, weiß der Kerl mit der dunklen Reibeisenstimme, dass ich ihn belauscht habe.

»O fuck, und wie ich Helen getötet habe.« Seine Stimme klingt fast wie das Schnurren eines Pumas. Himmelherrgott, verarscht er mich? Sind hier versteckte Kameras angebracht? Ist das hier irgendein dummer Streich, den ich nicht checke?

»Und weißt du, was das Beste daran ist, Vater?« Der Geruch von scharfem Alkohol dringt in meine Nase, noch bevor ich höre, wie er einen Schluck aus seiner Flasche nimmt. »Ich habe jede Sekunde davon genossen. Jeden Atemzug, um den sie röchelnd gekämpft hat. Jeden Tropfen Blut, der sich über ihre schöne, gebräunte Haut ergossen hat.« Der Kerl macht einen Laut, der mich erzittern lässt. Als hätte er gerade in ein blutiges Steak gebissen und einen geschmacklichen Orgasmus erlebt. *Wie irre ist dieser Psycho denn bitte?*

»Jede Zuckung ihrer Glieder, jeden Wimpernschlag ihrer brechenden Augen. Willst du wissen, wie ich es angestellt habe?«

Nein!, schreit meine Vernunft.

Ja!, schreit dieser seltsam dunkle Teil in mir, der gerade zum ersten Mal seit Langem wieder an die Oberfläche krabbelt. Ich sagte ja, ich bin eine Sünderin. Mehr als einmal stand ich mit einem Messer vor Moms Bett und war kurz davor, ihrem Elend – und somit auch unserem – ein Ende zu setzen. Getan habe ich es nie. Nicht weil ich ihren Tod nicht verkraften würde oder ich Angst vor dem Gesetz habe. Sondern weil ich es mir nicht erlauben kann, Leon allein zu lassen, indem ich in den Knast wandere. Für einen vorsätzlichen Mord würde ich locker lebenslänglich bekommen und somit Leons komplette Zukunft aufs Spiel setzen.

»Zuerst habe ich sie in der Dusche gefickt«, fährt der Fremde mit seiner Beichte fort, während meine Kehle immer enger wird und mein Herz dafür immer voller. Es füllt sich von Sekunde zu Sekunde stärker mit trostloser Nüchternheit. Ich sollte Angst haben, verdammt. Ich sollte um mein Leben rennen, damit ich geradewegs zur Polizei gehen kann. Aber ich rühre mich nicht. Grabe die Nägel in meine nackten Oberschenkel und beiße mir auf die Zunge. Wieso gibt es diesen Teil in mir, der nahezu an seinen Lippen hängt, ohne sie überhaupt zu sehen?

»Von hinten, wie die kleine Schlampe es immer am liebsten mochte. Ich habe ihren prallen Arsch mit meinem Schwanz gefüllt, habe ihr schönes Gesicht gegen die Fliesen gedrückt und war kurz davor, ihr einfach kurz und schmerzlos das Genick zu brechen.« Eine Pause setzt ein, während die Abstände zwischen meinen Herzschlägen immer kürzer werden, weil mich pures Adrenalin überkommt. Der Fremde macht ein Geräusch, das dem Knacken von brechenden Knochen gleichkommt. Zumindest stelle ich es mir dank ihm genau so vor.

»Aber das wäre zu einfach gewesen, nicht wahr?« Wieder entflieht ihm dieses heisere Lachen, das mich vollkommen irrational fühlen lässt. Dem Klang seiner Stimme nach zu urteilen, muss der Kerl deutlich älter als ich sein. Vielleicht um die dreißig, vierzig?

»Meine Hand glitt quälend langsam über ihre zuckenden Wirbel …«

Im selben Augenblick höre ich, wie etwas über die dünne Holzwand tänzelt, die uns voneinander trennt. Vermutlich seine Finger? Meine Zunge ist inzwischen blutig gebissen, der metallische Geschmack verteilt sich überall in meinem Mundraum.

»… und dann habe ich ihren dürren Hals gepackt und zugedrückt. Anfangs dachte sie wohl noch, dass ich Bock auf ein kleines Breathplay habe, denn ihr Arsch glitt immer schneller und heftiger auf meinen Schwanz. Aber dann …« Wieder eine Pause. Wieder würde ich ihn am liebsten anschreien, weiterzureden. Verdammt, ich höre gern True-Crime-Podcasts auf Spotify, aber das hier? Das hier ist eine andere Hausnummer. Das hier ist so nah. Ich kann den Atem eines waschechten Mörders nahezu auf meiner erhitzten Wange spüren und will doch nicht fliehen. Was stimmt nicht mit mir? Hat meine Mutter mich so sehr verkorkst, dass ich lebensmüde geworden bin?

»Ihre Haut ist blau angelaufen. So wunderschön blau«, sinniert er und nimmt erneut einen Schluck. Was würde ich dafür geben, einen winzigen Blick auf ihn zu erhaschen. Nur um zu sehen, wie dieser Kerl aussieht, der mir gerade den Mord an einer scheinbar wunderschönen Frau namens Helen beichtet, ohne zu wissen, dass ich da bin. Dass ich existiere. Dieser Nervenkitzel macht mich wahnsinnig. So wahnsinnig, dass ich instinktiv meine Schenkel aneinanderpresse, um das pochende Verlangen meines Schritts zu befriedigen.

Wie gestört bist du eigentlich, Aurora?

»Als sie gemerkt hat, dass die Lage ernst ist, hat sie angefangen, um sich zu schlagen. Das war echt … süß. Wenn man außer Acht lässt, wie hässlich die Seele dieser kleinen Schlampe ist.« Er lacht kehlig. »War«, korrigiert er sich. »Wie schäbig ihre dreckige kleine Seele war. Irgendwie hat sie es geschafft, sich von mir zu befreien, und dann ging der Spaß erst richtig los. Wie besessen ist sie aus der Dusche gestolpert und wie ein Aal immer wieder auf den Fliesen ausgerutscht.« Der Killer nimmt einen tiefen Atemzug, als stünde er gerade auf einer Wiese voller Kornblumen, anstatt in einem modrig stinkenden Beichtstuhl zu hocken. »Es war erbärmlich, wie sie über den Boden von mir weggerobbt ist, als hätte sie tatsächlich die Chance auf eine Flucht. Was dachte sie sich? Dass ich sie davonkommen lassen würde? Nach allem, was passiert ist?« Er schnalzt mit der Zunge und in mir entstehen diffuse Bilder davon, wie ebendiese teuflische Zunge über meine Innenschenkel wandert und über meinen Slip streicht. Noch drängender presse ich die Beine zusammen und halte mir die Hand vor den Mund, damit ich keinen Ton von mir gebe. So aufregend dieser kaputte Teil in mir dieses Spiel auch findet, ich muss an Leon denken. Wer weiß, was dieser Psycho mit mir machen würde, sollte er mich bemerken. Sicherlich würde er kein Erbarmen zeigen. In meinem Kopf waren schon immer etliche Schrauben locker, aber das hier nimmt ein ganz neues Level an Gestörtheit an.

»Sie hat wie ein getretener Welpe gewimmert, während sie sich durch die Wohnung gekämpft hat. Sie wollte aufstehen, aber ich habe sie mit einem gezielten Tritt in die Wirbelsäule am Boden gehalten. Weißt du, Vater ...« Der Spott in seiner Stimme ist so glasklar wie eine dünne Schicht Eis. Entweder glaubt er nicht wirklich an einen Gott oder er steht genau wie ich auf Kriegsfuß mit ihm. »... es ist gar nicht so leicht, darüber zu entscheiden, wie ein Mensch von dieser Welt geht. Ich hätte sie ersticken können. Mit den Händen. Oder einem Kissen. Ich hätte sie aus dem Fenster stoßen und ihr beim Fallen zusehen können. Aber irgendwie wollte ich es blutiger, roher. Also habe ich mir mein bestes Steakmesser aus der Küche geholt und bin ihr bis zur Eingangstür gefolgt. Ihre Hand ist immer wieder am Türgriff abgerutscht, weil sie so fucking ängstlich war. Kannst du dir das vorstellen? Helen, die ängstliche kleine Maus?« Er bewegt sich in der Kammer neben meiner und ich presse die Augen zu, in der Hoffnung, mich so unsichtbar zu machen.

Bitte rede weiter.

Bitte hör auf.

Bitte mach, dass dieses Pochen zwischen meinen hinterhältigen Schenkeln verschwindet!

Ich bin kein großer Freund von Sex. Nicht weil ich prüde bin, sondern weil er mich bis jetzt nie befriedigen konnte. Genau genommen hatte ich noch nie einen Orgasmus. Nicht einmal, wenn ich mich selbst berührt habe. Im Internet steht, dass manche Frauen scheinbar nicht in der Lage dazu sind, und ich dachte immer, dass ich in diese Kategorie falle. Aber gerade … gerade ist es, als kündigte sich der erste Höhepunkt meines Lebens an. Ich spüre, wie er sich in meinem Unterleib aufbaut und bereit dazu ist, meine Welt auf den Kopf zu stellen. *Weil du vollkommen wahnsinnig geworden bist und den Bezug zur Realität verloren hast.*

»Am Ende habe ich Helen ins Schlafzimmer gezerrt, sie aufs Bett geschmissen und sie noch mal gefickt, einfach, weil ich es konnte und weil ich ein letztes Mal in ihr abspritzen wollte, bevor ich ihr die Lichter ausschalte. Das Messer ruhte während jedes Stoßes an ihrem Hals. Rein, raus, rein, raus. Mit jedem Eindringen schnitt sich die Klinge minimal in ihre empfindliche Haut. Mit jedem Rausziehen hat sie keuchend Luft geholt. Scheiße, ihr Saft klebt immer noch an meinem Schwanz, genau wie ihr Blut an meinen Händen.«

Wann zur Hölle hat er diesen Mord begangen? Eben gerade erst? Und wenn ja, wieso schockiert es mich nicht endlich auf angemessene Weise? Diese Frau hat den Tod sicher nicht verdient. Und sie hat es auch bestimmt nicht verdient, dass er damit hausieren geht und sich ein gestörtes Wrack wie ich daran aufgeilt. Meine Schrauben sind definitiv viel zu locker und müssen mal wieder festgezogen werden. Ich weiß nicht, was diese Helen getan hat, aber kein Mensch sollte auf so entehrende Weise abtreten. Nicht einmal meine Mutter hätte das verdient.

»Das Beste an der ganzen Sache habe ich noch gar nicht

erzählt, Vater.« Seine Stimme wirkt plötzlich noch viel näher, so als hätte er die Kabinen gewechselt und stünde direkt vor mir. Ich bilde mir seinen warmen Atem ein, der meine Wangen streichelt. Seine Hände, die zu unfassbaren, bestialischen Dingen fähig sind.

»Helen ist ein letztes Mal für mich gekommen. Sie wusste, dass ich sie töten würde, und trotzdem haben sich ihre süßen kleinen Muskeln zusammengezogen, während ich ihr ein letztes Mal meinen Samen geschenkt habe. Wir haben uns tief in die Augen gesehen, als ich das Messer durch ihre Kehle zog.« Es klingt, als würde er seinen Kopf gegen das Holz lehnen. Instinktiv wandert meine Hand zu der dünnen Wand, als könnte ich ihn so berühren. Auch wenn ich absolut keine Ahnung habe, wieso ich das überhaupt wollen sollte.

»Jetzt kennst du meine größte Sünde, Vater. Und ich bin nicht wirklich hier, um deine Vergebung zu finden. Denn ich bereue nichts. Keine Sekunde dieses Abends.« Der Fremde stößt den Atem aus und ich wische mir gedanklich den Schweiß von der Stirn, weil er scheinbar noch immer keine Ahnung hat, dass er nicht allein ist. Dass ich alles mitanhören musste. Jedes makabre Detail, das er mir gerade geschildert hat.

Das Holz arbeitet unter seinem Gewicht, als er aufsteht und den Beichtstuhl verlässt. Doch gerade als ich mich in Sicherheit wiege, piept etwas. *Fuck! Mein Handy*! Eilig ziehe ich es aus der Tasche, klicke die Meldung über den Akkustand weg und beende das Gespräch mit unserem Haustelefon.

O mein Gott! Leon!

Was, wenn er wach geworden ist und etwas von dieser kranken Scheiße gehört hat? Wie konnte ich auch nur eine Sekunde mein Smartphone vergessen?

Ich schiebe das Handy eilig zurück in die Tasche meines Hoodies und taste in der anderen nach meinem Klappmesser, das ich immer bei mir trage, wenn ich den Trailer verlasse. Die Schritte des Mannes verstummen und ich bete dafür, dass er einfach weitergeht. Dass er die Kirche verlässt, ohne sich auf die Suche nach dem Geräusch zu machen, das er ganz sicher gehört hat. Er geht weiter. Aber er geht nicht weg, sondern kommt wieder näher. Sekunden später reißt er die Tür des Beichtstuhls auf, und als ich einen spitzen Schrei ausstoße, zerfällt auch das Schutzschild der Dunkelheit, die hier drin herrscht. Ich bin aufgeflogen.

»Was zur verfickten Scheiße?« Seine Hand packt mich grob an der Schulter und zerrt mich nach draußen. Ich knie vor dem Kerl, der mir gerade so detailliert seine Sünde gestanden hat, und kann kaum noch klar denken. Ich halte den Kopf gesenkt, vergrabe mich unter meiner Kapuze und wünschte, ich hätte diese schäbige Kirche niemals betreten.

»Warst du die ganze Zeit da drin?«, fragt er mich harsch. Es ist zu dunkel, um mehr als Umrisse erkennen zu können. Seine Füße schieben sich in mein Sichtfeld.

»Hörst du schwer? Antworte mir!«

»Ja«, wispere ich krächzend und krabble im selben Moment von ihm weg, aber ich habe keine Chance. Seine Hand greift erneut nach mir, dieses Mal schnappt sie nicht meine Schulter, sondern direkt meine Kehle. Es ist, als könnte dieser Mann selbst im Dunkeln wie ein Adler sehen. Sein Daumen zerquetscht beinahe meinen Kehlkopf, und alles, was ich mich frage, ist, ob sich sein Opfer genauso gefühlt hat wie ich mich im Augenblick. So vollkommen ausgeliefert und gleichzeitig so voller Leben. Ich trete um mich, während mich der Mann auf die Beine zerrt und gegen den harten Altar schleudert. Ein scharfer Schmerz explodiert in meinem Rücken und zieht sich bis in meinen

Brustkorb, in dem mein Herz wie verrückt rast. Es will fliehen, genau wie ich.

»Wie heißt du, Kleine?«

Weil ich nicht antworte, schüttelt er mich so grob durch, dass ich sicher bin, ein Schleudertrauma davonzutragen. Er hätte mich längst töten können, oder? Stattdessen fragt er mich nach meinem Namen und erschafft somit eine seltsame Form der Sicherheit in mir.

»Monroe«, lüge ich, noch immer mit viel zu dünner Stimme. Sein Daumen drückt sich so hart in meine Kehle, dass ich mir sicher bin, bleibende Schäden davonzutragen. Ein Blitz jagt über den Himmel hinweg und erhellt die Kirche gerade so sehr, dass ich seine Umrisse etwas besser erkennen kann. Dieser Mann ist ein verdammter Berg aus Muskeln! Wenn ich dachte, dass Derek-David breit gebaut ist, war ich naiv und völlig ahnungslos. Gegen diesen Kerl ist der Lover meiner Mutter eine vertrocknete Lauchzwiebel.

»Sag mir, Monroe: Was zur Hölle hast du hier zu suchen? Stehst du darauf, dir fremde Beichten anzuhören? Liebst du Sünder?« Seine letzte Frage kommt nur als Flüstern über seine Lippen, die mir plötzlich so nah sind, dass ich seinen Atem spüren kann. Er ist warm und riecht nach Whiskey, aber nicht auf ekelerregende Art und Weise.

Ich schlucke schwer, und als er den Griff an meinem Hals leicht lockert, entflieht mir ein Wimmern. Eines, das zwei grundverschiedene Ursprünge hat. Zum einen wimmere ich, weil mir ein verdammter Mörder auf die Schliche gekommen ist und mein Leben buchstäblich in seinen rauen Händen liegt. Und zum anderen, weil meine Mitte immer noch so verlangend pocht, dass es mich den letzten Rest Verstand kostet. Mein Becken wölbt sich ohne mein Zutun nach vorn, und als es gegen den Fremden stößt, quittiert er es mit einem teuflisch attraktiven Lachen.

»Na sieh mal einer an …« Der Fremde drängt mich härter gegen den Altar, kesselt mich mit seinem massiven Körper ein. »Hat es dich angemacht, zu hören, wie ich in ihr abgespritzt habe, bevor ich das Messer durch ihre Kehle zog?« Seine linke Hand ruht jetzt nur noch lasch auf meinem Hals, und doch fühlt es sich an, als hätte er mir ein strammes Band aus Stahl umgelegt, das sich nicht öffnen lässt. Mit der anderen Hand fährt er über den Reißverschluss meines Hoodies, und als er meinen Bauch passiert hat, entflieht mir ein abgehacktes Stöhnen. Dieser hinterhältige Körper! All die Jahre hat er mich im Stich gelassen und ausgerechnet jetzt empfindet er tatsächlich *Lust*?

»Du bist wahnsinnig, weißt du das, Kleine?«

Ich will nicken, aber ich schüttle stattdessen den Kopf. Denn ehrlich gesagt weiß ich gerade gar nichts mehr. Als hätte dieser mysteriöse Fremde meine komplette Festplatte einfach gelöscht und mit seinen verboten heißen Berührungen überschrieben. Alles fühlt sich vollkommen surreal an.

»Wie alt bist du, hm?«

»Zwanzig«, krächze ich.

Seine Hand gleitet tiefer, so tief, bis er die nackte Haut an meinen Schenkeln berührt und ich mich ihm noch dichter entgegendränge. Weil ich scheinbar überhaupt nicht an meinem Leben hänge. Das empfindliche Nervenbündel zwischen meinen Beinen lechzt nach Aufmerksamkeit, auch wenn es völlig verrucht und kopflos ist.

»So versaut«, raunt der Mann und schiebt Sekunden später dominant seine Hand in meine Shorts, als wäre es das Normalste auf der Welt für ihn, eine Frau derart zu berühren, die er noch nicht einmal gesehen hat. Und als wäre es selbstverständlich für mich, genau das zuzulassen. Seine Finger streifen leicht über meinen dünnen Slip.

»Und so verflucht nass.« Der Fremde lässt endgültig meinen Hals los und legt sein Kinn auf meinem Kopf ab. Habe ich schon erwähnt, wie gigantisch dieser Kerl ist? Vor ihm fühle ich mich wie ein Zwerg. Immer wieder kreist sein Daumen über dem Stoff um meinen Kitzler. Ich will schreien vor Lust, aber ich habe zu große Angst. Zu großen Respekt davor, was es bedeuten könnte. Was es über mich aussagen könnte. Lasse ich das hier nur über mich ergehen, weil ich mir der Gefahr bewusst bin, die von ihm ausgeht? Weil ich nicht wie diese Helen enden will? Oder lasse ich ihn aus anderen Gründen gewähren?

»Stehst du darauf, dass ich ihr Blut an meinen Händen habe, während ich dich berühre?«, fragt er mich lasziv und ich schüttle erneut den Kopf. Scheiße, was mache ich hier eigentlich? Ich muss an Leon denken. Daran, dass er mich braucht, wenn er nicht in zehn Jahren wie seine Mutter an der Nadel hängen soll. Keuchend genieße ich die Stimulation ein paar weitere Sekunden, bevor ich in die Tasche meines Hoodies greife, das Messer zücke und es dem Fremden seitlich und mit voller Wucht in die Flanke ramme.

»Fuck!« Grollend löst er sich von mir, zieht seine Hand aus meiner Shorts und hinterlässt ein kaltes, einsames Nichts in mir. »Du verfluchtes Biest!« Ich sehe vage, wie er sich die Stichwunde hält, und renne los. Ich renne, so schnell es meine Beine zulassen. Das Blut rauscht so laut in meinen Ohren, dass ich seine Flüche nur verschwommen mitbekomme, und dann reiße ich die Tür auf. Inzwischen regnet es draußen in Strömen, und ich bin dankbar dafür. Weil ich dringend etwas brauche, das mir diese verdammte Scham vom Körper spült. Diesen Dreck, den ich gerade in mich gelassen habe, ohne über die Konsequenzen nachzudenken.

Ich renne.

Weiter und weiter.

Ich keuche.

Stärker und stärker.

Und das Schlimmste daran?

Das Einzige, woran ich denken kann, ist seine Hand an meinem Slip, die es beinahe geschafft hätte, mich zum Kommen zu bringen.

3
AYDEN

Ich habe eine Frage an dich, Kleine. Was hat dich so nass werden lassen? War es meine Hand zwischen deinen Schenkeln oder die Tatsache, dass an meinen Fingerspitzen das Blut einer toten Frau klebte?

Ich habe in den letzten Jahren alles gesehen, was die South Side zu bieten hat. Jeden menschlichen Abgrund, jede nach Dunkelheit lechzende Seele. Bestien, die andere Bestien auf barbarische Weise beseitigt haben. Aber du? Du bist anders. Du bist erfrischend. Genau wie deine kleine Pussy, die sich so unberührt angefühlt hat. Sag mir, hattest du überhaupt schon mal einen richtigen Schwanz zwischen deinen Beinen?

Es ist fast schon schade, dass du mir dein süßes Messer in die Seite gerammt hast, anstatt deine Shorts für mich fallen zu lassen. Jetzt bist du weg, während ich den heiligen Boden vollblute wie ein verdammtes Schwein, das aufgeschlitzt wurde.

Du fragst dich sicher, wieso ich dir nicht folge, richtig? Es liegt nicht daran, dass ich keine Kraft hätte, mich an deine süßen Fersen zu heften, denn die habe ich. Du bist scheinbar ein Amateur, sonst hättest du den Stich gezielter gesetzt und eines meiner Organe durchbohrt. Vielleicht meine Leber. Vielleicht eine Niere oder direkt meine Lunge. Stattdessen hast du nur das unwichtige Nichts irgendwo dazwischen getroffen. Womöglich war es sogar Absicht, weil du tief in dir das Bedürfnis hast, mich wiederzusehen.

Mir wurden schon einige Stich- und Schusswunden verpasst, aber diese hier? Diese hier wird eine besonders spannende Narbe zurücklassen. Eine besondere Erinnerung. Unser Anfang war ungewöhnlich, unser Ende hingegen wird poetisch sein. Weil ich dasselbe süße Messer benutzen werde, um dich damit zum Schreien zu bringen.

Lauf, gesichtslose Fremde.

Lauf, so schnell du kannst.

Denn auch wenn ich nicht nach dir suchen werde, werde ich dich finden.

»Scheiße, Boss. Wem bist du denn ins Messer gelaufen?« Black, meine rechte Hand auf Probe, sitzt hinter meinem Schreibtisch im Red Poison und taxiert mein Shirt, das vor einer Stunde noch weiß war und jetzt aussieht, als hätte ich einen Topf mit Tomatensoße darüber verschüttet.

»Nur einem paranoiden Junkie«, lüge ich, um weiteren Fragen aus dem Weg zu gehen. Die ehrliche Antwort wäre nämlich folgende: meiner Traumfrau. Der absolut finstersten Version davon. Ich habe sie zwar nicht gesehen, aber Fuck, dafür habe ich sie umso intensiver gespürt.

Ich werfe meine Lederjacke aufs Sofa und schäle mich anschließend aus dem vollgebluteten Shirt. Ehrlich gesagt kommt mir die kleine Wunde echt gelegen – so habe ich eine Erklärung für das ganze Blut an meinen Händen. Helen liegt immer noch in meinem Bett, vollgepumpt mit meinem Sperma und übergossen von ihren eigenen Lebenssäften. Ich hatte noch keine Nerven dafür, mich um die Leiche zu kümmern. Und ich vertraue Black noch nicht genug, um ihn in meine heutige Abendaktivität einzuweihen und ihn die Drecksarbeit erledigen zu lassen. Immerhin geht es hierbei nicht um irgendeine Leiche. Er arbeitet erst seit wenigen Monaten für mich, weil meine letzte rechte Hand in einem Schusswechsel das Zeitliche gesegnet hat.

Rest in Peace, Dominic.

Du warst der perfekte tödliche Wingman.

Mal sehen, wie lange Black durchhält, ohne abzukratzen oder sich etwas zu Schulden kommen zu lassen, das ich nicht vergeben kann. Meine rechte Hand muss wie ein gut trainierter Pitbull sein. Sie muss gehorchen, sie muss angreifen und sie muss verdammt noch mal hart zubeißen. Anders überlebt man dieses Business nicht. Anders überlebt man *an meiner Seite* nicht.

»Das solltest du wohl verarzten lassen«, wirft Black ein. »Sieht übel aus.«

Weil ich nicht in Plauderstimmung bin, lasse ich den Bastard auf meinem Platz sitzen – ein Vergehen, das ich kein zweites Mal ignorieren werde – und gehe ins angrenzende Badezimmer, um mir das Accessoire, das mir die Kleine verpasst hat, genauer anzusehen. Noch immer spüre ich ihren feuchten Slip an meinen Fingern, ihr sanftes Stöhnen, das sie um jeden Preis zurückhalten wollte. Die Kleine hat definitiv Psychoblut in ihren Venen. Und ich kann es kaum erwarten, eines Tages von diesem süßen, verdorbenen Blut zu kosten.

Im Bad angekommen positioniere ich mich vor dem bodentiefen Spiegel. Die Klinge ihres Messers war schmal, weshalb der Schnitt nur knappe zwei Zentimeter lang ist, dennoch sprudelt das Blut wie aus einem fucking Springbrunnen.

»Black!«, herrsche ich meine rechte Hand an. Sekunden später sehe ich ihn im Spiegel am Türrahmen hinter mir lehnen. Er ist groß gebaut, wenn auch nicht ganz so muskulös wie meine Wenigkeit, und beherrscht es perfekt, andere Leute einzuschüchtern. Seine raspelkurzen schwarzen Haare sind das komplette Gegenteil von meinen dunkelblonden, die inzwischen so lang geworden sind, dass ich sie dringend schneiden lassen müsste. Aber der Chicagoer Untergrund erlaubt es mir nicht, Zeit in Friseursalons zu verplempern.

»Was gibts, Boss?«

»Schick Velvet in mein Büro.«

»Willst du in dem Zustand echt ficken?«, fragt er mit erhobenen Brauen und einem spottenden Schmunzeln auf den Lippen.

»Seit wann bezahle ich dich eigentlich fürs Reden, Wichser? Schick. Sie. Her!«

Er nickt, stößt sich vom Türrahmen ab und verschwindet aus meinem Büro, nachdem er sich seine schwarze Sturmhaube aufgesetzt hat. Keiner außer mir kennt sein Gesicht. Eine reine Vorsichtsmaßnahme, immerhin erledigt Black all die Dinge für mich, die in anderen Bundesstaaten mit der Todesstrafe beantwortet werden. Ich hätte ihn sicher problemlos auf Helen hetzen können, aber das hätte sich nicht richtig angefühlt.

Meine Hände mussten es sein, die sie nach unten drücken.

Mein Schwanz, der sie dabei fickt.

Meine Augen, die dabei zusehen, wie ihre hässliche Seele ihren überaus hübschen Körper verlässt.

Es dauert nicht lange, bis ich Velvets Stöckelschuhe auf

den Fliesen höre. Ihre perfekt geformten Blaselippen streichen zur Begrüßung über meinen Rücken, und als ich mich zu ihr umdrehe, reagiert sie so, wie ich es von ihr erwarte. Sie stellt keine unangebrachten Fragen, die ich ihr ohnehin nicht beantworten würde. Stattdessen stolziert sie zum Schrank hinüber, kramt darin umher und kommt mit einem Verbandskasten zu mir zurück.

»Setz dich, Liebling«, surrt sie. Eigentlich würde ich ihr diesen Kosenamen nicht durchgehen lassen, aber dieser Abend war von vorn bis hinten vollkommen abgefuckt. Von mir aus kann sie mich nennen, wie sie will, solange sie meine Wunde versorgt und mir anschließend einen bläst.

Ich lasse mich auf den Badewannenrand fallen, während Velvet sich in ihrem nuttigen roten Kleid auf den Boden kniet und zwischen meine Beine schiebt. Sie ist eine meiner besten Mitarbeiterinnen im Red Poison, bringt das meiste Trinkgeld ein und beherrscht den wohl besten Blowjob in ganz Chicago. Deshalb – und weil sie einfach scharf ist – pflegen wir ein intimeres Verhältnis zueinander, als ich es mit den anderen Frauen handhabe. Wenn ich Velvet ficken will, ficke ich sie. Wenn ich sie schlagen will, schlage ich sie. Wenn ich eine Line Koks von ihrem blanken Arsch sniffen will, streckt sie mir bereitwillig ihre Kiste entgegen. Definitiv ist sie die heißeste Anwärterin auf die Medaille der Mitarbeiterin des Jahres.

»Es wird jetzt wehtun«, warnt sie mich, was ich lediglich mit einem dunklen Lachen beantworte. Sie tränkt ein Tuch in Alkohol und reinigt damit meine Wunde, aber ich verziehe keine Miene dabei. Schmerzen verspüre ich, seit ich denken kann, kaum. Vielleicht habe ich ja dieses seltene Cipa-Syndrom? Wäre möglich. In meiner Position wäre es definitiv von Vorteil, immerhin will mich die halbe South

Side tot sehen. Mit einem gewissen Ruf kommt auch ein gewisses Risiko. Eines, das ich mit Stolz trage.

»Geht das auch schneller?«, fahre ich Velvet an, die sich ihre schwarze Mähne hinter den Rücken wirft und gut dressiert nickt. Fuck, vielleicht sollte sie Black ein bisschen Nachhilfe in Sachen Gehorsamkeit geben.

Nachdem sie die Wunde gereinigt hat, holt sie Nadel und Faden aus dem Verbandskasten. Laut ihren Bewerbungsunterlagen hat Velvet drei Jahre als Krankenschwester im Jackson Park Hospital gearbeitet. Deshalb ist es für uns zur Gewohnheit geworden, dass sie meine Wunden versorgt und ich mich dafür um ihre Bedürfnisse kümmere. Die Nadel schiebt sie zwischen ihre kirschroten Lippen, während sie den Faden daran befestigt. Anschließend drückt sie meine Wunde zwischen Daumen und Zeigefinger leicht zusammen, um den ersten Stich zu setzen.

Nahezu gelangweilt lasse ich sie ihren Job machen. Sobald sie fertig ist, betrachtet sie ihre Arbeit zufrieden. Sie rappelt sich auf, wirft den Müll in den Eimer unter dem Waschbecken und will gerade das Bad verlassen, als ich sie am Handgelenk unsanft zurückhalte.

»Hinsetzen.«

Velvet gehorcht, gleitet zurück auf die kalten Fliesen, schiebt sich zwischen meine Beine und öffnet unaufgefordert meine Hose. Sobald ihr mein steinharter Schwanz entgegenspringt, leckt sie sich vorfreudig über die Lippen und beugt sich über mich. *Braves Mädchen.*

Wenn es eine Frau gibt, die einen Mann in den verdammten Himmel blasen kann, dann diese. Ihre Lippen stülpen sich weich über meinen breiten Schwanz, üben den perfekten Druck auf meine pulsierende Latte aus. Velvet gehört zu den Frauen, die von Natur aus keinen Würgreflex haben. Ich könnte ihr meinen

Schwanz auch so tief in den Hals schieben, dass meine Eier mit ihrem Zäpfchen abklatschen, sie würde nicht mal einen Ton von sich geben. Aufopferungsvoll kümmert sie sich um meine Latte, die vor weniger als zwei Stunden noch in Helen steckte. Ob sie meine Sünde schmecken kann?

Ich bin mir sicher, *sie* würde es tun.

Meine Gedanken driften immer weiter ab, hin zu der mysteriösen Kleinen aus der Kirche. Was hatte sie so spät abends dort zu suchen? Und wieso zum Teufel saß sie in der totalen Dunkelheit des Beichtstuhls? In meinem Kopf bilden sich Vorstellungen, die mich noch härter werden lassen. Bilder davon, wie die Kleine, von der ich nicht einmal weiß, wie sie aussieht, Velvets Platz einnimmt. Ich bin mir sicher, dass sie meinen Schwanz nicht ansatzweise so tief blasen könnte wie Velvet – und doch würde ich dafür töten, einmal in ihren Mund einzutauchen.

Meine Mitarbeiterin des Jahres wird immer schneller, ihr Kopf gleitet wie ein Presslufthammer auf und ab. Auf und ab. Auf und ab. Meine Eier ziehen sich vor dunklem Verlangen zusammen, während ich die Augen schließe und an das kleine Biest denke, das mir das Messer in die Flanke gerammt hat. Vermutlich steht sie seit einer Stunde unter der Dusche und versucht, sich die Schande vom Körper zu schrubben. Vergeblich, wohlgemerkt. Manche Dinge lassen sich nicht ausradieren.

Gedankenversunken lasse ich Velvet den Blowjob zu Ende bringen. Sie wischt sich den Mund trocken und richtet ihr Kleid.

»Ich habe auf dem Weg hierher den Boden vollgeblutet. Kümmere dich darum«, befehle ich ihr rau. Velvet verbeugt sich vor mir und schenkt mir ein diebisches Grinsen. Dann verlässt sie ohne ein Wort den Raum. Noch bevor sie die Tür hinter sich schließen kann, wird mein Schwanz schon wieder hart.

Weil ich an *ihren* schmalen Körper denken muss, den ich zu gern unter meinem begraben würde. An ihren süßen Duft, der mich in noch dunklere Sphären katapultieren würde. Shit, ich glaube, Liebe auf den ersten Blick hat heute Nacht eine ganz neue Bedeutung für mich bekommen.

4
AURORA

4 Wochen später

Müde schlage ich die Augen auf und blinzle gegen die Junisonne an, die durch das milchige Fensterglas in mein Zimmer und direkt auf mein Gesicht knallt. Die Matratze sinkt am Fußende leicht ein. Sekunden später zieht jemand unter der Decke an meinem großen Zeh. Augenblicklich bin ich hellwach.

»Fuck, fuck, fuck!«, kichert mein kleiner Bruder. Seit ich ihm von der mysteriösen Fuck-Ente erzählt habe, rennt er ständig mit diesem Schimpfwort auf den unschuldigen Lippen durch die Gegend.

»Hey, wen haben wir denn da?« Ich hebe die Bettdecke an und erwische Leon, der weiterhin an meinen Zehen zieht, als gäbe es für ihn keine coolere Freizeitbeschäftigung. Eilig beuge ich mich vor, um ihn zu schnappen, und werfe ihn lachend auf den Rücken. Anschließend kitzle ich ihn am ganzen Körper und inhaliere sein Lachen wie meine tägliche Dosis Medizin. Andere pfeifen sich bei Kopfschmerzen Aspirin rein, ich verbringe dafür Zeit mit meinem kleinen Bruder.

»Alles Gute zum Geburtstag, Auri!«, sagt Leon euphorisch und drückt mir einen feuchten Schmatzer auf die Wange.

»Moment, heute ist der Zwanzigste?« Scheiße, ich habe definitiv jegliches Zeitgefühl verloren. Heute sollte ein besonderer Tag für mich sein, immerhin bin ich ab jetzt offiziell volljährig, aber im Grunde genommen bedeutet mir diese Zahl nichts, weil ich schon wie eine Erwachsene handeln musste, als ich sechzehn geworden bin. Der einzige Unterschied ist, dass ich jetzt in Bars gehen und Alkohol trinken kann, ohne mit dem Gesetz in Konflikt zu geraten. Zwei Dinge, die ich ohnehin nicht tun will. Ehrlich gesagt habe ich noch nie einen Tropfen Alkohol angerührt, weil mich das Zeug anwidert.

Außer bei dem mysteriösen Psychopathen aus der Kirche.

Sein Atem roch schließlich nach Whiskey, und ich stand dennoch *so* kurz davor, ihn zu küssen. Kopfschüttelnd vertreibe ich die Gedanken an diese seltsame Nacht, rapple mich auf und streiche mir die Haare aus dem Gesicht. Gestern habe ich sie mir frisch gefärbt, weshalb sie jetzt nach dem leckeren Pfirsich-Conditioner duften und wieder strahlend grün leuchten.

»Mom hat dir eine Torte gebacken«, sagt Leon und springt von meinem Bett auf. Moment mal, ich habe mich verhört, oder? Unter keinen Umständen kann das, was er sagt, wahr sein. Meine Mutter hat in meinem ganzen Leben noch nie einen Geburtstagskuchen für mich gebacken. Aber wer weiß, vielleicht will sie sich ja dafür entschuldigen, dass sie mich bestohlen hat, um sich einen Schuss zu setzen. *Vier Wochen zu spät.*

Stirnrunzelnd folge ich meinem kleinen Wirbelwind von Bruder durch den Trailer, und als ich in die Küche komme, bleibe ich wie versteinert stehen. Leon hat die Wahrheit gesagt. Mitten auf dem Küchentisch steht eine hässliche Schokoladentorte. Sie riecht verbrannt und schmeckt sicherlich nach alten Schuhsohlen, weil all unsere Zutaten längst abgelaufen sind, aber der Wille zählt bekanntlich.

»Happy Birthday, mein kleines, erwachsenes Mädchen!« Meine Mutter hat seit Wochen nicht mehr das Bett vor zwölf Uhr mittags verlassen und jetzt steht sie in ihrem seidenen Morgenmantel vor mir, als wäre es das Normalste der Welt. Sie nimmt mich in den Arm und der Verdacht, dass sie über Nacht von Aliens entführt wurde oder eine mir unbekannte Zwillingsschwester hat, verstärkt sich. Wann hat sie mich das letzte Mal umarmt? Sie riecht frisch geduscht. Eine weitere Premiere. Ihre blonden Haare, die am Ansatz ergrauen, fallen in dichten Wellen über ihre knochigen Schultern.

»Danke?«, murmle ich überrumpelt und versuche, mich nicht allzu sehr über diese Geste zu freuen. Immerhin kenne ich meine Mutter zu gut, um an diese wundersame Verwandlung zu glauben. Da wäre sogar die Spontanremission eines Stadium-Vier-Krebspatienten wahrscheinlicher.

»Hier, ich habe eine Torte gebacken! Ich zünde schnell die Kerzen an!« Sie huscht eilig zum Tisch und bringt mit einem Streichholz eine Kerze nach der anderen zum Brennen. Einige stecken schief im Teig, andere wurden schon einmal benutzt. Sobald alle entzündet sind, gibt sie mir den Weg frei. Mit unsicheren Schritten gehe ich zur Torte und beuge mich über sie.

»Wünsch dir was, Aurora!«

Das alles ist so was von albern. Wenn meine Gebete nie erhört wurden, werden auch meine Geburtstagswünsche nicht in Erfüllung gehen.

»Ja, Auri, wünsch dir was!«, ruft mein Bruder. Ihm zuliebe gebe ich nach, schließe die Augen und wünsche mir was. Man sollte meinen, dass ich dem lieben Gott eine letzte Chance gebe und mir ein besseres Leben für Leon und mich wünsche, aber der erste Wunsch, der mir durch den Kopf rast, ist ein anderer.

Ich will mich wieder wie in jener Nacht fühlen.

Lebendig.

Voller Adrenalin.

Begehrt.

Ich verschlucke mich an meinem albernen Wunsch. Wieso zum Teufel sollte ich diesen Mann, *diesen skrupellosen Mörder*, wiedersehen wollen? Nachdem ich ihm mein Messer in die Seite gerammt habe? Der Kerl würde mich sicherlich zerstückeln und als Entenfutter in den Lake Michigan werfen, sollte ich ihm nochmals über den Weg laufen. Aber seit ich ihm in der Dunkelheit begegnet bin, geht er mir nicht mehr aus dem Kopf. Manchmal verfolgt er mich sogar in meinen Träumen.

»Und, Auri? Was hast du dir gewünscht?«

Ich schlage die Augen auf und sehe direkt in das leuchtende Gesicht meines kleinen Bruders.

»Das darf sie dir nicht verraten, mein Schatz. Sonst geht der Wunsch nicht in Erfüllung!« Unsere Mutter tritt hinter ihn und haucht ihm einen Kuss auf die Scheitelkrone.

Ich habe meine Hände auf der Lehne des Stuhls vor mir abgelegt und grabe meine Nägel ins Holz. »Wollen wir gleich spielen, Leon?«, frage ich meinen Bruder, der sofort von der Idee angefixt ist.

»Jaaaa!«

»Gut, dann geh schon mal in dein Zimmer und such ein Spiel aus, ja?« Nickend hüpft er an mir vorbei. Sobald er außer Hörweite ist, wende ich mich unserer Mutter zu. »Also gut, was soll der Scheiß? Was willst du? Geld?«

Meine Mutter sieht mich bestürzt an. »Ich will meiner Tochter einfach nur einen schönen Geburtstag bescheren.«

»Ich kaufe dir diese mütterliche Scheiße nicht ab!«

Sie beißt sich betroffen auf die Unterlippe. Ihr Bademantelärmel ist so weit nach oben gerutscht, dass ich ihre blau angelaufene Armbeuge sehen kann. Ihr letzter Schuss kann nicht lange her sein.

»Das habe ich wohl verdient, was?«, sagt sie und lacht unsicher.

»Wenn das hier eine dämliche Art der Entschuldigung dafür sein soll, dass du mein hart verdientes Geld gestohlen hast, dann: nein, danke. Entschuldigung abgelehnt.« Ich gehe zur Küchenzeile, öffne eine Schublade und hole eine Kuchengabel heraus. Anschließend setze ich mich auf den instabilen Stuhl und trenne wütend ein Stück des verbrannten Kuchens ab, um es mir trotzig in den Mund zu schieben.

»Ich möchte einfach nur den einundzwanzigsten Geburtstag mit meiner Tochter feiern. Heute Abend vielleicht? Ich könnte dein Lieblingsessen kochen. Dave kommt auch vorbei.« Ah, Dave ist sein Name? Dabei hatte ich mich schon so an Derek-David, den unterbelichteten Nazi, gewöhnt.

Schweigend kaue ich auf dem verbrannten Teig herum. Vielleicht meint sie es ernst, aber es fällt mir so verflucht schwer, ihr diese Nummer abzukaufen. Dafür hat sie mich schon zu oft enttäuscht.

»Von mir aus«, gebe ich schließlich nach, weil ich dabei

an Leon denke. Für ihn wäre ein bisschen familiäre Normalität wichtig.

»Super! Dann flitze ich jetzt einkaufen und heute Abend gibt es deine liebsten Carbonara!« Mom drückt auch mir einen Kuss auf den Kopf, bevor sie summend die Küche verlässt. Scheiße, ich bin in eine seltsame Parallelwelt geschlittert und kann beim besten Willen nicht sagen, ob sie mir gefällt oder ob ich sie hasse.

Während meine Mutter den Trailer verlässt, um zum ersten Mal seit Monaten etwas anderes als Drogen kaufen zu gehen, ziehe ich den Poststapel zu mir heran, den ich gestern Abend hier abgelegt habe. Neben drei Briefen, in denen sich Rechnungen befinden, die wir nicht bezahlen können, gibt es noch eine Tageszeitung. Normalerweise lese ich sie nie, weil sie mich nur deprimiert, doch heute schlage ich sie ausnahmsweise auf. Dabei flattert ein Flyer auf meinen Schoß, den ich auffische und in Augenschein nehme.

Das Red Poison sucht Verstärkung, steht in fetter, roter Neonschrift auf schwarzem Untergrund geschrieben. Ich kenne keinen Schuppen mit diesem Namen, und eigentlich würde ich das Stück Papier einfach wegschmeißen, ohne es weiter anzusehen. Aber irgendetwas an diesem Flyer zieht mich magisch an. Ich fahre mit dem Daumen über das stabile Papier, drehe es in meiner Hand und überfliege die Zeilen auf der Rückseite.

Job als Kellnerin zu vergeben.

Inklusive Krankenversicherung und Urlaubsgeld.

Festanstellung.

Schluckend lese ich die Stellenanzeige wieder und wieder. Wie groß ist der Zufall, dass mir ausgerechnet an meinem einundzwanzigsten Geburtstag dieser Flyer in die Hand fällt? Bis jetzt kam es für mich nie infrage, in einer Bar zu arbeiten, geschweige denn in einem verruchten Nachtclub.

Die Worte Krankenversicherung und Urlaubsgeld klingen wie Musik in meinen Ohren, die heute schon die seltsamsten Dinge aus dem Mund meiner Mutter gehört haben. Laut Flyer findet heute Abend um zweiundzwanzig Uhr ein offizielles Bewerbungsgespräch statt, zu dem jeder kommen kann, der volljährig ist.

Ich grabe die Gabel gedankenversunken in die Schokoladentorte, schiebe sie erneut in meinen Mund und betrachte den Flyer dabei unentwegt. Könnte dieser Job mein Ticket aus dem Sumpf sein?

Normalerweise mache ich mir nie Gedanken über mein Outfit, ich greife einfach blind in meine Kleidertonne, ziehe ein zerknittertes Top und dazu eine Jeans heraus und fertig bin ich. Aber heute ist alles anders. Heute suche ich seit über einer Stunde nach einem Fummel, den ich anziehen kann und der zu dem Abend passt, der mir bevorsteht.

Ich brauche eine Klamotte, die sowohl für das seltsamste Familienessen meines Lebens funktioniert als auch für mein Vorstellungsgespräch im Red Poison, das ich auf keinen Fall verpassen möchte. Jedenfalls, wenn ich keine Lust habe, mich zum dritten Mal an diesem Tag umzuziehen.

Mom kam tatsächlich wenig später nach Verlassen des Trailers mit zwei vollen Einkaufstüten zurück. Unwillkürlich habe ich mich gefragt, ob sie für dieses Geld vielleicht ein paar Schwänze lutschen musste, denn sie hat seit Jahren keine eigene Kohle mehr verdient. Entweder das oder ihr Macker Dave hat sich zum ersten Mal finanziell an unserem Haushalt beteiligt. Eher unwahrscheinlich.

Während Mom mit ihrem Lover in der Küche herumturtelt und das Essen kocht, betrachte ich die finale Kleiderauswahl im Spiegel meines Zimmers. Ich bin kein typischer Girly-Verschnitt, weshalb ich nur wenige Röcke und Kleider in meinem Besitz habe. Eines davon schmiegt sich jetzt eng an meinen Körper. Es ist schwarz, an der Taille gerippt und bringt meinen Po schön in Form. Der Ausschnitt ist nahezu keusch und dennoch ist dieses kleine Schwarze enorm sexy. Ich habe keine Ahnung, was für Frauen im Red Poison gesucht werden, aber Fakt ist, dass ich diesen Job brauche. Außerdem sollte ich mir wohl oder übel angewöhnen, etwas mehr Titten oder Bein zu zeigen, wenn ich in Zukunft viel Trinkgeld abkassieren will.

Ich bürste mir meine grünen Haare kräftig durch, fixiere meine natürlichen Wellen mit etwas Haarspray und zeichne meine Lippen mit einem Lippenstift im Nude-Look nach. Im Endeffekt sehe ich viel zu aufgedonnert für dieses lächerliche Abendessen aus, und ich habe schon die Befürchtung, dass Dave die Augen aus dem hässlichen Schädel purzeln werden, aber das ist mir gerade herzlich egal.

Ich bin jetzt offiziell erwachsen. Und das bedeutet, dass ich endlich einen Ausweg aus dieser stinkenden Kanalisation finden kann. Mit einem letzten Blick in den Spiegel verlasse ich mein Zimmer, und als ich in die Küche komme, stößt meine Mutter einen kleinen Schrei aus, der vollkommen übertrieben ist.

»O mein Gott, Aurora!« Sie legt ihre Hände gefaltet über ihr Herz. Mom trägt ebenfalls ein Kleid, ihres ist jedoch zweifarbig und hat ein florales Muster. Die Farbe von Lachs schmeichelt ihrer blassen Haut nicht unbedingt, aber das behalte ich für mich. Ihre Augenringe hat sie versucht, unter einer fetten Schicht Concealer zu verstecken, wodurch sich das Make-up in ihren Falten abgesetzt hat. Dazu sieht sie aus, als wäre sie kopfüber in einen Topf Rouge gefallen. So könnte sie ohne Probleme zum Fasching gehen. Oder eben auf den Strich.

»Du siehst zauberhaft aus.«

Und du machst mir mit deiner Art Angst, Mom.

»Siehst wirklich scharf aus.« Mein Blick schießt zu Dave, der neben dem Kühlschrank lehnt und an seiner Bierflasche nippt. Es ist das erste Mal, dass mir dieser Typ überhaupt Aufmerksamkeit schenkt.

»Danke«, murmle ich. Der Duft von Moms Carbonarasoße verteilt sich im Trailer und lässt meinen Magen knurren. Ich wusste gar nicht, wie sehr ich dieses Essen vermisst habe. Das letzte Mal hat sie das Gericht für mich gekocht, bevor Leon geboren wurde. Im selben Moment kommt mein kleiner Bruder in die Küche und springt förmlich auf seinen Platz am Küchentisch. Er schnappt sich sein Besteck und grinst über beide Ohren.

»Da hat wohl jemand Hunger.« Mom streichelt Leon über den Kopf. »Zum Glück ist das Essen schon fertig!« Während Dave sich grunzend auf den Stuhl neben meinem fallen lässt, füllt unsere Mutter die Teller. Das alles hier ist so schrecklich normal, dass ich mir immer noch sicher bin, nur zu träumen.

»Lasst es euch schmecken, Kinder.«

Kinder.

Seit wann sind wir das, Mom?

In den letzten Jahren waren wir eher deine Sklaven, die deine Kotze weggewischt haben, wenn du mal wieder zu viel Heroin mit Alkohol vermischt hast.

Dennoch setze ich ein freundliches Lächeln auf, schiebe die erste Portion Nudeln auf meine Gabel und achte darauf, meinen Lippenstift beim Essen nicht zu verschmieren. Die Soße ist etwas versalzen, aber da das hier ihre erste gekochte Mahlzeit seit Jahren ist, sehe ich drüber hinweg.

Das Essen verläuft erschreckend ruhig. Mom packt irgendwelche alten Anekdoten aus, die Dave nicht die Bohne interessieren. Stattdessen wandert sein Blick immer wieder seitlich unter den Tisch, zu meinem nackten Oberschenkel. Leon beginnt irgendwann, mit seinen Nudeln Bilder auf dem Teller zu formen und mir die wildesten Storys zu erzählen. Nach einer halben Stunde, die ich erstaunlich gut hinter mich gebracht habe, sind wir alle fertig mit dem Essen.

»Leon, Schatz? Würdest du kurz in dein Zimmer gehen? Wir möchten noch etwas mit deiner großen Schwester besprechen.«

Okay, jetzt wird's seltsam. Mom gibt normalerweise einen Fick darauf, ob ihr minderjähriger Sohn in der Nähe ist, selbst wenn sie mit Dave im Doggy-Style auf dem Sofa vögelt.

»Na gut«, murmelt mein Bruder und huscht in sein Zimmer.

Ich schiebe mein Wasserglas von mir weg und sehe meine Mutter forsch an. »Was ist?«

»Dave und ich möchten dir einen Vorschlag machen.« Sie greift blind nach seiner Hand. Gott, wie kann sie nur auf diesen Nazi abfahren? Der Typ hat bei seiner Weltanschauung sicher nur Kohl im Schädel.

»Einen Vorschlag, hm?« Wieso war mir klar, dass dieses Essen mit einem Hintergedanken geplant wurde?

»Dave kennt einen Mann, der dir einen Job anbieten könnte.«

»Aha.« Kein Interesse.

»Und du würdest richtig gutes Geld verdienen«, schiebt

meine Mutter so schnell hinterher, dass sich ihre Worte überschlagen.

»Ich brauche keinen Job.«

»Aber du solltest dir einen suchen«, klinkt Dave sich ein und taxiert mich mit seinen dunklen, von Rassenhass erfüllten Augen. »Immerhin leben wir hier zusammen und jeder muss seinen Teil beitragen.«

»Was?« Mir entflieht ein so heftiges Lachen, dass ich mir den Bauch festhalten muss. »Du willst mir sagen, dass *ich* meinen Teil beitragen muss? Spoiler, Derek-David: Ich bin die Einzige, die in den letzten Jahren dafür gesorgt hat, dass etwas zu Essen im Kühlschrank ist oder die Rechnungen bezahlt werden!«

»Jetzt beruhige dich, Aurora. Und hör dir erst einmal an, was für ein Job es ist.«

»Ich habe kein Interesse!«

»Solltest du aber. Daves Geschäftspartner sucht Frauen in seiner Agentur. Du müsstest nur ein paar Abende die Woche als Begleitung für ein paar einsame Herren einplanen.«

Ich umklammere die Gabel so fest mit meinen Fingern, dass meine Knöchel schneeweiß werden. Der mysteriöse Fremde aus der Kirche wüsste sicher, wie man jemandem mit einer Gabel so richtig schön wehtun kann. Am liebsten würde ich sie Dave in den mickrigen Schwanz jagen! Mehr als einmal musste ich mir seine schiefe Minigurke schon ansehen, wenn er nackt durch den Trailer spaziert ist, als wäre er Herkules persönlich.

»Das ist nicht dein Ernst, oder Mom? Du willst, dass ich als Escort-Hure anfange?«

»Du wärst keine Hure«, korrigiert sie mich rasch.

»Na ja, im Grunde schon. Die meisten Kunden wollen, dass ihre Begleitungen die Schenkel spreizen. Aber das ist doch für ein junges Ding wie dich kein Problem. Du fickst dich doch sicherlich längst durch die ganze South Side.«

Daves Worte treiben meine Wut auf ein unbekanntes Level. Gedanklich stelle ich mir vor, wie ich ihm die Hoden abschneide und sie in der Pfanne scharf für ihn anbrate. *Wichser!*

»Ich fasse es einfach nicht. Das war der Grund für dieses dämliche Essen? Hast du echt nur auf meine Volljährigkeit gewartet, um mich anschließend als Escort-Schlampe zu verscherbeln?« Ich springe von meinem Stuhl auf und lasse die Gabel auf meinen leer gegessenen Teller fallen.

»Aurora, jetzt setz dich wieder hin. Der Job hat viele Vorteile und wir könnten endlich wieder von konstanten Einnahmen leben.«

»Du meinst, *du* könntest dir von den konstanten Einnahmen konstante Schüsse setzen! Wisst ihr was? Fickt euch! Ihr habt einander echt verdient!« Brüllend stürme ich aus der Küche in den Flur. Mom heftet sich leider sofort an meine Fersen.

»Wohin willst du denn jetzt, Aurora?«

»Ich gehe zu einem Vorstellungsgespräch.«

»Echt?« Neugier und Geldgier blitzen in ihren Augen auf. Wie ich sie hasse. Es ist, als würde sie in mir nur einen menschlichen Geldautomaten sehen und nicht ihre Tochter, die heute Geburtstag hat! *Happy birthday, Auri.*

»Ja. Und ich werde diesen Job bekommen. Aber lass dir eins von mir gesagt sein.« Nachdem ich in meine Boots geschlüpft bin, stelle ich mich vor sie. »Du wirst keinen einzigen Dollar von meinem Geld je zu Gesicht bekommen!« Mit diesen Worten drehe ich mich um und stürme aus dem Trailer. Ich brauche diesen Job. Um jeden Preis!

5
AURORA

Ich bin über eine Stunde zu früh da. Das Red Poison ist gar nicht so leicht zu finden, und ich musste drei zwielichtige Leute fragen, wo sich der Club versteckt, bevor mir jemand einen finalen Hinweis geben konnte. Der Laden ist über eine schmale Betontreppe zu erreichen, was bedeutet, dass sich der Club unterirdisch in einem Keller befindet.

Kein gutes Zeichen.

Ich starre auf das rote Neonschild an der Tür und klopfe mir ein paar Mal kurz und schmerzlos gegen die Wangen, damit sie gut durchblutet werden und ich nicht so blass aussehe, wie ich mich fühle.

Aus dem Inneren des Clubs dringt irgendeine Dark-Electro-Musik, gepaart mit dem kehligen Lachen mehrerer Männer. Sollte ich schon reingehen oder hier draußen warten, bis es zehn Uhr ist? Ich habe keine Ahnung, wie es ankommt, wenn ich eine Stunde zu früh hier antanze. Auf keinen Fall will ich verzweifelt wirken, aber ich schätze, dass man mir die Verzweiflung ohnehin an der Nasenspitze ansehen kann. Ich muss meiner Mom und Nazi-Dave beweisen, dass ich ohne ihre vermeintliche Hilfe an einen Job komme. Einen Job, bei dem ich nicht die Beine für irgendwelche einsamen Männer breitmachen muss, die sich ein bisschen Liebe erkaufen wollen.

Ich straffe meine Schultern, drücke meine Brust raus und hebe mein Kinn an. Vermutlich sollte ich ein gewisses Selbstbewusstsein an den Tag legen, wenn ich eingestellt werden will.

Nachdem ich mir innerlich Mut zugesprochen habe, stoße ich die Tür des Nachtclubs auf und werde von eintausend Eindrücken erschlagen. Verdammt, der Laden macht seinem Namen alle Ehre. Es gibt kaum etwas in diesem Club, das nicht in einem sinnlichen Rot erstrahlt. Alle Kellnerinnen tragen rote Kleidung, die meisten davon so knapp bemessene, dass mein kurzes Kleid glatt als prüde durchgehen könnte. Die Bar aus Natursteinen ist durch rote Spots beleuchtet und erweckt dadurch den Anschein, als wäre man in einer Kneipe mitten in der Hölle gelandet. Fehlt nur noch, dass Satan höchstpersönlich Drinks ausschenkt.

Überall im Raum verteilt stehen mit rotem Samt bezogene Sitzbänke, die fast alle besetzt sind. Auf der linken Seite befinden sich große, ebenfalls rot beleuchtete Milchglaselemente, hinter denen schlanke Damen tanzen. Man kann nur ihre schwarzen Umrisse sehen und die süßen Teufelshörner, die jede von ihnen zu tragen scheint. Das Bild ist viel ästhetischer, als ich es mir hätte vorstellen können. Dadurch, dass die Frauen hinter dem Glas stehen, wirkt ihre Tanzeinlage nicht billig, sondern schön und künstlerisch.

Ich stehe mitten im Red Poison und versuche mir vorzustellen, wie ich hier reinpassen könnte. Ob ich auch tanzen müsste? Zwei linke Beine habe ich zwar nicht, aber ich habe auch noch nie für irgendjemanden das sexy Tanzbein schwingen müssen. Langsam bezweifle ich, dass ich überhaupt eine reale Chance auf diesen Job habe. Aber auf dem Flyer stand schließlich, dass Kellnerinnen gesucht werden, keine Tänzerinnen. Also marschiere ich auf den Tresen zu, warte, bis die Gäste vor mir bedient wurden, und hebe unbeholfen meine Hand, damit die Schönheit von Barkeeperin auf mich aufmerksam wird.

Sie hat seidig glatte schwarze Haare, die ihr bis zum voluminösen Po reichen, und so feminine Gesichtszüge, dass viele Frauen in ihrer Gegenwart sicher vor Neid erblassen. Ich eingeschlossen.

»Hey, willkommen im Red Poison. Was kann ich für dich tun?« Ihre Stimme klingt, wie Honig schmeckt. Süß und geschmeidig.

»Ich bin wegen des Bewerbungsgesprächs hier.« Nervös greife ich in meine Handtasche und ziehe den Flyer hervor, um ihn auf den Tresen zu legen. »Für den Job als Kellnerin. Ich weiß, ich bin eine Stunde zu früh, aber ich war gerade schon in der Gegend«, lüge ich. Der Fußmarsch hierhin hat eine halbe Stunde gedauert, und sollte ich diesen Job kriegen, muss ich mir definitiv etwas anderes einfallen lassen. Vielleicht brauche ich ein Fahrrad oder so, immerhin werde ich mir in den nächsten fünf Jahren kein Auto leisten können. Außerdem habe ich keinen Führerschein.

»Alles klar. Ich sage dem Boss Bescheid. Du kannst dich so lange einfach an den Tresen setzen.« Mit einem knappen Lächeln huscht die Megan-Fox-Schönheit durch einen schwarzen Vorhang hinter der Bar und ich lasse mich auf einen der ebenfalls samtbezogenen Hocker sinken. Anschließend sehe ich mich nochmals in dem Club um und sauge jedes Detail in mir auf.

Ich scanne die komplette Bar, versuche mir bereits zu merken, wo was steht, und mache mir gedankliche Notizen davon. Sollte ich eine Chance bekommen, werde ich mein Bestes geben, um den Job auch zu behalten. Der heutige Abend hat mir bewiesen, was ich ohnehin längst wusste: Ich muss auf eigenen Beinen stehen, wenn ich Leon und mir ein anständiges Leben ermöglichen will. Und dafür brauche ich als Allererstes einen festen Job, der genug Geld abwirft, damit ich mir endlich einen finanziellen Puffer ansparen kann.

»Du hast Glück – der Boss empfängt dich sofort.« Ich zucke zusammen, als die Barfrau ihren Kopf durch den Samtvorhang steckt und mich hinter sich herwinkt. Mein Herz donnert mir bis in den Hals, als ich vom Hocker rutsche, um den Tresen herumgehe und ihr in den hinteren Teil des Clubs folge. Der Gang, in dem ich lande, hat den gleichen schwarzen marmorierten Fußboden wie der vordere Teil des Clubs, und die Wände sind rot gestrichen. Hier hat anscheinend jemand ein Faible für diese Farbe. Ich muss bei ihr immer an Blut denken, vor allem seit jener Nacht vor vier Wochen.

Ich knibble an meinen frisch lackierten Fingernägeln, als ich der Schönheit hinterhertrotte, bis wir schließlich eine große braune Tür erreichen, die sie Sekunden später öffnet.

»Boss, das ist …« Sie sieht mich fragend an, weil ich mich noch gar nicht vorgestellt habe.

»Aurora«, antworte ich halbwegs souverän, traue mich aber noch nicht, einen Fuß ins Büro zu setzen. Es ist nicht mein erstes Vorstellungsgespräch, aber mein erstes in einem verruchten Nachtclub. Wie der Chef wohl drauf ist?

»Das ist Aurora.« Sie nickt in den Raum hinein, und sobald ich das Büro betreten habe, zieht sie auch schon die Tür hinter mir zu. Umgehend fühle ich mich hier drin eingesperrt, auch wenn der Raum wirklich hübsch anzusehen ist.

Im Vergleich zum restlichen Club dominiert hier kein

blutiges Rot die Inneneinrichtung, sondern ein mattes Schwarz. Der Boden unter meinen Boots glänzt sauber, fühlt sich aber an, als bestünde er aus einer klebrigen Masse, die mich vom Weitergehen abhält. Ich erinnere mich an mein Vorhaben, Selbstbewusstsein auszustrahlen, und straffe erneut die Schultern. Dann hebe ich den Blick und verschlucke mich beinahe an meiner eigenen Spucke, die immer noch leicht nach dem versalzenen Abendessen schmeckt. Und nach dem Verrat meiner heuchlerischen Mutter.

Scheiße.

Dieser Kerl soll mein verdammter Boss werden?

Hinter dem gigantischen schwarzen Schreibtisch sitzt ein Kerl wie aus Stein gemeißelt. Er rührt sich nicht, lediglich sein Blick, der langsam über meinen Körper gleitet, verdeutlicht mir, dass da wirklich ein lebendiges Lebewesen vor mir sitzt. Der Typ hat enorm breite Schultern, die unter einem schwarzen Hemd verborgen liegen. Seine dunkelblonden Haare trägt er nach hinten gegelt, ohne dabei schmierig zu wirken. Die harte Kieferlinie ist an Maskulinität kaum zu überbieten und der leichte Bartschatten, der die schön geschwungenen Lippen umgibt, steht ihm hervorragend. Dazu diese interessanten Augen, deren Farbe ich auf die Entfernung nicht erkennen kann.

Ich glaube, ich bin einem unbekannten Underground-Hemsworth-Bruder in die starken Arme gelaufen, denn dieser Kerl steht ihrer Schönheit in absolut nichts nach. Viel eher ist er noch attraktiver.

»Ähm …« *Verdammt, so viel zum Selbstbewusstsein.* Ich benehme mich wie ein Freak, der noch nie einen so scharfen Kerl zu Gesicht bekommen hat. Zu meiner Verteidigung muss ich sagen, dass ich das tatsächlich nicht habe. Die Kerle, die meine Mutter regelmäßig zu Hause anschleppt, kommen nicht ansatzweise an diesen Mann heran. Nicht einmal Jon, der Typ, der mich entjungfert hat, war von seinem Kaliber.

»Du bist zu früh.« Das sind die ersten Worte, die der Typ zu mir sagt. Und als ich seine Stimme höre, jagt ein greller Blitz durch mein Herz und schlägt anschließend zwischen meinen Beinen ein. Moment mal … diese Stimme … wieso habe ich das Gefühl, sie zu kennen? Nahezu besessen krame ich in meinen Erinnerungen, aber die Anwesenheit dieses Mannes bringt mich eindeutig zu stark aus dem Konzept.

»Setz dich.« Er deutet auf den Stuhl ihm gegenüber, und auch wenn es mir schwerfällt, setze ich einen Fuß vor den anderen. Ich muss den Stuhl nicht einmal selbst zurückziehen, das erledigt er für mich, indem er ihn unter dem Schreibtisch mit dem Fuß in meine Richtung schiebt. Mit meinem letzten Rest Mut setze ich mich hin und bereue es sofort. Dieser Duft, der von ihm ausgeht, trifft mich mit voller Wucht. Scheiße! Ich schlucke schwer, als mir Bilder in den Kopf schießen, die in den letzten vier Wochen an der Tagesordnung meiner Tagträume standen. Das kann nicht sein, oder? Das darf nicht sein. Der Typ muss lediglich das gleiche Aftershave benutzen und zufälligerweise eine ähnlich raue, einnehmende Stimme haben. Alles andere würde meinen Untergang bedeuten.

»Also, Aurora. Hast du schon mal in einem Nachtclub gearbeitet?«, will er von mir wissen und der Verdacht bestätigt sich von Wort zu Wort mehr. Er ist es. Der Kerl aus der Kirche. Er muss es einfach sein, oder? Möglichst unauffällig sehe ich seine rechte Hand an, die das Glas mit der dunkelbraunen Flüssigkeit von links nach rechts dreht. Ist das die Hand, die vor vier Wochen in meiner verdammten Hose steckte? Meine Aufmerksamkeit wandert zu seiner Flanke, in die ich mein Messer gerammt habe, um von ihm wegzukommen. Es ist unmöglich zu sagen, ob er unter seiner Kleidung einen Verband trägt oder nicht.

Oh my fucking God.

»Nein«, sage ich mit piepsiger Stimme. Sollte sich mein Verdacht bestätigen und dieser Kerl ist der Killer, der mir den Mord an einer Frau namens Helen gebeichtet hat, muss ich aufpassen. Was, wenn er meine Stimme ebenso erkannt hat? Ja, sie hat an jenem Abend gezittert, aber es könnte doch sein …

»Ich bin heute erst einundzwanzig geworden.« Gott, der Typ hält mich sicher für zurückgeblieben, so schrill wie ich rede. Unter dem Tisch grabe ich meine Nägel in die Oberschenkel, so stark, dass es richtig wehtut.

Mr. Mysterious betrachtet mich mit Argusaugen, nimmt einen Schluck von seinem Getränk und stellt das Glas schwungvoll auf dem Tisch ab. Zwischen meinen Beinen breitet sich ein Lauffeuer aus, das absolut fehl am Platz ist. Der Typ ist gefährlich – und zwar richtig gefährlich. Und so lebendig ich mich seinetwegen auch gefühlt habe, so sehr hänge ich auch an eben diesem Leben. Immerhin bringt mir die krasseste Lebendigkeit nichts, wenn ich tot bin. Wenn er bemerkt, dass ich diese Frau bin, könnte er noch heute Nacht kurzen Prozess mit mir machen, schließlich kann ich ihn erstens an die Cops verpfeifen und zweitens habe ich ihm eine Stichwunde zugefügt.

»Hast du überhaupt schon mal gekellnert?«, will er gelangweilt von mir wissen.

Ich nicke eilig. »Ja. In mehreren Cafés.«

Er leckt sich ganz automatisiert über die Unterlippe, die ich wie ein heiliges Relikt anstarre. Weil ich mir in den letzten Wochen so oft vorgestellt habe, wie er mit diesen Lippen zwischen meine Beine gleitet und mich besinnungslos leckt. Noch immer kann ich mir nicht zu einhundert Prozent sicher sein, dass er es ist, aber seine Stimme hat sich so stark in mein Gedächtnis gebrannt, dass es gar nicht anders sein kann. Und das ist ein riesiges Problem. Ich brauche diesen Job wie die Luft zum Atmen, aber keinen Boss, der mir im selben Moment den Atem raubt! Wie soll das bitte zusammenpassen?

Meine Finger fahren gedankenversunken an meinen Hals, der sich immer noch an seine Hand erinnert. Wie fest er mich gepackt hat. Wie dominant. Scheiße, ich beginne, vor Nervosität auf dem Stuhl hin und her zu rutschen. Normalerweise bin ich alles andere als schüchtern und devot, aber ich habe es normalerweise auch nicht mit einem Killer zu tun, dem das Wort Reue völlig fremd ist.

Der Mann, dessen Namen ich noch immer nicht weiß, zieht eine Schublade in seinem Schreibtisch auf, schnappt sich einen Stapel Unterlagen und wirft sie mir achtlos vor die Nase.

»Da drin stehen alle Konditionen. Die Probezeit beträgt drei Monate, erst danach hast du einen Anspruch auf das verdiente Trinkgeld. Vorher steht es mir zu, jeder Penny davon. Du bekommst von mir Arbeitskleidung. Meine Frauen müssen einheitlich aussehen und zum Club passen.« Abschätzig wandert sein Blick über mein Kleid. Scheinbar steht er wirklich nur auf Rot.

Natürlich.

Weil er einen Blut-Spleen hat. Ganz sicher. Und eine Obsession dafür, Frauen während des Vögelns zu killen. Perfekte Voraussetzungen für eine tolle Zusammenarbeit, nicht wahr?

»Du hast nach den ersten drei Monaten zwei Urlaubstage im Monat und wirst von mir krankenversichert.« Er greift sich einen schwarzen Kugelschreiber und schiebt ihn mir zu.

»Heißt das, ich habe den Job?«, frage ich überrumpelt. Er kann mir unmöglich einfach so die Stelle geben, obwohl ich die erste Bewerberin bin und ich keinerlei Erfahrungen mit Nachtclubs habe.

»Willst du den Job oder nicht?«, fragt er mich sichtlich genervt. Jetzt habe ich noch die Chance, zu verschwinden. Ich müsste nur aufstehen, das Büro verlassen und diesem Club den Rücken zukehren. Nie wieder würde ich einen Fuß in dieses Gebiet setzen. Ja, ich will diesen Job. Aber noch dringender will ich einen Boss, der mich nicht gleichermaßen ängstigt und anmacht. Mit geschürzten Lippen schüttle ich den Kopf, springe von meinem Stuhl auf und presse mir die Handtasche fest gegen den Körper.

»Es tut mir leid. Aber ich kann hier nicht arbeiten.« So schnell ich kann, sprinte ich zur Tür, durch die ich eben erst gekommen bin, und reiße sie auf. Doch bevor ich in den Gang huschen kann, schnellt ein Arm über meine linke Schulter und das Türblatt wird heftig zurück ins Schloss gedrückt.

Er steht hinter mir. Ich kann seinen warmen Atem an meinem Hinterkopf spüren und seinen durchtrainierten Körper an meinem. Fuck. Er hat mich erkannt, oder? Er weiß, wer ich bin, und wird meinem mickrigen Leben jetzt ein schnelles Ende setzen. Vielleicht lässt er sich aber auch extra viel Zeit, wie bei Helen. Ob diese Frau womöglich für ihn gearbeitet hat? Wird ihr Schicksal auch mein Schicksal sein?

»Du fängst morgen Abend an.« Seine Aussage lässt keine Widerrede zu, und ich spüre, wie mir jegliche Farbe aus dem Gesicht weicht. Ich bin am Arsch. So am Arsch, wie man nur sein kann.

»Aber ich habe keine Berufserfahrung und die anderen Bewerberinnen hatten gar keine Chance«, protestiere ich schwach. Seine Hand ruht noch immer auf dem Türblatt und er ist mir so nah, dass sich sein Körper wie ein Käfig anfühlt. Ein Käfig, in dem ich festsitze.

»Merk dir eins, Baby.«

Baby? Himmelherrgott. Wieso nennt er mich so, und die wichtigere Frage: Wieso gefällt es mir? Nach allem, was ich über ihn weiß, sollte ich die Stadt verlassen. Vielleicht sogar den Bundesstaat oder das Land.

»Niemand kommt in meinen Club und stiehlt meine kostbare Zeit ganz umsonst. In den Minuten, in denen du vor dich hingestammelt hast, hätten mir schon drei meiner Mädchen einen blasen können und sie hätten es mit Freude gemacht. Du brauchst einen Job, ich brauche eine neue Kellnerin, weil mein zweitbestes Pferd im Stall spurlos verschwunden ist.« Redet er von Helen? Der Verdacht, dass diese Frau für ihn gearbeitet haben könnte, verschärft sich. Noch ein Grund mehr, nicht für ihn zu arbeiten, aber was für eine Wahl bleibt mir schon?

»Dreh dich um.«

Schluckend gehorche ich, und als ich zu ihm aufsehe, rase ich mit voller Geschwindigkeit in ein dunkles Déjà-vu. Ich konnte seine Augen in der Kirche nicht sehen, aber sie haben dasselbe Gefühl auf meiner Haut entfacht. Dieses Prickeln, dieses Kribbeln. Meinen Hintern drücke ich gegen die Tür in meinem Rücken, um etwas Distanz zwischen uns zu schaffen. Ich halte seine Nähe nicht aus. Sie ist Gift, das in jede Pore meines Körpers eindringt wie ein Parasit. Mein Herz gerät aus dem Takt, als er mit seiner Hand mein Kinn umfasst und es anhebt. Jede Regung seinerseits ist von einer strengen Dominanz untermalt.

»Du fängst um zwanzig Uhr an. Velvet wird dich einarbeiten und dir die passenden Sachen raussuchen.« Sein Blick gleitet über meinen durchgestreckten Hals hinunter zu meinen Brüsten. »Welche Körbchengröße? B?«, mutmaßt er, während er meine Titten ungeniert taxiert.

Atemlos nicke ich. Wie viele Titten hat er schon gesehen, dass ein kurzer Blick reicht, um die richtige Größe zu erkennen?

»Wenn wir Push-ups nehmen, sollte es gehen.« Autsch. Na danke. Er schenkt mir ein wölfisches Grinsen, das seine eisblauen Augen zum Strahlen bringt. Wenn diese Augen das Letzte sind, was Helen vor ihrer Ermordung zu Gesicht bekommen hat, kann sie sich beinahe glücklich schätzen. Es ist, als würde man in eine wunderschöne Gletscherlagune blicken.

»Noch Fragen?« Mittlerweile sieht er mir wieder ins Gesicht. Mir ist klar, dass ich diesen Job annehmen werde. Dass ich keine andere Wahl habe, weil er mich nicht einfach so gehen lassen wird. Und wenn ich schon bis zum Hals in der Scheiße stecke, kann ich wenigstens das Beste daraus machen, oder? Vielleicht finde ich heraus, wer diese Helen gewesen ist und wieso er sie ermordet hat. Vielleicht ist er auch ein gesuchter Serienkiller, den ich an die Cops verpfeifen und eine fette Belohnung dafür einheimsen kann. Ich lecke mir flüchtig über die Unterlippe, was ihm nicht entgeht. Sein Fokus ruht auf meinem Mund, als ich ihm eine einzige Frage stelle.

»Wie ist dein Name?«, wispere ich.

»Ayden«, erwidert er mit hochgezogenen Mundwinkeln. »Ayden Curse. Aber du wirst mich ab jetzt einfach ›Boss‹ nennen.«

Ayden Curse.

Zum ersten Mal seit vier Wochen hat der mysteriöse Fremde nicht nur ein Gesicht, sondern auch einen Namen. Und beides schreit nach Abgründen, die tiefer sind als alles, was ich bisher gesehen habe. Ich presse meine Zähne aufeinander, und sobald er mich endlich freigibt, reiße ich, so schnell ich kann, die Tür auf. Noch bevor ich genug Abstand zu ihm aufbauen kann, spricht er mich nochmals an.

»Aurora?«

Ich halte inne, drehe mich aber nicht zu ihm um.

»Happy Birthday.«

6
AURORA

Ich kann nicht fassen, dass ich diese Scheiße wirklich durchziehe, anstatt meine sieben Sachen und Leon zu schnappen, um von hier zu verschwinden. Gestern Nacht bin ich wie von einer Monsterwespe gestochen aus dem Red Poison gestürmt, und jetzt, nicht einmal vierundzwanzig Stunden später, stehe ich hinter der Bar und lasse mir von Velvet die Unterschiede zwischen den verschiedenen Whiskeysorten erklären.

Ehrlich gesagt höre ich dabei nur mit halbem Ohr zu, weil ich ständig Ausschau nach *ihm* halte. Nicht weil ich scharf darauf bin, ihn wiederzusehen, sondern weil mir der Arsch auf Grundeis geht. Ja, der Job ist wichtig für mich und die Konditionen sind mehr als gut, wenn man bedenkt, in welch einem schäbigen Viertel wir uns befinden. Aber ist er auch die Risiken wert? Wenn mir die Konsequenzen meiner Taten egal wären, hätte ich längst illegale Wege gefunden, um an Geld zu kommen. Aber für meinen kleinen Bruder muss ich sauber bleiben. Und frei von Vorstrafen. Dabei mache ich mich vermutlich schon strafbar, indem ich mit meinem Wissen über Ayden nicht zu den Bullen gehe.

»Hey, Süße. Nichts für ungut, aber wenn du nicht hinsiehst, kannst du dir die Etiketten auch nicht merken.« Velvet reißt mich aus meinen Gedanken, also schüttle ich mich einmal kurz durch, wie ein Hund, der in den Regen gekommen ist.

»Sorry«, murmle ich. »Hatte heute nicht viel Schlaf.« Besser gesagt keinen, denn ich konnte kein Auge zumachen, als ich zu Hause ankam. Meiner Mutter und ihrem widerwärtigen Hohlbirnenfreund bin ich aus dem Weg gegangen, weil ich keine Lust auf eine weitere Diskussion darüber hatte, ob es ethisch vertretbar ist, dass eine Mutter ihre eigene Tochter als Hure verkaufen will. Dachte sie ernsthaft, dass ich dem zustimmen würde? Scheinbar hat das Heroin schon mehr Schaden bei ihr angerichtet, als ich dachte.

»Wenn du es einrichten kannst, solltest du in Zukunft entspannt und ausgeschlafen zur Schicht erscheinen. Der Boss mag es nicht, wenn seine Mädchen gestresst oder geistesabwesend wirken. Ist nicht gut für den Umsatz, weißt du?« *Seine Mädchen.* Noch immer frage ich mich, ob Helen eines dieser Mädchen war. Sollte ich Velvet einfach fragen, ob sie hier gearbeitet hat? Immerhin wirkt sie bis jetzt ganz nett, anders als die restlichen Kolleginnen, denen ich heute begegnet bin.

Scheinbar mögen sie es nicht, wenn neue Leute dazukommen, die ihnen das Trinkgeld streitig machen. Was ich sogar verstehen kann. Auf der South Side kämpft jeder für sich allein, so war es schon immer und so wird es auch immer bleiben. Da können noch so viele reiche Wichser kommen, unsere hässlichen Gebäude abreißen und fancy Bioläden eröffnen. Unsere Straßen werden niemals frei von all dem Blut sein, das auf ihnen vergossen wurde. Dieser Stadtteil hat ein verdammt gutes kollektives Gedächtnis.

»Ist gemerkt«, erwidere ich lächelnd und mache mir ein paar Notizen in dem kleinen schwarzen Buch, das ich mir für die erste Schicht mitgenommen habe. Darin habe ich mir bis jetzt meine wichtigsten Aufgaben notiert, ein paar Cocktail-Rezepte, die laut Velvet am beliebtesten bei den Stammkunden sind, und den Code für meinen Spind im Umkleideraum.

Das Kleid, das mir zu meiner ersten Schicht angedreht wurde, kneift an allen Enden. Ich bin es nicht gewohnt, so enge Klamotten zu tragen, bei denen einem die Äpfel beinahe aus dem Obstkorb springen. *Äpfel, die dem Boss scheinbar zu klein sind.*

Wäre er einfach irgendein Vollidiot, von dem keine Gefahr ausgeht, hätte ich mich verbal gegen seine Beleidigung gewehrt. Meine Brüste sind schön. Basta. Und es ist mir herzlich egal, ob sie seiner Größenvorstellung entsprechen oder nicht. Ist ja nicht so, als würde ich sonderlich viel Wert darauf legen, dass ich seinem Beuteschema entspreche. Generell steche ich – nicht nur dank meiner Haarfarbe – wie ein bunter Hund aus der Belegschaft heraus. Ich bin kleiner als die meisten Frauen, deutlich zierlicher und habe absolut kein Händchen für ein glamouröses Make-up. Alles, was ich trage, sind etwas Mascara und Lippenstift.

Mein Blick huscht zu Velvet, die heute ein zweiteiliges Outfit aus Lack trägt. Einen so kurzen Rock, dass man den Ansatz ihrer Arschbacken sehen kann, und ein schmales Top, das ihre deutlich größeren Früchte gerade so bedeckt. Für diese Titten bräuchte sie echt einen Waffenschein.

»Das war es erst mal für heute. Meinst du, ich kann dich für eine halbe Stunde allein lassen?« Die diamantbesetzten

Fakelashes zaubern ihr einen phänomenalen Augenaufschlag.

»Klar.«

»Super. Wenn du Fragen hast, wende dich am besten an Cindy.« Sie deutet auf die große kurvige Blondine, die gerade auf dem Schoß eines Gastes sitzt und ihm etwas kichernd zuflüstert. »Sie ist die netteste Zicke unter uns.« Velvet legt mir ihre Hand auf die Schulter, bevor sie hinter dem Vorhang verschwindet. Ob sie einen Termin beim Boss hat? Oder soll sie ihm Bericht erstatten, wie ich mich mache? Hoffentlich sagt sie ihm nicht, dass ich vollkommen erledigt hier aufgeschlagen und ständig mit meinen Gedanken woanders bin, denn dann kann ich meinen Spind vermutlich noch heute leer räumen.

Die nächsten zwanzig Minuten verbringe ich damit, Gläser zu polieren, und zu meinem Glück bestellen die zwei Gäste, die ich bedienen muss, nur Bier und keine fancy Cocktails, bei deren Namen sich meine Zunge verknotet. Meine Schicht endet in einer Stunde und ich habe bereits ganze vierzig Dollar Trinkgeld eingenommen. Zwar darf ich es in den ersten drei Monaten nicht behalten, aber die Aussicht darauf, wie viel Geld ich in Zukunft nebenbei in diesem Club verdienen könnte, zaubert mir ein Lächeln aufs Gesicht.

Beinahe vergesse ich, dass ich womöglich für einen psychopathischen Killer arbeiten muss. Tief in mir drin hege ich noch die winzige Hoffnung, dass mir mein Hirn einen Streich gespielt hat und ich bloß paranoid bin. Vielleicht ist Ayden Curse wirklich nur ein harmloser Nachtclubbesitzer, der keiner Fliege etwas zuleide tut. Immerhin sprechen seine Mädchen allesamt nur gut über ihn. Wenn man ihnen beim Reden zuhört, könnte man fast meinen, dass er ein Heiliger ist.

Welcher Heilige greift bitte einer Fremden unter dem Dach einer Kirche zwischen die Beine? Kurz nachdem er ein Leben genommen hat?

Gerade als ich mein Trinkgeld unter der Theke zum vierten Mal an diesem Abend durchzählen will, vibriert das schmale Armband an meinem rechten Handgelenk. Velvet hat es mir zum Schichtbeginn angelegt und mir erklärt, was die beiden Farben auf dem Display bedeuten. Wenn es grün leuchtet, heißt es, dass meine Schicht vorbei ist und ich mich ausstempeln soll. Wenn es rot leuchtet, will mich der Boss in seinem Büro sprechen. Meines leuchtet rot.

Augenblicklich bricht mir der Schweiß am ganzen Körper aus. Bis jetzt habe ich es an meinem ersten Arbeitstag erstaunlich gut geschafft, ihm aus dem Weg zu gehen, aber jetzt bleibt mir wohl nichts anderes übrig, als ihm gegenüberzutreten. Ob Velvet ihm gesagt hat, dass ich nutzlos bin? Will er mich feuern, noch bevor er mich richtig eingestellt hat? Gut möglich. Eigentlich sollte mich der Gedanke daran beruhigen, aber ich will nicht nach Hause gehen und meiner Mutter die Genugtuung geben, die mein Versagen mit sich bringen würde.

Ich winke Cindy zum Tresen, sage ihr, dass ich eine Audienz beim Boss habe, und schlüpfe hinter den schwarzen Vorhang. Der Weg zu seinem Büro fühlt sich schier endlos an. Allein die Vorstellung, ihm gleich wieder gegenüberzustehen, dreht den Adrenalinspiegel in meinem Blut vollkommen auf. Wie schon gestern beim Vorstellungsgespräch – das eigentlich kein richtiges war – straffe ich meine Schultern, trete an die Tür und klopfe zweimal an. Seine düstere Stimme bittet mich herein, und als ich in sein Büro husche, fallen mir nicht nur beinahe die Brüste aus dem Kleid, sondern auch die Augen aus dem Kopf.

Ayden sitzt wie gestern hinter seinem Schreibtisch, aber

er ist nicht allein. Velvet befindet sich splitterfasernackt auf seinem Schoß und reitet ihn mit einer solchen Hingabe, dass mir die Spucke wegbleibt. Verfluchte Scheiße! Habe ich mich in der Tür geirrt?

»Ähm …«

Ich wende den Blick von den beiden ab, aber das Geräusch ihrer nackten Haut, die gegeneinanderschlägt, kann ich nicht einfach ausblenden. Sie ficken einfach weiter, als stünde ich nicht wenige Meter von ihnen entfernt.

»Entschuldigung. Mein Armband hat vibriert.« Ich halte es in die Höhe. »Ich komme einfach später wieder.«

Ist Velvet echt nach hinten verschwunden, um den Boss hinter seinem Schreibtisch zu vögeln? Gibt es dafür etwa eine Extrafarbe? Ein Fick-mich-Lila oder so? Hoffentlich nicht.

»Ich habe dich herbestellt«, sagt Ayden mit einem süffisanten Unterton in der Stimme. Er klingt, als würde er gerade gelangweilt die Tageszeitung lesen, anstatt die schönste Frau im ganzen Club zu bumsen.

»Wir sind gleich fertig, oder, Baby?« Scheinbar nennt er all seine Frauen so, gut zu wissen. Ich will nichts Besonderes für ihn sein, eigentlich will ich bloß meinen Job machen und unter seinem Radar fliegen. Je weniger wir miteinander zu tun haben, desto sicherer ist es für mich.

Velvet erwidert lediglich ein tiefes Stöhnen, das mir eine Gänsehaut über den Körper jagt. Unauffällig schiele ich zurück zum Schreibtisch. Was soll der Scheiß? Er hat mich absichtlich herbestellt, während er bis zum Anschlag in seiner Angestellten steckt? Warum? Um mir seine Macht zu demonstrieren? Oder um mich eifersüchtig zu machen? Nicht mit mir. Es ist mir scheißegal, wen er wann und wie oft in welcher Stellung fickt.

»Setz dich doch solange, Aurora.« Ayden hat seine Arme

machohaft auf den Lehnen seines Stuhls abgelegt, während Velvet immer schneller auf seinen Schwanz gleitet. Ich bewahre meinen Stolz, trete auf den Schreibtisch zu und setze mich auf denselben Platz, auf dem ich schon gestern gesessen habe. Ich habe meiner Mutter so oft beim Vögeln zusehen müssen, dass es mir nichts ausmacht, diesem Liveporno beizuwohnen. Zumindest rede ich mir genau das ein. Doch als ich so dicht vor ihren ineinander verwobenen Körpern sitze und den Sex nahezu riechen kann, wird mir plötzlich höllisch heiß.

Velvet hat einen unglaublich schönen Körper. Ihre Taille ist schmal, ihre Hüften ausladend. Ihr voluminöser Po bebt nahezu, jedes Mal, wenn sie wieder auf ihn gleitet. Sie wirft mir über die Schulter ein kesses Zwinkern zu, widmet sich anschließend wieder unserem Boss und knabbert an seinem Hals, als bestünde er aus Schokolade.

Ich zwinge mich dazu, nicht die wenigen Sekunden, in denen sie aus ihm herausgleitet, dazu zu nutzen, ihm auf den Schwanz zu starren. Es ist mir schlichtweg egal, wie gut er bestückt ist. Ich rutsche auf meinem Stuhl leicht zurück und rolle die Augen nach oben Richtung Decke. Dieses alberne Spiel bringt mich aus dem Konzept, vor allem da ich nicht weiß, ob das hier jetzt zu meinem Arbeitsalltag gehört.

Velvets Stöhnen wird lauter und hemmungsloser. Sie wirft ihren Kopf ekstatisch zurück, biegt ihren Rücken durch und erzittert am ganzen Körper, als sie auf seinem Schwanz kommt. Wie automatisch gleitet mein Blick wieder nach vorn, direkt auf die beiden Turteltauben. *Oder soll ich sie Ficktäubchen nennen? Hey, kleiner Bruder, ich glaube, ich habe echte Fuck-Enten gefunden!*

Als Velvet erschöpft gegen seine Brust sinkt, übernimmt Ayden die Führung. Er packt grob ihren Arsch und bestimmt das Tempo, mit dem ihre Pussy auf ihn rutscht.

Zwischen meinen Beinen sammelt sich so viel Feuchtigkeit, dass ich befürchte, einen nassen Fleck auf dem Stuhl zu hinterlassen. Zur Hölle, das hier ist viel heißer, als mir guttut.

Und das liegt nicht nur daran, dass die beiden ein ästhetisches Bild abgeben, nein. Viel eher liegt es daran, dass mich Ayden Curse nicht aus den Augen lässt, während er eine andere Frau fickt. Weil ich die Intensität seines Blickes nicht aushalte, ohne meine eigene Erregung zu verraten, suche ich etwas, auf das ich mich stattdessen konzentrieren kann. Doch als Ayden den Stuhl leicht nach rechts dreht und mir somit einen ungehinderten Blick auf seine nackte Flanke verschafft, halte ich den Atem an. Fuck. Ich wollte den Beweis. Hier habe ich ihn. Auf der rechten Seite, unter seinen Rippen, befindet sich eine Narbe, die relativ frisch aussieht. Es ist dieselbe Stelle, in die ich mein Messer gerammt habe, bevor ich aus der Kirche geflohen bin.

Mein Herz poltert so lautstark, dass mir schwindelig wird, und das Blut rauscht wie ein Tsunami durch meinen Körper.

Er ist es wirklich.

7
AYDEN

Gefällt es dir, mir beim Vögeln zuzusehen, Baby? Zuzusehen, wie Velvet meinen Schwanz mit ihrer feuchten Pussy nahezu ausquetscht? Du rutschst, seit du dich gesetzt hast, nervös auf dem Stuhl hin und her. Dachtest du, ich bemerke es nicht? Dachtest du wirklich, dass ich dich aus Versehen in mein Büro bestellt habe?

Fuck, nein. Jedes meiner Mädchen stand schon einmal an dem Punkt, an dem du jetzt stehst. Jedes meiner Mädchen saß schon einmal auf demselben Stuhl und hat mir beim Vögeln zugesehen, weil ich es so wollte. Aber bei keiner hat es mich so angemacht wie bei dir.

Als du gestern in mein Büro gestolpert bist, hattest du mich sofort am Haken. Die Verzweiflung in deinen graublauen Augen war so schön anzusehen, dass ich mehr davon wollte. Scheiße, vermutlich bist du eine Niete in deinem Job, aber ich könnte dich zur Königin machen. Das Potenzial ist da. Ich erkenne einen ungeschliffenen Diamanten, wenn er vor mir sitzt. Und mir fallen eintausend Dinge ein, wie ich dich schleifen könnte. Wie ich deine Kanten bearbeiten könnte, damit sich alle anderen Männer die

Hände an dir aufschlitzen werden. Alle außer mir. Denn mir kann man nicht wehtun, das wirst du früh genug feststellen.

Velvet fickt mich jeden Abend, und das seit mehr als einem Jahr. Aber ehrlich gesagt langweilt mich der Gedanke, sie zu vögeln, wenn du im selben Raum bist. Weil ich viel lieber dich auf meinem Schwanz spüren würde.

Dein Blick ruht auf meinem nackten Oberkörper und deine Nervosität wird immer greifbarer. Wetten, dass du schon ausläufst? Dass du das schöne Polster unter dir befleckst, weil du so geil auf mich bist? Auf die Vorstellung von uns?

Ich beuge mich vor, umschließe Velvets Nippel mit meinen Lippen und lasse dich dabei nicht aus den Augen. Ich sehe bildlich vor mir, wie gekränkt du gestern Abend warst, als ich deine Titten als klein bezeichnet habe – auch wenn es die Wahrheit war. Für gutes Trinkgeld wird es reichen, aber für phänomenales bräuchtest du etwas mehr.

Was ich dir nicht verraten habe?

Ich stehe auf kleine Titten.

Meine Hände packen Velvets Arsch fester, und während ich ihr mein Becken in schnellen Stößen entgegenschiebe, sehe ich nur dich an. Du krallst die Nägel in deine Unterarme, weil du ein verdammtes Ventil für deine versauten Gedanken brauchst, habe ich recht?

Meine Eier ziehen sich verlangend zusammen. Ich spritze niemals in meinen Mädchen ab. Nicht, weil ich Angst davor habe, eine von ihnen zu schwängern oder mir Aids einzufangen. Meine Mädchen verhüten, außerdem lasse ich sie einmal im Monat auf Krankheiten testen. Ich spritze niemals in ihnen ab, weil ich nicht will, dass eine von ihnen auf die dämliche Idee kommt, ich könnte etwas für sie empfinden, das über Körperliches hinausgeht. Was sagt es über mich aus, dass ich für dich eine Ausnahme machen würde? Dich würde ich so lange mit meinem Samen füllen, bis jede Faser deines zarten Körpers weiß, wem du gehörst.

Ein leichter Schweißfilm hat sich auf deiner Stirn und auf deinem Ausschnitt gebildet. Ich packe Velvet, setze sie auf der Tischplatte zwischen uns ab und erhebe mich. Mein Schwanz ragt glänzend über ihrer triefend nassen Pussy, aber er lechzt nicht nach ihr, sondern nach dir. Dein Blick rauscht zu meiner Latte und du erstarrst zu Stein. Sicherlich hast du bis jetzt nur Schwänze in Durchschnittsgröße gesehen, habe ich recht?

Nichts an mir ist Durchschnitt, Baby.

Ich bin überdurchschnittlich.

Überdurchschnittlich groß, überdurchschnittlich irre, überdurchschnittlich in deine lustverhangenen Augen verschossen.

Velvet spreizt unaufgefordert ihre Schenkel für mich, während ich meinen Schwanz mit der rechten Hand umfasse und mich selbst pumpe. Mit einem Knurren ergieße ich mich auf Velvets flachem Bauch. Mein Samen sammelt sich in ihrem Bauchnabel und rinnt anschließend nach unten über ihren glattrasierten Venushügel.

Du schluckst schwer.

Und Scheiße, gerade wünschte ich, du würdest etwas anderes als deinen Speichel schlucken.

»Es war mir ein Vergnügen, Boss.« Velvet fährt sich mit dem Finger über den vollgespritzten Bauch und schiebt den Daumen anschließend kess in ihren Mund, bevor sie mit einem Zwinkern vom Tisch hüpft und sich ihre Sachen vom Boden schnappt.

»Ich sehe dich gleich vorn, Süße. Dann zeige ich dir, wie wir die Kasse machen.« Sie tänzelt aus dem Raum, nachdem sie deine Schulter mit der Hand gestreift hat. Wir sind allein. Du und ich. Du – in diesem scharfen roten Kleid. Ich – vollkommen nackt. Mein Schwanz ist immer noch hart, weil die Vorstellung, eine zweite Runde mit dir einzulegen, so verlockend ist. Aber noch gehörst du nicht offiziell zu meinem Team. Aus diesem Grund habe ich dich hergebeten, na ja, und weil ich dich reizen wollte.

»Warum bin ich hier?«, fragst du und versuchst, dabei ganz

entspannt und unbeeindruckt zu klingen. Ich verstaue meine abklingende Erektion, ziehe meine Hose richtig an und lasse mich oberkörperfrei auf meinen Stuhl fallen. Du saugst jede meiner Bewegungen auf, so wie ich jede deiner.

»Du hast gestern den Vertrag nicht unterzeichnet.« Ich ziehe den Arbeitsvertrag aus dem Schubfach und schiebe ihn unter deine süße Nase, deren Spitze nun von links nach rechts zuckt. Anschließend reiche ich dir einen Kugelschreiber, den du eilig ergreifst. Dachtest du, dass ich das Zittern deiner Hand nicht bemerken würde? Oh, Baby. Merk dir eins: Ich bemerke alles.

Eilig schlägst du die letzte Seite des Vertrages auf, setzt die Mine aufs Papier und unterzeichnest mit deinem Namen. Dann wirfst du den Kugelschreiber zurück auf den Tisch und erhebst dich.

»Darf ich dann wieder an die Arbeit gehen?« Gestern wirktest du handzahm, wie ein kleines Eichhörnchen, das für etwas zu Fressen alles tun würde. Heute brennt ein Feuer in deinen Augen, das mir noch viel besser gefällt.

»Noch nicht.« Ich lehne mich auf meinem Stuhl zurück. »Das Trinkgeld.«

Augenrollend greifst du in den Ausschnitt deines Kleides, ziehst ein Bündel Scheine hervor und wirfst es ebenfalls auf den Tisch. Ich schnappe mir die Kohle, zähle sie flüchtig und stecke sie anschließend in meine Hosentasche.

»Für den ersten Abend nicht schlecht. Aber da geht noch mehr, oder?«

Du mahlst mit dem Kiefer, stehst kurz davor, deine Kontrolle zu verlieren.

Genau das ist es, was ich will.

Ich liebe Frauen, die sich hingeben können.

Ihrer Lust, ihrer Wut, ihrer Dunkelheit. Mir.

»Du darfst jetzt gehen.« Mit einem Geräusch, das wie ein

süßes Knurren klingt, machst du auf den Absätzen deiner Schuhe kehrt und marschierst auf die Tür zu.

»Und noch etwas.« Du hältst inne, deine Hand verharrt auf dem Türgriff, und ich sehe, wie sehr du gegen das Bedürfnis ankämpfst, auf meinen Schoß zu klettern.

»Willkommen im Team, Aurora.«

8
AURORA

Seit zwei Wochen arbeite ich fast jeden Abend im Red Poison. Während ich mich immer besser hinter der Bar zurechtfinde und die meisten Cocktails bereits ohne Hilfe meines Notizbuches mixen kann, vergeht die Zeit wie im Flug. Die meisten Frauen behandeln mich weiterhin, als wäre ich Luft für sie oder eben der Dreck unter ihren Pumps. Nur Velvet spricht während der Schichten mit mir, und inzwischen würde ich sie schon fast als Freundin bezeichnen, weil das Zusammenarbeiten mit ihr so herrlich unbeschwert ist. Nicht einmal die Tatsache, dass ich ihren nackten Körper mittlerweile in jeder erdenklichen intimen Pose gesehen habe, schadet unserem Verhältnis.

Denn wenn ich dachte, dass diese seltsame Show in Aydens Büro eine Ausnahme war, habe ich mich verdammt tief geschnitten. Er bestellt mich regelmäßig unter einem Vorwand in sein Büro. Mal will er, dass ich ihm einen eisgekühlten Whiskey bringe, mal will er, dass ich für ihn putze. Und nahezu jedes Mal hat er dabei Gesellschaft von Velvets Pussy.

Vielleicht ist das irgendein komischer Fetisch, den ich nicht verstehe. Natürlich hat es seinen Reiz, beim Sex beobachtet zu werden, aber so? Immer und immer wieder? Da muss etwas anderes dahinterstecken, und ich habe mir zur Aufgabe gemacht, genau das herauszufinden. Ich will das Rätsel Ayden Curse lösen, koste es, was es wolle. Nicht nur, weil mich sein Verhalten kirre macht, sondern auch, um endlich etwas gegen ihn in der Hand zu haben, sollte es hart auf hart kommen. Ich muss herausfinden, wen er ermordet hat und wieso er es getan hat. Aus diesem Grund habe ich sein Verhalten in den letzten zwei Wochen haargenau unter die Lupe genommen und bin zu folgendem Entschluss gekommen: Irgendetwas stimmt nicht mit ihm – abgesehen von der Tatsache, dass er ein reueloser Killer ist, natürlich.

Ayden betritt das Red Poison jeden Tag zur selben Uhrzeit und verlässt es jeden Morgen auf die Minute genau. Er bleibt nie eine Sekunde länger, was ich für einen verruchten Nachtclubbesitzer, der ein Business zu leiten hat, mehr als unüblich finde.

Dazu kommt sein seltsamer Schatten, der ihm überallhin folgt. Laut Velvet ist sein Name Black und er ist so was wie seine rechte Hand. Sein Gesicht ist jedes Mal, wenn er in den Club kommt, von einer schwarzen Sturmhaube bedeckt, und er hat noch nie ein Wort in unserer Gegenwart verloren. Langsam glaube ich, dass er vielleicht gar nicht sprechen kann. Und mir soll es recht sein, denn jedes Mal, wenn ich dank der Aussparungen in der Sturmhaube seinen Blick auf mir ruhen spüre, überkommt mich eine unschöne Form der Gänsehaut. Sie ist anders als die, die Ayden regelmäßig in mir auslöst, auch wenn ich mich noch immer partout dagegen wehre.

Seit einer Woche trage ich außerdem stets einen Colt Cobra mit mir herum, einen kleinen Revolver, den ich für wenig Geld von einem Bekannten bekommen habe, inklusive voller Magazintrommel. Ich glaube zwar nicht, dass ich die Waffe wirklich brauchen werde, solange Ayden nicht herausfindet, was ich über ihn weiß, aber sicher ist sicher.

»Hey, Süße.« Velvet pustet sich eine schwarze Strähne aus der Stirn, tritt an die verspiegelten Alkoholregale heran und zückt einen Lippenstift. »Könntest du den Laden vielleicht gleich dichtmachen?«

Bis jetzt hat sie mir noch nicht zugetraut, als Letzte zu gehen, weshalb ich breit grinsen muss. »Klar. Hast du noch was vor?«, frage ich, während sie sich die vollen Lippen in einem dunklen Rot nachzeichnet. Auch nach einer zehnstündigen Schicht sieht sie aus wie aus dem Ei gepellt, während ich mich fühle, als hätte man mich durch einen Häcksler gejagt.

»Ich treffe so einen Kerl von Tinder. Nichts Ernstes.« Sie zwinkert mir zu, drückt ihre Lippen mehrmals aufeinander und lässt die Schminke in ihrer Handtasche verschwinden.

»Und ich dachte schon, dass du mit dem Boss liiert bist.« Ich sage es im Scherz, aber eigentlich steckt purer Ernst dahinter. Wenn ich auf diese Weise mehr über Ayden herausfinde, muss ich die Gelegenheit nutzen.

Velvet stößt ein schillerndes Lachen aus. »Ach, Süße. Niemand ist mit dem Boss liiert. Wir vögeln nur, mehr nicht.« Warum zum Teufel beruhigt mich das? *Ich bin so gestört.*

»Dafür vögelt ihr aber ziemlich oft«, erwidere ich und versuche, so unbeeindruckt wie möglich zu klingen. Scheiße, ich muss echt aufpassen, meine Nase nicht zu tief in seine Angelegenheiten zu stecken. Zumindest nicht so offensichtlich. Das Letzte, was ich gebrauchen kann, ist ein Ruf als eifersüchtige Angestellte.

»Weil wir gut harmonieren«, gibt Velvet schulterzuckend

zurück. »Ayden hat immer eines seiner Mädchen im Visier, das ein paar Extraarbeiten für ihn erledigt.« Mit diesen Extraarbeiten meint sie wohl: Schwänze lutschen, Beine spreizen, Zunge rausstrecken. *Ob Helen ebenfalls eine besondere Stellung bei ihm hatte?*

»Hey, bist du eifersüchtig?« Sie boxt mir gegen die Schulter, woraufhin ich es bin, die ein schrilles Lachen ausstößt.

»Sicher nicht. Ich habe kein Interesse an ihm oder seinem Dödel.«

»Ich mein ja nur … Wenn doch, bin ich dir nicht böse. Seine dominante Art ist echt heiß. Außerdem habe ich kein Problem damit, ihn mit dir zu teilen.« Sie drückt mir einen Kuss auf die Wange und ich hoffe, dass ihr Lippenstift keine Abdrücke auf meiner Haut hinterlässt. »Wie auch immer – jetzt gehe ich erst mal mein Tinder-Date vögeln! Denkst du daran, die Kasse ordentlich zu verschließen? Und die Tür …«

»… doppelt. Ich weiß. Nun hau schon ab!«

Velvet schenkt mir ein dankbares Lächeln, schnappt sich ihren beigen Trenchcoat und verschwindet aus der Bar. Zum ersten Mal seit zwei Wochen bin ich allein im Red Poison. Alle anderen Mädchen sind schon gegangen, und da es bereits weit nach fünf Uhr ist, hat auch der Boss schon längst Feierabend gemacht. Ich reinige den Tresen, trockne die letzten Gläser ab und schließe als Letztes die Kasse. Da heute eine neue Schnapslieferung reinkam und die drei Kisten hinter der Bar zu viel Platz einnehmen, beschließe ich, sie nach hinten ins Lager zu bringen.

Der Schweiß rinnt mir über den Nacken, weil die Kartons verdammt schwer sind, und als ich den Lagerraum abschließe, werfe ich einen neugierigen Blick zu Aydens verschlossener Bürotür. Bevor ich wieder durch den Vorhang zur Bar huschen kann, kommt mir eine Idee. Ich bin allein hier. Niemand ist da, der mich bei meiner Recherche stören könnte. Und ich bin mir sicher, dass ich – sollte Helen eines der Mädchen gewesen sein – in seinem Büro einen Hinweis darauf finden könnte.

Meine Schneidezähne graben sich unsicher in meine Unterlippe, als ich einen Entschluss fasse. Jetzt oder nie. Ich schnappe mir die Handtasche, in der sich mein Revolver befindet, stürze auf seine Bürotür zu, die wie zu erwarten geschlossen ist, und ziehe eine meiner Haarnadeln aus meinem Dutt. Vermutlich gibt es niemanden auf der South Side, der nicht in der Lage ist, ein Schloss mit einer Haarnadel zu knacken. Ich zumindest habe es schon gelernt, als ich gerade einmal zehn war.

Vor dem Schloss gehe ich in die Knie, schiebe die Haarnadel hinein und stoße innerlich einen Jubelschrei aus, als die Tür Sekunden später aufspringt. Jackpot.

Sofort empfängt mich Aydens Geruch. Diese Mischung aus seinem herben Aftershave und teurem Whiskey. Blind taste ich mich in der Dunkelheit an der Wand entlang, bis ich einen Lichtschalter finde und ihn betätige. Der Raum wird in diffuses Licht getaucht und ich nutze den Moment, um mich genauestens hier drin umzusehen. Inzwischen war ich schon ziemlich oft hier hinten, aber meistens konnte ich mich auf nichts anderes als den Porno konzentrieren, der direkt vor meinen Augen stattfand und deren Darsteller wahnsinnig viel Ausdauer hatten.

Als Erstes widme ich mich Aydens Schreibtisch, und als ich mich auf seinen Stuhl setze, durchfährt mich eine kribbelnde Aufregung. Allein hier zu sitzen, fühlt sich … mächtig an? Ich überfliege die Unterlagen, die sich auf dem Tisch befinden, aber das meiste davon ist relativ uninteressant. Lieferantenrechnungen, Lohnzettel, ein Scheckheft … Nichts, das mir einen Hinweis darauf gibt, wer

Helen war und womit sie bei ihm in Ungnade gefallen sein könnte.

Ich reiße eine Schublade nach der anderen auf, finde aber außer dem Kaufvertrag für diesen Club, Zigarren und einer Kondompackung nichts Brauchbares. Irgendwo hier muss er doch die Personalakten aufbewahren, oder?

»Denk nach, Auri«, murmle ich mir selbst zu, erhebe mich von dem Platz und widme mich als Nächstes dem Eichenschrank auf der rechten Seite. »Genau euch habe ich gesucht!« Im obersten Fach stehen mehrere dünne Pappordner, die ich allesamt herausziehe, auf dem Boden vor mir ausbreite und nacheinander durchgehe. Ich sitze im Schneidersitz zwischen den ganzen Papieren und wühle mich durch jede einzelne Akte.

Aber noch immer finde ich keine Spur zur toten Helen.

Es gibt kein Mädchen mit diesem Namen, das hier für ihn gearbeitet hat. Vielleicht hat er die Akte auch vernichtet, nachdem er sie getötet hat? Wäre möglich. Fakt ist, dass ich zumindest in diesem Raum keine Beweise finden werde. Nachdem ich alle Unterlagen wieder fein säuberlich in den Schrank eingeräumt habe – hoffentlich in der richtigen Reihenfolge – führe ich meine selbsternannte Razzia fort. Es gibt ein angrenzendes Badezimmer, das nicht sonderlich spektakulär ist und in dem sich keine persönlichen Gegenstände befinden.

Neben der Badezimmertür gibt es eine weitere auf der anderen Seite. Was sich dahinter wohl befindet? Meine Füße schmerzen in den unbequemen Pumps, die Velvet mir zu meinem heutigen Outfit – einem weinroten Jumpsuit mit tiefem Herzausschnitt – angedreht hat. Bevor ich mir noch mehr Blasen einfange, schlüpfe ich aus den Mordsteilen, stelle sie neben der Tür ab und greife nach der Klinke. Meine Handtasche presse ich dabei fest an meinen Körper.

Zu meinem Glück ist der Raum nicht abgeschlossen, und als ich in die Dunkelheit husche, muss ich nicht einmal nach einem Lichtschalter suchen, weil es scheinbar einen Bewegungsmelder gibt.

Ich stehe in einem schmalen Flur, der wohnlich dekoriert ist. Es gibt einen bodentiefen Spiegel, einen dunklen Schuhschrank, in dem mehrere Männerboots stehen, und eine Garderobe, an der Jacketts und Sweatjacken hängen. Scheiße, wohnt Ayden etwa hier? Unmöglich. Sonst würde er auch tagsüber hier sein und nicht morgens um vier Uhr den Club verlassen. Oder? Doch als ich mich weiter in der Wohnung umsehe, bestätigt sich meine Vermutung. Überall liegen Sachen herum, die ihm gehören müssen. Der Wohnbereich ist gemütlich eingerichtet – mit modernen, hellen Möbeln, die ich mir nicht mal in zehn Jahren würde leisten können. Jedes einzelne Stück schreit nach Luxus.

Direkt ans Wohnzimmer grenzt eine offene Küche, die durch einen breiten Granittresen vom Rest des Raumes abgetrennt wird. Neugierig tapse ich durch die einzelnen Räume, werfe einen flüchtigen Blick ins Bad und lande schließlich in einem Schlafzimmer.

Fuck. Ich stehe vor dem Bett eines Mörders. *Ob er hier von seinen nächsten Opfern träumt?*

Schluckend sehe ich mich in dem größten Zimmer der gesamten Wohnung um. Das Bett ist so breit und sieht so gemütlich aus, dass ich gewillt bin, mich für ein paar Minuten hinzulegen und zu dösen. Ich bin seit vierundzwanzig Stunden wach und langsam dringt die Müdigkeit bis in meine Knochen vor. Sie überdeckt sogar meinen Wunsch, endlich herauszufinden, wer das Opfer dieser Geschichte ist.

Mit den Fingern fahre ich über die faltenfreie, graue Tagesdecke, bevor ich mich hinsetze und anschließend rücklings ins Liegen gleite. Heilige Mutter Gottes! Wie weich und bequem kann ein Bett sein? Ich schließe die Augen, genieße diese Wohltat für meine Wirbelsäule und werde mit voller Wucht in die Realität zurückgeschleudert, als ich an Aydens Worte aus jener Nacht denke.

Ob das hier der Tatort ist? Dieses Bett, in dem ich liege? Ayden sagte, dass er Helen als Erstes in der Dusche gevögelt hat, um sie anschließend mit einem Messer durch die Wohnung zu scheuchen. Letztendlich hat er sie auf dem Bett ein zweites Mal gefickt und ihr dann das Messer durch die Kehle gezogen. Umgehend springe ich auf, fasse mir an den Hals und merke, wie die Luft im Zimmer dünn wird. Der Raum wirkt einladend und gemütlich, aber die Tatsache, dass er hier drin eine Frau ermordet haben könnte, tunkt alles in dunkle Schwärze.

Scheiße, Aurora.

Was zur Hölle machst du hier eigentlich?

Die Frage frisst sich wie ein Insekt durch meine Haut, sodass ich den Entschluss fasse, meine Inspektion für heute zu beenden. So schnell wie möglich renne ich zur Tür, die in sein Büro führt. Gerade, als ich sie öffnen will, ertönt plötzlich ein Geräusch auf der anderen Seite des Türblatts.

Nein, nein, nein!

Scheiße nein!

Ayden ist zurück.

9
AURORA

Ich hasse enge Räume, besonders in Kombination mit kompletter Dunkelheit. Dennoch bin ich, nachdem ich Aydens Stimme in seinem Büro gehört habe, zurück in sein Schlafzimmer gerannt und habe mich in seinem Kleiderschrank versteckt. Da hocke ich jetzt – und die Sekunden fühlen sich wie endlose Minuten an. Ich fühle mich wie ein armes Tier, das gerade ins Schlachthaus gefahren wird. Weil ich absolut keine Ahnung habe, wie ich aus dieser Scheiße, in die ich mich selbst hineinmanövriert habe, wieder hinauskommen soll. Am besten unbeschadet. Vielleicht sieht er meine Schuhe in seinem Büro ja gar nicht?

Aber selbst wenn. Wie soll ich den Schrank verlassen, ohne dass er mich erwischt? Ich drücke mein Ohr gegen das Holz der Tür und presse mir eine Hand vor den Mund, damit ich nicht dummerweise einen ängstlichen Ton von mir gebe, so wie es die ganzen Leute in den Horrorfilmen immer tun. In der anderen Hand halte ich meinen Revolver umklammert, für den Fall der Fälle. Bevor ich hier drin draufgehe, drücke ich lieber ab.

Im Kleiderschrank riecht es so intensiv nach Ayden, dass mir ein Schauder über den Rücken jagt. Kein Mann, der so gefährlich ist, sollte derart gut duften. Das sollte ein verdammtes Grundgesetz werden.

Ich schiebe mich etwas tiefer in den Schrank hinein und somit zwischen seine Hemden, als er das Schlafzimmer betritt. Der schmale Spalt zwischen den Türen des Schranks ermöglicht es mir, das Geschehen im Raum zu beobachten, ohne selbst gesehen zu werden. Ayden hat eine Nachttischlampe angeschaltet, und seine Schritte klingen einschüchternd und dunkel, so als würden sie eine wortlose Warnung aussprechen.

Er wirkt dennoch nicht, als hätte er meine Schuhe gesehen, oder? Ansonsten würde er etwas sagen und die Räume nach dem Einbrecher absuchen. Zumindest versuche ich es mir so schönzureden, dabei ist an meiner Situation absolut nichts schön, sie ist einfach nur beschissen. Ich brauche das Geld, das ich hier mit diesem Job verdiene, und sollte ich Ayden wirklich abknallen, wenn er mich findet, stehe ich wieder bei null. Dann darf ich am Ende doch noch die Escort-Hure für Daves komischen Kollegen spielen und das ist das Allerletzte, was ich will. Entweder das oder ich lande im Knast.

So lautlos wie möglich beuge ich mich vor und schiele durch den Türschlitz. Ayden sitzt auf dem Bett, hat die Beine breit aufgestellt und knöpft sich in aller Seelenruhe das anthrazitfarbene Hemd auf. Hoffentlich kommt er nicht auf die Idee, gleich den Kleiderschrank zu öffnen, sondern bleibt einfach oben ohne. Der Stoff fällt auf die Matratze, auf der ich eben noch gelegen habe. Entweder spannt er mich absichtlich auf die Folter oder er hat wirklich keine Ahnung. Aber da ich den Laden noch nicht abschließen konnte, muss er doch stutzig geworden sein, oder? Diese Ungewissheit ist noch schlimmer als die enge Dunkelheit hier drin. Mein Atem pfeift, aber ich dämpfe das Geräusch weiterhin mit meiner flachen Hand ab.

Ayden öffnet derweil seine Boots, zieht sie aus und stellt sie zur Seite. Legt er gleich einen Striptease direkt vor meinen Augen hin? Wäre ja nicht das erste Mal, dass ich ihn nackt sehe, aber das erste Mal, dass er dabei keinen Sex mit Velvet hat. Mein Herz pumpt das Blut schnell und heiß durch meine Adern.

»Hey, kleiner Kerl.«

Moment, was? Redet er jetzt mit seinem Schwanz? Obwohl er den sicher nicht als »kleinen Kerl« bezeichnen würde. Sekunden später ertönt ein Miauen und eine schneeweiße Katze springt zu Ayden aufs Bett. Nicht sein Ernst. Der Typ hat ein verdammtes Haustier? Und dann auch noch ein so süßes? Die Katze klettert auf Aydens Schoß, schmiegt sich schnurrend an seine stählernen Bauchmuskeln und sieht zu ihm auf. Derweil legt Ayden seine Pranke auf das zarte Tier und streichelt es. Dabei sieht er so sorglos und zufrieden aus, dass ich meinen Augen nicht traue.

Holy shit. Ein Mann, der tierlieb ist, schießt in meinem Ansehen augenblicklich nach oben. Aber ausgerechnet er sollte in meinem Ansehen ganz weit unten bleiben. Jedenfalls, solange ich nicht weiß, wie durchgeknallt er ist, und solange er mich behandelt wie ein Dienstmädchen. Mein Atem beruhigt sich langsam etwas, weil ich mir inzwischen sicher bin, dass er keine Ahnung hat, was ich getan habe. Ich sollte einfach so lange hier im Schrank warten, bis er sich schlafen legt – was er hoffentlich bald macht, weil mir jeder Knochen wehtut – und mich dann nach draußen schleichen. Das einzige Problem, das ich sehe, ist der Bewegungsmelder im Flur. Ich kann die Wohnung nicht verlassen, ohne dass das Licht dort angeht. Aber wenn ich seine Schlafzimmertür leise schließe und er einen tiefen Schlaf hat, sollte ich mich ohne Probleme aus der Wohnung stibitzen und den Club verlassen können.

Zur Not sage ich Velvet morgen, dass ich beim Abschließen des Ladens meine Probleme hatte. Lieber fange ich mir diesbezüglich eine Rüge ein, als von Ayden verprügelt zu werden, weil ich in sein Büro und anschließend in seine Privaträume eingebrochen bin.

Mein Puls ist immer noch hoch, reguliert sich aber allmählich, weil Aydens überaus hübsches Gesicht so entspannt aussieht. Gedanklich wische ich mir den Schweiß von der Stirn, und als er der Katze auch noch einen Kuss auf die Stirn drückt, bevor er sie zur Seite schiebt, füllt sich mein vertrocknetes Herz langsam mit Feuchtigkeit. Genau wie mein gottverdammter Slip. Ayden erhebt sich, wirft einen gigantischen Schatten auf das Bett und geht mit entspannten Schritten durch das Zimmer. Sekunden später höre ich das Rauschen von Wasser in der Leitung, was bedeutet, dass er die Dusche angestellt haben muss. Das Badezimmer befindet sich nämlich genau neben diesem Raum. Das ist meine Chance!

Ich atme tief durch, pumpe so viel Sauerstoff wie möglich in meine Lungen und schiebe die Tür mit meinem nackten Fuß einen Spalt auf. Dann schiele ich nach draußen, sehe, dass die Luft rein ist, und schlüpfe so leise wie möglich aus dem Schrank. Die Waffe ruht noch immer in meiner Hand, meine Handtasche habe ich inzwischen über meine Schulter gehängt.

Mit tapsenden Schritten durchquere ich das Schlafzimmer, sehe Aydens Hemd auf dem Bett und verdränge die Gedanken an seinen nackten Oberkörper. Mir entflieht beinahe ein Schrei, als mich etwas an den nackten Knöcheln berührt. Etwas Haariges. Mit weit aufgerissenen Augen starre ich die schneeweiße Mieze an, die sich jetzt durch meine Beine schlängelt, und widerstehe dem Drang, mich nach unten zu beugen und sie zu streicheln. Sie hat strahlend grüne Augen, ein angeknabbertes Ohr und eine Narbe rechts an der Schnauze.

Ohne der Katze weitere Beachtung zu schenken, trete ich aus dem Zimmer, nachdem ich gecheckt habe, ob die Luft rein ist. Das Wasser läuft noch immer, weshalb ich mich in Sicherheit wähne. Leider. Denn bevor ich den Flur erreichen kann, werde ich von hinten an den Haaren gepackt und so hart mit dem Kopf gegen die Wand geschleudert, dass ich das Gefühl habe, meinen Schädel brechen zu hören. Mir entflieht ein Schluchzen, das sich schnell in ein richtiges Heulen entwickelt.

Ayden zerrt meinen Kopf gegen seine Brust, überstreckt meinen Hals und sieht von oben auf mich herab. »Ich habe mich schon gefragt, wann du endlich aus dem Schrank kommst.«

»Du wusstest, dass ich da bin?«, wispere ich und strample um mich, aber ich habe keine Chance, sein Griff ist bombenfest. Wieso, um Himmels willen, war er so entspannt, wenn er von meinem Einbruch wusste?

»Merk dir eins, Baby. Du kannst mich nicht täuschen.« Er stößt mich zurück ins Schlafzimmer, woraufhin ich beinahe mit dem schmerzenden Gesicht auf dem Boden aufschlage. In letzter Sekunde schaffe ich es, mich mit den Handflächen abzustützen. Mein Auge schwillt zu und Blut tropft auf den hellen Fußboden. Mein Revolver ist mir dabei aus der Hand gerutscht, und ehe ich ihn schnappen kann, kommt Ayden mir zuvor. Er greift nach meiner Waffe – und somit meiner einzigen Chance, lebend hier rauszukommen – und packt erneut meinen Dutt. Dann zerrt er mich grob auf die Beine und stößt mich auf das Bett, bis ich bäuchlings vor ihm liege. Meine Handtasche befindet sich irgendwo am Boden.

»Es tut mir leid«, jammere ich und verziehe unter Schmerzen das Gesicht. Mein Schädel fühlt sich an, als würde er zerbersten, und sein Griff in meinem Haar macht es nicht gerade angenehmer.

»Was genau tut dir leid?«, fragt er höhnisch. »Dass du eine Waffe in meinen Club mitbringst? Dass du erst in mein Büro und dann in meine Wohnung eingebrochen bist? Oder dass du vorher vergessen hast, den Laden abzuschließen? Du kannst von Glück sprechen, dass die Kasse nicht gestohlen wurde.« Seine Stimme gleicht dem Knurren eines von Tollwut besessenen Tieres.

»Alles! Ich habe nicht nachgedacht!« Meine Verteidigung ist mies, das gebe ich zu. Mein Blut sickert in die graue Tagesdecke und wieder muss ich an sie denken. An Helen. Die vermutlich an genau dieser Stelle ausgeblutet ist wie ein abgestochenes Schwein.

Die Matratze sackt rechts und links von mir leicht ein, und als ich über meine Schulter blicken will, drückt Ayden mein Gesicht hart zurück nach unten. Er ist aufs Bett gestiegen, kniet über meinem zappelnden Körper und scheint nicht vorzuhaben, mich alsbald loszulassen.

»Was stimmt nicht mit dir, Aurora?« Mein Name kommt scharf wie eine Rasierklinge über seine Lippen. »Erst kommst du in mein Revier, in meinen verfluchten Club, und bettelst mich mit deinen Augen um einen Job an. Während dein Mund lediglich meine kostbare Zeit verschwendet! Und jetzt das? Was hast du gesucht, hm?« Er beugt sich über mich, drückt mich mit dem Gewicht seines massigen Körpers tiefer ins Bett hinein. Ich bleibe reglos unter ihm liegen, weil ich weiß, dass jeglicher körperlicher Widerstand nur mir und nicht ihm schaden würde.

»Ich wollte …« Fuck, was soll ich ihm für eine Story auftischen? Schließlich kann ich ihm kaum die Wahrheit sagen. *Ich weiß, wer du bist. Ich weiß, was du getan hast. Und ich will Beweise dafür finden, damit ich etwas gegen dich in der Hand habe.* Dann könnte ich auch gleich um meinen Tod betteln.

»Ich wollte mein Trinkgeld zurück«, lüge ich.

»Dein Trinkgeld?«, erwidert er düster lachend. »Du hast einen Vertrag unterschrieben, Mädchen. Und in dem Vertrag ist geregelt, dass das Trinkgeld der ersten drei Monate mir gehört. Nur mir.«

»Ich weiß.« Meine Stimme klingt belegt, mein Blick ist verschleiert. »Aber mein Bruder … mein Bruder ist krank geworden und ich kann mir keine Medizin leisten, weil mein erstes Gehalt erst in zwei Wochen kommt. Bitte, Ayden. Ich …«

»Wie sollst du mich nennen?« Seine Hand drückt mich noch etwas gröber nach unten.

»Bitte, Boss«, korrigiere ich mich. »Ich wollte nur meinem Bruder Medikamente kaufen. Es tut mir leid.« Ob er mir diese Märchengeschichte abkaufen wird? Seine Oberschenkel kesseln mich ein und die Wärme seines Körpers umhüllt mich wie eine Decke aus Muskeln. Eine Decke, unter der ich mich gefangen fühle und die mir die Luft aus der Lunge drückt.

»Was soll ich jetzt mit dir machen, hm, Baby? Dich einfach damit durchkommen lassen, dass du mich bestehlen wolltest?« Seine Faust in meinem Haar lockert sich, und als seine Finger über meinen Nacken gleiten, hinterlässt er damit ein Kribbeln auf meiner verschwitzten Haut.

»Nein«, erwidere ich und versuche, dabei versöhnlich zu klingen. »Ich verzichte drei Monate länger auf mein Trinkgeld, wenn du mich weiter für dich arbeiten lässt.« Der Deal ist beschissen, aber mein einziger Strohhalm in diesem Cocktail voller Mist.

»Du bist süß, wenn du denkst, dass ich mich damit zufriedengebe. Die anderen Frauen bringen mit ihren Titten dreimal so viel Kohle ein wie du«, spuckt er die Worte förmlich auf mich. »Ich habe eine andere Idee.« Seine Hand gleitet tiefer, über den Rückenausschnitt meines Jumpsuits. Wirbel für Wirbel passieren seine warmen Fingerspitzen.

»Ich vergebe dir diesen Fehltritt unter einer Bedingung, Baby.«

»Alles«, entflieht es mir eindeutig zu schnell. Denn als er seine Bedingung nennt, entweicht mir die Farbe aus dem Gesicht und mein Herz will mir aus der Brust springen und fliehen. Ayden beugt sich von hinten über mich, verharrt an meinem Ohr und sendet mit seinem Atem Stromschläge durch meinen Körper.

»Bis zum Ende deiner Probezeit gehörst du mir.«

»Was?« Mir entflieht ein Laut, der als Hohn oder Verzweiflung durchgehen könnte. Hoffentlich letzteres.

»Zehn Wochen lang gehörst du mir. Und zwar alles von dir.« Er steigt vom Bett hinunter, dreht mich herrisch auf den Rücken und sieht überlegen auf mich herab. Kranker Bastard! Erneut beugt er sich über mich. In seiner rechten Hand hält er meinen Revolver, mit dem er jetzt zu meiner Stirn wandert. Der Waffenlauf gleitet über den Punkt zwischen meinen Augenbrauen, passiert meine Nase und bleibt über meinem Mund hängen.

»Diese Lippen gehören mir.« Er wandert tiefer und tiefer, bis der Lauf in dem Tal zwischen meinen Brüsten ruht. »Diese kleinen Titten gehören mir.« Ich winde mich nicht, weil ich wie paralysiert daliege. Er meint den Scheiß nicht ernst, oder?

Als Letztes landet die Knarre zwischen meinen Schenkeln. »Deine Pussy gehört mir.« Ein Grinsen, auf das der Teufel neidisch wäre, breitet sich auf seinem Gesicht aus. Der Bartschatten wirkt noch dunkler, seine Augen noch böser.

»Und jeder einzelne deiner Orgasmen gehört mir.«

»Welche Orgasmen?«, stoße ich lachend hervor. Fuck. Ich sollte mir dringend auf die Zunge beißen, aber das hier ist so absurd, dass ich einfach nicht an mich halten kann. Als würde ich diesem kranken Spiel tatsächlich zustimmen!

»Ich hatte noch nie einen!«, setze ich mit scharfem Unterton hinterher. »Und daran wirst auch du nichts ändern können.«

Aurora, halt deine verschissene Klappe!

Die Quittung für mein freches Mundwerk erhalte ich in Form eines Schlages. Mitten ins Gesicht. Blut sickert in meinen Mund, weil meine Lippe aufgeplatzt ist.

»Und schon wieder widerspricht dein Mund deinen schönen Augen.« Hilfesuchend sehe ich mich im Raum um, in der Hoffnung, etwas zu finden, das ich als Waffe benutzen kann, aber meine Aufmerksamkeit wird stattdessen auf eine dunkle Gestalt im Flur gelenkt. Black. Aydens rechte Hand lehnt an der Wand und bewacht uns wortlos. Wieder trägt er eine Sturmhaube, wieder sehe ich nur seine gierigen Augen. Ich bin erledigt. Gegen zwei Kerle dieses Kalibers habe ich erst recht keine Chance.

»Du hast mich nicht verstanden, Baby.« Ayden zieht die Waffe von meiner Mitte weg und betrachtet den kleinen Revolver grinsend. »Ich lasse dir keine Wahl. Ich habe dir nur gesagt, was dich erwartet.« Routiniert schiebt er die Trommel des Revolvers auf und lässt eine Patrone nach der anderen in seine geöffnete Hand fallen.

»Hast du schon mal etwas von russischem Roulette gehört?«, fragt er mich in Gedanken versunken. Augenblicklich krieche ich auf dem Bett von ihm weg, bis ich mit dem Rücken gegen dessen Lehne stoße. Ayden steht derweil weiterhin vor mir, während er alle Patronen zu Boden fallen lässt. Alle, bis auf eine.

»Bitte, tu das nicht.«

In aller Seelenruhe schiebt Ayden die Patrone zurück in die Trommel, dreht sie an und richtet die Waffe anschließend auf mich.

»Komm näher, Baby.«

Ich will den Kopf schütteln, will nicht klein beigeben, aber mein Leben liegt quasi in seinen mörderischen Händen. Ob Helen sich genauso gefühlt hat wie ich mich in diesem Moment? Wimmernd rutsche ich an den Rand des Bettes, sinke auf meine Fersen und presse die Augen zu, als Ayden die Waffe an meiner Schläfe positioniert.

»Mach die Augen auf.«

Ich gehorche, aus Angst, er könnte sonst auf die beschissene Idee kommen, abzudrücken. Sicherlich will er mich nur einschüchtern, aber das Risiko ist zu hoch.

»Und jetzt sieh mich an.« Unsere Blicke verkeilen sich ineinander, während sich das kühle Material des Laufs gegen meine verletzte Schläfe drückt.

»Sag, dass du mir gehören wirst«, befiehlt er.

»Ich werde dir gehören.« Meine Stimme ist monoton, ohne jegliche Emotion. Da ist nicht einmal Angst, sondern einfach nur … nichts.

»Sag, dass du dich von mir ficken lassen wirst, jedes Mal, wenn ich dich ficken will.«

»Ich werde mich von dir ficken lassen, wenn du mich ficken willst«, plappere ich ihm nach. Innerlich bin ich längst weit, weit weg. Im Augenblick würde ich alles sagen, was er von mir verlangt. Dachte ich vor ein paar Tagen echt noch, dass er gar nicht so übel ist? Hier habe ich den Beweis. Er ist genauso psychopathisch veranlagt, wie ich es von Anfang an vermutet habe.

»Sag, dass du für mich kommen wirst.« Seine Mundwinkel zucken Richtung Decke, während meine zu beben beginnen. »Nur für mich.«

»Ich werde nur für dich kommen«, lüge ich. Denn mittlerweile bin ich mir sicher, dass mein Körper in seiner Gegenwart nie wieder dem Höhepunkt so nah sein wird wie in jener stürmischen Mainacht.

»Geht doch. War das so schwer, Baby?« Seine freie Hand streichelt über meinen Kopf, als wäre ich seine Katze. Und dann … drückt er ab. Mir entflieht ein Schrei, der so laut ist, dass es einem Wunder gleicht, kein Glas zerspringen zu hören. Ich stolpere panisch zur Seite und lande auf dem Boden. Dieser Wichser! Er hat abgedrückt, obwohl ich eingeknickt bin! Um Haaresbreite hätte die einsame Kugel mein Hirn durchsiebt! Ich krieche über den Boden von ihm weg, bis ich mit dem Rücken gegen eine Wand stoße.

»Spinnst du? Ich hätte tot sein können!«, fauche ich ihn an und presse mir beide Hände fest aufs Herz, damit es nicht wirklich aus meiner Brust springt. Ayden schmeißt den Revolver achtlos aufs Bett, dreht sich in meine Richtung und hockt sich vor mich. Sein Gesicht ist meinem so nah, dass ich seinen Atem auf mir spüren kann wie den nächtlichen Wind. Seine Blicke sind wie Blitze, die mich von Kopf bis Fuß durchfahren.

»Sieh das, was eben passiert ist, als Warnung an, Baby. Ein zweites Mal werde ich es nicht dem Zufall überlassen.«

10

Ayden

Ich habe den Nervenkitzel beim russischen Roulette schon immer geliebt, aber heute reizt er mich ganz besonders, weil du meine Zielscheibe bist. Diese Unwissenheit darüber, ob die Kugel in der richtigen oder in der falschen Kammer steckt, ist beflügelnd. Sie macht high. Du machst mich high, Baby.

Um Haaresbreite hätte die Kugel deinen ansehnlichen Schädel durchbohrt und dein Gehirn wie rotes Konfetti auf meinem Bett verteilt. Aber heute Nacht hatten wir wohl beide Glück, was? Du darfst dein Leben behalten, und ich? Ich darf es in den nächsten zehn Wochen kontrollieren. Ich wollte dich schon, als du zum ersten Mal in mein Büro geschlichen bist wie eine scheue kleine Maus. Dabei bist du das komplette Gegenteil davon, habe ich recht? Das alles ist nur Show. Ein Ablenkungsmanöver. Eine Maske, die du trägst, um deine eigene Verdorbenheit zu covern.

Du kauerst zwar vor mir am Boden meines Schlafzimmers, hast deine Knie mit den Armen umschlungen, aber dein Blick … dein Blick ist vollgepumpt mit Hass und Wut auf mich.

»Was mache ich jetzt mit dir, hm?« Ich bin vor dir in die Hocke gegangen, lege meine Hand an deine Wange und fahre mit

dem Daumen über deine aufgeplatzte Unterlippe. Mein Schlag hat gesessen, aber ich glaube nicht, dass du aus deinen Fehlern bereits gelernt hast. Dein Blut macht sich perfekt an meinen Händen, siehst du das? Als wären wir füreinander bestimmt. Schnaufend drehst du deinen Kopf von mir weg, damit sich unsere Lippen nicht so nah sind.

Dein Auge schwillt an, weil ich deinen Schädel wie ein rohes Ei gegen die Wand im Flur geschleudert habe. Es sollte eine Warnung sein. Niemand bricht bei mir ein. Niemand bestiehlt mich. Niemand verarscht mich. Auch nicht ein armes Trailerpark-girl wie du.

Woher ich deine Wurzeln kenne, fragst du dich?

Ich weiß alles über dich.

Ich weiß, dass du eine schäbige Mutter hast, die an der Nadel hängt, und einen schlecht bestückten Stiefdaddy, der sich bestimmt schon tausendmal vorgestellt hat, dein enges Loch zu weiten. Und wäre dieser Pisser besser bestückt, hättest du sicher schon mal deine Beine für ihn gespreizt, auch wenn er ein widerwärtiger Nazi mit dem IQ einer Ratte ist. Ich weiß auch von deinem Bruder, den du unbedingt von hier fortbringen willst. Aber bloody hell, Baby. Ich kaufe dir nicht ab, dass du nur hier bist, weil du dein Trinkgeld für ihn brauchst. Was hast du wirklich in meinem Büro zu suchen gehabt? Schon als ich gesehen habe, dass der Club nicht abgeschlossen ist, wusste ich, wer daran schuld ist. Keines meiner anderen Mädchen hat je einen so gravierenden Fehler begangen. Keine meiner Frauen hat sich je in meine Privaträume getraut, nicht einmal Velvet. Du bist mutig. Zu mutig, wenn du mich fragst. Denn wie sagt man so schön? Hochmut kommt vor dem Fall.

»Lass mich gehen«, winselst du und legst einen besonders weinerlichen – und erbärmlichen – Ton dabei für mich auf. Vielleicht sollte ich dir sagen, dass ich darauf stehe, wenn du mich anbettelst.

»Du hast heute Nacht nicht nur einen Fehler begangen, Aurora.« Shit, wenn sich dein Name auf meiner Zunge schon so phänomenal anfühlt, wie wird es erst mit deiner Pussy sein? Deiner Klit? Ich ziehe einen Mundwinkel in die Höhe und schenke dir mein nettestes Lächeln.

Nicht jeder bekommt es zu Gesicht, wenn er mich an der Nase herumführen will. Aber du bist nicht jeder. Du bist anders. Ich werde es dir beweisen.

»Und ich habe mich bei dir entschuldigt!« Deine graublauen Augen sind voller Tiefe. Tiefem Hass, tiefer Verzweiflung, tiefer Schönheit. »Lass mich einfach gehen! Reicht es nicht, dass ich auf deinen dämlichen Deal eingegangen bin?«

»Der Deal gilt ab sofort, Baby. Ab jetzt gibt es zehn Wochen lang keinen einzigen Atemzug von dir, der nicht mir gehört. Und ich glaube, dass du dich für dein Benehmen in angemessener Weise bei mir entschuldigen solltest.« Ich stelle mich vor dich, koste meine Überlegenheit aus und blicke erwartungsvoll auf dich hinab. Du bist kein devotes Püppchen, aber ich werde dich zu einem machen, das verspreche ich dir. Meine Hände wandern an meinen Gürtel, den ich wie in Zeitlupe für dich öffne. Deine Augen weiten sich, deine Haut wird blasser, dein Atem hektisch. Du weißt längst, was ich von dir verlange, nicht wahr?

Und dir bleibt nur eine Möglichkeit, wenn du nicht möchtest, dass ich die Knarre noch einmal gegen deinen hübschen Schädel drücke.

Du gibst mir, was ich will.

Jetzt!

11

AURORA

Ayden öffnet seinen Gürtel und zieht ihn anschließend langsam aus den Schlaufen seiner Jeans. In diesem Moment weiß ich, dass ich aus dieser lächerlichen Deal-Nummer nicht mehr herauskomme. Er meint das alles tatsächlich ernst.

Mein Herz stolpert schnell und unregelmäßig in meiner Brust, mein Atem geht hektisch, obwohl ich alles daransetze, ihm nicht solche Macht über meinen Körper zu geben. Aber die Vorstellung, dass er mich gleich mit diesem Gürtel wundprügeln könnte, versetzt mich und meinen Organismus in absolute Alarmbereitschaft.

Ich stehe nicht auf Schmerzen.

Ich stehe nicht auf erbärmliche Rape-Plays.

Und ich sollte auch nicht auf dieses böse Funkeln seiner kristallblauen Augen stehen.

Sollte …

Ich umklammere noch immer meine Schienbeine, während Ayden den Gürtel in aller Seelenruhe zu einer Schlaufe formt und mit dem Daumen über das braune Leder fährt. Die Warnung hinter dieser Geste ist mir allzu bewusst. Wenn ich nicht gehorche, wird er mich schlagen. Oder Schlimmeres, vielleicht erwürgt er mich auch damit.

»Hol meinen Schwanz raus, Baby.« Seine Stimme trieft vor arroganter Überlegenheit, und weil ich weiß, dass mir ohnehin keine andere Wahl bleibt, schlucke ich meinen Stolz herunter. Scheiße, wie konnte ich nur hier landen? In der absolut demütigsten Position meines gesamten Lebens?

Aydens rechte Hand steht noch immer reglos im Flur, ich kann Black von meiner Position aus nicht sehen, aber fühlen. Ich spüre seine stille Anwesenheit. Sie verursacht mir keine prickelnde Gänsehaut, sondern nur Ekel. Vermutlich geilt sich dieser Psycho daran auf, wie Ayden mich behandelt. Sicherlich hätte er auch kein Problem damit, sich zu uns zu gesellen und seinen Penis ebenfalls rauszuholen.

»Ich habe nicht den ganzen Tag Zeit«, warnt Ayden mich, also rutsche ich dichter an ihn heran, straffe meine Schultern und mache mich an seiner Hose zu schaffen. Als Erstes öffne ich den Knopf seiner Jeans, dann ziehe ich den Reißverschluss herunter. Was er wohl von mir verlangen wird? Einen harmlosen Handjob? Damit käme ich noch klar. Einen Blowjob? Das wäre schlimmer, aber immer noch aushaltbar. Aber sollte er mich vögeln wollen, weiß ich nicht, ob ich es kann. Ich hatte seit Monaten keinen Sex mehr und an meinen letzten One-Night-Stand erinnere ich mich nicht einmal richtig. Ich sagte ja, Sex ist für mich nichts Besonderes. Nichts Markerschütterndes. Sex ist etwas, das andere Menschen glücklich macht und mir rein gar nichts bedeutet. Weil er absolut nichts in mir auslöst. Keine Ekstase, keine Lust, keine Höhepunkte.

Meine Finger zittern, als ich seine Jeans nach unten ziehe, bis sie in seinen Kniekehlen hängt. Ayden trägt eine eng anliegende Shorts von Hugo Boss. Selbst seine verdammte Unterhose macht mir klar, wer er ist und dass ich ihm untergeben bin. Unter dem schwarzen Stoff kann ich sehen, wie sein Schwanz allmählich wächst. Ich greife nach dem Bund der Boxershorts und streife ihm auch diese ab, weil ich ohnehin keine andere Wahl habe. Holy shit.

Ich habe seinen Schwanz mehr als einmal in den letzten zwei Wochen gesehen, ja. Aber aus der Nähe ist er ein ganz anderes Kaliber. Seine Länge ist nicht nur beachtlich, sie ist regelrecht einschüchternd. Sein Ständer springt mir ins Gesicht, seine Spitze ist wahnsinnig breit und glänzt vor Lust. Scheiße, bisher hat mir der reine Anblick männlicher Genitalien noch nie Herzrasen verursacht, aber bei Ayden …

»Gefällt er dir, Baby?« Noch immer ruht der Gürtel in seiner rechten Hand, noch immer erwarte ich jeden Moment den ersten Schlag. Ich könnte ihn jetzt anlügen und ihm sagen, dass der Anblick seiner Härte nichts mit mir macht. Dass er mich absolut kaltlässt und meinen Slip trocken. Aber wenn ich eines in den letzten zwei Wochen gelernt habe, dann, dass Ayden Curse einen siebten Sinn für Lügen hat. Deshalb bin ich mir auch sicher, dass er mir meine Notlüge nicht abgekauft hat. Und dass er mich mit diesem dämlichen Deal für meine Unehrlichkeit bestrafen will. Solange ich tue, was er verlangt, stellt er hoffentlich keine weiteren Fragen über den wahren Grund meiner Schnüffelei.

Atemlos nicke ich, während mein Blick noch immer an seinem pulsierenden Schwanz haftet. Wenn er mich damit jemals ficken will, werde ich vor Schmerzen heulen, das steht fest. Keine meiner Körperöffnungen ist für diesen Umfang gemacht, und der Ausdruck in seinen Augen sagt mir, dass er sich dessen mehr als bewusst ist. Hat er deshalb keine Frauen eingestellt, die so zierlich sind wie ich? Weil er Frauen braucht, die seiner Größe gerecht werden?

»Mund auf.«

Ich gehorche. Zufrieden sieht Ayden auf mich herab, und als er den Gürtel über meinen Kopf stülpt, halte ich den Atem an. Das Leder drückt sich gegen meinen Nacken, während er vorn beide Enden fest in den Händen hält. Er müsste den Gürtel nur einmal komplett um meinen Hals wickeln und zudrücken, dann wäre das hier mein todbringendes Ende.

Doch statt mich mit dem Gürtel zu würgen, zieht er mich damit nur dichter an sich heran. »Und jetzt blas ihn, so tief du kannst.«

Meine Unterlippe schmerzt noch immer höllisch von seinem Schlag, aber ich weiß, dass er darauf keine Rücksicht nehmen wird. Also tue ich, was er von mir verlangt. Mit der rechten Hand umgreife ich seinen prallen Schaft, führe seine Spitze an meine Lippen und beginne, seine Eichel zu küssen. Er schmeckt nach Lust und Verdorbenheit. Meine Zunge gleitet kreisend über seine dicke Spitze und entlockt ihm ein tiefes Knurren, das für diese Umstände viel zu sexy klingt.

»Ich glaube, du hast da etwas falsch verstanden. Ich will keinen Blümchen-Blowjob, Baby. Ich will, dass du ihn wie eine Nutte lutschst.« Ohne Vorwarnung stößt Ayden seinen Schwanz tief in meinen Mund. So tief, dass ich Sekunden später bereits würgen muss. Seine Eichel stößt unsanft gegen meinen Rachen, entlockt mir ein Krächzen, das von seinem Schwanz in meinem Mund abgedämpft wird. Shit.

Meine Augen fluten sich mit Tränen, sodass meine Sicht verschwimmt. Ayden beginnt, sein Becken schnell vor- und zurückzubewegen. Er braucht keine Hand, um meinen Kopf zu fixieren, dafür benutzt er den Gürtel, dessen Leder sich immer tiefer in die Haut an meinem Nacken schneidet.

Immer wieder jagt er seinen Schaft zwischen meine Lippen, wird von Stoß zu Stoß schneller. Meine aufgeplatzte Unterlippe brennt wie Feuer, aber auch das scheint ihm meilenweit am Arsch vorbeizugehen. Viel eher scheint er es zu genießen. Meine Knie sind bereits wund gescheuert und die ersten Tränen rinnen über meine Wangen, als Ayden plötzlich seine Bewegungen stoppt, seinen Schwanz aus meinem Mund zieht und den Gürtel fallen lässt. Überfordert sehe ich zu ihm auf. Verdammt, wieso gefällt mir diese devote Haltung?

»Leg dich ein bisschen mehr ins Zeug, Aurora!« Sein tiefes Timbre schickt eine Mischung aus Furcht und Aufregung in meine Nervenzellen.

Mir entflieht ein Laut, der als Schluchzen durchgehen könnte, dabei ist es eher als höhnisches Lachen gemeint. Dieser Wichser ist noch kranker, als ich dachte. Meine Augen funkeln sicherlich vor Wut, und es gleicht einem Wunder, dass sie noch keine Laserstrahlen abgesondert haben. Ich führe seinen Schwanz erneut zu meinem Mund und komme seiner Aufforderung nach. Ich blase ihn voller Fake-Hingabe. Meine Zunge tanzt über seine adrige Länge, während ich an ihm sauge wie an einem verfluchten Wassereis. Ein tiefes Stöhnen entflieht seiner Kehle, das mich kaltlassen sollte. Aber etwas an diesem Anblick befriedigt mich, auch wenn es absolut hirnlos ist. Die Art und Weise, wie Ayden seinen Kopf in den Nacken legt, seine Augen schließt und diesen Blowjob genießt, ist einfach … ästhetisch. Immer schneller lasse ich meinen Kopf vor und zurück gleiten, nehme ihn so tief in mir auf, wie es mir möglich ist, ohne daran zu ersticken.

Aydens Mund gleitet sanft auf, und diese Lust steht ihm wie keinem zweiten. Verdammt – wann war der Punkt erreicht, an dem ich Gefallen an dieser frauenverachtenden Kacke gefunden habe? Mein Speichel rinnt inzwischen über mein Kinn und tropft auf meinen Schoß. Wie viel Ausdauer hat dieser Mistkerl eigentlich? Die meisten Kerle wären längst gekommen, aber Ayden wirkt, als könnte er sich auch stundenlang den Schwanz blasen lassen, ohne abzuspritzen.

Meine Hand wandert an seine Hoden und streichelt langsam darüber, damit diese Prozedur beschleunigt wird. Ich will endlich hier raus. Raus aus diesem Schlafzimmer, raus aus dieser Wohnung und raus aus diesem Club. Zum ersten Mal seit einer Ewigkeit freue ich mich darauf, nach Hause zu gehen. Und das muss schon was heißen … Ayden stößt ein animalisches Knurren aus, legt seine Pranke auf meinen Hinterkopf und drückt mich so hart auf seinen Schaft, dass ich anfange, vor Angst zu zappeln. Ich rutsche über den Boden, scheuere meine Knie noch stärker auf und schmecke Sekunden später sein salziges Sperma auf meiner Zunge. Er pumpt sich vollständig in meinen Mund und scheint gar nicht mehr damit aufzuhören.

Ich will schlucken, aber solange er noch so tief in mir steckt, bin ich machtlos. Ayden nimmt den Kopf wieder nach vorn, sieht belustigt auf mich herab und fährt mit dem Daumen über die geschwollene Haut an meinem Auge.

»Ich ziehe jetzt meinen Schwanz raus, aber du wirst mein Sperma nicht schlucken.«

Hä? Stehen Kerle nicht darauf, wenn eine Frau ihren Saft schluckt? Gerade Ayden hätte ich als Mann eingeschätzt, der es von seinen Mädchen verlangt.

Wie prophezeit zieht er sich zurück. Sein immer noch gigantisch großer Schwanz glänzt von meinem Speichel und den Resten seines Samens. Noch immer laufen mir Tränen über die Wangen, während sich der Geschmack seiner Lust in meinem kompletten Mundraum zu verteilen scheint. Vermutlich kann ich mir stundenlang die Zähne putzen, der Geschmack wird bleiben. Er wird an mir haften wie ein Blutegel.

»Ich will, dass mein Sperma von ganz allein in deinen

Hals rinnt, Baby. Ohne deine Hilfe.« Ayden legt seine Hand unter mein Kinn und hebt es an, sodass ich den Kopf in den Nacken legen muss. Sein Samen läuft heiß in meinen Rachen, und als die Flüssigkeit langsam in meinen Hals sickert, überkommt mich ein Husten. Blitzschnell schnappt Aydens Hand nach meiner Kehle und drückt so fest zu, dass ich verstumme.

»Lass es einfach laufen«, wiederholt er seine Forderung und sieht mir dabei so tief und fest in die Augen, dass ich mich wie hypnotisiert fühle. Aus reinem Reflex heraus will ich erneut schlucken, aber seine Hand, die meine Kehle fixiert, hindert mich daran. Währenddessen gleitet sein Saft immer tiefer und der salzige Geschmack seines Spermas ist inzwischen überall.

Erst, als er meinen Hals loslässt, schlucke ich die Reste hinunter und kann einen weiteren Hustenanfall nicht zurückhalten. Meine Kehle brennt, meine Unterlippe fühlt sich inzwischen taub an und mein geschwollenes Auge pulsiert schmerzhaft. Ich bin ein körperliches Wrack. Wenn ich so entstellt aussehe, wie ich mich fühle, werde ich erst mal kein gutes Trinkgeld bekommen.

»Du mieser Bastard!«, knurre ich und erhebe mich. Mir egal, dass ich meine Klappe halten sollte, weil ich weiß, wozu dieser Mann fähig ist. Ich werde mich nicht noch einmal so behandeln lassen! Ayden antwortet nicht auf meine Beleidigung, stattdessen zieht er sich in aller Ruhe wieder an, greift in die Tasche seiner Jeans und zückt ein Bündel grüner Scheine heraus. Mit großen Augen starre ich die Kohle an. Sind das etwa alles Hunderter? Habe ich jemals so viel Geld auf einem Haufen gesehen? Sicher nicht.

Grinsend trennt Ayden drei Scheine vom Rest ab, schiebt seine Kohle zurück in seine Hosentasche und tritt näher an mich heran. Anschließend stopft er mir die Scheine in den

Ausschnitt, beugt sich noch weiter vor und streift mit seinen Lippen meine noch immer glühende Wange.

»Das üben wir noch, Baby.« Siegessicher lässt er von mir ab. »Kauf von dem Geld die Medikamente für deinen Bruder.«

»Scheiße, hast du mich gerade für den Blowjob bezahlt?«, frage ich und klinge dabei, als wäre ich von Hysterie getrieben. Ungläubig ziehe ich die Scheine aus meinem Dekolleté und mahle mit dem Kiefer. Dieser ungehobelte Wichser!

»Du kannst jetzt Feierabend machen, Aurora. Ich erwarte dich heute Abend pünktlich zu deiner Schicht. Und verdeck dein blaues Auge.« Mit diesen Worten verschwindet Ayden aus dem Raum und geht ins Badezimmer, in dem das Wasser immer noch läuft. Und während ich die Beine in die Hand nehme und aus der Wohnung flüchte, ohne Black eine Sekunde meiner Aufmerksamkeit zu schenken, quellen noch mehr Tränen aus meinen Augen. Weil Ayden das aus mir gemacht hat, was ich nie sein wollte. Er hat mich in eine Nutte verwandelt.

12

AYDEN

Nachdem Aurora aus meiner Wohnung geflüchtet ist, als wäre sie ein verletztes Reh und meine Räumlichkeiten ein düsterer Wald, bin ich unter die Dusche gestiegen. Normalerweise verbringe ich meine Tage nie hier im Red Poison, aber nachdem Black und ich einem der Pisser von meiner Liste einen Besuch abgestattet haben, konnte ich noch nicht nach Hause gehen. Da war noch zu viel Hass in mir, den ich erst rauslassen musste.

Dass Aurora so dämlich war, in meiner Privatsphäre herumzuschnüffeln wie ein schlecht trainierter Spürhund, kam mir gerade gelegen, um ein bisschen Druck abzubauen. Und auch jetzt, obwohl sie längst weg ist, spüre ich ihre Anwesenheit immer noch. In meinem Geist. Sie hat sich in mir festgesetzt, ohne es zu wissen. So wie ich mich in ihr festgebissen habe, obwohl ich noch gar nicht die Gelegenheit hatte, meine Zähne in ihr Fleisch zu jagen.

Mein Schwanz schwillt bei der Vorstellung erneut an, aber ich habe keine sonderlich große Lust, mir einen runterzuholen, also steige ich aus der Dusche, trockne mich ab und wickle mir ein Handtuch um die Hüfte. Vielleicht hätte ich ihr befehlen sollen, hier zu bleiben, dann könnte ich mich gleich in ihrer Pussy erleichtern. Aber das hebe ich mir für später auf.

Als ich mein Bad verlasse, steht Black immer noch im Flur. Er hat seine Position nicht verlassen und wirkt wie eine fucking Statue.

»Hat dir die kleine Show gefallen, mein Freund?« Normalerweise kann ich einen Menschen ohne Probleme an seiner Miene lesen, aber Black trägt immer noch die Sturmhaube, weshalb ich nicht sagen kann, was ihm gerade durch den verdrehten Kopf geht. Sicherlich stellt er sich vor, wie Aurora auch vor ihm auf die Knie geht, aber da kann er lange warten.

»Die Kleine wäre mir zu kratzbürstig«, erwidert er dunkel lachend.

Er hat recht. Aurora ist keine Frau, die man wie eine Marionette über die Bühne schicken kann. Aber ich werde meine Freude daran haben, sie an genau diesen Punkt zu bringen.

»Außerdem stehe ich nicht auf Lügner.« Black folgt mir aus der Wohnung bis in mein Büro. Prüfend sehe ich mich um, checke, ob Aurora bei ihrem Einbruch irgendwelche Spuren hinterlassen hat, die mich weiterbringen. Zu gern wüsste ich, was sie wirklich hier drin wollte. Das Trinkgeld war es sicher nicht, aber es war mir eine Ehre, sie wie eine kleine Straßennutte für den Blowjob zu bezahlen. Ihr Blick war Gold wert. Sie war tatsächlich so geschockt, dass ihr die Kinnlade heruntergeklappt ist.

»Du glaubst also auch nicht, dass sie auf der Suche nach ihrer Kohle war?«, frage ich Black, lasse mich auf meinen Stuhl fallen und ziehe die Schubladen meines Schreibtisches auf. Auch hier hat sich rein gar nichts verändert. Entweder arbeitet die Kleine sauber oder sie hat nichts richtig angerührt.

Was willst du von mir, Aurora?

Warum liegt dir so wenig an deinem Leben?

»Natürlich nicht.« Black schnaubt. »Und du glaubst der Schlampe doch wohl nicht, dass sie noch nie einen Orgasmus hatte«, setzt er spottend hinterher. »Vermutlich hat die Kleine die Beine schon für die halbe South Side breitgemacht.«

Meine Mundwinkel zucken. Aurora sah fest entschlossen aus, als sie es sagte. Ihr Blick war ehrlich. Sicherlich hat sie die Wahrheit gesagt und kein Mann hat es bis jetzt geschafft, sie in Ekstase zu versetzen. Ich zucke mit den Schultern.

»Keine Ahnung, aber ich werde es herausfinden.«

Meine Hand findet blind den Weg zu meinen Zigarren, und als ich eine zwischen meine Lippen geschoben habe, kommt Black unaufgefordert an den Tisch heran und hält mir ein Feuerzeug unter die Nase. Der Tabak knistert, als ich den ersten Zug nehme und mich entspannt zurücklehne.

»Du kannst jetzt gehen, Black. Kümmere dich um die Leiche und wasch danach meinen Wagen. Gründlich. Wehe, ich finde später noch einen Blutfleck in meinem Polster.«

»Wird erledigt, Boss.«

Er nickt, macht auf seinen Boots kehrt und verlässt mit fast lautlosen Schritten mein Büro. *Sieh ihn dir an, Baby. Das ist bedingungslose Hingabe. Die gleiche Hingabe, die du mir schenken wirst, wenn ich mit dir fertig bin.*

13
AURORA

»O mein Gott, was ist denn mit deinem hübschen Gesicht passiert, Süße?« Bestürzt packt mich Velvet bei der Hand, noch bevor ich meine dünne Jeansjacke ausziehen und meine Sachen hinter der Bar ablegen kann. Im Club herrscht bereits reges Treiben, das an keinem einzigen Tag der Woche abzuebben scheint.

»Mir geht's gut, mach keine große Sache draus«, versuche ich meine Kollegin zu besänftigen. Immerhin kann ich ihr kaum die Wahrheit sagen. Das Verhältnis zwischen ihr und dem Boss scheint gut zu sein, und ich will mir keine Feinde machen, weil ich bei Ayden eingebrochen bin, anstatt meiner richtigen Arbeit nachzukommen. Scheinbar hat er ihr noch nichts davon erzählt, sonst könnte sie sicher an einem Finger abzählen, was mir passiert ist und wer mir das Veilchen verpasst hat.

Ich habe den ganzen Tag kein Auge zugemacht, weil mir die abgelaufenen Schmerzmittel in unserem Arzneischrank keine Linderung verschaffen konnten. Erst als ich einen Blick in den Spiegel warf, um mich für die nächste Schicht fertig zu machen, wurde mir klar, wie fest Ayden gestern Abend zugeschlagen hat. Mein rechtes Auge sieht absolut widerwärtig aus und der Schorf an meiner Unterlippe reißt ständig wieder auf, wenn ich spreche.

Velvet bugsiert mich zum Umkleideraum, und als wir eintreten, kann ich das Tuscheln der anderen Frauen aus jeder Ecke hören. Cindy, Maggie und Lianna machen sich gerade für ihre Schicht fertig und taxieren mich mit einer Mischung aus Neugier und Schadenfreude. Wenn die Bitches wüssten, wer mir diese Male zugefügt hat, würden sie vermutlich die langen Beine in die Hand nehmen und rennen.

»Hört auf zu glotzen und macht euch an die Arbeit!«, fährt Velvet die drei Schnepfen an, die daraufhin sofort von ihren Plätzen vor den Spiegeln aufspringen und an uns vorbeistolzieren. Scheinbar ist Velvet so was wie die Mama unter uns, und ich kann mir ein Lächeln nicht verkneifen, weil sie für mich Partei ergriffen hat. Gott, kann man eine nahezu Fremde so schnell in sein Herz schließen? Die Antwort steht sofort fest: Ja, kann man!

»Danke«, murmle ich und lasse mich vor Velvets Spiegeltisch auf den Drehstuhl fallen. Sie stellt sich hinter mich, schiebt mir die Haare aus dem Gesicht und fixiert sie an meinem Hinterkopf mit einer Spange, damit sie ihr nicht im Weg sind.

»Kein Problem. Die sind alle untervögelt und müssen ihre miese Laune an jemandem auslassen.« Velvet schenkt mir ein Grinsen, das dem hellen Licht der Schminkspiegel Konkurrenz macht. Sie sieht wie immer makellos gestylt aus, während ich mich fühle wie ein Hühnchen, das über Nacht in billiger Foundation eingelegt wurde.

»Du schminkst dich nicht oft, oder?« Velvet betrachtet meine Arbeit stirnrunzelnd, während ich die Augen schließe, weil ich meinen malträtierten Anblick wirklich nicht ertrage. Er erinnert mich an die Demütigung, durch die Ayden mich vor weniger als vierzehn Stunden geschickt hat, indem er mich zwang, Dinge zu sagen, die ich ohne Waffe am Kopf niemals sagen würde. Von dem absolut verruchten Blowjob ganz zu schweigen.

»Nö«, erwidere ich. »Hab einfach kein Händchen dafür. Aber ich musste ja irgendwie das blaue Auge überdecken.«

Während Velvet ein Abschminktuch zur Hand nimmt, um meine zugekleisterte Haut vom Make-up zu befreien, versuche ich, in den Schmerz hineinzuatmen, um nicht zu schreien.

»Willst du mir wirklich nicht sagen, was da passiert ist?« Sie geht behutsam vor, aber es tut trotzdem scheiße weh.

»Bei mir zu Hause gab es einen Streit mit dem Lover meiner Mutter. Nicht der Rede wert«, lüge ich. Ganz so abwegig ist die Geschichte ohnehin nicht, denn seit ich das Jobangebot als Escortmädchen abgelehnt habe, starrt Dave mich wie den Erzfeind an.

»Du wohnst also noch zu Hause?«

Ich nicke, während Velvet sanft die letzten Reste abwischt und sich anschließend daranmacht, mich neu zu schminken, damit ich nicht mehr aussehe wie eine LKW-Fahrerin, die in eine Raststättenprügelei geraten ist.

»Wie alt bist du denn, Süße?«

»Einundzwanzig«, erwidere ich zischend, als ihr Make-up-Schwamm mein blaues Auge betupft.

»Du siehst älter aus. Wie lange willst du denn noch bei deiner Mutter und ihrem gewalttätigen Lover leben? Keine Lust auf eine eigene Bude?«

»Doch, aber ich habe einen kleinen Bruder, um den ich mich kümmern muss.« Solange Leon mich braucht, werde ich für ihn da sein, das habe ich mir bei seiner Geburt geschworen. Unsere Mutter hat ständig Versprechungen gemacht, die sie nie halten konnte, und ich werde einen Teufel tun und zu einer Heuchlerin wie sie verkommen.

»Verstehe«, murmelt Velvet. Sie hat meinen Stuhl inzwischen in ihre Richtung gedreht und ist gerade dabei, meine Wimpern zu tuschen. Als sie fertig ist, schlage ich die Augen auf und stoße einen Pfiff aus, sobald ich mich im Spiegel betrachte. Schimmerte mein Auge eben trotz einer Monsterschicht Fundation noch blau, sieht man jetzt nur noch die Schwellung, aber keine Verfärbung mehr.

»Wie hast du das gemacht?«

»Viel hilft nicht immer viel, Süße. Du brauchst nur eine Foundation mit sehr hoher Deckkraft. Lass es dir von einer Frau gesagt sein, die in ihrer Jugend ständig Veilchen überschminken musste.« Fragend sehe ich sie im Spiegel an, aber sie winkt nur mit der Hand ab, als wäre es keine große Sache.

»Sagen wir so, meine Mutter hatte auch einen miserablen Männergeschmack. Ich geh jetzt an die Arbeit und lass dir einen Moment, falls du dir noch die Haare hochstecken willst.« Sie drückt mir einen Kuss auf die unverletzte Schläfe und verschwindet mit wiegenden Hüften aus dem Raum. Ich bleibe allein zurück, umgeben von einer fetten Parfümwolke und laut schlagendem Herzen. Weil ich kein ängstlicher Mensch bin und dennoch eine Heidenangst davor habe, Ayden heute wiederzusehen …

Während meiner Schicht bin ich vollkommen neben der Spur. Ich schenke den Kunden die falschen Getränke aus, verschütte ständig etwas und kann mir die simpelsten Dinge nicht merken. Vielleicht hat Ayden irgendeinen dauerhaften Schaden in meinem Kopf angerichtet oder ich bin einfach chronisch übermüdet. Vermutlich etwas von beidem.

Während die anderen Frauen mir deshalb ständig hasserfüllte Blicke zuwerfen, geht Velvet weiterhin behutsam und geduldig mit mir um. Selbst dann, als mein Handy vibriert und ich den Anruf während der Arbeitszeit entgegennehme, obwohl es ein absolutes No-Go ist. Meine Mutter ruft mich normalerweise nie auf dem Handy an, weshalb bei mir sofort der Alarmzustand einsetzt.

»Was gibt es? Ich bin bei der Arbeit.« Ich husche hinter den Vorhang, damit mich die Gäste nicht beim Telefonieren sehen können, und lehne mich erschöpft gegen die dunkelrote Wand.

»Auri … Auri, es ist …« Augenblicklich bin ich hellwach. Die Müdigkeit weicht mit einem Atemzug aus meinem Körper.

»Was ist, Mom?«, zische ich sie an. Ich habe keine Angst um sie, das habe ich schon seit Jahren nicht mehr, aber irgendetwas in ihrer brüchigen Stimme versetzt mich in reine Panik.

»Es ist … Leon.«

»Was ist mit ihm?« Scheiße, ich merke, wie sich meine Brust schmerzhaft zusammenzieht, obwohl ich noch gar nicht weiß, was los ist. Normalerweise müsste er längst im Bett liegen und schlafen.

»Ich … wir …«

»Jetzt spuck es endlich aus, Mom!«, brülle ich. Gerade ist es mir scheißegal, ob mich die Leute vorn im Laden hören können. Wenn es um meinen Bruder geht, rückt alles andere in den Hintergrund.

»Dave und ich … wir haben unseren Stoff liegen gelassen. Auf dem Küchentisch. Er ist doch auch sonst nie rangegangen, Auri. Das weißt du doch, oder?«

Mir entweicht mit einem Schlag nicht nur die Farbe aus dem Gesicht, sondern auch die Luft aus der Lunge. Nein, gottverdammt. Das hier darf nicht wahr sein.

»Mom …«, knurre ich warnend.

»Er hat, glaube ich, etwas von dem Kokain probiert, Auri.«

Ich schlage mir schluchzend die Hand vor den Mund. Dass dabei meine Unterlippe erneut aufreißt, kümmert mich nicht. Weil mein kleiner Bruder, der gerade einmal fünf Jahre alt ist, Kokain probiert hat! Eine Droge, die schon bei Erwachsenen für enorme Schäden sorgen kann …

»Ruf einen Krankenwagen!«, schreie ich meine Mutter an. Im Hintergrund höre ich Dave irgendein Zeug faseln, das ich nicht verstehen kann.

»Auri, weißt du, wie teuer das wird? Wir sind nicht krankenversichert. Das können wir uns nicht leisten«, jammert sie, während ich mir gedanklich vorstelle, wie ich ihren dürren Schädel so lange gegen die Wand donnere, bis er bricht. Wieder und wieder und wieder. Ich will ihr Blut über meine Hand rinnen sehen, so wütend bin ich. Sie wird ihn nicht ins Krankenhaus bringen, weil sie Angst vor der Rechnung hat. Was zur Hölle ist sie für eine Mutter?

»Was ist mit Leon?«

»Er liegt am Boden.«

»Ist er bei Bewusstsein?«, frage ich japsend und stehe kurz vor einer ausgewachsenen Ohnmacht.

»Ja, halbwegs.«

»Hat Dave kein verschissenes Auto, mit dem er ihn in ein Krankenhaus fahren kann?« Ich balle meine freie Hand wiederholend zur Faust und stelle mir zeitgleich vor, wie ich sie diesem Penner in den Rachen schiebe. Gott, ich werde die beiden umbringen, das steht fest.

»Wir haben kein Auto, das weißt du doch, Süße. Ich weiß nicht, was ich tun soll.«

»Bring ihn in die stabile Seitenlage! Ich komme sofort zu euch!« Bevor sie auflegen kann, halte ich sie noch einmal auf. »Und Mom? Sollte Leon etwas zustoßen, werde ich dich umbringen!« Mein ganzer Körper steht unter Strom, als ich blindlings in Richtung von Aydens Büro stürme und seine Tür aufreiße. Mir egal, dass ich normalerweise angehalten bin, anzuklopfen. Mir egal, dass er mir gestern noch mit meiner eigenen Waffe gedroht und mir beinahe den Schädel weggeblasen hätte. Nichts davon könnte mir gerade weiter am Arsch vorbeigehen.

Er sitzt hinter seinem Schreibtisch, wühlt sich gerade durch einen Stapel Unterlagen und sieht mit finsterer Miene zu mir auf, als ich außer Atem vor ihm zum Stehen kommen. Sein Fokus liegt auf meiner Unterlippe.

»Wieso blutest du?«

»Ich muss mir heute Abend freinehmen«, platzt es aus mir heraus und ich ignoriere seine Frage. In meinem Kopf rattert es wie verrückt. Zu Fuß brauche ich viel zu lange bis in den Trailerpark und die Öffentlichen fahren erst wieder in einer halben Stunde. Das heißt, ich muss mir ein Taxi nehmen, das ich mir nicht leisten kann, weil ich kein Geld bei mir habe. Aber das ist mir gerade herzlich egal. Zur Not würde ich dem Taxifahrer auch einen blasen, solange er mich nach Hause bringt.

»Das steht nicht zur Debatte. Ich brauche dich heute an der Bar.«

Ayden klingt entschlossen und herablassend, was mich nur umso wütender macht.

»Ich habe dich nicht um Erlaubnis gebeten!«, knurre ich

ihn an und riskiere damit, meinen verdammten Kopf zu verlieren. »Meine Mutter hat mich eben angerufen und mir gesagt, dass mein kleiner Bruder von ihrem Kokain probiert hat. Ich muss nach Hause, jetzt sofort!« Meine Knie zittern wie verrückt, während ich versuche, einen selbstsicheren Stand zu wahren.

Aydens Miene verhärtet sich, es sieht aus, als wäre er aus Granit gemeißelt. Er lässt die Unterlagen auf den Schreibtisch fallen, lehnt sich auf seinem Stuhl zurück und sieht mich einfach nur an.

»Hast du mir nicht zugehört? Mein Bruder könnte sterben! Weil meine verschissene Junkiemutter den Krankenwagen nicht rufen will, weil wir nicht versichert sind. Ich muss nach Hause und ihn ins Krankenhaus bringen!«, fauche ich ihn an und jage meine Nägel so fest in meine Handballen, dass ein scharfer Schmerz bis in meine Unterarme zieht.

»Du … Gott!« Ich mache auf den Absätzen meiner High Heels kehrt und renne zur Tür. Anscheinend hat Ayden seine Sprache verloren, und ich darf keine Zeit verlieren, indem ich auf eine Antwort warte.

»Wie alt ist er?«, ertönt seine dunkle, raue Stimme, bevor ich in den Flur treten kann. Ich bleibe auf der Türschwelle stehen und drehe mich zu Ayden um.

»Dein Bruder. Wie alt ist er?«, will er eindringlich wissen.

»Was spielt das für eine verfickte Rolle?«, speie ich und merke, wie mir die Tränen kommen. Aber ich lasse sie nicht raus, weil ich jetzt nicht zusammenbrechen darf. Später, vielleicht, nur nicht jetzt. Ayden erhebt sich von seinem Platz, kommt mit langen Schritten auf mich zu und bleibt so dicht vor mir stehen, dass ich den Kopf in den Nacken legen muss, um ihm in die Augen zu sehen.

»Antworte auf meine Frage. Wie alt ist er?«

»F-fünf«, stottere ich, weil mir im selben Moment erst richtig klar ist, was hier eigentlich passiert. Mein fünfjähriger zauberhafter Bruder schwebt in Lebensgefahr. Und ich bin nicht da, um ihm zu helfen.

Aydens Miene weicht für den Bruchteil einer Sekunde auf und ich sehe tatsächlich so etwas wie Mitleid in seinen Augen aufflammen. Dicht gefolgt von so viel Zorn und Entschlossenheit, dass es mir beinahe den Boden unter den Füßen entreißt. Er packt mich am Handgelenk und zerrt mich durch den Flur. Vorbei an der Bar und durch den gesamten Laden. Alle Augenpaare ruhen auf mir und dem Boss, der mich einfach wie eine Verbrecherin abführt, nach draußen schiebt und dicht an meiner Seite die Treppe nach oben zur Straße nimmt. Es gießt wie aus Eimern, weshalb ich innerhalb von Sekunden bis auf die Unterwäsche durchnässt bin.

»Was wird das, Ayden? Ich muss nach Hause!« Ich winde mich in seinem Griff, aber er ist bombenfest. Wie eine kleine Göre lasse ich mich von ihm über den pfützenbenetzten Bürgersteig ziehen, und als er einen schönen Sportwagen am Straßenrand ansteuert, keimt Hoffnung in mir auf.

»Was glaubst du, was ich vorhabe, Baby?« Er schenkt mir einen Blick, der mir bis ins Mark schießt. »Ich fahre dich.«

14
Aurora

Aydens Wagen sieht nicht nur verflucht schnell aus, er ist auch verflucht schnell. Ich wollte ihm, als wir eingestiegen sind, die Adresse mitteilen, aber er hat nur den Kopf geschüttelt, wobei sich einige Regentropfen aus seinen Haaren gelöst haben. Dann hat er den fauchenden Motor gestartet und ist losgefahren. Natürlich weiß er dank des Arbeitsvertrages, wo ich wohne, und diese Tatsache sollte mich definitiv ängstigen, aber gerade habe ich keine Zeit für Ängste, die nichts mit Leon zu tun haben. Er ist alles, was im Augenblick zählt. Generell ist er alles, was für mich von Bedeutung ist, immerhin gibt es außer ihm nichts, das mir am Herzen liegt.

Ich kralle mich in den Stoff meines heutigen Arbeitsoutfits, ein bauchfreies Top in Kombination mit einem roten Minirock, und starre gedankenversunken aus dem Fenster, über das die Regentropfen wie kleine Würmer tanzen. Da keine Musik läuft, hört man lediglich die Motorengeräusche des Sportwagens und das typische South-Side-Hintergrundrauschen. Es besteht aus weit entfernten Polizeisirenen, quietschenden Autoreifen und lautstarken Stimmen von irgendwelchen Gruppen, die sich gleich im Platzregen die Schädel einschlagen wollen.

Mein Blick gleitet zu Ayden, der fokussiert durch die Straßen unserer Stadt rast und dabei dennoch so gelassen aussieht, als würde er gerade lediglich zum Bäcker fahren. Ich hätte mit allem gerechnet. Dass er mir tatsächlich freigibt, dass er mir eine Ohrfeige verpasst, dass er mich auslacht … aber nicht damit, dass er mich höchstpersönlich in seinem schwarzen Dämonenschlitten nach Hause fährt. Wir sprechen während der Fahrt kein Wort miteinander, wofür ich ihm enorm dankbar bin, immerhin wüsste ich ohnehin nicht, was ich ihm sagen sollte. Mein Kopf ist leer und voll zugleich.

Sobald wir den Trailerpark erreichen, wird mir schwindelig. Weil ich Angst davor habe, was ich gleich zu sehen bekomme, wenn ich unsere Haustür öffne. Weil ich Angst habe, zu spät zu sein, obwohl Ayden wirklich intergalaktisch schnell war. Sicherlich schneller, als jeder Krankenwagen es je sein könnte.

Er parkt den Aston Martin vor unserem Trailer und ich springe umgehend nach draußen. So schnell ich kann, renne ich durch den Vorgarten, sprinte die wenigen Stufen zur Eingangstür hoch und reiße meinen Schlüssel aus der Handtasche. Immer wieder rutscht er am Schlüsselloch vorbei, und ich würde Ayden gern um den Hals fallen, als er hinter mich tritt und mir den Schlüssel abnimmt.

»Lass mich das machen«, raunt er und öffnet anschließend die Tür für mich.

»Leon!« Ich stürme in die Küche, und als ich meinen kleinen Bruder am Boden liegen sehe, falle ich vor ihm auf die nackten Knie. »O mein Gott, Leon!« Er liegt regungslos vor mir, seine Augen sind halb geschlossen und seine Lider flattern hektisch. An seinen Lippen sieht man noch die Spuren von dem weißen Teufelszeug. Mein Blick huscht zu den zwei Lines auf dem Küchentisch, von denen eine verwischt ist. Weil er seine Finger in dem verfluchten Pulver hatte. Seine unschuldigen Hände wussten nicht, was sie tun.

»Leon, hey.« Ich lege meine Hand an seine Wange und schluchze auf. »Er glüht!« Meine Mutter steht nur paralysiert neben uns, starrt auf ihren nicht ansprechbaren Sohn hinab und bringt kein Wort über ihre Lippen. Sie soll in der Hölle schmoren.

»Wir bringen ihn ins Krankenhaus.« Aydens schwere Schritte kommen näher, und ehe ich mich's versehe, hat er meinen Bruder bereits hochgehoben. Ich zittere am ganzen Leib, als hätte ich nächtelang in einer Kühlkammer gehockt, und stehe ebenfalls auf. Ich muss mich an einem unserer Küchenstühle festhalten, um nicht umzukippen, weil das alles viel zu viel für mich ist.

»Es tut mir so leid, Auri«, wendet sich Mom an mich, aber ich bringe sie nur mit einem scharfen Blick zum Schweigen. Ihre Augen sind blutunterlaufen, ihr dürrer Körper ist noch blasser als sonst. Sie hat sich vor lauter Nervosität ihre Unterarme blutig gekratzt, und in mir wächst der Wunsch, ihr ebenfalls das Gesicht zu zerkratzen.

»Nicht. Um dich kümmere ich mich später!« Mit einem gottverdammten Messer!

Ich hefte mich an Aydens Fersen, der meinen Bruder noch immer auf dem Arm hält und ihn nun durch unseren ranzigen Trailer nach draußen trägt. Noch kann ich nicht ganz greifen, was hier eigentlich passiert und dass Ayden Curse in meinem Zuhause ist. Dass er in meiner Küche stand und jetzt meinen Bruder in seinem Auto auf die Rücksitzbank legt.

Anstatt mich nach vorn zu setzen, schlüpfe ich nach

hinten, ziehe Leon auf meinen Schoß und drücke seinen glühend heißen Kopf fest an meine nasse Brust.

»Alles wird gut, Löwe.« Ich höre, wie meine Stimme zittert. Wie in Trance wiege ich meinen kleinen Bruder vor und zurück, während Ayden in den Wagen steigt und wortlos losfährt.

Mein Kopf gleitet in den Nacken und ich schließe die Augen.

Bitte, Gott.

Ich weiß, dass wir auf Kriegsfuß miteinander stehen.

Aber du darfst meinen Bruder nicht sterben lassen.

Hörst du?

Du. Darfst. Es. Nicht.

Sobald wir im Krankenhaus ankamen, wurde Leon sofort auf die pädiatrische Intensivstation gebracht. Das ist nun über eine Stunde her und noch kam kein Arzt zu mir, um mit näheren Infos herauszurücken. Also habe ich die Zeit genutzt, um Google zu befragen, auch wenn ich weiß, dass es mich bloß in den Wahnsinn treiben wird.

Ich sitze im Flur des Krankenhauses auf dem blanken Fußboden, habe die Knie an meinen Bauch gezogen und lese mich durch jede Website, die mir auf Google zum Thema »Was passiert, wenn Kinder Kokain im Blut haben?« finden kann. Die Ergebnisse sind erschreckend, und ich bin mir inzwischen auch ohne ärztliche Auskunft sicher, dass mein kleiner Bruder eine Kokainvergiftung hat. Auf dem Weg ins Krankenhaus fing er plötzlich an zu krampfen und seine Temperatur stieg noch weiter an. Beides sind eindeutige Anzeichen für eine Vergiftung. Und wäre es mir nicht wichtiger, dass ich da bin, sobald Leon aufwacht, würde ich zurück nach Hause gehen und meiner Mutter so viel Kokain in die Nase stopfen, dass sie daran verreckt. Denn das ist es, was sie verdient hätte. Sie hätte es verdient, genauso zu leiden, wie Leon ihretwegen leiden muss.

Schließlich scheint sie es nicht einmal für nötig zu halten, sich telefonisch nach ihm zu erkundigen, geschweige denn herzukommen und hier auf Informationen zu warten. Sie hat sich heute Abend eindeutig den Platz als schlechteste Mutter des Jahres geangelt.

Ayden spricht gerade am Empfang mit einer Schwester und ich bin froh, nicht allein hier zu sein. Auch wenn er der drittletzte Mensch ist, mit dem ich im Augenblick zusammen sein will, nach Mom und Dave, hat er meinem Bruder vielleicht durch sein schnelles Handeln das Leben gerettet. Na ja, und durch sein schnelles Auto. Allein dafür werde ich ewig in seiner Schuld stehen, und zwar länger als zehn Wochen.

Gerade als ich den nächsten Artikel durchlesen will, in dem es um die Langzeitschäden im kindlichen Gehirn geht, kommt Ayden zurück. In seinen Händen zwei dampfende Kaffeebecher aus dem Krankenhausautomaten. Zum ersten Mal an diesem Tag achte ich auf ihn. Seine dunkelblonden Haare hängen ihm feucht und wild in die Stirn und er sieht ein bisschen aus, als wäre er gerade erst aus der Dusche gestiegen. Oder aus dem Bett. Ein Bett, in dem er mir eine Waffe an den Kopf gehalten hat … Scheiße, wo bin ich hier eigentlich gelandet? In einem dämlichen Hollywoodstreifen über die South Side von Chicago?

Er trägt seine schwarze Lederjacke über einem ebenfalls schwarzen Shirt. Dazu eine helle Jeans, die fast wie ein Fehler im Bild aussieht, weil sie nicht zu seiner dunklen Aura passt.

»Hier.« Er hält mir einen der Becher hin. »Siehst aus, als könntest du Koffein gebrauchen.«

»Danke«, murmle ich und nehme einen zaghaften Schluck. Dabei verbrenne ich mir zwar heftig die Zunge, aber das ist mir gerade herzlich egal. Ich verspüre im Augenblick keine wirklichen Schmerzen, weil ich in einer Art Dämmerzustand gefangen bin, seitdem meine Mutter mich im Red Poison angerufen hat. Meine Umgebung zieht einfach an mir vorbei, ohne dass ich etwas davon zu greifen bekomme. Ich könnte nicht einmal mehr sagen, wie das Krankenhaus von außen aussieht oder wie ich zum Ausgang komme.

Ayden setzt sich neben mich auf den Boden, und fast bin ich gewillt, ihm um den Hals zu fallen, weil er mir geholfen hat. Es macht die schlimmen Dinge, die er getan hat, bei Weitem nicht wieder gut, aber in gewisser Weise hat er auch mir das Leben gerettet. Wären wir zu spät gewesen, wüsste ich nämlich nicht, ob ich noch hier sitzen würde. Leon hat mich in den letzten Jahren so oft vom Aufgeben abgehalten, dass ich aufgehört habe, die Male zu zählen, in denen meine Gedanken in verdammt düstere Sphären abgedriftet sind.

»Haben die Schwestern etwas gesagt?«, frage ich Ayden gedankenversunken und klicke mich weiter durch die Artikel auf dem Handy. Dr. Google ist ein Arschloch. Er sorgt leider nicht dafür, dass es mir besser geht, sondern eher, dass ich vor Sorge beinahe umkomme.

»Noch nicht. Aber ich habe bereits die Begleichung der Behandlungskosten abgeklärt.«

»Wie meinst du das?« Ich lasse das Handy sinken, lege es zwischen uns am Boden ab und sehe zu Ayden hinüber. Er hat seinen Kopf gegen die Wand gelehnt und sieht mich von der Seite an. Dunkle Schatten bevölkern seine Miene und er sieht genauso müde aus, wie ich mich fühle. Ob er auch nicht schlafen konnte, nachdem er mir seinen Schwanz in den Mund gedrückt hat?

»Du sagtest, dass deine Familie nicht versichert ist. Die Kosten für die Behandlung deines Bruders werden sicherlich im hohen fünfstelligen Bereich liegen.«

»Worauf willst du hinaus?«

»Ich werde für die Kosten aufkommen«, erwidert er schulterzuckend, während ich am ganzen Leib erstarre, weil seine Aussage so absurd ist.

»Wieso solltest du das tun?« Er hat keinen Grund dazu. Leon ist nicht sein Bruder und ich bin ihm ganz offensichtlich egal, sonst hätte er mir nicht mitten ins Gesicht geschlagen oder meinen Kopf gegen die Wand geschleudert. Einbruch hin oder her.

Ayden nimmt einen Schluck seines Kaffees, stellt den Becher am Boden ab und winkelt die Beine an. Dann legt er seine Unterarme auf den Knien ab und starrt nach vorn an die kahle Wand des Flurs. In dem hellen Licht wirken seine Haare viel heller als sonst und seine Augen noch eisiger.

»Ein Kind kann nichts für die Verdorbenheit seiner Eltern«, ist seine Antwort. Und ich verstehe sie, aber das bedeutet nicht, dass ich deshalb sein Verhalten nachvollziehen kann. Mir kommt ein Gedanke, der meine Euphorie schmälert.

»Red Klartext mit mir. Was muss ich im Gegenzug für dich tun?« Sicherlich hat er sich schon einen perfiden Plan überlegt, nicht wahr? Etwas, das mich noch stärker demütigt als der Blowjob.

Mit zusammengezogenen Brauen sieht Ayden mich an. »Unser Deal steht immer noch, Aurora.« Verheißungsvoll spricht er meinen Namen aus. »Aber das hier hat nichts mit ihm zu tun. Das zwischen uns ist eine andere Sache.« *Und was für eine?* Das will ich ihn fragen, aber ich bin so erschöpft und müde, dass ich im Sitzen einschlafen könnte. Der Kaffee hilft dabei nicht wirklich, vermutlich müsste ich ihn mir direkt in die Venen jagen.

»Aus dir wird man nicht schlau, oder?«, grummle ich und kann mir ein Gähnen nicht verkneifen.

Aydens Mundwinkel zucken. »Dito.«

Eine Weile lang sitzen wir schweigend nebeneinander am Boden, und als endlich ein Arzt zu uns kommt, springe ich umgehend auf. Der Doc wirkt für meinen Geschmack etwas zu jung, aber er strahlt trotzdem eine gewisse Kompetenz aus.

»Was ist mit meinem Bruder?«

»Ihr Bruder ist so weit stabil. Er hat eine Kokainvergiftung, und neben einer Sauerstoffgabe eine Sedierung mit Benzodiazepinen bekommen. Leon hatte eine starke Hyperthermie, aber wir konnten seine Körpertemperatur gut regulieren.«

»Wird er wieder gesund?« In meinem Hals steckt ein Kloß, der so groß wie ein Luftballon ist. Meine Sicht verschwimmt, weil ich meine Tränen nicht länger zurückhalten kann. Das alles ist einfach zu viel.

»Wir können zum jetzigen Zeitpunkt keine Langzeitschäden ausschließen, aber er ist außer Lebensgefahr, und wir gehen stark davon aus, dass er bald wieder ganz der Alte sein wird. Im Moment kann er noch keinen Besuch empfangen, da die Ärzte noch Tests durchführen müssen, aber bald können Sie ihn sehen.« Schluchzend werfe ich mich in die Arme des Arztes und vergrabe mein Gesicht in seinem weißen Kittel. Der Typ scheint etwas überrumpelt zu sein, denn er versteift sich am ganzen Körper, während ich ihn wie einen Baumstamm umklammere. Anscheinend ist er es nicht gewohnt, dass ihn Angehörige derart fest umarmen.

»Danke, danke, danke«, flüstere ich unter Tränen. Ich

löse mich erst von ihm, als ich an der Schulter gepackt und sanft von ihm gezogen werde.

»Danke, Doc. Ich übernehme ab hier.« Ayden zieht mich gegen seine Brust, woraufhin der Arzt uns ein Nicken zuwirft und verschwindet. Anschließend bricht etwas in mir auf. Ich weiß, dass Ayden der absolut letzte Mensch sein sollte, der mir Trost spendet, aber ich brauche gerade jemanden, der mich hält. Der mir versichert, dass alles wieder gut wird, selbst in einer so schlechten Welt wie unserer.

Wie ein Häufchen Elend drehe ich mich um, werfe mich in seine Arme und vergrabe mein verheultes – und immer noch verbeultes – Gesicht an seiner Brust. Ayden zögert, bevor er schließlich einknickt. Er greift unter meine Oberschenkel und hebt sie an, sodass ich Sekunden später sein Becken damit umklammere und meine Arme um seinen Hals schlinge. Verdammt, ich bin vollkommen gestört, oder? Anders ist es nicht zu erklären, dass ich einen psychopathischen Mörder, der mich geschlagen und gedemütigt hat, wie meine Rettungsweste umklammere. Als könnte er mich tatsächlich vor dem Ertrinken bewahren, obwohl er derjenige ist, der mich unter Wasser drückt.

Ayden trägt mich durch den Flur, bis wir im richtigen Wartezimmer des Krankenhauses ankommen und er sich auf einen der schwarzen lederbezogenen Zweisitzer setzt. Mich lässt er dabei nicht los, sodass ich einfach auf seinem Schoß lande. Immer wieder brechen Schluchzer der Verzweiflung und Erleichterung aus mir heraus und meine Tränen sickern in den Stoff seines schwarzen Shirts. Aydens Kleidung fängt meine Tränen auf, während ich mich einfach fallen lasse.

Er sagt nichts. Ich sage nichts. Und obwohl alles in dieser Welt dagegenspricht, dass ich mich so sicher fühle, tue ich es. Seine starken Arme geben mir den Halt, den ich gerade am allermeisten brauche. Ich weiß nicht, wie lange ich an seiner Schulter weine, aber es ist lang.

Sobald ich mich etwas beruhigt habe, hebe ich langsam den Kopf an und sehe Ayden mitten ins Gesicht. Er scannt meine sicher verquollenen Augen und sieht mich so intensiv an, dass ich wieder zu zittern beginne. Er betrachtet meinen bebenden Körper, greift anschließend nach seiner Jacke und zieht sie sich aus, um sie mir über die Schultern zu legen. Fuck, ich bin eindeutig im falschen Spielfilm gelandet. Ayden Curse gibt mir seine Jacke, weil mir kalt ist. Schon klar. Und im Himmel ist Jahrmarkt.

»Danke«, wispere ich zum zweiten Mal an diesem Tag. Und dabei dachte ich, dass dieser Mann niemals etwas tun würde, wofür ich ihm dankbar sein könnte.

»Bilde dir nicht zu viel darauf ein, Baby«, erwidert er teuflisch grinsend. Anschließend legt er seine Hand auf meinen Hinterkopf, drückt mich wieder an seine Brust und legt sein Kinn auf meinem Scheitel ab. Umgehend kriecht die Müdigkeit zurück in meinen Körper und die letzten vierundzwanzig Stunden zollen ihren Tribut …

»Schlaf ein bisschen, Aurora.«

Erschöpft nicke ich, während ich all die Anspannung loslasse, obwohl ich auf dem Schoß eines Killers sitze.

»Aber ich muss dich warnen«, hauche ich. »Ich sabbere im Schlaf.«

Meine Worte entlocken ihm ein Lachen, das unglaublich erdend und gleichzeitig höllisch sexy ist. Verfluchter Gott im Himmel, warum löst dieser Mann solche Dinge in mir aus? Immer tiefer sinke ich in die Illusion der Sicherheit, die Ayden mir im Augenblick vermittelt.

»Und Aurora?« Ich höre seine Stimme nur gedämpft durch den dichten Nebel, der mich umhüllt.

»Hm?«

»Solltest du noch einmal so mit mir sprechen, wie du in meinem Büro mit mir gesprochen hast, schneide ich dir die Zunge raus.«

»Okay«, murmle ich zufrieden und kuschle mich noch dichter an ihn. Ich weiß, was er gerade gesagt hat, aber ich schaffe es nicht, die nötige Angst aufzubringen, die ein psychisch gesunder Mensch in seiner Nähe empfinden sollte.

Tja.

Da habe ich wohl meine Erklärung.

Mein Name ist Aurora Rose und ich bin ein psychisches Wrack.

~

»Willst du nicht aussteigen?« Ayden reißt mich aus meinen trüben Gedanken. Ich zucke mit den Schultern und starre weiterhin aus dem Seitenfenster seines Aston Martins. Was die Nachbarn wohl denken, wenn so ein Luxusschlitten vor unserem ranzigen Trailer steht? Normalerweise verirren sich solche Wagen nie in unsere Gegend, dafür ist das Risiko einfach zu hoch. Außerdem setzt ohnehin niemand freiwillig einen Fuß auf diesen verseuchten Grund und Boden. Vor allem niemand, der so im Geld schwimmt, wie Ayden es scheinbar tut. Ich will gar nicht wissen, womit er seine Kohle verdient, denn ich kann mir nicht vorstellen, dass das Red Poison derart viel Gewinn abwirft.

»Ich glaube nicht, dass ich mich zurückhalten kann, wenn ich meine Mutter oder ihren dämlichen Nazifreund sehe. Als sie nur danebengestanden hat, während Leon am Boden lag … da hätte ich ihr am liebsten das Küchenmesser in die Brust gerammt«, erkläre ich mein Zögern. Aber ich brauche dringend frische Klamotten, damit mich das

Personal im Krankenhaus nicht ständig wie eine Nutte anstarrt, die sich verirrt hat. Ich will einen seriösen Eindruck machen, wenn ich bei Leon bin. Er ist laut den Aussagen der Ärzte weiterhin stabil und ich durfte ihn schon sehen, aber er hat so tief und fest geschlafen, dass er es gar nicht mitbekommen hat. Also habe ich Ayden gefragt, ob er mich heimfährt, damit ich mir ein paar Sachen einpacken kann. In den nächsten Tagen werde ich das Krankenhaus sicher nicht verlassen.

Weil er nicht reagiert, reiße ich den Blick von der Fensterscheibe und sehe zu ihm hinüber. Er lehnt lässig auf seiner Seite des Wagens und hat den rechten Unterarm auf dem sportlichen Lenkrad abgelegt. Seine Lederjacke hängt noch immer über meinen Schultern, und ich würde diese Tatsache gern auf den Umstand schieben, dass ich somit mein freizügiges Outfit verstecken kann, aber das ist nicht der einzige Grund, wieso ich sie ihm noch nicht zurückgegeben habe. Irgendwie fühlt es sich gut an, sie zu tragen. Und das ist absolut hirnverbrannt, wenn man bedenkt, wie wir uns kennengelernt haben und was bereits zwischen uns passiert ist.

»Hast du so was öfter?«, fragt Ayden nach einer Weile des Schweigens, das sich wie eine dicke Wolke im Wagen festgesetzt hat. Die Stimmung zwischen uns ist seltsam, seitdem ich mit meinem Kopf an seiner Schulter eingeschlafen bin. Das war pärchenmäßig und somit absolut falsch.

»Was meinst du?« Ich tue unwissend, auch wenn ich genau weiß, wovon er spricht.

»Mordfantasien. Hast du sie öfter?« Sein Blick ist nicht zu deuten. Ich kann nicht sagen, ob er ernstes Interesse an der Verdorbenheit meiner Seele zeigt oder ob er bloß Small Talk führen will. Small Talk in der Killervariante …

Wieder zucke ich mit den Schultern, und obwohl ich meine Zunge hüten sollte, will ich ihm die Wahrheit sagen. Vermutlich ist Ayden der einzige Mensch in meinem Leben, dem ich offen und ehrlich sagen kann, was sich in meinem Kopf so abspielt, wenn ich die Augen schließe.

»Manchmal?«, antworte ich, lasse es aber wie eine Frage klingen. »Nicht oft. Aber bei meiner Mutter …« Ich fahre mir mit den Händen über das Gesicht. »Keine Ahnung. Sie macht mich so wütend. Ihre fehlende Bereitschaft, eine gute Mutter zu sein, macht mich wütend. Und dann frage ich mich, ob sie es überhaupt verdient hat, zu leben. Weißt du? Es gibt so viele Frauen da draußen, die gern Mutter wären und nicht das Glück haben. Und dann gibt es Frauen wie sie, die besser keine Kinder haben sollten und gleich zwei auf die Welt setzen, um ihr Leben zu ruinieren.« Keine Ahnung, ob man meinen Gedankengängen überhaupt folgen kann. Ich selbst kann es nicht, denn auch wenn ich ein paar Stunden Schlaf hatte, fühle ich mich wie von einem Laster überrollt. So bequem es auf seinem Schoß auch gewesen ist, ein männlicher, durchtrainierter Körper ist nun mal kein Bett.

»Manche Menschen haben das Leben nicht verdient«, sagt Ayden in Gedanken versunken. Er starrt aus dem Fenster und fixiert einen Punkt in der Ferne, als würde er etwas sehen, das ich nicht sehen kann. »Vor allem nicht, wenn sie Kindern schaden.«

Sein Kiefer zuckt, woraufhin ich die Stirn runzle. Der Ausdruck auf seinem Gesicht schreit vor emotionalem Schmerz. Ob ihm als Kind wehgetan wurde? Ob er auch eine Mutter hatte, die ihn derart vernachlässigt hat … oder Schlimmeres? Ist er deshalb ein Mörder geworden, der Frauen während des Fickens ersticht? Weil er einen verdrehten Mommy-Komplex hat? Tausend Fragen brennen sich in meine Zunge, aber ich habe Angst, mich zu verraten, indem ich zu tief in seinen offensichtlichen Wunden herumstochere. Also schlucke ich die Worte, die ich eigentlich sagen will, herunter.

»Ayden …« Sein Name hat sich bis jetzt immer falsch auf meinen Lippen angefühlt, aber heute ist es anders. Etwas hat sich verändert in den letzten Stunden, und ich kann beim besten Willen nicht sagen, was es ist.

»Du solltest jetzt besser reingehen, Aurora. Ich habe nicht den ganzen Tag Zeit für dein Familiendrama.« Auf einmal ist seine Mimik wieder hart wie Stein und seine Stimme sorgt nicht mehr für ein angenehmes Kribbeln in meinem Bauch, sondern für ein stechendes Ziehen in meiner Brust. Arschloch! Ich funkle ihn wütend an, reiße die Tür auf und springe aus dem Wagen, der sich plötzlich wie ein Gefängnis anfühlt. Was habe ich gesagt oder getan, das ihn wieder in dieses herablassende Arschloch verwandelt hat? Ich ziehe mir seine Lederjacke von den Schultern und schleudere sie ihm auf den Schoß. Bevor ich die Tür schließen kann, hält er mich auf.

»Darf ich dir einen Tipp geben?« *Von Mörder zu Möchtegern-Mörder, meinst du?*

Weil ich nicht antworte, spricht er einfach weiter. »Tu es nicht.«

»Was?«, fauche ich, weil mir sein kryptisches Gelaber auf den Keks geht.

»Sie erstechen. Du würdest es bereuen.«

Mir steckt ein hysterisches Lachen im Hals fest, weil ich ihm so gern meine geballte Wut ins Gesicht schleudern würde und doch nicht kann. Unsere Blicke verkeilen sich ineinander, während ich ihn innerlich anschreie. *Bereust du denn mittlerweile, was du Helen angetan hast?*

Doch statt mit dieser Frage mein Leben zu riskieren,

schlage ich die Autotür zu, stapfe auf meinen High Heels durch den Vorgarten meines Trailers und blicke nicht mehr zurück. Ayden Curse kann mich mal! Mir egal, dass er in den letzten Stunden nahezu gentlemanlike zu mir gewesen ist. Oder dass er mich umherkutschiert, als wäre er ein verschissener Uberfahrer. Oder dass er mir eine Woche freigegeben hat, damit ich im Krankenhaus bleiben kann, bis Leon wieder auf den Beinen ist. Das alles ändert nichts daran, dass er mich, ohne mit den Wimpern zu zucken, erschossen hätte. Es ändert nichts daran, dass er mich wie eine Hure für einen Blowjob bezahlt hat, den ich ihm nicht einmal freiwillig geben wollte. Ayden Curse ist ein frauenverachtender Mistkerl. Ein frauenverachtender Mistkerl mit einem Herz für Kinder … Fuck!

Sobald ich die Tür aufgeschlossen habe und den vertrauten, leicht muffigen Geruch meines Zuhauses inhaliere, steigen mir sofort wieder Tränen in die Augen. Weil ich Leon am Boden liegend vor Augen habe. Sicherlich werde ich diese Szene nie vergessen können.

Sobald ich meine Mutter auf dem Sofa im Wohnzimmer entdecke, wie sie gedankenversunken ins Nichts starrt, mischt sich sengender Zorn unter meine Trauer.

»Falls du dich fragst, ob dein Sohn noch lebt: Ja, er hat die Nacht überstanden. Danke der Nachfrage!« Ich knalle meine Handtasche auf den Küchentisch und stelle erleichtert fest, dass das Kokain verschwunden ist. Aber so wie ich meine Mutter und Dave kenne, haben sie es nicht weggeschmissen, sondern geschnupft. Wäre ja zu schade um das Geld.

»Auri …« Meine Mutter steht auf und kommt mit wackeligen Beinen auf mich zu. »Es tut mir so leid. Ich wollte das alles nicht. Du musst mir glauben, dass …«

»Hör auf mit dieser geheuchelten Scheiße!«, unterbreche

ich ihren selbstmitleidigen Monolog. »Du wusstest genau, was du tust. Du wusstest, dass Leon einen leichten Schlaf hat und aufwachen könnte. Du wusstest, dass so was passieren könnte. Und du wusstest auch, dass du einen Krankenwagen hättest rufen müssen!«

»Das Geld …«

»Scheiß auf das Geld, verdammt!« Noch mehr Tränen sammeln sich in meinen Augenwinkeln. »Wenn Leon die Vergiftung nicht überlebt hätte …« Ich gehe auf sie zu und verpasse ihr eine so heftige Ohrfeige, dass ihr Kopf zur Seite schleudert und sich der Abdruck meiner Hand auf ihrer Wange bildet. Anschließend hole ich ein zweites Mal aus, dieses Mal mit meiner Faust. Meine Mutter stolpert aufgrund der Wucht meines Schlages zurück und landet auf dem durchgesessenen und durchgevögelten Sofa. Ich baue mich vor ihr auf, packe sie am Kragen ihres hässlichen Pullis und ziehe ihr Gesicht so dicht vor meines, dass ich ihren fauligen Atem riechen kann. Blut rinnt aus ihrer Nase, und ich kann nicht sagen, ob ich sie gebrochen habe oder nur leicht verletzt.

»Ich werde den Cops sagen, dass du das Kokain auf dem Tisch liegen gelassen hast.«

»Auri, bitte. Tu das nicht!«

»Und ich werde ihnen von jeder einzelnen Nacht erzählen, in der du deinen fünfjährigen Sohn allein in diesem ranzigen Trailer gelassen hast, um dir irgendwo in der Gosse den nächsten Schuss zu setzen!«

»Bitte, Auri … Sie nehmen ihn mir weg«, schluchzt meine Mutter, auch wenn sich alles in mir verkrampft, wenn ich sie so nenne.

»Leon geht es überall besser als hier bei dir. Und da ich jetzt volljährig bin, werde ich dafür kämpfen, die Vormundschaft für ihn zu bekommen. Ich werde mir eine Wohnung suchen und ich werde ihn zu mir holen. Und dann kannst du dir von mir aus so viel Kokain in die Nase ziehen, bis du an dem Schnee verreckst. Weil wir dich nicht brauchen, Mom.«

Mein Griff an ihrem Pullover wird fester. Es wäre so leicht, sie zu töten. Es wäre so leicht, ihrem bemitleidenswerten Leben hier und jetzt ein Ende zu setzen. Ich bin mir sicher, dass ich innerhalb einer halben Stunde genug Heroin besorgen könnte, um ihr damit den goldenen Schuss zu setzen. Niemand würde ihren Tod hinterfragen. Niemand würde es für einen Mord halten, höchstens für einen Selbstmord.

Innerhalb einer Stunde könnte ich unseren Trailer von dieser Plage befreien. Ich schließe die Augen, atme zitternd ein und rufe mir Aydens Worte in Erinnerung. *Du würdest es bereuen* … Aber würde ich das? Scheiße, im Augenblick kann ich keinen klaren Gedanken fassen.

»Auri … Ich liebe euch«, winselt meine Mutter, aber ich höre nur ein Wort in Dauerschleife.

Lüge. Lüge. Lüge.

Sie liebt uns nicht. Sie liebt nur die Drogen.

»Ich werde um Leon kämpfen, Mom. Was danach mit dir passiert, ist mir egal.«

15
AURORA

Als ich das erste Mal nach einer Woche wieder ins Red Poison gehe, ist der Laden so brechend voll, dass sich die Leute beinahe auf die Füße treten. Velvet winkt mir bereits von Weitem freudestrahlend zu, und als ich hinter der Bar ankomme, zieht sie mich in eine so feste Umarmung, dass man meinen könnte, ich war ein Jahr lang weg. Ich habe ihr, nachdem Ayden mich nach Hause und anschließend zurück ins Krankenhaus gefahren hat, eine SMS geschickt. Seitdem hat sie jeden Tag bei mir angerufen, um zu checken, ob es mir gut geht. Außerdem hat sie mir mehr als einmal etwas zu essen aus dem Imbiss neben dem Krankenhaus vorbeigebracht, damit ich nicht vom Fleisch falle.

»Ich hab dich schon vermisst, Süße. Die anderen Weiber werden von Tag zu Tag unerträglicher.« Sie rollt mit den schönen Augen. »Wie geht es deinem Bruder?«

»Besser«, erwidere ich lächelnd und platze nahezu vor Dankbarkeit. Immerhin weiß ich, dass dieser Abend vor einer Woche auch ganz anders hätte ausgehen können. Zum ersten Mal in meinem einundzwanzigjährigen Leben habe ich eine Art Wunder erlebt.

»Er wird noch eine weitere Woche zur Beobachtung auf der Kinderstation bleiben, aber heute konnte er schon wieder Brettspiele mit mir spielen, also scheint er wieder ganz der Alte zu sein.« In den letzten sieben Tagen habe ich jede Nacht an seinem Krankenbett verbracht und von unserem Trailer habe ich mich so gut es geht ferngehalten. Eigentlich war ich nur da, um zu duschen. Nazi-Dave hat sich laut Moms Aussagen noch am selben Abend aus dem Staub gemacht, und ich bereue es, ihm nicht vorher noch ein schönes Andenken an mich hinterlassen zu haben. Einen abgetrennten Finger vielleicht. Oder ein abgebissenes Ohr. Vielleicht hätte ich ihm auch den rassistischen Schwanz abschneiden sollen.

Noch habe ich nicht mit der Polizei gesprochen, weil ich erst einen festen Job brauche, bevor ich die Vormundschaft für Leon beantragen kann. Und dafür muss ich als Erstes die Probezeit im Red Poison überstehen, die noch knapp zwei Monate andauert.

»Das freut mich, Süße. Arbeitest du ab heute wieder?« Sie lässt den Blick über mein Outfit schweifen. Ich trage das rote Kleid, das ich an meinem ersten Tag hier anhatte.

»Ja, ich brauche das Geld und der Boss hat mir nur eine Woche freigegeben.« Seitdem er mich an jenem Morgen ins Krankenhaus gebracht hat, habe ich ihn nicht mehr gesehen. Es sollte mich nicht kränken, dass er nicht mehr gekommen ist, um nach dem Rechten zu sehen, aber trotzdem bin ich enttäuscht. Vermutlich habe ich mir diese alberne Verbundenheit zwischen uns nur eingebildet.

Dachtest du echt, dass er sich für dein verkorkstes Leben interessiert, Aurora? Wie naiv bist du eigentlich? Der Typ hat dir keinen Ring an den Finger gesteckt, sondern dich zu einem perversen Deal gezwungen. Er ist nicht der Held deiner traurigen Geschichte.

»Außerdem tut mir die Ablenkung sicherlich gut. Wo brauchst du mich heute?«, frage ich Velvet, lege meine Tasche hinter der Bar ab und binde meine grüne Mähne zu einem hohen Messi-Bun zusammen. Die Farbe ist inzwischen wieder fast herausgewaschen, aber solange ich mein erstes Gehalt noch nicht habe, kann ich mir keine Auffrischung leisten.

»Hier an der Bar. Lianna ist heute Abend abgesprungen, weil ihr Kind irgendeinen Magen-Darm-Infekt hat.«

Ich rümpfe die Nase. »Die Infekte sind übel. Dann übernehme ich die Bar!« Grinsend wende ich mich dem ersten Kunden zu. Einem schmierigen Glatzkopf mit Monobraue, der die Augen nicht von meinem Ausschnitt lassen kann. Ich gieße ihm einen Whiskey on Ice ein, schiebe das Glas über den Tresen und schenke ihm ein verführerisches Lächeln, weil ich weiß, dass es mein Trinkgeld verdoppeln wird. Obwohl ich davon eh nichts zu Gesicht bekomme, weil ich es in den nächsten Wochen an Ayden abstottern muss. Aber so kann ich für die Zeit üben, in der das komplette Trinkgeld in meine eigene Tasche fließt.

Zwei Stunden später rinnt mir der Schweiß über den Nacken und meine Füße schmerzen, als hätte ich einen gottverdammten Berg bestiegen. Velvet ist gerade dabei, ein paar Gäste an Tisch fünf mit ihren sinnlichen Kurven glücklich zu machen, während ich mich dem nächsten Kunden an der Bar widme. Ein groß gewachsener, schlaksiger Kerl mit Hornbrille, dichtem schwarzem Haar und einem etwas zu weit sitzenden Anzug. Sein Hemd steht am Kragen offen, sodass man seine lockige Brustbehaarung hervorblitzen sieht.

»Was darf es sein, Hübscher?« Der Kerl ist definitiv nicht

mein Geschmack, aber ein kleines Kompliment schadet sicher nicht, auch wenn ich es nicht ernst meine.

»Einen Red Poison, bitte.«

Ich runzle die Stirn, weil ich keinen Drink kenne, der so heißt, und ich inzwischen die Cocktailkarte in- und auswendig gelernt habe.

»Sorry, Süßer. Aber es gibt keinen Drink mit diesem Namen. So heißt nur unser Club.«

Der Mann greift in die Innentasche seines Jacketts und fischt eine kleine schwarze Visitenkarte heraus. Ich betrachte das Stück Papier von beiden Seiten prüfend.

»Ein Red Poison aufs Haus« steht auf der Vorderseite geschrieben. Wurde die Getränkekarte in der letzten Woche vielleicht verändert?

»Moment. Ich frage mal meine Kollegin.« Mit einem hinreißenden Lächeln wende ich dem Kerl meinen Rücken zu und tippe Maggies Schulter an. Die kratzbürstige Rothaarige gehört sicher nicht zu meinen liebsten Kolleginnen, aber sie wird hoffentlich wissen, was es mit dem Drink auf sich hat. Oder ob der Kerl bloß Gratisgetränke abstauben will, die es in Wahrheit gar nicht gibt.

»Was?«, fragt sie mich genervt und stemmt die Hände wütend in die Hüften, als hätte ich sie gerade gefragt, ob sie mir zehn Riesen leihen kann. Bitch. Ich halte ihr das Kärtchen hin, weil ich die Konversation schnell hinter mich bringen will.

»Der Typ da vorn hat mir die hier gegeben und einen Red Poison bestellt. Ist das ein neuer Drink auf der Karte? Ich war eine Woche weg.«

»Was du nicht sagst.« Sie wirft sich die rote Lockenmähne hinter den Rücken und schnalzt mit der gepiercten Zunge. »Keine von uns hat während ihrer Probezeit eine Woche frei bekommen. Was musstest du dafür tun, hm?

Dem Boss den Schwanz lutschen?« Ihr Blick gleitet herablassend über mich. »Oder durfte er deinen dürren Arsch ficken?«

Mein Mund klappt auf, weil ich nicht glauben kann, was sie gerade zu mir gesagt hat. Was nimmt sie sich eigentlich raus? Normalerweise würde ich ihr dafür eine klatschen, aber ich will keinen Aufstand verursachen, vor allem nicht in der Probezeit.

»Ich habe frei bekommen, weil mein kleiner Bruder im Krankenhaus liegt«, zische ich und wedle mit der Karte vor ihrem Gesicht umher. »Was ist nun mit dem Drink?«

Sie schnappt sich das Stück Papier und bläht ihre Nasenlöcher auf. »Ich mixe ihm den Red Poison.« Mit einer eleganten Drehung wendet sie sich der Bar zu, schnappt sich ein Cocktailglas und beginnt, den Drink zu mixen. Derweil kehre ich zu dem Kerl mit der Hornbrille zurück und sage ihm, dass er sein Getränk gleich bekommt.

Wenige Minuten später tritt Maggie an meine Seite, überreicht dem Gast sein Gratis-Getränk und sagt ihm zwinkernd, dass er sich den Drink schmecken lassen soll. Anschließend drückt sie auch mir einen in die Hand.

»Sorry, dass ich gerade so blöd zu dir war. Die Woche war anstrengend und du hast als helfende Hand gefehlt.« Sie deutet auf das Getränk, das ich jetzt von allen Seiten stirnrunzelnd betrachte. Es ist ein tiefroter Cocktail mit einem süßen goldenen Schirmchen und schwarzem Metallstrohhalm.

»Das ist der Red Poison. Steht seit Neuestem auf unserer Karte und ist echt ultralecker. Sieh es als kleine Entschuldigung an.« Maggie tätschelt meinen Arm, während ich mich nach Kameras umsehe. So nett war sie noch nie zu mir, und ich frage mich, ob sie gerade von irgendwelchen Aliens entführt wurde, die sie einer Gehirnwäsche unterzogen haben. Anders kann ich mir diesen Stimmungswandel echt nicht erklären, aber mir soll es recht sein. Ich habe genug Tragödien in meinem Leben, da brauche ich dieses östrogengeladene Zickendrama wirklich nicht.

»Danke?«, murmle ich. »Aber eigentlich trinke ich keinen Alkohol.«

»Oh.« Sie winkt mit der Hand ab. »Der ist alkoholfrei.« Sie wirft mir einen Luftkuss zu und macht sich wieder an die Arbeit. Da mir bullenheiß ist und ich seit Stunden keinen Tropfen Flüssigkeit zu mir genommen habe, führe ich den Strohhalm an meine Lippen und nehme einen kräftigen Schluck des Drinks.

Stöhnend schließe ich die Augen, weil das Zeug zwar echt supersüß, aber auch unglaublich lecker schmeckt. Ich kann nicht deuten, was da alles drin zu sein scheint, aber die Kombination ist wirklich gut.

Mein Blick gleitet über die sich langsam leerende Bar. Der Typ mit der Hornbrille ist inzwischen verschwunden. Ich kann ihn nirgends im Laden entdecken, obwohl er eben gerade noch direkt vor mir saß. Hat er sich etwa in Luft aufgelöst?

Ich schlürfe meinen kompletten Cocktail leer, stelle das Glas in die Spüle und will mich gerade wieder an die Arbeit machen, als ich leicht zu schwanken beginne. In letzter Sekunde schaffe ich es, mich am Tresen festzuhalten, bevor ich zur Seite kippe.

Scheiße, war da doch Alkohol drin? Da ich noch nie einen Tropfen davon im Blut hatte, brauche ich sicher nicht viel, um betrunken zu sein. Aber das würde erstens bedeuten, dass Maggie gelogen hat, und zweitens, dass sich »Betrunken-sein« absolut widerwärtig anfühlt. Meine Sicht verschleiert von Wimpernschlag zu Wimpernschlag mehr. Ich will nach Velvet rufen, aber meine Zunge fühlt sich auf einmal träge und schwer an, sodass kein Ton über meine Lippen kommt. Lippen, die wie Feuer brennen.

Mein Blick rauscht zu Maggie, die mich grinsend aus der Ferne beobachtet und sich anschließend lachend die Hand vor den Mund wirft. *Fuck, was passiert hier gerade mit mir?*

Meine Hand rutscht vom Tresen ab und meine Beine fühlen sich an wie unbrauchbare Stelzen, die jeden Augenblick brechen könnten. Meine Kehle wird enger und das Atmen fällt mir unglaublich schwer.

Taumelnd stürme ich durch den Vorhang in den hinteren Bereich des Clubs und stütze mich an der Wand ab, während ich das Büro des Bosses ansteuere. Irgendwas stimmt nicht mit mir und so kann ich unmöglich weiterarbeiten. Jeder Schritt fühlt sich wie ein verdammter Kraftakt an, den ich nicht überwinden kann. Meine Hand greift nach Aydens Bürotür, aber sie rauscht immer wieder an der Klinke vorbei, weil ich alles doppelt und dreifach sehe.

Letztendlich schaffe ich es, die Tür zu öffnen, und stolpere in Aydens Büro. Ich weiß nicht, ob er hinter seinem Schreibtisch sitzt oder nicht, weil ich weder klar sehen noch hören kann. Aber eine Sache ist mir inzwischen mehr als deutlich bewusst … Maggie hat mich reingelegt. Und ich befürchte, dass es sich dabei nicht um einen harmlosen Streich handelt.

16
Ayden

Du taumelst in mein Büro und sofort weiß ich, dass etwas nicht stimmt. Dein Gang ist instabil, dein Blick verschleiert und dein sonst so großes Mundwerk ist viel zu still. Wie abgefuckt ist es, dass ich mich auf den heutigen Abend gefreut habe? Wir haben uns eine Woche lang nicht gesehen, und fast hätte ich vergessen, wie gut dein schmaler Körper in den Klamotten meines Clubs aussieht. Deine kleinen Titten werden so stark nach oben gedrückt, dass jeder Kerl da draußen heute Nacht von diesem Bild träumen wird.

»Ayden.« Mehr als ein Flüstern schafft es nicht über deine vollen Lippen, die ich auch jetzt – über eine Woche später – noch an meinem prallen Schwanz spüren kann, jedes Mal, wenn ich die Augen schließe. Mein Blick gleitet über dich, und bevor du zur Seite kippen kannst, bin ich bei dir, um dich zu stützen. Das Letzte, was wir gebrauchen können, ist, dass du dir ein paar Knochen brichst und noch länger ausfällst. Dass ich dich eine Woche freigestellt habe, war schon mehr als gnädig von mir.

Deine zierlichen Hände krallen sich in mein schwarzes Hemd, während du dich mit deinem Fliegengewicht gegen mich lehnst.

»Stimmt nicht …«, murmelst du. »Stimmt nicht mit mir.« Deine Zunge liegt schwer in deinem Mund und du scheinst Probleme damit zu haben, einen vollständigen Satz herauszubringen. »Etwas stimmt nicht mit mir, Ayden.« Ach was …

»Sieh mich an.« Ich lege meine Hand unter dein Kinn und hebe es an, damit du zu mir aufsiehst, aber du schaffst es kaum, deine Augen offen zu halten. Was ist das hier, Baby? Ein alberner Trick, um mich um den Finger zu wickeln? Soll ich dir so beweisen, dass du mir nicht egal bist? Du hast ja keine Ahnung. Jede andere hätte ich schon gefeuert, wenn sie während einer Schicht so benebelt in mein Büro geplatzt wäre. Aber du bist nicht jede andere und das nutzt du eiskalt aus.

»Hey, bleib wach!« Ich verpasse dir eine Ohrfeige, damit du nicht ohnmächtig wirst, aber selbst mein Schlag mit der flachen Hand gegen dein zartes Gesicht bringt dich nicht zurück auf die Beine. Deine Wimpern schlagen wild auf und ab, erinnern mich an die traurigen Flügelschläge eines verletzten Vogels. Wer hat dir die Flügel gebrochen, Baby? Diese Aufgabe ist mir vorbehalten, niemandem sonst.

Black hat unseren Spezialgast bereits für mich vorbereitet und in dieser Sekunde müsste ich mich auf den Weg in den Keller machen, um mich in angemessener Weise um ihn zu kümmern. Stattdessen trage ich dich geradewegs ins Badezimmer und setze dich in der Dusche ab. Scheiße, ich habe wirklich Wichtigeres zu tun, als mich um deine Gesundheit zu sorgen. Allein für dieses miese Timing hättest du eine Strafe verdient.

Du fällst gegen die Fliesen, während ich mir die Duschbrause schnappe, das Wasser aufdrehe und dir den Strahl mitten ins Gesicht halte. Endlich kehrt Leben in deinen Körper zurück. Du versuchst, dich vor dem eiskalten Wasser zu beschützen, indem du dein Gesicht mit den Händen bedeckst, aber deine Muskeln sind zu schwach und deine Arme sacken einfach wieder nach unten. Ich sagte doch, dass ich dich zu meiner Marionette machen werde,

Baby. Ich dachte nur nicht, dass es so schnell passieren würde. Keuchend schnappst du nach Luft, während ich dir weiterhin das Wasser ins Gesicht spritze.

Dabei stelle ich mir vor, wie ich dein reines Gesicht mit ganz anderen Dingen beflecke. Etwas weitaus Sündhafterem als Wasser.

»Stopp«, krächzt du und beginnst am ganzen Leib wie verrückt zu zittern.

»Du musst wach werden«, murmle ich genervt. Black wird sicherlich gleich mit den Hufen scharren, weil ich einen Job zu erledigen habe. Ich könnte ihm sagen, dass er sich selbst um Howard kümmern soll, aber das steht nicht zur Debatte.

»Ayden, l-lass …« Du verschluckst dich an dem Wasser. »… lass das.«

»Erst, wenn du mir sagst, wieso du vollkommen zugedröhnt in mein Büro platzt«, raune ich drohend.

Deine Augen schlagen auf und deine graublauen Iriden wirken, als hätte man einen milchigen Schleier über sie gelegt. »Red Poison«, murmelst du. »Ich habe einen Red Poison getrunken.« Du verkrampfst dich, ziehst die Beine an den Bauch und sinkst erneut gegen die Fliesen.

Scheiße, was?

Ich presse meine Zähne so hart aufeinander, dass es nicht einmal verwunderlich wäre, wenn mir einer abbricht. Blind schalte ich das Wasser ab, lege die Duschbrause zur Seite und starre auf dich hinab.

»Baby, hast du überhaupt eine Ahnung, was ein Red Poison ist?« Weil du mich nicht ansiehst, drehe ich deinen Kopf wieder in meine Richtung und grabe meine Finger so fest in deinen Kiefer, dass du vor Schmerz das Gesicht verziehst. »Und? Hast du?«

Perplex schüttelst du den Kopf.

»Beim Red Poison ist der Name Programm.«

Wieder krampfst du, wieder wird dein zierlicher Körper von einem Beben heimgesucht, wieder macht es mir viel zu viel aus.

»Ich wurde vergiftet?«

Ich nicke, woraufhin du schwer schluckst.

»Komm her, wir müssen den Scheiß aus deinem Magen bekommen.« Ich steige zu dir in die Dusche, ziehe dich auf meinen Schoß und lege zwei Finger auf deine Lippen.

»Mach den Mund auf.«

Mit zusammengepressten Lippen schüttelst du den Kopf. Deine Augen sind gefüllt mit Panik, und unter anderen Umständen würde ich diesen Anblick zutiefst genießen. Ohne auf deinen Protest einzugehen, schiebe ich meine Finger in deinen warmen Mund und bringe dich damit zum Würgen. Dein Körper bäumt sich auf, und als meine Finger noch etwas tiefer in deinen Rachenbereich gleiten, übergibst du dich schließlich.

Die rote Suppe des Spezialcocktails landet auf dem nassen Boden der Dusche, während du zu schluchzen beginnst. Ich setze dich so hin, dass du nicht umfallen kannst, und fische anschließend eine Pille aus dem Medizinschrank im Bad, die dir helfen wird, schnell wieder auf die Beine zu kommen.

»Gleich wird es besser.« Ich klappe deinen Mund mit dem Daumen auf, schiebe die Tablette auf deine Zunge und warte darauf, dass du schluckst. Was du Sekunden später ohne Widerstand tust. Braves Mädchen.

»Du bist ziemlich im Eimer, hm?« Anders lässt sich nicht erklären, dass du dich gar nicht gegen mich wehrst.

»Ich … ich …« Du schaffst es nicht, den Satz zu vervollständigen. Weil dein Kleid komplett durchnässt ist, ziehe ich dich gegen meine Brust, um den Reißverschluss auf der Rückseite zu öffnen. Anschließend blättere ich dir den nassen Stoff vom Körper, greife unter deine Kniekehlen, hebe dich aus der Dusche und trage dich zurück in mein Büro. Sobald du auf dem schwarzen Sofa neben der Tür liegst, rollst du dich zu einer bis auf den Slip nackten Kugel zusammen und vergräbst dein Gesicht in deinen Knien.

Mein Handy vibriert, und als ich es herausfische, erwartet mich natürlich eine Nachricht von Black.

»Er kommt langsam wieder zu sich.«

»Fuck!« Ich stopfe das Handy zurück in meine Jeans, gegen die sich noch immer verlangend mein Schwanz drückt. Weil du gerade so verflucht schön und nackt vor mir liegst.

Wie sagt man so schön?

Erst die Arbeit, dann das Vergnügen.

Aber keine Sorge, Baby. Sobald ich mich um Howard gekümmert habe, kümmere ich mich um dich.

~

Im Keller riecht es nach nassem Schimmel und frischem Blut. Als ich den Raum betrete, weiß ich sofort, woher Letzteres kommt.

»Ich habe schon mal angefangen, Boss. Ich hoffe, du hast nichts dagegen.« Black lehnt mit einem Messer in der Hand an der Steinwand und betrachtet die blutrote Klinge, von der sich ein paar Tropfen lösen und auf dem Betonboden zu unseren Füßen landen. Mein Blick gleitet zu unserem Mann der Stunde – unserem heutigen Ehrengast.

Er hockt auf einem Stuhl in der Mitte des Raumes und rutscht nervös hin und her, als er zu mir aufsieht. Seine Lider flattern unter den dicken Gläsern seiner hässlichen Brille, und ich spüre eine tiefe Befriedigung, wenn ich daran denke, wie ich ihm die Augen nacheinander aus den Höhlen pulen werde. Die Tatsache, dass Aurora denselben Drink wie dieser kranke Bastard bekommen hat, will mir noch nicht ganz in den Schädel gehen. Wer hat ihr den verabreicht?

»Gib mir dein Messer.« Ich halte Black meine Hand hin, und sobald er es mir überreicht hat, trete ich mit zuckendem Mundwinkel auf diesen Penner zu. »Howard, richtig?« Ich lege den Kopf schief, während er gegen den Stoff in seinem Maul jammert. Mit einem Ruck habe ich ihm das Tuch aus dem Mund gezogen und zur Seite geworfen.

»Bitte, tut mir nichts«, fleht er mich an.

»Dafür ist es zu spät, nicht wahr?« Mit der blutigen Messerklinge deute ich auf seine nackte Hühnerbrust, in die Black ein fast schon künstlerisches Muster geritzt hat. Vielleicht sollte er über eine Karriere als Bildhauer nachdenken.

»Weißt du, wer ich bin?«, frage ich Howard und umkreise ihn wie ein Adler seine nächste Mahlzeit. Er schüttelt den Kopf und zittert so stark, dass der Stuhl leicht über den Boden schabt. Zum Teufel, ich liebe den Geruch von menschlicher Angst.

»Ehrlich gesagt lasse ich am liebsten Bilder für mich sprechen.« Sobald ich wieder vor ihm stehe, greife ich in die hintere Tasche meiner Jeans, hole meinen Geldbeutel heraus und öffne ihn. Blind hole ich das Foto heraus, das ich in den letzten Wochen wieder und wieder gezückt habe. Sobald ich es Howard unter die Nase halte, weiten sich seine kackbraunen Augen und er schüttelt panisch den Kopf. Sofort weiß er, wer ich bin und was er getan hat. Was ihn in diese … sagen wir missliche Lage gebracht hat.

»Bitte nicht. Ich … ich … es tut mir leid!«

»Es tut ihm leid, ist das nicht süß?« Lachend wende ich mich Black zu, der mit einem breiten Grinsen darauf reagiert. Er trägt hier unten keine Sturmhaube, weil er weiß, dass Howard diesen Keller ohnehin nicht mehr lebendig verlassen wird. Seine kurz geschorenen Haare sind in den letzten Wochen etwas nachgewachsen und die Falte zwischen seinen Augenbrauen wird wohl niemals verschwinden.

»Herzerwärmend«, erwidert meine rechte Hand.

»Ich tue alles, was ihr von mir verlangt. Wirklich alles. Ich habe Geld!« Über seine knochigen Wangen laufen die Tränen und ich ergötze mich an diesem Anblick.

»Ich will dein Geld nicht«, spucke ich ihm ins Gesicht. »Ich will, dass du sie ansiehst.« Das Bild wackelt, weil meine Hand vor Zorn bebt. Jede Sekunde, in der dieser Mensch noch atmet, ist eine Sekunde zu viel. »Ich will, dass du dir ihr Gesicht einprägst. Denn das ist es, was du in der Hölle jeden einzelnen Tag sehen wirst.«

Ich lecke mir flüchtig über die Lippen, bevor ich das Foto zurück in mein Portemonnaie schiebe und es achtlos neben mich fallen lasse. Anschließend beuge ich mich über diese mickrige Made, greife nach seiner Brille und schleudere sie ebenfalls zur Seite.

»Die brauchst du nicht, wenn du keine Augen mehr hast. Da sind wir uns doch einig, oder?«

»O mein Gott. Bitte, hör auf! Ich … ich würde es gern rückgängig machen, wenn ich könnte.«

Wieder entflieht mir ein Lachen, dieses Mal klingt es beinahe verzweifelt. Dieser Wichser hat keine Ahnung, mit wem er sich angelegt hat.

»Nun mach schon, Boss. Er ist noch nicht der letzte auf der Liste.«

Black hat recht. Aber ich genieße das hier viel zu sehr, um es auf so schnelle Art und Weise zu beenden. Ich will seinen Schmerz inhalieren wie die Luft zum Atmen, will seine Schreie auskosten wie gute Musik. Ich werde dafür sorgen, dass diese hässlichen Augen nie wieder etwas so Reines zu Gesicht bekommen werden.

Black tritt hinter Howard, greift nach seinem Schädel und überstreckt seinen Hals, damit ich besseren Zugang habe. Die Made windet sich schwach, weil unser Spezialdrink noch immer seine Wirkung zeigt. Ein Schluchzen bricht aus ihm heraus, als ich die Klinge zu seinem rechten Auge führe. Millimeter vor seiner geweiteten Pupille halte ich inne, reize den Spielraum aus und treibe seine Panik damit auf ein neues Level. Dann steche ich ihm in aller Seelenruhe das erste Auge aus.

17

Aurora

Als ich zu mir komme, ist mir immer noch schlecht. Ich erinnere mich vage daran, was mit mir passiert ist, aber das Bild weist einige Lücken auf. Zum Beispiel, wieso ich zugedeckt auf dem Sofa in Aydens Büro liege und er nicht da ist. Nachdem ich bei ihm eingebrochen bin, hätte ich nicht erwartet, dass er mir je wieder ein solches Vertrauen entgegenbringt und mich allein hierlässt. Zumindest hätte ich erwartet, dass er mir seinen gruseligen Schatten zur Seite stellt, damit ich keine Dummheiten mache.

Mein Schädel fühlt sich wie nach einer durchzechten Nacht an. Da ich keine Uhr bei mir habe, weiß ich nicht, wie lange ich weggetreten war und wie spät es mittlerweile ist. Ich rapple mich stöhnend auf, fahre mir mit den Händen über das Gesicht und reibe mir den verschlafenen Schleier aus den Augen. Ich erinnere mich daran, dass Ayden mir eine Pille in den Mund geschoben hat, und auch wenn ich keine Ahnung habe, was das für ein Zeug gewesen ist, scheint es Wunder zu bewirken. Es geht mir immer noch mies, aber ich habe nicht mehr das Gefühl, die Welt hätte sich in ein wankendes Schiff verwandelt. Außerdem erinnere ich mich daran, dass er mir das Kleid ausgezogen hat.

Also hebe ich die Decke an und stelle erleichtert fest, dass er mir ein Shirt von sich übergezogen hat und ich nicht nackt bin. Es ist schlicht, schwarz, hat einen tiefen V-Ausschnitt und reicht mir fast bis zu den Knien.

»Na, ausgeschlafen?«

»O mein Gott!« Ich schreie, weil Ayden mich mit seiner plötzlichen Stimme aus dem Off zu Tode erschreckt hat. Er steht vor dem Sofa und geht anschließend vor mir in die Hocke. Worüber ich höllisch froh bin, weil ich meinen Kopf sonst in den Nacken legen müsste, um ihn anzusehen, und er immer noch scheiße wehtut. Meinen schockierten Gesichtsausdruck quittiert Ayden mit einem dunklen Lachen. Anschließend reicht er mir ein Glas Wasser, das ich sofort vollständig hinunterstürze, weil sich meine Kehle wie Wüstensand anfühlt. Warm und trocken.

»Du sabberst wirklich im Schlaf«, stellt Ayden noch immer grinsend fest, und ich frage mich ernsthaft, wieso der Kerl jetzt so guter Laune ist. Ich glaube, ich habe ihn noch nie so gelassen erlebt, seit ich hier arbeite. Etwas peinlich berührt wische ich mir mit dem Handrücken über das Kinn, und tatsächlich – da klebt Speichel. Na wunderbar. Erst lasse ich mir von dieser Hexe einen vergifteten Drink andrehen, dann stolpere ich in die Arme meines Chefs, lasse mir von ihm die Finger in den Hals stecken und zur Krönung habe ich mich wie ein Baby vollgesabbert. Erdboden, kannst du dich bitte, bitte auftun und mich verschlucken?

»Wie lange stehst du schon da? Und wie lange habe ich geschlafen?« Ich ziehe die braune Wolldecke schützend bis unter mein Kinn.

Ayden wirft einen Blick auf seine Armbanduhr, und als ich diesem Blick folge, entflieht mir ein weiterer Schrei.

»Scheiße!« Ich werfe die Decke von mir, springe auf die Beine und bereue es noch im selben Moment, weil ich es langsam angehen lassen sollte. Aber der Anblick, den Ayden mir bietet, ist zu verstörend.

Seine Hemdsärmel sind bis zu den Ellbogen nach oben gekrempelt, aber das ist es nicht, was ich meine. Seine Unterarme sind verdammt scharf und ich mag es, wenn er sie zeigt, aber …

»Du fragst dich, wessen Blut das ist, hm?« Er legt den Kopf schief, steht auf und packt mich bei den Schultern. Anschließend drückt er mich zurück aufs Sofa. Derweil starre ich die Tausenden Blutflecke auf seinen Armen an.

Da. Ist. Überall. Blut!

Sogar an seinem Hals und seinen Haarspitzen befinden sich ein paar blutrote Spuren. Lediglich seine Hände sind sauber, als hätte er sie gewaschen, nachdem er … ja, was? Ein Schwein im Hinterzimmer geschlachtet hat?

»Was hast du getan?«, wispere ich und fische mit dem Fuß nach der Decke, um sie wieder über meinen zitternden Körper zu ziehen. Ich will nicht so gierig von Ayden angestarrt werden, während er von oben bis unten mit Blut beschmiert ist.

»Sagen wir so, du warst heute Nacht nicht die Einzige, die einen Red Poison bekommen hat.« Ayden geht zu seinem Schreibtisch hinüber, schnappt sich die Glaskaraffe, die ich in meinen ersten zwei Wochen hier ständig mit Scotch auffüllen musste, und gießt zwei Fingerbreit davon in ein Glas. Anschließend lehnt er sich mit dem Hintern gegen seinen Schreibtisch, verschränkt die Beine und nimmt einen Schluck.

»Was hat es mit diesem Drink auf sich?«

Er dreht das Glas in seiner Hand meditativ von links nach rechts, während er mir antwortet. »Sagen wir so: Er steht nur für ganz spezielle Kunden auf der Getränkekarte. Hauptsächlich für Leute, mit denen ich eine Rechnung offenhabe.«

»Und mit mir hattest du eine Rechnung offen?«, speie ich und raufe mir die Haare. Mein gewollter Messi-Bun hat sich inzwischen in einen richtigen Messi-Bun verwandelt. Meine Haare sind überall, nur nicht da, wo sie sein sollen. »Was habe ich dir getan? Ist das die Strafe dafür, dass ich letztens frech zu dir war?« Immerhin hat er mir im Krankenhaus gesagt, dass er mir am liebsten die Zunge rausschneiden würde. Das hier kommt doch nah ran.

»Ich habe dir den Red Poison nicht eingeschenkt, Baby«, erwidert Ayden amüsiert. »Wieso sollte ich dich vergiften? Ich bin noch nicht mal in den Geschmack deiner Pussy gekommen.«

Mir entflieht ein heiseres Lachen, das fürchterlich in meiner Kehle brennt. »Charmant wie eh und je.«

Ayden bedenkt mich mit einem Zwinkern, das meinen Mundraum noch weiter austrocknet. Wie kann er gerade jetzt daran denken, mich zu lecken? Und wieso turnt es mich nicht auf angemessene Art und Weise ab?

»Du gehörst noch neun Wochen mir, Aurora. Was bedeutet, dass die Person, die dir den Drink gegeben hat, mein Eigentum beschädigt hat. Und genau aus diesem Grund wirst du mir jetzt sagen, wie du an den Drink gekommen bist. Nur eine kleine Auswahl meiner Mädchen weiß, was es mit dem Red Poison auf sich hat, und nur diese Auswahl kennt die Geheimzutat.«

»Erst sagst du mir, was du mit dem armen Kerl an der Bar gemacht hast. Hast du ihn auch in deine Dusche getragen und ihm die Finger in den Hals gesteckt?« Ich fordere Ayden absichtlich heraus, weil ich scheißwütend bin. Und ich bin mir absolut bewusst, auf welchem Drahtseil ich gerade balanciere. Aydens Mundwinkel zucken belustigt über meinen Hochmut.

»Hätte ich dann so viel Blut an den Händen?«, fragt er mich geradeheraus.

Ich schüttle den Kopf. Er hat den Kerl mit der Hornbrille umgebracht. Natürlich hat er das. Immerhin ist er ein psychopathischer, narzisstischer Killer. Vielleicht sogar ein Serienkiller. Schließlich weiß ich jetzt schon von zwei Opfern, deren Leben er auf dem Gewissen – oder eben nicht auf dem Gewissen – hat. Ich glaube nämlich nicht, dass Ayden Curse ein intaktes Gewissen besitzt.

»Sag mir, wie du an den Drink gekommen bist, Aurora.« Der Schalk ist nicht nur aus seinen Augen, sondern auch aus seiner Stimme verschwunden, und als er den Drink ext, knallt er das Glas so laut auf den Tisch, dass ich innerlich und äußerlich zusammenzucke. Sekunden später ist er bereits bei mir, packt mich an der Kehle und drückt mich so hart ins Polster des Sofas, dass sich die Federung schmerzhaft in meinen Rücken bohrt.

»Spiel nicht mit mir, Baby. Sag mir einfach, wer es gewesen ist. War es Velvet?«

»Gott, nein!« Velvet ist die letzte Person auf diesem Planeten, neben meinem Bruder, der ich Schaden zufügen will. Aydens eisblaue Augen scannen mein Gesicht, auf der Suche nach der Wahrheit.

»Maggie«, krächze ich, weil seine Hand noch immer nicht lockergelassen hat. Seine Miene verfinstert sich noch stärker, und ich frage mich, ob ich ihn je so wütend gesehen habe wie in dieser Sekunde.

»Hast du eine Ahnung, wieso sie das getan hat?«

Ich schüttle den Kopf und zucke anschließend mit den Schultern.

»Keine Ahnung. Vielleicht aus Eifersucht? Sie hat angedeutet, dass ich eine Extrabehandlung von dir bekomme und dann wollte sie sich mit dem Drink bei mir entschuldigen.« Beim Gedanken an ihr gehässiges Lachen, das sie mir im Anschluss geschenkt hat, balle ich meine Hände zu Fäusten. Diese miese kleine Bitch! Wie konnte ich nur glauben, dass sie es ernst meint? Seit ich hier angefangen habe, hat sie mich gehasst.

»Geht doch.« Ayden lockert den Griff um meinen Hals, klopft mir anschließend auf die Schulter und erhebt sich wieder. »Dann werden wir Maggie doch mal ins Büro bestellen.« Unser Boss kann mit seiner Smartwatch die Armbänder der Belegschaft steuern, und als er darauf herumtippt, bin ich mir sicher, dass Maggies Armband im selben Augenblick rot aufleuchtet.

Ich will die blöde Kuh heute sicher nicht mehr sehen, aber mir bleibt gerade keine andere Wahl. Es dauert nicht lange, bis es zaghaft an der Tür klopft und Ayden sie hereinbittet. Maggie betritt mit devot gesenktem Kopf das Büro, schließt die Tür hinter sich und faltet die Hände wie ein Schulmädchen vor ihrem Bauch. Gott, wie lächerlich. Ayden ist doch kein Messias oder so.

»Was gibt es, Boss?« Ihre Stimme klingt piepsig, und ich frage mich, ob sie in eine Zeitmaschine gestiegen ist, als sie die Türschwelle überschritten hat. Anders lässt sich nicht erklären, dass die Bitch, die nie um einen fiesen Spruch verlegen ist, jetzt zu einer handzahmen Drittklässlerin mutiert ist.

»Setz dich.« Ayden deutet auf den Stuhl an seinem Schreibtisch und nimmt anschließend auf seinem eigenen Platz. Maggie hat mich noch nicht bemerkt. Scheiße, ein bisschen ist das hier wirklich wie damals auf dem Schulhof. Und Ayden ist der Streitschlichter. Haha.

»Du hast Aurora aus Eifersucht einen Red Poison eingeschenkt«, fällt Ayden direkt mit der Tür ins Haus.

»So war das nicht!«

»Nicht? Wie war es dann?«, bohrt er forsch nach und lehnt sich entspannt auf seinem Stuhl zurück.

»Sie …« Maggie schluckt. »Sie ist einfach scheiße in ihrem Job, Boss. Und jetzt war sie eine Woche freigestellt, obwohl sie noch in der Probezeit ist? Das ist unfair!«

Mir entflieht ein Lachen, das ich mit meiner Hand abdämpfe. Aber es ist zu spät, Maggie hat mich gehört. Sie starrt mich aus zwei so hasserfüllten Augen an, dass ich mich frage, ob sie keine anderen Probleme hat. Echte Probleme. Probleme der »Meine-Junkiemutter-hätte-beinahe-meinen-kleinen-Bruder-mit-Kokain-umgebracht«-Kategorie.

»Du bist beim Boss petzen gegangen?« Sie rümpft die Nase. »Hätte ich mir ja denken können.« Hört diese Schlange sich eigentlich selbst reden? Sie hat mich vergiftet und tut jetzt so, als wäre sie das Opfer?

»Maggie, sieh mich an!« Ayden donnert seine Faust auf den Tisch, sodass Maggie heftig zusammenzuckt und seinem Befehl Folge leistet. Aus meinem Winkel kann ich sehen, dass ihre Unterlippe bebt. Sicherlich fängt sie gleich an zu plärren, als hätte ich ihr in der Pause zu stark an den Zöpfen gezogen.

»Es tut mir leid, Boss. Das wird nie wieder vorkommen.«

»Natürlich wird es das nicht.« Sekunden später gefriert mir das Blut in den Adern, als Ayden eine Knarre zückt, sie entsichert und sie in aller Seelenruhe auf Maggies Kopf richtet. »Weil du hiermit gefeuert bist, Maggie.« Dann drückt er ab.

18
AURORA

»Fuck!« Wieder springe ich auf die Beine und kippe beinahe zur Seite. In letzter Sekunde kann ich mich an der schwarzen Stehlampe neben dem Sofa festkrallen, während ich Maggie wie hypnotisiert ansehe. Ihr Körper wurde durch den Schuss nach hinten katapultiert, und jetzt, ganz langsam, sackt er in sich zusammen. Ihr Kopf knallt auf die Tischplatte, mit dem Gesicht zu mir gewandt. Ayden hat ihr mit der Knarre ein drittes Auge verpasst.

»Was zur Hölle soll das?«, kreische ich und beginne, im Raum auf und ab zu laufen, dabei kann ich den Blick nicht von Maggies reglosem Körper nehmen. Ich muss träumen, oder? Das hier darf und kann nicht wirklich passiert sein. Weil es bedeuten würde, dass Ayden gerade jemanden meinetwegen getötet hat. Wieder eine Frau. Wieder ohne jeglichen Skrupel. Einfach so. Boom. Tot.

Ayden legt seine Waffe seelenruhig zur Seite und sieht mich an, während ich kurz vor einer verdammten Panikattacke stehe. Ich habe noch nie einen Mord gesehen. Noch nie eine waschechte Leiche. Und jetzt brennen meine Füße Spuren in den Boden, weil ich nicht stillhalten kann. Er hat sie einfach erschossen und jetzt liegt sie da. Ihre braunen Augen sind weit aufgerissen, während ihr drittes Auge, das Einschussloch, ausläuft. Die Blutlache unter ihrem Schädel breitet sich mit jedem meiner stockenden Atemzüge weiter und weiter aus. Ihre Arme hängen lasch herunter, während ein Rinnsal aus Blut über die Tischkante sickert und auf den Boden tropft. Eine Leiche, genau hier. Wenige Meter von mir entfernt.

»Spinnst du jetzt völlig?«, schreie ich Ayden an und bin heilfroh, dass man vorn im Bereich des Clubs nichts hören kann, weil die Wände so dick sind und die Musik alle Hintergrundgeräusche verschluckt. Das Letzte, was ich jetzt gebrauchen kann, ist, dass jemand hier reinkommt. Immerhin bin ich gerade Augenzeugin eines Mordes geworden. Nicht nur das, ich war sogar das verdammte Mordmotiv!

»Entspann dich, Baby.«

»Entspannen?«, entfährt es mir schrill. »Du hast … Fuck!«

Ayden erhebt sich wie ein König von seinem Thron, und als er auf mich zutritt, stolpere ich zurück, bis mich die Wand in meinem Rücken stoppt. Ich sitze in der Falle. Natürlich wusste ich, wozu er in der Lage ist, aber es mit eigenen Augen zu sehen, anstatt es nur zu hören, ist eine ganz andere Hausnummer.

»Hast du jetzt Angst vor mir?«, fragt er mit leicht amüsierter Stimme. Scheiße, ja! Eine Heidenangst. Aber ich kriege es nicht über meine Lippen.

»Du hast sie meinetwegen umgebracht«, flüstere ich und presse die Lider zusammen, um meine Tränen zurückzudrängen. Ich fühle mich hundeelend und das liegt nicht an dem vergifteten Drink.

Ayden steht inzwischen so dicht vor mir, dass ich seinen einnehmenden Duft inhalieren muss, auch wenn ich es nicht will. Gerade will ich nur eins: meine Beine in die Hand nehmen und rennen, so schnell ich kann. Aber er wird mich nicht lassen.

»Ich habe sie nicht *nur* getötet, weil sie dich vergiftet hat.«

Perplex öffne ich die Augen wieder.

»Nicht?«

Er schüttelt den Kopf. »Ich habe sie getötet, weil wir, sie und ich, einen Deal hatten. Sie kann nicht einfach wahllos Leute in meinem Namen vergiften und glauben, dass sie damit durchkommt. Ich habe ihr vertraut und sie hat dieses Vertrauen missbraucht.« Scheiße, dieser Kerl ist so krank, dass er einem vermutlich alles verkaufen kann. Selbst ein Mord klingt aus seinem Mund viel plausibler, auch wenn nichts rechtfertigt, was er gerade getan hat.

»Komm her.« Er packt mich an der Taille, zieht mich zu sich heran und greift unter meine Schenkel, genau wie im Krankenhaus, als ich in seinen Armen weinend zusammengebrochen bin. Anschließend trägt er mich zum Tisch, auf dem Maggie vor sich hin blutet und schiebt ihren leblosen Körper hinunter, bis er mit einem dumpfen Geräusch am Boden landet. Dann setzt er mich auf dem Tisch ab und ich schüttle panisch den Kopf. Ich sitze in ihrer Blutlache. Fuck, mir wird schlecht und der Schwindel kehrt doppelt und dreifach in meinen Körper zurück. Wie eine Ertrinkende klammere ich mich an seinen Hals und hebe den Po an, weil ich nicht will, dass mich ihr Blut berührt.

»Ayden, lass mich gehen«, bitte ich ihn und winde mich,

als ich merke, wie sich das Shirt mit der noch warmen Flüssigkeit vollsaugt. Das hier ist so krank, so weltfremd, so … aufregend. Aber ich darf so nicht empfinden. Weil es bedeutet, dass ich genauso verdorben bin wie er. Mein Herz donnert mir bis in die Kehle, weil ich ihr Blut überall spüren kann. Mein Blick gleitet zu ihrer Leiche am Boden. Sie wird nie wieder aufstehen. Nie wieder einen Fuß vor der anderen setzen.

Und sie wird mir nie wieder einen dummen Blick zuwerfen, wenn ich den Raum betrete. Nie wieder eine Spitze schmeißen, wenn ich an ihr vorbeigehe. Sie wird mich nie wieder so abfucken, wie sie mich bei jeder Schicht abgefuckt hat.

»Gefällt es dir nicht insgeheim, in ihrem Blut zu sitzen?« Ayden schiebt meine Beine auseinander und gleitet zwischen sie. Sein warmer Körper ist meinem so nah, dass ich schlucken muss.

Atemlos schüttle ich den Kopf, weil es die einzig vernünftige Reaktion ist.

Ayden beugt sich über mich, lässt seine Hand in mein Haar gleiten und zieht meinen Kopf neckisch zurück. Spielend leicht löst er das Haargummi, sodass sich meine Strähnen auf meine Schultern ergießen. Unsere Lippen schweben übereinander, zwischen unseren Mündern knistert es wie bei einem Lagerfeuer. Ich werde mir an diesem Mann die Finger verbrennen. Das Problem daran? Keine der zehntausend Warnungen, die ich bisher erhalten habe, schüchtern mich genug ein, damit ich die Finger von ihm lasse.

»Bist du dir sicher, dass es sich nicht gut anfühlt? Sie hat dir aus kindischer Eifersucht Gift in den Drink gemischt, Aurora. Sicherlich hat sie die Standarddosis genommen. Eine Dosis, die normalerweise nur neunzig Kilo schwere Kerle bekommen und keine fünfzig Kilo leichten Frauen.

Einen Mann hätte die Dosis nur ausgeknockt, dich hätte sie getötet, wenn ich nicht schnell genug gehandelt hätte. Und was wäre dann, Aurora? Dann wäre da niemand gewesen, der Leon nächste Woche aus dem Krankenhaus abholt. Er hätte ohne dich aufwachsen müssen, bei eurer dreckigen Junkiemutter. Wie lange hätte es wohl gedauert, bis so etwas wie neulich wieder passiert wäre?«

Immer heftiger donnert mein Herz gegen mein Brustbein, weil mich das Bild, das er mir wie einen Virus in den Kopf pflanzt, so rasend macht. Diese Frau hätte mich wirklich töten können. Und dann wäre mein Bruder, mein Ein und Alles, verloren. Alles wegen ihrer absolut kindischen Eifersucht.

Aydens Mundwinkel zucken. »Und? Wie ist es jetzt, in ihrem Blut zu sitzen, Baby?« Sein Griff in meinem Nacken wird fester, während er mit der anderen über meinen gestreckten Hals fährt. Seine Fingerspitzen tänzeln über meine Kehle, hinunter zu meinem Schlüsselbein, und zeichnen es in Zeitlupe nach. Und obwohl er nur diese harmlosen Stellen meines Körpers berührt, schießt umgehend sengende Hitze zwischen meine Beine.

»Besser«, hauche ich. »Es fühlt sich besser an.«

Nahezu befriedigend.

Wie krank bin ich eigentlich?

Ich sitze auf dem Schreibtisch meines Bosses, der gerade genau hier eines seiner Mädchen erschossen hat, und kann doch an nichts anderes denken als daran, wie es wäre, mit ihm zu vögeln.

»Aber du hast eine Frau erschossen, Ayden.«

»Ist ein Frauenleben mehr wert als das eines Mannes?«, erwidert er und sieht ernsthaft verwirrt aus. »Sie hat mich hintergangen und mein Vertrauen missbraucht. Ich unterscheide nicht zwischen Mann und Frau, Baby. Wer mich fickt, wird von mir gefickt. Eine einfache Gleichung, die mich in die Position gebracht hat, in der ich jetzt bin.«

Instinktiv rutsche ich dichter an ihn heran. Unter seiner Jeans kann ich spüren, wie hart er bereits ist, und als ich beginne, meinen Schritt über die enorme Ausbeulung zu reiben, atmet er scharf ein, während mein Körper das Atmen ganz eingestellt hat.

»Ich wusste von Anfang an, dass du verdorben bist …«, murmelt er und schenkt mir ein Lächeln, das mich noch feuchter werden lässt. »Aber das hier überrascht selbst mich.« Ayden legt seine Hand auf meine Brust und drückt mich anschließend auf dem Tisch nach unten. »Willst du, dass ich dich ficke?«

Mir entflieht ein heiseres »Ja«, auch wenn ich damit so viele Grenzen überschreite. Aydens Hand hält mich unten, während er mit der anderen den Saum des Shirts hochschiebt. »Und willst du, dass ich dich hier auf dem Tisch ficke, obwohl er voller Blut ist?«

Sag nein!

Sag, dass dir alles hieran viel zu krank ist!

Aber ich kriege es nicht über mich.

Stattdessen biege ich lustvoll meinen Rücken durch, als ich Aydens Hand an meinem Slip spüre. Sie gleitet federleicht, wie ein Windhauch, über den dünnen Spitzenstoff.

»O Gott«, wimmere ich und beginne, mich zu winden, damit er weitermacht. Den Druck erhöht. Irgendwas. Erleichtert atme ich aus, als er seine Finger unter meinen Slip hakt und ihn mir ganz genüsslich von den Schenkeln streift. Sobald ich frei für ihn bin, kniet er sich vor den Schreibtisch, legt beide Hände auf mein Becken und zieht mich mit einem dominanten Ruck dichter an den Rand des Tisches. Anschließend platziert er meine Schenkel auf seinen Schultern und gleitet zwischen meine Beine.

Herr im Himmel – oder sollte ich lieber sagen: Teufel in der Hölle? Denn das passt so viel besser zu diesem Mann, der die verrücktesten Knöpfe in meinem Kopf dreht. Das hier ist viel zu gut. Aydens Zunge umkreist meine Klit mit einer solchen Hingabe, dass ich am ganzen Körper erschaudere. Er beginnt an dem kleinen, empfindlichen Nervenbündel zu saugen, und gräbt dabei seine Hände so hart in meine Schenkel, dass ich blaue Flecken davontragen werde. Auch das ist mir gerade so was von egal. Nein, das stimmt nicht. Es ist mir nicht egal, eher im Gegenteil. Ich will es genau so.

Frustriert seufze ich auf, als er von meiner nassen Mitte ablässt und mich teuflisch ansieht. Ich stütze mich auf meine Unterarme und erwidere seinen Blick fordernd.

»Bevor ich weitermache, musst du mir die Wahrheit sagen, Baby.«

Alles. Scheiße, ich würde gerade alles sagen, Hauptsache, er hört nicht auf.

»Hattest du wirklich noch nie einen Orgasmus?«

Ich beiße mir auf die Unterlippe und schüttle den Kopf.

»Nicht mal, wenn du dich selbst berührt hast?«, hakt er weiter nach und streichelt währenddessen die empfindsame Haut an meinem rechten Innenschenkel. Irgendwie ist es mir gerade peinlich, dass ich noch nie einen Höhepunkt hatte. Bis jetzt hat es mich nie gestört, weil Sex mir einfach nicht wichtig gewesen ist, aber gerade … gerade will ich so dringend dieses High erleben, dass ich dafür töten würde. Oder töten lassen.

»Interessant«, murmelt Ayden, nachdem er mein Schweigen gedeutet hat, und taucht wieder zwischen meine Beine ab. Meine Oberschenkel zittern heftig, als er erneut an meiner Perle saugt und anschließend mit der Zunge durch meinen nassen Spalt fährt.

Ich kralle mich in die Unterlagen, die auf dem Tisch verteilt liegen und ebenfalls blutdurchtränkt sind, während Ayden beginnt, mich mit seiner Zunge zu vögeln. Immer wieder dringt sie in meinen Gang ein, während ich meine Augen verdrehe, als hätte ein Dämon von mir Besitz ergriffen. In gewisser Weise stimmt es sogar, denn Ayden Curse hat mich verflucht. Er hat bereits Besitz von mir ergriffen, als er mir in der Kirche seine Hand um die Kehle legte.

Das hier ist purer Wahnsinn. Purer, roher, vollkommen verwerflicher Wahnsinn. Ayden löst sich von meiner Pussy und schiebt statt seiner Zunge zwei Finger in mich. Diabolisch funkelt er mich an, während er beginnt, mich genüsslich zu fingern.

»Du willst meinen Schwanz, oder?«

»Ja, verdammt!«

Ayden krümmt seine Finger in mir, auf so perfekte und gezielte Weise, dass mein ganzer Körper von Strom durchzogen wird. Ich bin noch nicht gekommen, und trotzdem ist das hier das Geilste, was ich jemals in sexueller Hinsicht spüren durfte.

»Glaub mir, normalerweise wäre ich längst in dir, aber du bist echt verflucht eng, Baby.« Ayden starrt auf meine nackte Mitte, während er mich schneller fingert. »Ich weiß nicht, ob ich ansatzweise in deine kleine Pussy passe, wenn ich dich nicht ordentlich auf mich vorbereite.«

Ich weiß, dass er nicht nur gut, sondern überdimensional gut bestückt ist. Und ich weiß auch, dass es mir vermutlich wehtun wird, wenn er in mir ist. Aber gerade lechze ich nahezu nach diesem Schmerz.

Ich will es. Ich will ihn. Und ich ignoriere die leise Stimme in meinem Hinterkopf, die mir zuflüstert, dass ich genauso krank bin wie er, wenn ich das will. Nach allem, was heute Abend in diesem Raum passiert ist.

Meine Mitte gibt schmatzende Geräusche von sich, während Ayden einen weiteren Finger dazu nimmt, um mich für sich zu weiten. Es zwickt zwischen meinen Beinen, weil seine Hand ebenfalls ziemlich groß ist, und als er drei Finger bis zu den Knöcheln in mir hat, entflieht mir ein Laut, gemischt aus Schmerz und Lust. Immer wieder stößt er seine Finger in mich und krümmt seine Kuppen so punktuell, dass ich den Orgasmus bereits spüren kann.

Fuck.

Ich glaube, ich werde gleich ohnmächtig. Meine Oberschenkel zucken unkontrolliert, und als Ayden seine Finger aus mir herauszieht und mein geweitetes Loch betrachtet, würde ich ihm am liebsten eine runterhauen, weil er kurz vor dem Finale aufgehört hat. Weil er mich fallen lassen hat.

»Bitte mach weiter.« Ich bin keine Frau, die gern bettelt. Aber heute Nacht würde ich Ayden sogar auf Knien anflehen, damit er mich endlich kommen lässt. Er jedoch hat andere Pläne. Ohne auf meine Bitte einzugehen, steht er auf, packt mich am Hals und zieht meinen Oberkörper nach oben, bis meine Brust gegen seinen Oberbauch knallt.

»Deinen allerersten Orgasmus wirst du mit meinem Schwanz in dir haben, Baby.«

Wie ferngesteuert nicke ich, was ihm ein zufriedenes Lächeln entlockt.

»Verhütest du?«

»Ja.« Auch wenn ich selten bis gar keinen Sex in den letzten Jahren hatte, wollte ich verhindern, eine minderjährige South-Side-Mutter zu werden, so wie meine Mom es bei mir war.

»Gut.« Ayden greift zwischen unsere heißen Körper, öffnet seine Jeans und holt seinen Schwanz heraus. Shit, er wird mich wirklich vögeln, oder? Genau hier. Auf seinem Schreibtisch, der eben gerade zum Tatort wurde …

19
Ayden

Du windest dich unter mir, weil ich dich immer noch zappeln lasse. Meine Schwanzspitze stößt gegen deine triefend nasse Pussy, und glaub mir, Baby, das hier ist auch für mich nicht leicht.

Zu sehen, wie verkorkst du tief im Inneren bist, macht mich mehr an, als du ahnen kannst. Und wärst du eines meiner anderen Mädchen, würde ich mich einfach mit einem kräftigen Stoß in dich schieben und deiner Enge keine Beachtung schenken. Es wäre mir schlichtweg egal, ob du dabei Schmerzen hast oder nicht.

Aber inzwischen solltest du wissen, dass ich in dir nicht nur eines meiner Mädchen sehe, sondern mehr. Maggie hat einen Fehler begangen und sie musste dafür büßen. Aber wärst nicht du ihr Opfer gewesen, hätte ich sie vielleicht einfach nur auf die Straße gesetzt und ihr vorher die Nase gebrochen. Aber sie hat sich die falsche Frau zum Spielen ausgesucht. Und wie ich schon sagte: Niemand vergeht sich an meinem Besitz.

»Bitte, Ayden. Fick mich endlich«, wisperst du, und ich liebe es, dich nach meinem Schwanz betteln zu hören. Ich lege meine Hand erneut auf deine süßen, kleinen Titten und drücke dich

zurück auf den Rücken. Anschließend umfasse ich mit der freien Hand meinen Schaft und führe meinen Ständer durch deine nassen Schamlippen. Als meine Eichel gegen deine Klit stößt, wimmerst du. Gott, und wie du wimmerst. Kaum zu glauben, dass du wirklich noch nie gekommen sein sollst.

Nicht nur dein Geist ist absolut verdorben, deine Pussy ist es auch. Schließlich sitzt du nahezu tropfend vor mir, obwohl zu meinen Füßen Maggies toter Körper liegt. Du brauchst die Dunkelheit, so wie ich sie brauche. Und anscheinend hat dir noch kein Kerl das gegeben, wonach du dich tief im Inneren verzehrst. Sicherlich hattest du bis jetzt nur braven Blümchensex, aber das ist jetzt vorbei.

Dein Saft rinnt über meinen Schwanz, während ich mich immer wieder durch deinen Spalt gleiten lasse und dich weiterhin überreize. Wenn du kommst, sollst du so laut schreien, dass dir die Stimmbänder reißen, Baby. Erst dann bin ich zufrieden mit dir. Erst dann bin ich zufrieden mit mir. Mit uns.

Der Kontrast deiner hellen Haut auf dem dunklen, blutbenetzten Schreibtisch ist fucking atemberaubend. Du beginnst, dein Becken zu bewegen, und als mein Schwanz an deiner Öffnung verharrt, siehst du mich voller Herausforderung im Blick an.

»Es wird wehtun«, warne ich dich, obwohl ich mir inzwischen ziemlich sicher bin, dass du dich genau danach sehnst. Nach der Mischung aus animalischer, instinktiver Lust und rohem Schmerz.

Du schürzt deine Lippen, verkeilst deinen Blick mit meinem und wartest. Du wartest darauf, dass ich endlich in dich eindringe. Meine Spitze gleitet in dein warmes Fleisch, doch bevor ich tiefer gehe, halte ich inne. Weil es mir einfach zu viel Spaß macht, dich so still leiden zu sehen. Warm legt sich deine Pussy um meine Eichel, während ich deine Beine weit für mich spreize und mein Becken gegen dich drücke. Zentimeter für Zentimeter dringe ich tiefer in dich ein, während du vor heißem Schmerz das Gesicht verziehst.

Fuck. Ich habe so viele Frauen auf diesem Schreibtisch gefickt, dass ich irgendwann aufgehört habe, sie zu zählen. Aber das hier? Du? Du bist enger als jede einzelne von ihnen. Ich bin noch nicht einmal zur Hälfte in dir, als ich bereits deinen warmen Muttermund spüre.

Shit. Wieso muss sich mein Schwanz ausgerechnet in eine zierliche Puppe wie dich verknallen?

»Pack deine Titten aus«, befehle ich dir rau, woraufhin du dich aufrichtest und mein Shirt über deinen Kopf ziehst. Mit der rechten Hand halte ich dein rechtes Bein oben, mit der linken packe ich deine Brüste und zupfe nacheinander an deinen Nippeln. So hart, dass dir ein Schmerzenslaut entfährt.

Noch immer stecke ich tief in dir, aber langsam kostet mich diese Slow-Motion-Scheiße echt den letzten Nerv. Ich bin kein Kerl, der es langsam angehen lässt. Ohne dich darauf vorzubereiten oder dich zu warnen, beginne ich, dich hart zu ficken. Mein Schwanz gleitet trotz deiner Nässe nur mit Mühe aus deiner Pussy, um anschließend schnell und ruckartig wieder in dich zu stoßen.

Du stöhnst heiser, während ich Tempo aufnehme. Mein Blick verharrt zwischen unseren Körpern, und der Anblick sorgt dafür, dass ich dich noch härter vögeln will. Immer wieder hämmere ich mich in deine Enge, stoße gegen deinen Muttermund und entlocke dir die schönsten Töne, die du je über deine hübschen Lippen gebracht hast.

Du biegst den Rücken durch, krallst deine Finger ins Holz des Tisches und schließt die Augen, weil du es nicht schaffst, sie länger offen zu halten. Dein Körper ist noch schlapp durch den Drink, aber dafür schlägst du dich verdammt gut, Baby.

Beinahe wallt so etwas wie Stolz in mir auf.

Und glaub mir, ich bin selten stolz auf meine Mädchen.

Unsere Körper klatschen lautstark gegeneinander, während ich dich bis zum Maximum weite. Aber du bist einfach zu eng und mein Schwanz ist einfach zu groß für dich. Du beginnst, dich selbst zu bewegen, schiebst dich in schnellem Rhythmus auf meine Spitze und gerätst dabei in vollständige Ekstase.

Keiner anderen steht diese lustverhangene Röte auf den Wangen so gut wie dir. Wenn du dich sehen könntest, würdest du wissen, wovon ich spreche. Ich grabe meine Hände in deinen Arsch, hebe ihn leicht an und ficke dich noch schneller. Parallel dazu lege ich einen Daumen auf deine Klit und reibe sie so hart, dass andere Frauen längst vor Schmerz schreien würden. Aber nicht du. Du brauchst es genau so, richtig? Du brauchst es grob und zügellos. Deine Gliedmaßen spannen sich bereits an, und als ich meinen Schwanz noch etwas tiefer in dich ramme, kommst du schließlich.

Dein Schrei ist perfekt.

Deine Zuckungen sind perfekt.

Du bist perfekt – für mich.

Deine Pussy umschlingt meinen Schwanz so fest, dass ich Sekunden später ebenfalls komme. Ich pumpe meinen heißen Samen bis auf den letzten Tropfen in deine Fotze und grinse zufrieden, als du erschöpft auf den Rücken fällst und jede Muskelanspannung loslässt. Dein Körper wird weich unter meinem, und als du die Augen müde aufschlägst, siehst du mir direkt ins Gesicht.

»Wow.«

Ich verharre in dir, beuge mich über dich und drücke dir einen Kuss auf die Stelle, unter der dein Herz heftig schlägt. Es rast, als hätte dich gerade der große böse Wolf durch den Wald gejagt.

»Nächstes Mal ficke ich deinen Arsch«, murmle ich. »In dem habe ich wenigstens genug Platz.« Mit diesen Worten ziehe ich mich aus dir heraus, verstaue meinen Schwanz in der Jeans und lasse dich vom Tisch klettern. Während ich meinen Gürtel

schließe, stolperst du beinahe über Maggies toten Körper zu meinen Füßen. In diesem Augenblick scheinst du zu realisieren, was hier eigentlich in der letzten halben Stunde passiert ist.

»Was geschieht jetzt mit ihr?«, fragst du mich hauchend und ziehst mein Shirt wieder an, um deine kleinen Titten einzupacken. Anschließend schnappst du dir deinen Slip vom Boden, ziehst ihn über und zupfst das Shirt zurecht.

»Black entsorgt sie.«

»Und was ist mit den anderen Frauen? Werden sie keine Fragen stellen?«

Ich gehe um den Schreibtisch herum und setze mich auf meinen Platz.

»Lass das mal meine Sorge sein, Baby. Außerdem konnte sie keiner im Team leiden.«

»Und wenn mich jemand fragt, was passiert ist?« Du scheinst langsam deine Fassung wieder zu verlieren. Die harte Schale, die du mir gerade gezeigt hast, bricht auf und legt deinen verletzlichen Kern frei.

»Dann wirst du dein süßes Mundwerk halten und so tun, als wüsstest du nichts. Geh dich duschen, Aurora. Dein Kleid hängt im Bad über der Heizung. Zieh es an und geh wieder an die Arbeit. Schließlich musst du Maggies Ausfall kompensieren.«

Zögerlich nickst du. Bevor du im Bad verschwinden kannst, nutze ich den Moment, um dir einen weiteren Auftrag zu geben.

»Übrigens brauche ich dich morgen Abend.«

»Du brauchst mich? Wofür?« Deine Augen funkeln wie Edelsteine, als du dich gegen den Türrahmen lehnst und mich neugierig anstarrst. Ich ziehe einen Post-it aus meiner Schublade und notiere die wichtigsten Infos darauf. Dann stehe ich auf, komme auf dich zu und hebe das Shirt so weit an, dass ich dir den Zettel in den Bund deines Slips schieben kann. »Das ist die Adresse, mehr brauchst du erst mal nicht zu wissen. Sei um zwanzig Uhr da.«

20
AURORA

Ich bin zwanzig Minuten zu früh an der Adresse, die Ayden mir gestern Abend in den Slip geschoben hat. Die Taxifahrt hierhin, die ich übrigens nicht bezahlen musste, weil der Kerl hinterm Steuer meinte, dass sie bereits vorab bezahlt wurde, hat über eine halbe Stunde gedauert.

Ich bedanke mich mit einem knappen Lächeln bei dem alten Herrn mit dem grauen Schnurrbart und schließe die Tür hinter mir. Anschließend sehe ich mich in der Gegend um, in die ich noch nie einen Fuß gesetzt habe. Wer hätte gedacht, dass ich jemals andere Luft als die der South Side inhalieren würde? Ich bin den Gestank von vor sich hin schimmelndem Müll, vollgepissten Alkoholikern und Kotze gewöhnt, nicht den von saftigem Gras und klarer, heilender Luft, wie sie hier herrscht. In meinen einundzwanzig Jahren war ich vielleicht fünf Mal in der North Side, aber noch nie hier, direkt am Evanston Beach.

Warum zur Hölle wollte Ayden, dass ich herkomme? In diese spießige Wohngegend? Er hat mir nicht gesagt, um was für einen *Job* es sich handelt, geschweige denn, ob und wie gut ich für ihn bezahlt werde. Aber ich konnte es mir nicht nehmen lassen, ihn ein wenig zu reizen. Deshalb trage ich lediglich einen beigen knielangen Mantel, schwarze Pumps und dazu ein fast schon nuttiges Negligé. Jetzt kann ich nur noch hoffen, dass er nicht vorhat, mit mir auszugehen, denn in dem Fummel kann ich höchstens auf den Strich gehen. Und da ich sozusagen Aydens persönliche Hure bin, wird das wohl vorerst nicht passieren.

Das Taxi ist inzwischen verschwunden, und als ich das mehr als einladende Haus vor meiner gepuderten Nase anstarre, entsteht ein Gefühl in meiner Brust, das ich nicht richtig deuten kann. Ist es Aufregung? Neugierde? Oder doch eher Angst, weil ich mich für einen Mann in Schale geworfen habe, der gestern für mich eine Frau erschossen hat? Ja, Ayden hat gesagt, dass er sie beseitigt hat, weil sie sich nicht an ihren Deal mit ihm gehalten hat, aber ehrlich gesagt glaube ich ihm nicht. Etwas in seinem Blick war anders als in den letzten Wochen. Fast wirkte es, als hätte er sich ernsthaft Sorgen um meine Gesundheit gemacht. Was absolut hirnrissig ist, mir und meinem Ego aber auf verkorkste Weise schmeichelt.

Nachdem ich mich gestern in seinem Badezimmer von all dem Blut befreit habe und zurück in mein Kleid geschlüpft bin, musste ich tatsächlich zurück an die Arbeit gehen, als wäre nichts passiert. Als hätte Maggie mich nicht vergiftet und als hätte ich nicht in ihrem Blut Sex mit dem Boss gehabt. Velvet habe ich erzählt, dass ich in Aydens Büro war, um für ihn zu putzen, und als sie mich fragte, wo Maggie plötzlich abgeblieben ist, musste ich mir heftig auf die Zunge beißen, um nicht mit der Wahrheit herauszuplatzen. Schließlich habe ich ihr gesagt, dass Maggie nach Hause musste, wegen eines Haustiernotfalls. Keine Ahnung, ob diese garstige Ziege überhaupt ein Haustier hatte, aber mir ist nichts Besseres in dem Moment eingefallen. Glücklicherweise scheint sie mir die Story abgekauft zu haben.

Nervös knibble ich an meinen frisch lackierten Nägeln und straffe meine Schultern. Ich muss wohl oder übel in dieses Haus gehen, und es bringt nichts, es länger hinauszuzögern. Außerdem schwimmt Ayden in Geld und ich könnte ein bisschen Extrakohle wirklich gebrauchen.

Mit selbstbewussten Schritten durchquere ich den akkurat gepflegten Vorgarten, steige die Treppe hinauf und atme noch einmal tief durch, bevor ich die Klingel betätige. Die Tür schwingt Sekunden später auf und mich begrüßt eine bombenscharfe Blondine. Meine Schultern sacken leicht nach unten und mein gerade aufgerichtetes Selbstbewusstsein bekommt einen derben Seitenhieb verpasst.

»Hey, du musst Aurora sein, richtig?« Die Frau ist sicher nicht viel älter als ich, hat aalglatte blonde Haare, die ihr bis zum Bauchnabel reichen, und einen so üppigen Vorbau, dass man davon ein Schleudertrauma bekommt. Sie würde mit ihren Kurven und diesen Lippen perfekt ins Red Poison passen.

»Ehm. Ja, hi.« Etwas unbeholfen reiche ich ihr meine Hand, und als sie mich stattdessen in eine Umarmung zieht, bin ich fast gewillt, mich wie ein Kind an ihren Monsterbusen zu kuscheln. Denn auch wenn diese Frau kaum älter als fünfundzwanzig sein kann, strahlt sie etwas Warmes, nahezu Mütterliches aus. Definitiv mehr, als meine Mutter es je könnte.

»Schön, dass du da bist. Ich bin Stacey. Soll ich dir den Mantel abnehmen?« Sie tätschelt meine Schulter, und ich bereue zutiefst, dass ich unter dem Schutz des Mantels nahezu nackt bin. Auf keinen Fall kann ich mich vor ihr ausziehen! Wie soll ich ihr erklären, dass ich in Dessous hier aufkreuze, ohne dass sie mich für verrückt hält?

»Geht schon, danke. Heute Abend ist mir ziemlich kalt«, lüge ich und ziehe den Mantel enger um meinen Körper.

Stacey, die eine schlichte schwarze Hose und ein ebenso schlichtes schwarzes Shirt trägt, winkt mich ins Haus. »Komm rein. Ayden ist noch im Büro beschäftigt, aber ich kann dir so lange einen Tee anbieten, wenn du willst.«

»Das wäre super.« Verdammt, kann mir mal jemand sagen, wo ich hier bin und was zum Teufel meine Aufgabe sein wird? Langsam fühle ich mich wie ein armes Kalb, das zum Schlachthaus geführt wird. Ich sehe mich nur flüchtig in dem geräumigen Flur um und folge Stacey anschließend über die hübsche schwarze Wendeltreppe ins zweite Stockwerk des Hauses. Dort angekommen staune ich nicht schlecht. Das Haus sah schon von außen luxuriös und teuer aus, aber hier oben betritt man eine Welt, die für einen South Sider wie mich unwirklich scheint. Der Boden besteht aus hellem Marmor, die Wände sind allesamt glatt verputzt. In den Häusern auf unserer Seite der Stadt kann man froh sein, wenn die Wände keine Löcher haben, durch die der Wind reinpfeift.

Stacey führt mich in einen wahnsinnig großen, offenen Wohnbereich, der direkt an eine Hochglanzküche grenzt. Ein breiter Tresen dient als Raumteiler und ist der perfekte Blickfang im Zimmer, da er von warmweißen Spots beleuchtet wird. Das graue Sofa ist riesig und sieht bequemer aus als eine verdammte Zuckerwattewolke.

Ich versuche jedes Detail aufzusaugen und bleibe schließlich an der bodentiefen Fensterfront hängen. Dort, wo andere Menschen einen Fernseher hingestellt hätten, genießt man in diesem Wohnzimmer lediglich den Blick auf den

Lake Michigan und die dahinterliegende Skyline. Traumhaft. Das ist alles, was mir dazu einfällt. Traumhaft und absolut außerhalb meiner Liga.

»Früchte oder Kräuter?«, reißt Stacey mich aus meinem Staunen. Sie steht hinter dem Tresen und füllt gerade den Wasserkocher.

»Hm?«

»Früchtetee oder lieber Kräuter?«, wiederholt sie ihre Frage freundlich.

»Früchte, bitte.«

Sie stellt den Kocher an und holt eine Tasse und den Tee aus einem der weißen Schränke. Inzwischen bin ich mir sicher, dass Ayden hier wohnt. Warum sonst sollte er mich herbestellen? Doch wenn ich mit meiner Vermutung richtigliege … Wer ist dann Stacey? Seine Freundin? Oder noch schlimmer: seine Frau? Auf einmal fühle ich mich schrecklich unwohl in meiner Haut und kratze unbeirrt den roten Nagellack von meinen Fingernägeln.

Sobald Stacey mir die Tasse mit dem Tee in die Hand gedrückt hat, schenkt sie mir wieder ein warmes Lächeln. »Ich muss jetzt los, die Pflicht ruft. Aber ich sage Ayden, dass du hier auf ihn wartest. Mach es dir gemütlich!« Sie winkt mir zum Abschied zu, während ich ihr perplex hinterhersehe. Anschließend nippe ich an dem heißen Getränk, drehe mich wieder der wunderschönen Aussicht zu und versuche, meine Nerven zu bewahren. Sicherlich bin ich bloß hier, um irgendeinen harmlosen Job zu erledigen. Vielleicht ist Stacey auch Aydens Putzfrau und ich muss heute für sie einspringen?

Doch als ich mich hier umsehe und kein einziges Staubkorn entdecke, löst sich diese Vorstellung in Luft auf. Erneut nippe ich an dem Tee und lasse meinen Blick über den Lake Michigan im orangen Abendlicht gleiten. Es ist atemberaubend. Leichte Wellen zeichnen sich auf der Oberfläche ab und vereinzelte Vögel ziehen Kreise über dem Wasser. Von diesem Anblick würde ich wohl niemals genug bekommen, das steht fest. Wenn ich aus unserem Fenster im Trailer schaue, sehe ich lediglich überfüllte Mülltonnen und ab und zu die nackten Titten unserer fünfzigjährigen Nachbarin, wenn sie mal wieder oben ohne die Wäsche aufhängt.

»Gefällt dir die Aussicht?«

Ich erschrecke mich so sehr, dass mir die Teetasse aus der Hand rutscht und mit einem lauten Krach am Boden aufschlägt.

»Scheiße!« Ein nicht gerade geringer Anteil des heißen Wassers hat sich über meinem Mantel ergossen, der Rest bildet jetzt eine Lache auf dem Marmor. Die Tasse liegt zersprungen vor meinen Füßen, und als ich mich umdrehe, fluche ich erneut. Weil Ayden im Türrahmen lehnt, die Hände in den Taschen seiner dunkelgrauen Jeans vergraben hat, und dabei so verdammt gut aussieht, dass mir bei dem Anblick schwindelig wird. Seine breiten Oberarme lassen das tannengrüne Shirt so stark spannen, dass es jederzeit reißen könnte. Zumindest in meiner Fantasie. Seine Haare sind feucht, als wäre er gerade aus der Dusche gekommen, und das dunkle Funkeln in seinen Kristallaugen erkenne ich sogar auf die Distanz. Ist er in den letzten vierundzwanzig Stunden noch heißer geworden oder bekomme ich Fieber?

»O Gott, tut mir leid. Ich mach das sofort weg.« Umgehend bücke ich mich, sammle die Scherben auf und schlage mir innerlich die Hand auf die Stirn. Gerade als ich nach dem letzten Stück der Tasse greifen will, schneide ich mich an dem Scheißteil und fluche erneut, weil ein scharfer Schmerz durch meinen Finger zieht.

Blut quillt aus meinem rechten Daumen, tropft auf den Boden und vermischt sich mit dem heißen Tee. Bevor ich handeln kann, ist Ayden bereits bei mir, packt mich am Oberarm und zieht mich zurück in den Stand. Anschließend betrachtet er meinen blutigen Daumen.

»Der Schnitt ist nicht tief. Ein Pflaster sollte reichen.« Jetzt, da er mir so nahe ist, dreht mein System vollkommen durch. Scheiße, riecht er immer so gut? Schluckend sehe ich zu ihm auf, und als wir einander in die Augen blicken, spüre ich ihn plötzlich überall auf mir. Als wäre ich gerade in eine Zeitmaschine gestiegen und würde nun wieder vor ihm auf dem Tisch in seinem Büro liegen, während er mich mit seiner Hand auf seinen gigantischen Schwanz vorbereitet. Noch jetzt kann ich den Orgasmus in meinen Knochen spüren, als hätte er tatsächlich mein Mark erschüttert. Bis gestern hätte ich nie für möglich gehalten, dass ich so etwas jemals erleben darf.

»Was mache ich hier, Ayden?«, frage ich ihn und versuche, die unanständigen Bilder zurück in die verdorbenen Winkel meines Hirns zu schieben. Genau wie die Befriedigung, die ich nach Maggies Hinrichtung empfunden habe, obwohl wir Frauen zusammenhalten sollten.

»Ich meine, was ist meine Aufgabe? Soll ich putzen? Wenn ja, dann hast du dir die Falsche für den Job ausgesucht, ich mache mehr Dreck als Ordnung.« Mit einem schmalen Lächeln deute ich auf das Chaos zu unseren Füßen.

»Du musst heute Nacht hierbleiben.« Seine Stimme ist genauso rau und sexy wie immer, aber hier in diesen schicken vier Wänden ist sie irgendwie weniger beängstigend. Generell wirkt er hier nicht wie der skrupellose Scheißkerl, der mit Frauen, die ihn enttäuschen, kurzen Prozess macht.

»Und was soll ich hier tun?«, hake ich mit erhobenen Brauen nach. Doch Ayden antwortet mir nicht, stattdessen packt er mich bei der Hand, zieht mich durch den Raum und dirigiert mich in die Küche. Ehe ich mich's versehe, hat er mich an den Hüften gepackt und mit Leichtigkeit auf die Kochinsel gesetzt. Augenblicklich schießt mein Puls in die Höhe wie ein Wolkenkratzer. Dieser Tresen lässt sich hervorragend zweckentfremden. Das richtige Outfit trage ich immerhin schon.

Ayden öffnet eine der zahlreichen Schubladen, holt eine kleine Packung mit Pflastern heraus und legt sie neben mir auf der Granitarbeitsfläche ab. Anschließend schnappt er sich erneut meine Hand, betrachtet den kleinen Schnitt an meinem Daumen und fährt mit seinem über die Wunde. Ich verziehe das Gesicht vor süßem Schmerz und halte den Atem an.

»Dein Blut erinnert mich an gestern«, murmelt er rau.

»Ach, du meinst, als du Maggie …«

Bevor ich den Satz beenden kann, drückt er mir seine Hand auf den Mund, damit ich verstumme. Warnend starrt er mich nieder, als hätte ich gerade eine unsichtbare Grenze überschritten, von deren Existenz mir niemand etwas gesagt hat.

»Was soll der Scheiß?«, protestiere ich, nachdem er meinen Mund wieder freigegeben hat. Ohne auf meine Frage zu reagieren, verarztet er meinen Daumen, klebt ein Pflaster auf den Schnitt und wirft die Verpackung achtlos zur Seite.

»Du solltest den Mantel ausziehen. Er ist vollkommen nass.«

Panisch schüttle ich den Kopf.

Scheiße, nein. Ich werde diesen verfluchten Mantel nie wieder ausziehen, so viel steht fest. Die Idee, mich so aufzubrezeln, ohne überhaupt zu wissen, was Ayden von mir will, war dämlich. Vermutlich war es das Dämlichste, was ich je getan habe. Ich will nicht wie eine notgeile Frau wirken, die versucht, sich hochzuschlafen. Alles, was ich will, ist ein finanzielles Polster, das es mir ermöglicht, diese Stadt hinter mir zu lassen. Am besten direkt das ganze Land.

»Ich will ihn nicht ausziehen.« Ich verschränke die Arme schützend vor meinem Oberkörper, aber leider wecke ich damit nur eins: Aydens Interesse. Er taxiert mich von oben bis unten, und als er mir wieder in die Augen sieht, zucken seine Mundwinkel drohend.

»Zieh den Mantel aus, Aurora. Oder ich reiße ihn in Fetzen.« Da ist er wieder. Der chauvinistische Wichser, dem der Wille einer Frau vollkommen egal ist. Trotzig strecke ich das Kinn in die Höhe und schüttle den Kopf.

»Erst, wenn du mir sagst, warum ich hier bin. Wohnst du hier?«

»Zieh. Ihn. Aus.«

»Hörst du mir nicht zu?«, speie ich. »Sag mir, wieso ich hier bin, obwohl ich gerade auch bei Leon im Krankenhaus sein könnte!« Ich war zwar den halben Tag bei ihm, aber meine Sehnsucht wächst bereits jetzt ins Unermessliche. In wenigen Tagen wird Leon entlassen und ich habe absolut keine Ahnung, was ich dann tun soll. Auf keinen Fall will ich ihn bei meiner Mutter lassen, wenn ich zur Arbeit muss. Die Gefahr, dass er noch einmal an ihren Stoff gelangen könnte, schnürt mir die Kehle derart zu, dass ich kaum Luft bekomme. Aber ich kann ihn auch nicht mit ins Red Poison nehmen, also stecke ich in der Klemme.

Ayden packt mich hart an der Kehle, schiebt meine Beine mit seinem Oberschenkel auseinander und kommt mir noch näher. »Vielleicht glaubst du, dass unsere kleinen Spielchen etwas an der Rangordnung ändern, Baby. Aber glaub mir, sie ändern rein gar nichts. Ich bin dein Boss und du bist hier, weil du einen Job für mich erledigen sollst. Also zieh deinen Scheißmantel aus, damit ich sehen kann, ob du für diesen

Job passend gekleidet bist.« Seine Augen bohren sich regelrecht in mich, genau wie seine Finger, die meine Kehle so fest packen, dass mir kurz schwarz vor Augen wird.

Tränen sammeln sich in meinen Augenwinkeln, weil ich es hasse, mich so schwach in seiner Gegenwart zu fühlen. Vor allem, da ich weiß, dass es auch anders geht. Gestern Nacht zum Beispiel … Da habe ich mich alles andere als schwach in seiner Nähe gefühlt. Im Gegenteil. Vermutlich habe ich noch nie eine derartige Stärke in mir gespürt. Jetzt reißt er mit bloßen Händen jegliche Stärke nieder.

Ayden schürzt die Lippen, greift nach meinen Armen und zerrt sie auseinander. Anschließend öffnet er meinen Mantel und schiebt ihn über meine Schultern, bis ich entblößt vor ihm sitze. Sicherlich glühe ich bereits wie eine überreife Tomate, weil mir das hier so unangenehm ist.

»Was zum Teufel hast du da an?«, fragt er mich scharf, und der Wunsch, mich in ein Schneckenhaus zu verkriechen, wächst ins Unermessliche. Aydens Blick wandert über das schwarze, fast durchsichtige Nachthemd, unter dem ich lediglich einen ebenfalls schwarzen String trage. Durch den Stoff kann man nicht nur die Form meiner Brüste sehen, sondern auch meine Nippel, die sich steif gegen die Fasern drücken.

»Ich weiß nicht«, zische ich. »Ich dachte, dass ich dich damit überraschen kann.«

»Mich überraschen?« Aydens Spott verletzt mich. »Ich kenne deine Titten, deinen Arsch und deine Fotze, Baby. Du kannst mich damit nicht überraschen. Was hättest du gemacht, wenn ich dich so ausgeführt hätte?«

»Keine Ahnung!« Wieso zum Teufel verletzt es mich, dass er mich nicht dafür herbestellt hat? Er hat von einem Job geredet, also hätte ich mir auch denken können, dass es sich dabei nicht um Sex handelt. Aber dieser seltsame Deal, den ich mit ihm eingehen musste, hat scheinbar meinen Verstand außer Kraft gesetzt. Entweder das oder Orgasmen verringern den IQ eines Menschen drastisch.

»Ich habe dich nicht hergeholt, damit du dich hier von mir ficken lässt, Aurora. Ich habe einen Termin in Milwaukee und bin bis morgen Abend nicht in der Stadt.«

Noch immer ist Ayden mir so nah, dass mich sein Duft wie eine Wolke umgibt. Eine, die sich auf einmal viel zu schwer auf meine nackte Haut legt. Ich fühle mich gedemütigt und vorgeführt.

»Wieso soll ich hier sein, wenn du verschwindest?« Auf keinen Fall werde ich die Stadt mit ihm verlassen, das kann er direkt vergessen. Ayden schüttelt den Kopf, greift nach meinem Mantel und schiebt ihn zurück über meine Schultern, um meine Blöße zu verstecken.

»Daddy, Daddy! Ich habe das Prinzessinnenkleid unterm Bett gefunden!« Mich durchfährt ein so heftiger Blitz, dass ich kerzengerade auf der Kochinsel sitze und automatisch den Mantel über meine halb nackten Brüste ziehe. *Scheiße. Nein, oder?*

Aydens Mundwinkel zucken, weil er meinen Gesichtsausdruck genau versteht. Er versteht, dass *ich* verstehe. »Du willst wissen, wieso du nicht wie eine billige Nutte gekleidet in meinem Zuhause auftauchen kannst?«, fragt er mich leise und sein heißer Atem kitzelt auf meiner Haut. »Deshalb.« Er dreht sich von mir weg, und als ein kleiner blonder Wirbelwind in den Raum sprintet, trocknet mein Mund aus. Ich hüpfe vom Tresen, merke, wie instabil mein Stand ist, und schließe den Mantel so fest es geht.

Das darf nicht wahr sein, oder?

Aber ich sehe es live und in Farbe vor mir.

Ayden hat eine Tochter. Und was für eine. Es ist, als hätte man einen Menschen aus purem Zuckerguss geformt, so süß ist dieses Mädchen. Ayden geht auf die Knie, und als es in seine Arme springt, poltert mein Herz so heftig in meiner Brust, dass ich mich an dem Tresen hinter mir festhalten muss. Es hat blonde Locken, die ihm wüst vom Kopf abstehen, und ein Lächeln, das die ganze Chicagoer Innenstadt bei Stromausfall erhellen könnte. Heilige Scheiße!

»Hey, Mini.« Ayden erhebt sich mit seiner Tochter auf dem Arm und dreht sich in meine Richtung. »Die Frau wird auf dich aufpassen, solange ich geschäftlich weg bin.«

Das kleine Mädchen ruckt ihren Kopf in meine Richtung, und als sie mich sieht, strahlt sie über das ganze Gesicht. Sie hat runde Kulleraugen, wahnsinnig volle Wimpern – wie ihr Vater – und rosige Bäckchen. Eine niedliche Zahnlücke komplettiert das Bild und ich schmelze dahin.

»Du hast ja grüne Haare!«, sagt sie euphorisch und kuschelt sich anschließend an Aydens Schulter. »Bist du die Schwester vom Grinch?«

Scheiße, scheiße, scheiße. Ich bin so was von am Arsch. Mein Boss sieht mich mit einer Mischung aus Tadel und Belustigung im Blick an, während ihn seine Tochter, die wohlgemerkt ein pompöses Prinzessinnenkleid in rosa trägt, wie ein riesiges Kuscheltier umklammert.

»Aurora. Das ist Lilly«, ergreift Ayden das Wort, und ich weiß immer noch nicht, ob ich nur träume oder das hier wirklich passiert. Ich habe mit allem heute Abend gerechnet, aber auf keinen Fall damit, dass Ayden eine verdammte Tochter hat, die Eisberge schmelzen lassen kann und auf die ich aufpassen soll, während er weg ist. Vermutlich murkst er in Milwaukee irgendwelche Leute ab, während ich seiner Tochter ein Schlaflied vorsingen soll. Wie verkorkst ist das alles bitte? Kann mich jemand aus diesem Film rausholen?

»Aber du kannst mich ruhig Mini nennen«, platzt es aus

Lilly heraus. »So nennt Daddy mich nämlich immer. Und ich mag es.«

»Okay, Mini«, wispere ich und versuche, mich zu sammeln. Egal wie seltsam diese Situation auch ist, das kleine Grinsemädchen kann nichts dafür. »Dann darfst du mich Auri nennen. So nennt mein Bruder mich nämlich immer. Und ich mag es.«

»Bist du gut im Geschichten erzählen, Auri?« Lillys Augen haben die gleiche hellblaue Färbung wie Aydens, und ich weiß schon jetzt, dass sie damit eines Tages verdammt vielen Leuten den Kopf verdrehen wird. Männern *und* Frauen.

»Mein Bruder dürfte ungefähr in deinem Alter sein. Also ja, ich habe Übung.« Hat Ayden mich deshalb herbestellt? Weil er weiß, dass ich mit Kindern umgehen kann? Und hat ihn der Unfall mit Leon deshalb so mitgenommen? Es fühlt sich an, als würde ich Ayden gerade zum ersten Mal treffen. Er ist so anders hier. Viel ruhiger. Entspannter. Normaler … Er ist ein Vater, verflucht!

»Cool!« Lilly stupst Aydens Kinn mit ihrer kleinen Nase an. »Darf ich Auri noch meinen Lieblingsfilm zeigen, bevor ich schlafen muss?« Sie faltet ihre Hände wie bei einem Gebet und klimpert so stark mit ihren Wimpern, dass ich ihr an Aydens Stelle jeden Wunsch erfüllen würde.

Er drückt Lilly einen Kuss auf den Scheitel und setzt sie am Boden ab. »Nur, wenn du versprichst, dass du aus einem Film keinen ganzen Filmemarathon machst, Mini.«

»Versprochen!« Sie hält ihm den kleinen Finger hin und sieht mit strahlenden Augen zu ihm auf. »Indianerehrenwort!«

Bitte, tu es nicht.

Gib ihr nicht den verdammten Finger!

Doch er tut es.

Ayden hockt sich vor seine Tochter, verschränkt seinen kleinen Finger mit ihrem und drückt anschließend einen Kuss auf seinen Daumen. Lilly macht dasselbe auf ihrer Seite. *Game Over, Aurora. Ab jetzt hast du keine Chance mehr gegen dein verfluchtes Herz, das einen neuen Rekord im Schlagen aufstellt.*

»Was hältst du davon, wenn du den Film schon mal raussuchst? Ich muss noch etwas mit Aurora besprechen, bevor ich losfahre.«

Lilly nickt euphorisch und stürmt los. Auch als sie längst aus dem Raum verschwunden ist, sagt keiner von uns etwas. Ich bin vollkommen überfordert mit dieser Situation. Ich meine … ein Kind? Erst erfahre ich, dass er eine verdammte Katze hat, und jetzt das?

»Du hättest mich ruhig vorwarnen können«, breche ich schließlich das Schweigen. Ayden erhebt sich. Umgehend kralle ich mich fester in die Arbeitsplatte.

»Konnte ja keiner wissen, dass du in diesem Hauch von Nichts durch die halbe Stadt kutschierst, weil du dachtest, dass ich dich ficken will.«

»Ich …« Doch mein Protest verstummt, weil er ja recht hat. Natürlich habe ich dieses Outfit aus einem bestimmten Grund gewählt. Beim nächsten Mal ziehe ich einfach einen Skianzug an.

»Eine Tochter also?«, lenke ich das Gespräch um.

Ayden nickt mit starrer Miene.

»Wie alt ist sie?«

»Fünf.«

»Genau wie Leon«, stelle ich mit zuckenden Mundwinkeln fest. »Hast du mich deshalb herbestellt? Weil ich Erfahrung im Babysitten habe?«

Ayden nickt erneut. Anscheinend ist er heute nicht der

gesprächigste Geselle. »Es gibt niemanden im Club, der von Lilly weiß. Und das muss auch so bleiben.«

»Wieso?« Ich setze mich wieder auf den Tresen, weil meine Beine sich immer noch wie Wackelpuddingstelzen anfühlen. Ayden hingegen lehnt sich gegen die Lehne des Sofas und verschränkt die Arme vor der Brust. Wieder werden seine sehnigen Muskeln so schön betont, dass ich meine Beine zusammenpresse. Blöde Hormone. Auch eine zuckersüße Tochter ändert nichts daran, dass er ein Mörder ohne Gewissen ist.

»Ich habe zu viele Feinde, die nach meiner Schwachstelle suchen. Und sie ist die Einzige, die ich habe.« Deshalb weiß niemand von ihr. Niemand außer mir.

Jetzt verstehe ich auch, wieso er immer zur selben Zeit im Club auftaucht und auf die Minute genau morgens verschwindet. Weil er eine Tochter hat, die zu Hause auf ihn wartet.

»Ist Stacey ihre Mutter?« Diese Frage ist viel zu privat und die Antwort geht mich garantiert nichts an, aber ich muss sie trotzdem stellen. Rein optisch gesehen könnte sie es sein.

»Ist da jemand eifersüchtig?«, zieht Ayden mich spottend auf, stößt sich vom Sofa ab und tritt auf mich zu. Umgehend versteife ich mich, weil ich ihn jetzt, da ich weiß, dass er eine Tochter hat, noch anziehender finde. Keine Ahnung, was Väter so an sich haben …

»Träum weiter«, kontere ich mit honigsüßer Stimme. »Ich will mir bloß ein ausführliches Bild über die familiäre Situation verschaffen.«

Ayden bleibt dicht vor mir stehen. »Stacey arbeitet für mich. Sie ist meistens nur hier, wenn ich im Red Poison bin. Heute Nacht kann sie nicht auf Lilly aufpassen, darum brauche ich dich.«

Und? Fickst du sie?

Das würde ich ihn am liebsten fragen, aber ich schaffe es in letzter Sekunde, den Mund zu halten. Ich will kein bedürftiges kleines Mäuschen sein, das falsche Besitzansprüche stellt. Er ist mein Boss und ich seine Angestellte. Und das nicht einmal freiwillig.

»Ich soll also nur auf sie aufpassen, während sie schläft?«

»Lilly leidet unter Nachtangst. Sie wacht öfter schreiend auf und braucht jemanden, der dann da ist.« Mit geschürzten Lippen nicke ich. Ich habe zwar keine Ahnung von Nachtangst, aber Leon hat oft Albträume, die ihn hochschrecken lassen. Ich bin mir sicher, dass ich damit irgendwie umgehen kann. Zur Not wird mir Dr. Google sicherlich helfen.

»Der Kühlschrank ist voll, wenn du Hunger hast. Das Bad ist links neben der Küche, das Schlafzimmer dort drüben.« Er deutet auf eine Tür neben der Wendeltreppe. »Lillys Zimmer ist direkt daneben.«

»Okay. Sonst noch etwas?« Zu gern würde ich wissen, was er in Milwaukee zu suchen hat und um welche Art des Jobs es sich handelt, aber ich sollte meine Zunge zügeln, wenn ich nicht will, dass er seine Drohung wahrmacht und sie mir rausschneidet. Zutrauen würde ich es ihm, Vater hin und her.

»Eine Sache noch.« Ayden drängt erneut meine Beine auseinander, und als er mit den Fingern über den Kragen meines Mantels fährt, erschaudere ich, als wäre plötzlich der Winter über die Stadt eingebrochen. Ayden Curse ist ein absoluter Widerspruch in sich. Er kann mit seinen blauen Augen die Eiszeit heraufbeschwören und mich gleichzeitig vor Hitze zergehen lassen.

»Geh in mein Schlafzimmer und hol dir Sachen von mir, die du anziehen kannst.« Sein Blick gleitet erneut über meinen Körper, doch dieses Mal ist etwas anders. Die Art und Weise, wie er mich ansieht, schreit vor Verlangen. »Zu schade, dass ich jetzt losmuss.«

»Wieso findest du es schade?«, hauche ich herausfordernd. Er soll mir sagen, dass es ihm genauso geht wie mir. Dass er nachts auch wachliegt, weil er daran denken muss, mich zu vögeln. Dass ich ihm genauso wenig aus dem Kopf gehe wie er mir.

Ayden antwortet nicht, stattdessen schenkt er mir nur ein teuflisches Grinsen, das umgehend zwischen meine Beine schießt.

»Ruf mich an, wenn etwas mit Lilly ist. Ich bin jederzeit erreichbar.«

»Auch wenn du gerade ein paar Köpfe in Milwaukee rollen lässt?« Ich grabe meine Zähne in die Unterlippe und erwarte bereits, dass seine Stimmung wieder umschwenkt, stattdessen wird sein Lächeln nur breiter. Und gleichzeitig gefährlicher.

»Gerade dann, Baby. Wenn Köpfe rollen, bin ich in bester Stimmung.« Er beugt sich vor, und als sich unsere Lippen berühren, zerfließe ich unter diesem Kuss zu einer Pfütze aus Lust. Ich packe den Kragen seines Shirts, grabe meine Nägel in den Stoff und ziehe ihn noch dichter zu mir heran. Wir verschlingen einander nahezu. Aydens Zunge stößt in meinen Mund vor, plündert mich regelrecht. Sein Schwanz wird hart an meinem Schritt, und für ein paar Sekunden vergesse ich, dass jederzeit ein kleines fünfjähriges Mädchen hier reinplatzen und uns so sehen könnte.

Atemlos lösen wir uns voneinander.

»Ich will, dass du morgen Abend in diesem Outfit auf mich wartest.«

Mein ganzer Körper kribbelt, als hätte man mich unter

Drogen gesetzt. Berauschende, bewusstseinserweiternde Drogen.

»Und wo soll ich auf dich warten?«

Ayden drückt mir noch einen Kuss auf den Mund, der dieses Mal fast schon keusch ist.

»In meinem Bett. Wo sonst?«

21
AURORA

Nachdem Ayden sich von seiner Tochter verabschiedet und das Haus verlassen hat, um weiß Gott was mit weiß Gott wem zu tun, habe ich mich im kompletten Stockwerk umgesehen. Als Erstes habe ich sein Schlafzimmer unter die Lupe genommen, das genauso unpersönlich und unspektakulär eingerichtet ist wie das im Red Poison, und mir anschließend eine viel zu große graue Jogginghose und ein schwarzes Shirt aus seinem Kleiderschrank gefischt. Denn Ayden hat recht: So leicht bekleidet sollte ich definitiv nicht auf ein fünfjähriges Mädchen aufpassen. Immerhin weiß ich bestens, wie viele Fragen Kinder in diesem Alter stellen.

Nach meiner Inspektion habe ich Lilly in der Küche einen heißen Kakao gemacht und mich zu ihr ins Bett gelegt, während sie ganz aufgeregt dem Vorspann ihres Lieblingsfilms Balto gelauscht hat. Als ich ihr sagte, dass ich diesen Film als Kind ebenfalls vergöttert habe und dass Boris mein Lieblingscharakter ist, haben ihre blauen Augen wie zwei Diamanten im Sonnenschein gestrahlt. Das Ende vom Lied?

Lilly hatte mich schon nach zehn Minuten komplett um den Finger gewickelt und ich konnte ihr den Wunsch, im Anschluss auch noch den zweiten Teil zu schauen, nicht abschlagen.

Während ich ihr die blonde Lockenmähne gekämmt und anschließend geflochten habe, hat sie mir ununterbrochen erzählt, wie leid Balto ihr tut, weil er wegen seiner Andersartigkeit von den restlichen Schlittenhunden verstoßen wird, und dass er ihr ganz persönlicher Held auf vier Pfoten ist.

An zwei Stellen habe ich sogar mit ihr geweint wie ein Baby, und das, obwohl ich die beiden Filme in- und auswendig kenne. Man sollte meinen, dass man irgendwann aus dem Alter, in dem man bei Disneyfilmen weint, raus ist, aber das ist scheinbar nicht der Fall. Manchmal wünschte ich, das reale Leben würde sich eine Scheibe von Disneydrehbüchern abschneiden. Denn die haben immer ein Happy End.

Noch vor dem Ende des zweiten Teils ist Lilly schließlich an meiner Seite eingeschlafen und schlummert seitdem friedlich neben mir. Sie hat die kleinen Hände unter ihre Wange gelegt und ihr Mund steht leicht offen, sodass ihr gleichmäßiger Atem leichte meditative Geräusche macht.

Ich schnappe mir die Fernbedienung von dem kleinen runden Holznachttisch, schalte den Fernseher aus und betrachte das kleine Mädchen mit gemischten Gefühlen. Auf der einen Seite hat sie mich bereits komplett verzaubert, und ich glaube, dass sie es gut hier hat. Aber andererseits bringt Aydens Ruf einige Risiken mit sich, denen kein Kind ausgesetzt sein sollte. Immerhin hat er selbst gesagt, dass er verdammt viele Feinde hat, die seine Schwachstelle suchen und ausnutzen wollen. Und die eigenen Kinder sind mit Abstand die größte Schwachstelle eines Menschen, das weiß ich, ohne selbst Mutter zu sein.

Die zwei französischen Zöpfe, die ich Lilly geflochten habe, sind an einigen Stellen bereits so locker, dass sie die Nacht sicher nicht überstehen werden. Mein Blick huscht durch ihr geräumiges Zimmer und fast kommt Eifersucht in mir hoch, die absolut fehl am Platz ist. Aber wenn ich diesen Raum mit dem Zimmer meines kleinen Bruders vergleiche, liegen Welten dazwischen. Leon hat nur gebrauchte Spielsachen, die fast alle kaputt und schäbig sind, ein viel zu kleines, quietschendes Bett und keinen Platz für einen Schreibtisch, an dem er seine Hausaufgaben machen kann, wenn er in die Schule kommt.

Lilly hingegen hat so viel Zeug, dass man kaum einen Schritt gehen kann, ohne dabei auf irgendein hochwertiges Teil zu treten, das wir uns nie würden leisten können. Doch als ich mir das kleine Mädchen wieder ansehe, verpufft die Eifersucht in Sekundenschnelle.

Gerade als ich so leise wie möglich aus dem Bett steigen und mich aus dem Zimmer schleichen will, schreckt Lilly plötzlich hoch. Sie reißt ihre Kulleraugen unnatürlich weit auf, starrt wie besessen ins Nichts und beginnt, ohne jegliche Vorwarnung, laut zu schreien. Sie strampelt hektisch die Decke von ihren Beinen und springt aus dem Bett, als wäre jemand hinter ihr her. Ihre zierlichen Arme schlingt sie um ihren Oberkörper, und als ich sehe, dass sie unkontrolliert zittert, schlucke ich schwer.

Das ist also die Nachtangst, von der Ayden mir erzählt hat. Ich weiß, dass man ein Kind während eines Schubes nicht wecken sollte, aber ich fühle mich nutzlos, wenn ich einfach nur dasitze und nichts tue. Also stehe ich auf, gehe um das Prinzessinnenbett herum und knie mich vor Lilly. Krokodilstränen laufen ihr über die rosigen Wangen und ihre Unterlippe bebt so stark, dass sich meine Augen automatisch mit Tränen füllen. Die arme Maus hat panische Angst. Wenn ich dem Artikel auf Google glauben kann, den ich gelesen habe, als sie eingeschlafen ist, befindet sie sich in einer Art Dämmerzustand. Morgen weiß sie sicherlich nicht einmal, dass das hier passiert ist.

Zaghaft nehme ich Lillys Hand, was sie umgehend zusammenzucken lässt. Anschließend umgreift sie meine Finger so fest mit ihren, dass es schmerzt. Sie gräbt ihre Nägel in meinen Handrücken und starrt mich aus glasigen Augen an. Ein Zopf steht so wild von ihrem Kopf ab, dass ich beinahe lachen muss, weil es so süß aussieht.

»Hey, alles ist gut, Mini«, beruhige ich sie, oder zumindest versuche ich es. Keine Ahnung, ob sie mich in diesem Zustand überhaupt hören kann, aber immerhin fühle ich mich dadurch nicht mehr ganz so nutzlos. »Ich bin hier. Du bist nicht allein, hörst du?«

Mit dem Daumen streichle ich über ihren verschwitzten Handrücken, und als ihr Schluchzen endlich verstummt, nehme ich sie fest in den Arm. Behutsam hebe ich sie hoch, trage sie zurück ins Bett und decke sie bis unters Kinn zu. Müde blinzelt Lilly, und als sie zu mir aufblickt, scheint sie allmählich wacher zu werden.

»Was ist passiert?«, fragt sie mich mit rauer Stimme. »Hab ich das Ende von Balto 2 verpasst?« Wieder bebt ihre Unterlippe, wieder trifft mich der Anblick direkt im Herzen. Dieses Mädchen muss man einfach liebhaben, es geht gar nicht anders. Sicherlich fällt es Ayden wahnsinnig schwer, jeden Abend das Haus zu verlassen, um sich um seinen Nachtclub zu kümmern.

»Nur die letzten zehn Minuten. Wollen wir sie noch mal schauen?«, schlage ich ihr vor, woraufhin sie eifrig nickt. Lilly rutscht zur Seite, um mir Platz zu machen, und hebt anschließend die Decke an, damit ich unter sie krabbeln kann. Blind greife ich nach der Fernbedienung, schalte den TV wieder ein und spiele ein zweites Mal das Ende des Films ab. Zufrieden kuschelt Lilly sich an meine Seite, und es erstaunt mich, wie viel Vertrauen sie zu mir fasst, obwohl ich eine vollkommen Fremde für sie bin. Immerhin kennen wir uns erst seit wenigen Stunden und trotzdem hat sie keinerlei Berührungsängste. Leon ist da ganz anders, und das ist der Hauptgrund, wieso ich tagsüber zu Hause sein will und mir lieber nachts die Hacken wund arbeite.

Ich lege meinen Arm um Lilly und streichle zaghaft über ihren Oberarm. Das Zittern hat inzwischen nachgelassen und ich klopfe mir virtuell auf die Schulter, weil ich das ziemlich gut gemeistert habe. Definitiv werde ich dafür einen Zuschlag von Ayden verlangen, obwohl ich natürlich auch ohne Bezahlung auf sie aufgepasst hätte. Aber das muss er ja nicht wissen, oder?

»Wieso hast du eigentlich grüne Haare?« Lilly stupst mich mit dem Zeigefinger an und zieht anschließend an einer meiner Strähnen, die sich aus meinem Zopf gelöst hat.

»Wegen meines Namens.«

Verwirrt sieht sie mich an, also spreche ich weiter.

»Meine Mutter hat mich Aurora genannt, weil sie die Nordlichter, die auch Aurora Borealis genannt werden, faszinierend findet.« Ein Kloß bildet sich in meinem Hals, weil ich an einen Tag zurückdenken muss, an dem Mom so anders war als sonst. Sie hatte vierundzwanzig richtig gute Stunden, als ich zwölf Jahre alt war, und wollte mit mir einen Ausflug nach Kanada machen, damit wir auf Nordlichtjagd gehen konnten. Zu dem Trip kam es nie, weil sie am nächsten Tag wieder anderen Trips hinterherjagte. Die der schlechten Sorte.

»Nordlichter sind grün, oder?«

»Jap. Manchmal auch lila. Aber die grünen finde ich ganz besonders schön. Jedenfalls habe ich mir vor fünf Jahren zum ersten Mal die Haare grün gefärbt, weil ich es cool fand. Und seitdem ist das irgendwie mein Markenzeichen.«

»Bist du eigentlich Daddys Freundin, Auri?« Lilly schielt zu mir hoch und klimpert müde mit den Wimpern. Den Film vergisst sie von jetzt auf gleich vollkommen, während ich aufgrund ihres plötzlichen Themenwechsels wahnsinnig nervös werde. Wie soll ich einer Fünfjährigen erklären, was das zwischen mir und ihrem Vater ist, wenn ich es selbst nicht einmal weiß? Außerdem kann ich ihr schlecht von unserem Deal erzählen oder dem Geheimnis, das ich jeden Tag bei mir trage wie meinen kostbarsten Schatz. Da ich keine Ahnung habe, inwiefern Lilly über die Geschäfte ihres Vaters Bescheid weiß, halte ich meine Antwort so vage wie möglich.

»Ich bin seine Angestellte«, verneine ich ihre Frage danach, ob ich seine Freundin bin. Denn das bin ich beim besten Willen nicht. Höchstens seine Fickfreundin. Oder Sklavin. Wie auch immer man das, was wir haben, bezeichnen mag. Er hat mir schließlich keine Wahl gelassen, als er mit meiner eigenen Waffe in seinen Händen vor mir stand und den Abzug drückte. Kaum zu glauben, dass dieser Mistkerl und der Mann, der dieses Mädchen erzogen hat, ein und dieselbe Person sein sollen. Das will beim besten Willen nicht in meinen Kopf gehen.

»Schade«, murmelt sie. »Du wärst eine tolle Freundin für Daddy. Ich glaube, er ist einsam, seit Mommy tot ist.« Meine Brust zieht sich bei ihren Worten ruckartig zusammen. Als mir klar wurde, dass Stacey nur das Kindermädchen ist, fiel mir ein riesiger Stein vom Herzen. Jetzt packt mich eine

Welle der Eifersucht, die hier absolut fehl am Platz ist. Natürlich hat Lilly eine Mutter. *Hatte* eine Mutter.

Wieder fluten Tränen Lillys Augen, und ich wünschte, ich könnte etwas tun oder sagen, das diesen Schleier der Trauer von ihr nimmt. Aber sie hat scheinbar ihre Mutter verloren und ich habe absolut keine Ahnung, wie ich sie trösten soll. Ich weiß nicht, wie es sich anfühlt, seine Mutter zu verlieren. Ich weiß ja nicht mal, wie es ist, eine Mutter zu haben. Eine richtige. Eine, die da ist, und das bedingungslos. Alles, was mir bei meiner Geburt gegeben wurde, war eine nahezu fremde Frau, die keinerlei Verantwortungsbewusstsein hat. Eine Frau, die ihrer Tochter nur läppische vierundzwanzig gute Stunden in einundzwanzig miesen Jahren geschenkt hat. Hoffentlich hat Lillys Mutter ihr mehr als das gegeben, bevor sie starb.

»Das tut mir leid, Mini«, flüstere ich und streichle mit dem Daumen über ihre tränennasse Wange. »Es muss schwer für dich sein. Ohne sie.«

Sie nickt. »Aber Daddy sagt, dass es uns jetzt besser geht.« Ich runzle die Stirn, weil ihre Worte keinen Sinn ergeben. Hat sie nicht gerade noch gesagt, dass Ayden einsam ist, seitdem sie fort ist? Und jetzt das?

Wieder zieht sich meine Brust schmerzhaft zusammen und auch meine Kehle wird von Sekunde zu Sekunde enger. Ein Verdacht steigt in mir auf, den ich nicht einmal im Entferntesten denken oder laut aussprechen will, weil er so absurd ist. Aber was, wenn ich richtigliege? Wenn dieses seltsame Gefühl in mir kein Verdacht, sondern eine Vorahnung ist?

»Wie lange ist deine Mommy schon fort?«, taste ich mich Stück für Stück vor. Lilly spielt mit dem Saum der Decke, als sie mir antwortet.

»Noch nicht so lange.« Sie seufzt.

Ich atme tief in meinen Bauchraum ein, halte den Sauerstoff so lange wie möglich in meinem Körper gefangen und stoße den Atem anschließend scharf aus. Es gibt nur einen Weg, wie ich herausfinden kann, ob das, was sich gerade so detailreich in meinem Geist formt, der Wahrheit entspricht. Ich muss sie fragen, auch wenn ich Angst vor der Antwort habe.

»Mini?«

»Ja, Auri?« Lilly gähnt und schafft es inzwischen kaum noch, ihre Augen offen zu halten. Ihre vollen Wimpern flattern müde, bis sich ihre Lider ganz schließen.

»Wie hieß deine Mommy denn?«

Ich halte den Atem an und bilde mir ein, dass auch mein Herz stoppt. Dass es aus Angst vor der Wahrheit aufhört zu schlagen. Lilly kuschelt sich tiefer ins Kissen, während sie einen Namen wispert, der mir in den letzten Wochen tausend Mal durch den Kopf gegangen ist.

»Helen.« Ihre Stimme wird leiser. »Mommys Name war Helen.«

22
AURORA

»Beruhige dich, Aurora«, ermahne ich mich selbst, während ich wie eine Irre in Aydens Schlafzimmer auf und ab laufe. Aber wie zur Hölle soll ich mich beruhigen? Jetzt, da ich weiß, dass Ayden die Mutter seiner Tochter auf brutalste Weise ermordet hat? Seine eigene … Frau? Wie zur Hölle konnte er das tun?

Ich raufe mir die Haare, die sich inzwischen komplett aus dem Zopfgummi gelöst haben. Lilly ist nach unserem Gespräch wieder tief und fest eingeschlafen. Das ist jetzt mehr als zwei Stunden her, und ich weiß immer noch nicht, wie ich auf die neue Info reagieren soll.

Natürlich weiß ich längst, wozu Aydens Hände fähig sind – im absolut schlimmsten, als auch absolut schönsten Sinne – aber das hier macht es so viel schwieriger. Wie kann man einem kleinen Mädchen, das seine Mom offensichtlich so sehr geliebt hat, die Mutter nehmen?

Magensäure steigt meine Kehle hinauf und ich stehe kurz vor einer Hyperventilation. Mein Blick schießt zu Aydens Bett und mir wird speiübel. Bis jetzt ging ich davon aus, dass er diese Frau im Red Poison ermordet hat, aber was, wenn sie genau hier gestorben ist? Auf diesem Bett, das nur zwei Schritte von mir entfernt steht? War Lilly im Haus, als er es getan hat?

Denk nach, Aurora! Ich zupfe mir vereinzelt Haare aus der Kopfhaut, weil mich der ziehende Schmerz daran erinnert, dass ich noch am Leben bin. Und solange ich noch am Leben bin, kann ich etwas unternehmen. Auf einmal kommt mir mein Handeln der letzten Wochen absolut kopflos vor. Nicht nur, dass ich diesen Job überhaupt angenommen habe, sondern all das, was danach passiert ist. Ich habe zugelassen, mehr in Ayden Curse zu sehen als einen skrupellosen Scheißkerl. Noch schlimmer: Heute Abend habe ich mich nicht nur in seine kleine Tochter verliebt, sondern auch in die Vorstellung von ihm als liebevollen Vater. Aber wie liebevoll kann er schon sein, wenn er zu so etwas in der Lage ist?

Lilly wirkt nicht, als hätte ihre Mutter ihr in irgendeiner Weise Schaden zugefügt, also muss etwas anderes sein Motiv gewesen sein. So sehr ich mir auch wünsche, genau dieses Motiv zu hinterfragen und herauszufinden, so falsch wäre es. Je länger ich mich auf Ayden und seine Spielchen einlasse, desto gefährlicher wird es für mich. Wenn er schon nicht davor zurückschreckt, seine eigene Frau oder Freundin zu ermorden, wird er auch vor mir nicht Halt machen, sollte ich einen Fehler begehen, der ihm nicht passt. Und Fuck, ich bin in eine Familie geboren worden, die dazu bestimmt ist, Fehler zu machen. Wieder und wieder und wieder. Dieses Schema zieht sich wie ein Bindfaden durch unsere Generationen.

Noch immer starre ich das Kingsize-Bett mit der weißen Tagesdecke und den dunkelgrauen Kissen an. Es sieht so unschuldig und bequem aus, dass man unter keinen

Umständen davon ausgehen könnte, dass in diesem Bett eine Frau gestorben ist.

Letztendlich habe ich Helen ins Schlafzimmer gezerrt, sie aufs Bett geschmissen und sie noch mal gefickt, einfach, weil ich es konnte und weil ich ein letztes Mal in ihr abspritzen wollte, bevor ich ihr die Lichter ausschalte. Das Messer ruhte während jedes Stoßes an ihrem Hals. Rein, raus, rein, raus. Mit jedem Eindringen schnitt sich auch die Klinge minimal in ihre empfindliche Haut. Mit jedem Rausziehen hat sie keuchend Luft geholt. Scheiße, ihr Saft klebt immer noch an meinem Schwanz, genau wie ihr Blut an meinen Händen.

Aydens Beichte hat sich in meinen Schädel gebrannt und gerade sind seine brutalen Worte präsenter denn je. Sie schüchtern mich noch mehr ein als in jener Nacht in der Kirche.

Ich muss verschwinden. Die Erkenntnis trifft mich wie ein Blitz, der jede meiner Fasern durchströmt. Ich kann nicht länger für Ayden arbeiten und so tun, als wäre er ein ganz normaler Kerl, der lediglich ein kleines Dominanzproblem hat. Ich kann nicht länger mein Leben in Gefahr bringen, nur weil ich ihm auf vollkommen verruchte Art und Weise verfallen bin. Ich muss an Leon denken. Sollte Ayden mir etwas antun, wird das sein Untergang sein. Und er ist meine oberste Priorität, das war er seit seinem ersten Atemzug und das wird er bleiben, solange ich lebe. Und meine Lebenserwartung ist enorm gesunken, als ich das erste Mal einen Fuß ins Red Poison gesetzt habe.

Gedanklich fasse ich einen Plan, der zwar riskant, aber meine einzige Lösung ist. Ich brauche Kohle, um von hier verschwinden zu können. Ich brauche gefälschte Pässe für Leon und mich und so viel Abstand wie möglich zu dieser verpesteten Stadt, die ihre Klauen schon bei meiner Geburt in meine Seele gerammt hat. Einmal South Side, immer

South Side? Dieses Klischee werde ich endlich durchbrechen!

Also beginne ich, das Haus nach Dingen abzusuchen, die ich verscherbeln kann. Ich finde eine leere schwarze Reisetasche unter Aydens Bett, in die ich alles stopfe, was ich zu greifen bekomme. Vasen, teure Männeruhren, Manschettenknöpfe, die Ayden ohnehin nicht braucht, weil er nie Anzüge trägt.

Letztendlich finde ich außerdem ein iPad im Wohnzimmer, das ich ebenfalls mitgehen lasse. Ich werfe einen Blick in jeden einzelnen Schrank dieses Hauses und versuche dabei, leise genug zu sein, um Lilly nicht zu wecken. Es widerstrebt mir, sie hierzulassen, aber mir bleibt nichts anderes übrig. Auf keinen Fall kann ich ein fünfjähriges Mädchen kidnappen und von ihrem Vater wegholen.

Die Reisetasche ist bis zum Rand mit teurem Scheiß gefüllt, den ich sicherlich auf Ebay verticken kann. Zufrieden mit meiner Ausbeute sehe ich mich nochmals im Schlafzimmer um und bleibe am Kleiderschrank hängen. Habe ich vorhin nicht einen Tresor zwischen seinen Klamotten gesehen? Eilig sprinte ich zu dem Schrank, reiße die Tür auf und wühle mich durch seine Kleidung, die absolut verführerisch und viel zu gut nach ihm riecht. Aber ich darf so nicht für diesen Mann empfinden. Ich darf mir nicht wünschen, hierbleiben zu können und in seinem Bett auf ihn zu warten, so wie er es von mir verlangt hat. Ich darf mich nicht so wohl in seinen Sachen fühlen. So behütet. Denn nichts an ihm schenkt mir Sicherheit, das wurde mir heute Abend schmerzlich klar.

Ich ziehe den kleinen Tresor zu mir heran und betrachte das Rädchen, an dem man den Sicherheitscode einstellen kann, mit Argusaugen. Da ich mir sicher bin, dass er Lillys Geburtstag als Code eingestellt hat, und sie mir vorhin sagte, dass sie am achten August eine Poolparty zu ihrem Geburtstag schmeißen will, versuche ich es damit.

Da man das Rad sowohl nach links als auch nach rechts drehen kann, gibt es unzählige Kombinationen, die ich probieren muss. Seufzend gleite ich vor dem Schrank auf den Boden, hole mein Handy heraus und notiere mir jeden einzelnen Fehlversuch in den Notizen.

Ich weiß nicht, wie lange ich hier hocke und versuche, diesen blöden Safe zu knacken, aber etwas in mir hält mich vom Aufgeben ab. Ein Blick auf die Uhr verrät mir, dass es bereits fünf Uhr morgens ist, als das Schloss endlich aufspringt.

»Na endlich!«, flüstere ich ungläubig, als ich in den geöffneten Safe starre. Ich habe es tatsächlich geschafft! Doch das ist es nicht, was mich derart aus dem Konzept bringt, sondern das, was sich in dem kleinen Tresor befindet. Zum einen ziehe ich eine schwarze Glock hervor, die vollständig geladen ist. Da Ayden mir meinen Revolver abgenommen hat, hebe ich das Shirt an, das ich von ihm trage, und schiebe die Knarre in den Bund der Jogginghose. Das ist nur fair. Anschließend greife ich nach dem Geldbündel, das sich absolut heilig in meinen Händen anfühlt.

Wann habe ich das letzte Mal so viel Geld auf einem Haufen gesehen? Habe ich es jemals? Mit einem roten Gummi sind die grünen Scheine zusammengebunden, und als ich feststelle, dass es sich bei jedem einzelnen um einen Hunderter handelt, keuche ich erschrocken auf.

»O mein Gott.« Ich halte locker Fünfzigtausend in den Händen. Fünfzig-fucking-tausend Dollar. Meine Hand zittert wie Laub im Wind, als ich den Duft der Geldnoten inhaliere und ich das Bündel in meinen Schoß fallen lasse. Davon kann ich Leon und mir nicht nur neue Pässe besorgen, davon kann ich uns auch Flüge buchen und mir irgendwo ein Hotelzimmer nehmen, bis ich weiß, wie es weitergehen soll.

Tränen fluten meine Augen, weil ich noch nie so dicht an der Freiheit stand wie in diesem Moment. Nur noch ein Gegenstand befindet sich im Tresor. Ein Küchenmesser. Eines, das mein Herz erneut poltern lässt.

Ich hätte sie aus dem Fenster werfen und ihr beim Fallen zusehen können. Aber irgendwie wollte ich es blutiger, roher. Also habe ich mir mein bestes Steakmesser aus der Küche geholt und bin ihr bis zur Eingangstür gefolgt.

Ob das die Mordwaffe ist? Die Waffe, mit der er Lillys Mutter erstochen hat? Der Griff des Messers ist schwarz, die Klinge vollkommen sauber. Weil ich Angst habe, Fingerabdrücke auf dem Teil zu hinterlassen, nehme ich es nicht heraus, sondern schlage die Tür des Safes zu und verdrehe das Schloss wieder. Anschließend schiebe ich ihn tiefer in den Schrank hinein und springe auf die Füße.

Ich weiß nicht, wie lange Lilly noch schlafen wird, aber was ich weiß, ist, dass ich verschwinden muss. Nicht nur aus diesem Haus, sondern auch aus Chicago. Wenn ich jetzt ins Krankenhaus zu Leon fahre und seine Entlassung bespreche, muss ich nur noch eine Tasche mit meinen Sachen packen und abhauen. So schnell ich kann, so weit weg wie möglich. Ich stehe vollkommen neben mir, als ich die schwere Reisetasche mit all dem geklauten Zeug packe, sie schultere und das Geldbündel ebenfalls in die Hose stecke.

Sobald ich das Schlafzimmer verlassen habe, werfe ich einen Blick auf Lillys Zimmertür. Ich kann sie nicht allein hierlassen, das bringe ich nicht übers Herz. Also tue ich das Einzige, was mir im Augenblick einfällt, auch wenn es mich nur tiefer in die Scheiße reitet. Ich hole mein Handy heraus und rufe meine einzige Freundin an.

»Scheiße, du verarschst mich, oder?« Velvet starrt das kleine Mädchen im Bett mit weit aufgerissenen Augen an. Als ich sie vor einer halben Stunde anrief, war sie gerade dabei, den Club zu schließen, und sie hat keine Sekunde gezögert, herzukommen. Da ich genug Geld aus dem Tresor mitgehen lassen habe, war für mich klar, dass ich ihr die Taxifahrt hierhin bezahlen würde. Immerhin ist sie gerade meine Rettung und ohne sie könnte ich meinen Plan nicht in die Tat umsetzen.

»Das soll seine Tochter sein?« Ihre Stimme schrillt hoch, also ziehe ich sie von Lillys Kinderzimmertür weg und schließe sie so leise wie möglich, damit sie nicht geweckt wird. Das Letzte, was ich gerade gebrauchen kann, sind noch mehr Fragen, die ich nicht beantworten kann.

»Ayden ist heute Abend wieder zurück, er hat mir nicht gesagt wann, aber du solltest es pünktlich zur Schicht schaffen.«

»Stopp!« Velvet legt mir einen Finger vor die Lippen, damit ich den Mund halte. »Erst mal erklärst du mir, was zum Teufel hier abgeht. Du willst mir wirklich erzählen, dass unser Boss ein Kind hat? Und dass er«, sie sieht sich erstaunt in dem geräumigen Wohnzimmer um, »hier lebt? Auf der Scheiß-North-Side?«

Ich nicke stoisch.

»Ich glaube, ich brauche auf den Schock einen Drink!« Entschlossen dreht sie sich um, marschiert in die offene Küche und öffnet einen Schrank nach dem anderen, bis sie eine Flasche Whiskey findet, die sie, ohne zu zögern, köpft und an ihre kirschroten Lippen führt.

»Heiliger Bimbam. Ich habe mich schon immer gefragt, wieso der Boss sich so strikt an seinen Feierabend hält, aber das? Da hätte ich ihm eher zugetraut, dass er ein Haustier hat.«

»Das hat er auch. In seinen Privaträumen im Club«, entflieht es mir und ich beiße mir eilig auf die Zunge. Verdammt, ich sollte wirklich aufhören, jedes einzelne Geheimnis, das ich von Ayden kenne, auszuplaudern. Fehlt nur noch, dass ich Velvet von Helen erzähle.

»Speed ist kein gewöhnliches Haustier, das ist etwas anderes«, sagt sie und winkt mit der Hand ab. Mit erhobenen Brauen sehe ich sie an, damit sie mir mehr erzählt.

»Der kleine Kater kam vor ein paar Monaten in unseren Club gelaufen und war total hinüber. Vermutlich hat er sein ganzes Leben auf der Straße verbracht und war auf der Suche nach Futter. Die komplette Belegschaft hat Ayden angefleht, ihn zu behalten.«

»Und darauf hat er gehört?« Gott, es gibt für mich wirklich keinen widersprüchlicheren Menschen als Ayden Curse. Kein Wunder, dass die Gefühle, die ich in seiner Nähe empfinde, genauso widersprüchlich sind.

Velvet stellt die Flasche auf der Kücheninsel ab und kommt auf mich zu. »Immer für eine Überraschung gut, was? Aber lass uns Klartext reden: Was läuft da zwischen dir und ihm? Ich vögle seit Monaten mit Ayden und weder weiß ich von seiner Tochter noch davon, dass es Privaträume im Club gibt!« Ob er immer noch mit ihr schläft? Ich will es nicht zugeben, aber der Gedanke macht mich innerlich so unruhig, dass ich kurz davor stehe, sie einfach zu fragen.

»Es ist kompliziert«, sage ich stattdessen.

»Na, zum Glück stehe ich auf komplizierte Storys.« Sie schwingt sich über die Sofalehne und lässt sich ins Polster plumpsen. »Nun erzähl schon und lass dir nicht alles aus der Nase ziehen! Ich sehe doch, dass du seine Sachen trägst!« Ich müsste die Beine in die Hand nehmen und rennen, anstatt Velvet zu verraten, was es mit der seltsamen Verbindung zwischen Ayden und mir auf sich hat, aber vermutlich sehe ich diese Frau nach heute nie wieder. Wenn ich Chicago verlasse, dann für immer. Es gibt kein Zurück mehr für mich. Außerdem gibt es ohnehin nichts, das mich dauerhaft hier halten würde.

Also entschließe ich, ihr wenigstens ein paar Brotkrumen hinzuwerfen. Seufzend lasse ich mich auf den Sessel neben der Couch fallen und knete nervös meine Hände.

»Ich war in Aydens Büro, weil ich … Geld brauchte.« Das ist zwar nicht die Wahrheit, aber die Wahrheit, die Ayden noch immer glaubt.

»Moment mal … ist es das, was ich befürchte?« Velvet wickelt sich eine Strähne um den Finger und sieht mich gebannt an. Fast fühle ich mich wie ein fünfzehnjähriger Teenie, der sich gerade mit seiner besten Freundin über seinen Crush unterhält. Lediglich in der Dark-Romance-Edition.

»Nein!«, sage ich empört. »Ich wollte mich nicht prostituieren, falls du das denkst. Aber ich finde es ziemlich unfair, dass er in meiner Probezeit das Trinkgeld einkassiert, das ich ganz allein verdient habe. Also dachte ich …«

»Dass du ihn bestehlen kannst?«

Ich schürze die Lippen.

»So in etwa? Jedenfalls habe ich dann diese Tür in seinem Büro geöffnet und war auf einmal in einer Privatwohnung. Ayden hat mich erwischt.«

»Autsch. Er war sicher stinksauer, oder?«

»Das ist untertrieben«, erwidere ich lachend, aber dieses Lachen strotzt nur so vor Sarkasmus. »Er war verdammt wütend und dann sind wir diesen seltsamen Deal eingegangen.«

»Oh, jetzt wird's spannend!« Velvet reibt sich die Hände und gibt dabei ein so seltsames Bild ab, dass ich wirklich lachen muss, ganz ohne sarkastischen Unterton.

»Ich stehe ihm während der Probezeit zur Verfügung und mache alles, was er von mir verlangt. Und na ja, gestern Abend hat er mich herbestellt und mir seine Tochter vorgestellt. Deshalb bin ich hier. Weil er beruflich außerhalb der Stadt ist und seine Nanny abgesprungen ist.«

»Wie ist sie?« Velvet wirft einen Blick zu Lillys Zimmer. »Seine Tochter, meine ich. Ich kann mir Ayden beim besten Willen nicht als Vater vorstellen.«

Das konnte ich auch nicht, bis ich es mit eigenen Augen gesehen habe. Bis ich gesehen habe, wie breit und stolz er gelächelt hat, als sie sich in seine Arme warf. *Stopp! Hör auf, so über ihn nachzudenken!*

»Lilly ist wirklich umwerfend. Und ich bin dir wahnsinnig dankbar, dass du für mich einspringst.«

»Warum genau musst du denn weg?«

Wieder bleibt mir nichts anderes übrig, als zu lügen. Mittlerweile besteht mein Leben aus nichts anderem als aus Geheimnissen und Lügen. Ich hasse es. Ich hasse es so sehr, weil ich mir geschworen hatte, niemals so hinterfotzig und verlogen zu werden wie meine Mutter.

»Mein Bruder wird nachher aus dem Krankenhaus entlassen und ich muss ihn abholen.« Damit Velvet mir nichts ansieht, stehe ich auf, schnappe mir die schwarze Reisetasche und sehe mich ein letztes Mal in diesem Traumhaus um.

»Aber eins musst du mir versprechen.«

»Alles, Süße. Wir Frauen müssen schließlich zusammenhalten.« Gott, wieso habe ich sie nur so liebgewonnen? Der Gedanke, sie nie wieder zu sehen, schmerzt mehr, als ich je für möglich gehalten hätte, und dabei kennen wir uns erst seit wenigen Wochen.

»Niemand weiß von Aydens Tochter und das muss auch so bleiben, okay? Er wird ohnehin nicht begeistert sein, wenn er erfährt, dass ich dich angerufen habe, aber du musst mir versprechen, dass du keinem von Lilly erzählst.«

Velvet erhebt sich ebenfalls und versiegelt ihre Lippen mit ihren Fingern. »Ich schweige wie ein Grab.« Anschließend begleitet sie mich zur Haustür, und als ich sie überschwänglich in die Arme ziehe, stößt sie ein überrumpeltes Lachen aus. »Jetzt tu mal nicht so, als würden wir uns ein halbes Jahr lang nicht sehen.« Sie löst sich von mir, drückt mir einen Kuss auf die Wange und wuschelt mir durchs Haar. »Hast du heute Abend Schicht?«

»Erst morgen wieder«, hauche ich. Und bevor Velvet meine Tränen sieht und bemerkt, dass hier etwas ganz und gar nicht stimmt, reiße ich die Tür auf und stürme los.

23
AURORA

Jedes Mal, wenn ich seit der Tragödie vor einigen Abenden das Krankenhauszimmer meines kleinen Bruders betrete, füllen sich meine Augen automatisch mit Tränen. Doch heute sind es zum ersten Mal Tränen der Freude, weil ich weiß, dass dieses albtraumhafte Leben, in das wir hineingeboren wurden, ein Ende hat.

Nachdem ich Velvet in Aydens Haus zurückgelassen habe, fuhr ich sofort mit einem Taxi zum Trailerpark und fing an, die wichtigsten Sachen in meinen Koffer zu stopfen. Mom bin ich zum Glück nicht begegnet, da sie sich seit dem Verschwinden ihres widerwärtigen Lovers im Schlafzimmer verschanzt. Anschließend habe ich einen Großteil von den Dingen, die ich im Haus habe mitgehen lassen, zu einem Pfandhaus gebracht und zusätzlich zu den fünfzigtausend Dollar noch zwanzig weitere Riesen rausgehandelt.

Beim Gedanken daran, dass ich im Augenblick mehr Geld besitze als meine Mutter in ihrem ganzen erbärmlichen Leben, muss ich lächeln. Dass mir kein Penny davon wirklich gehört, sondern jeder gestohlen ist, spielt keine Rolle.

Uns wurde schon die Arschkarte zugeschoben, als wir auf der South Side unseren ersten Atemzug nehmen mussten, ein bisschen Glück anderer darf mir und Leon vergönnt sein.

Er schläft, als ich das Zimmer betrete. Es ist bereits Abend, weil meine Erledigungen mehr Zeit in Anspruch genommen haben als erwartet, und ich zögere nicht, ziehe mir die Schuhe aus und schlüpfe zu ihm unter die Decke. In den letzten Tagen war ich nachts immer im Club arbeiten, weshalb ich es genieße, zum ersten Mal wieder neben dem Knirps zu liegen. Leon dreht sich in meine Richtung, seine wilde blonde Mähne steht ihm vom Kopf ab, und als er mich verschlafen ansieht, glätte ich sein Haar mit den Fingern.

»Hey, Löwe«, begrüße ich ihn leise.

»Wieso weinst du, Auri?« Seine kleine Hand berührt meine nasse Wange und ich schmiege mein Gesicht wie eine Katze gegen seine weiche Haut. Dieses Kind bedeutet pure Unschuld, und ich werde dafür kämpfen, dass es genau so bleibt. Dass niemand kommt und ihm diesen kindlichen Frieden in den Augen raubt. Auch wenn ich dafür töten muss.

»Ich weine, weil ich mich freue«, beruhige ich meinen kleinen Bruder und drücke ihm einen Kuss auf die Fingerspitzen.

»Und warum freust du dich?« Leon rappelt sich auf und sieht mich voller Aufregung im Blick an.

»Weil wir zwei«, ich stupse seine kleine Nase an, »einen ganz tollen Ausflug machen werden. Noch heute Nacht.« Ich habe bereits mit der Schwester am Empfang gesprochen und ihr erklärt, dass die Entlassung nachts passieren muss, weil ich es jobbedingt nicht anders schaffe und Leon sonst niemanden hat.

»Einen Ausflug, Auri?« Seine Augen werden so groß wie

Untertassen und es tritt dieses neugierige Funkeln in sie, das ich so sehr liebe und das niemals erlöschen darf. Unsere Mutter hat es nicht geschafft und ich werde auch niemandem sonst die Gelegenheit dazu geben.

»Ja, ich weiß noch nicht, wohin genau die Reise geht. Vielleicht statten wir den Grizzlys in Kanada einen Besuch ab?« Ich forme meine Hände zu Klauen und greife meinen Bruder spielerisch an. Ächzend lacht er und windet sich unter meinem Angriff. Ich kitzle ihn so lange, bis er sich wieder neben mich legt und so erschöpft ist, dass ihm beinahe die Augen zufallen.

»Ich mag Bären«, murmelt er müde und kuschelt sich an meine Seite. Ich schlinge einen Arm um ihn, drücke ihm noch einen Kuss auf den Scheitel und warte, bis er endlich einschläft. Das, was ich vorhabe, ist ein verdammtes Spiel gegen die Zeit. Ayden ist vielleicht schon zurück in Chicago und auf der Suche nach mir, weil ich ihn hintergangen habe.

Es gibt nur noch eine Sache, die ich erledigen muss, bevor wir gehen können: Ich muss uns gefälschte Pässe besorgen. Heute Morgen habe ich mich bereits mit diesem zwielichtigen, zahnlosen Typen im Park getroffen und ihm alle Infos gegeben, die für ihn wichtig sind. Bezahlt habe ich nur einen Teil, den anderen bekommt er gleich, wenn er mir die Papiere überreicht. Wir sind in einer halben Stunde verabredet, was bedeutet, dass ich gleich losmuss, wenn ich pünktlich sein will.

Leons Atem geht ruhig und gleichmäßig, als ich die Bettdecke anhebe, aus dem Bett schlüpfe und sie wieder über meinen Bruder lege, damit er sich geborgen fühlt, wenn ich weg bin. Mit einem letzten Kuss auf seine Stirn verlasse ich sein Zimmer und trete auf den Flur des Krankenhauses.

Noch bevor ich ihn sehe, spüre ich ihn bereits.

Ich spüre ihn wie eine Messerklinge, die mit scharfem Druck über meine Haut gleitet und mich tot sehen will.

Ayden ist bereits hier.

Und ich kann nichts anderes tun, als loszurennen.

24

AYDEN

Süß, dass du glaubst, du könntest vor mir fliehen, Baby. Hast du in den letzten Wochen wirklich gar nichts über mich gelernt? Und dabei dachte ich, wir hätten eine Verbindung, seitdem ich dir den ersten Orgasmus deines mickrigen Lebens geschenkt habe. Während du in dem warmen Blut meiner Angestellten gelegen hast wie die verdorbene Bitch, die du scheinbar bist, auch wenn du es nicht wahrhaben willst.

Du rennst über den Flur dieses Krankenhauses, als hättest du eine reale Chance auf eine Flucht. Glaubst du wirklich, dass ich dich nicht fangen werde? Als ich an deiner Stelle Velvet bei meiner Tochter vorgefunden habe, wusste ich bereits, dass ich dich dafür bestrafen werde. Du hattest einen einzigen Job und doch hast du versagt. Was mache ich jetzt mit dir? Ein Teil in mir will dich mit meinem Schwanz bestrafen. Ein anderer, mächtigerer Teil will es klassischer haben. Mit der bloßen Hand. Ich will deinen röchelnden Atem an meinen Fingerspitzen spüren und deinen Todeskampf auskosten.

Ich schlendere über den Flur, während du immer schneller wirst. Meine Schritte sind deutlich länger als deine, weshalb du nicht den Vorsprung aufbaust, den du gern hättest. Oh, Aurora. Wir hätten so viel Spaß zusammen haben können, aber niemand hintergeht mich zweimal hintereinander, ohne die Konsequenzen dafür zu tragen. Das solltest du nach allem, was mit der kleinen Maggie passiert ist, eigentlich wissen. Aber du hast nichts aus deinen Fehlern gelernt, und ich glaube, langsam zu wissen, wieso du tust, was du tust. Aber ich muss es aus deinem süßen Mund hören, der meinen Schwanz noch lange nicht oft genug geblasen hat. Deine süßen Lippen sollen es sein, die mir die Wahrheit sagen.

Du steuerst den Fahrstuhl an, weil du glaubst, dass du so schneller von hier fortkommst. Vielleicht hoffst du auch nur, dass jemand im Aufzug ist, der mich davon abhält, dich gleich eigenhändig zu erwürgen. Was bedeuten würde, dass du immer noch keine Ahnung hast, wozu ich in der Lage bin. Ich kann mir nahezu jedermanns Loyalität erkaufen. Auf deiner Seite dieser Stadt zählt das Gesetz der Omerta – das Gesetz des Schweigens. Und für dieses Schweigen zahle ich eine Menge Geld, Baby. Mehr Geld, als du jemals besitzen wirst.

Wie eine Irre drückst du auf den Knopf des Aufzugs, während du immer wieder panisch über deine Schulter blickst. Uns trennen nur noch wenige Meter voneinander. Zehn. Vielleicht zwanzig. Aber auch tausend Kilometer könnten mich nicht davon abhalten, dich zu kriegen. Egal, wohin du rennst, ich würde dich finden. Egal, wo du untertauchst, ich greife einfach ins Wasser und ziehe dich wieder an die Oberfläche. Weil du mir gehörst.

Der Fahrstuhl gleitet auf und du springst hinein, als bestünde der Boden, den wir uns teilen, aus Lava. Und du hast recht, Baby. Alles in mir kocht vor Wut, weil du Velvet nicht nur von meiner Tochter erzählt, sondern sie direkt zu ihr geführt hast.

Dein Blick gleicht dem eines Rehs im Scheinwerferlicht, als du so viele Tasten wie nur möglich im Fahrstuhl drückst, damit sich die Türen schließen, bevor ich dich habe.

Deine kleinen Titten heben sich so hektisch unter deinem

dünnen grünen Pulli, dass es mich auf perverse Art befriedigt, dich so ängstlich zu sehen. Aber du hast immer noch nicht genug Respekt vor mir, und ich schätze, das ist unser größtes Problem. Das war es von Anfang an, nicht wahr?

Ich beschleunige meine Schritte, und gerade als die Türen sich schließen, setze ich meinen Fuß über die Schwelle und bin bei dir. Mit einem Griff habe ich deinen Kopf gepackt und so hart gegen die Wand geschleudert, dass deine Lider flattern. Hinter uns gleiten die Türen mit einem »Ping« zu. Wir sind allein. Nur du und ich. Nur ich und deine rohe Panik.

»Bitte, Ayden. Es tut mir leid«, wisperst du in der Hoffnung, dass mich deine Worte umstimmen könnten. Aber nichts kann mich umstimmen. Du bist eine Verräterin und mit Verrätern gehe ich nur auf eine Weise um. Mein Griff in deinem Haar ist so fest, dass du unter Schmerzen das Gesicht verziehst, aber das interessiert mich nicht.

»Bitte, tu mir nichts.«

»Dafür ist es etwas zu spät, meinst du nicht, Baby?«, erwidere ich beinahe melancholisch. Ich beuge mich über dich, inhaliere deinen süßen Duft der Unschuld, obwohl du alles andere als unschuldig bist. In dir schlummert die Seele einer Mörderin, und ich bin mir sicher, dass ich sie geweckt habe. Dumm nur, dass du nicht mehr lang genug leben wirst, um deinen ersten Menschen zu töten.

25
AURORA

Blut sickert in mein Haar, weil Ayden mich so fest gegen die Wand geschleudert hat, dass es einem Wunder gleicht, noch bei Bewusstsein zu sein. Mein Herz galoppiert wie ein wild gewordener Hengst in meiner Brust. Ich bin hier eingesperrt. Mit einem verdammten Serienkiller, der mich als sein nächstes Opfer auserkoren hat. Ich kann es in seinen Augen sehen. Die Mordlust, die er jedes Mal ausstrahlt, wenn er mich in meinen dunkelsten und feuchtesten Träumen besucht. Doch dieses Mal ist es kein Traum, sondern die bittere Realität. Ich werde hier niemals rauskommen, wenn ich mich nicht wehren kann. *Die Waffe!* Ich greife in meinen Hosenbund, aber sie ist nicht mehr da.

»Suchst du die hier?« Ayden hält die Knarre demonstrativ in die Höhe und schiebt sie anschließend in den Bund seiner Jeans. Fuck!

»Ich kann es dir erklären«, krächze ich.

»Du hast mich hintergangen, Baby. Du hast Velvet eingeweiht, obwohl ich dir einen strikten Befehl gegeben habe. Und als würde das nicht reichen, hast du mich auch noch bestohlen. Sag mir, Aurora: Wie groß ist deine Sehnsucht nach dem Tod?«

Tränen rinnen über meine Wangen und tropfen auf seine Hand, mit der er mich noch immer gegen die Wand nagelt. Meine Beine heben leicht vom Boden ab, weil er mich mit der bloßen Kraft seines rechten Armes hochzieht.

»B-bitte.« Sieht er nicht, dass ich das alles für Leon mache? Gerade er als Vater müsste doch wissen, dass man für sein Kind alles tun würde. Leon ist zwar mein Bruder, aber ich bin für ihn verantwortlich, auch wenn ich nicht seine Mutter bin.

»Keine Sorge, Baby. Wir werden noch ein bisschen Spaß miteinander haben. Vielleicht lasse ich dich sogar wählen, wie ich es beende. Mit den Händen …« Er lockert seinen Griff, sodass ich zurück auf die Fersen meiner abgetretenen weißen Chucks gleite, und streichelt mit den Fingern über meinen sicher geröteten Kehlkopf. »Mit einer Klinge …« Er vergräbt sein Gesicht in meinem Haar. »Oder mit einer Kugel. Es ist deine Wahl.«

»Ich wollte das alles nicht. Aber ich muss von hier verschwinden, Ayden. Und ich … ich zahle dir das Geld zurück.« Ich zucke zusammen, als er ausholt und seine Faust so hart gegen die Wand der Kabine donnert, dass es heftig kracht. Ich presse die Augen fest zusammen und schürze die trockenen Lippen. Er wird mich doch nicht hier umbringen, oder? Im Aufzug eines Krankenhauses, das voller Personal ist?

»Es geht mir nicht um das Scheißgeld, Aurora«, fährt er mich an. »Es geht mir darum, dass wir einen Deal hatten und du ihn gebrochen hast. Ich sage dir, was du tun sollst, und du tust es, ohne mich zu verarschen. Niemand verarscht mich. Niemand kommt einfach so damit davon, das solltest du doch am besten wissen, nicht wahr?«

Zögernd öffne ich die Lider und sehe zu ihm auf.

Er kesselt mich mit seinen starken Armen ein, die zwar sauber sind, aber niemals von all dem Blut reingewaschen werden können, das sie vergossen haben. Mein Blut inklusive, immerhin hat er mir mehr als einmal körperlich wehgetan. Doch das hier ist anders. Das hier fühlt sich endgültiger an.

Sein Hass ist ihm ins Gesicht geschrieben. Dieses schöne, maskuline Gesicht, das mich für den Rest meines Lebens verfolgen wird, ganz egal, ob es heute Nacht endet oder noch fünfzig Jahre andauert. Ayden Curse ist ein Mann, den man selbst im Tod nicht vergessen kann. Er ist genau das, was sein Name aussagt: ein Fluch. Ein Fluch, der sich wie ein Umhang über einen legt und eins mit dir wird. Anders kann ich mir nicht erklären, dass es einen Teil in mir gibt, der seinen Zorn spüren will. Der die Schläge spüren will, die er mir geben wird. Die Demütigungen, die er für mich bereithält.

Der Fahrstuhl ist längst zum Stehen gekommen, aber erst, als die Türen zum zweiten Mal aufgleiten, komme ich wieder im Hier und Jetzt an. Ich blicke an Aydens Schulter vorbei, und als ich in die von Sorgen bevölkerte Miene einer Krankenschwester blicke, wittere ich meine Chance. Doch bevor ich um Hilfe rufen kann, versiegelt Ayden meinen Mund mit seinem. Er packt meinen Kopf, ist dieses Mal aber deutlich sanfter als zuvor, und schiebt meine Lippen mit seiner Zunge auf. Und ich lasse es geschehen, auch wenn ich es nicht sollte. Ich müsste mich winden, um mich schlagen, wimmern. Damit die Krankenschwester merkt, was hier passiert. Dass dieser Mann mich gegen meinen Willen küsst und vorhat, mich zu töten.

Aber ich bin wie paralysiert und nicht in der Lage, mich zu bewegen. Ich weiß nicht, wieso Ayden mich plötzlich küsst, aber ich bin mir sicher, dass es keine romantischen Gründe hat oder dass er mir mein Fehlverhalten vergeben hat. Stattdessen will er ein sich liebendes Paar vorspielen, damit die Krankenschwester verschwindet und uns allein lässt. Und genau das tut sie. Sie räuspert sich verlegen, tritt zurück auf den Flur und verschwindet aus meinem Sichtfeld. Aydens Zunge stößt jetzt härter in meinen Mund vor, nimmt ihn wie eine Festung für sich ein. Ich beuge ihm mein Becken entgegen und mein Schwindel verzehnfacht sich. *Wieso nur bist du so kaputt, Aurora? Wieso kannst du nicht endlich das Monster in ihm sehen, das er ist? Diesen skrupellosen Mann, der über Leichen geht, um seine Macht zu demonstrieren?*

Die Antwort offenbart sich mir in all ihrer kaputten Dunkelheit.

Ich sehe das Monster längst.

Ich erkenne den skrupellosen Mann, der er ist. Aber es gefällt mir. Und diese Erkenntnis sorgt dafür, dass ich mich letztlich von ihm löse, weil es mir nicht gefallen darf. Hier geht es nicht nur um mich und meine seltsamen Fantasien, sondern um Leon. Und für ihn muss ich kämpfen.

Sein Blick brennt sich lodernd in mich, während er meine Lippen fokussiert, die er eben noch so verlangend in Besitz genommen hat.

Er packt mich am Handgelenk und zerrt mich anschließend aus dem Fahrstuhl. Da es beinahe Mitternacht ist, ist der Flur menschenleer. Hier ist keiner, der mir helfen kann.

»Was hast du jetzt vor?«, frage ich Ayden mit gespielt gefasster Stimme. Er antwortet nicht, während er mich wie eine freche Göre durchs Krankenhaus führt und nach draußen befördert. Niemand sieht meine Wunde am Kopf. Niemand sieht, was er mit mir vorhat.

Vor dem Krankenhaus steht sein Aston Martin, und ehe

ich meine Flucht planen kann, hat er die Tür geöffnet und mich auf den Beifahrersitz gestoßen.

»Ayden, wohin bringst du mich?«

Er bedenkt mich mit einem dunklen Grinsen, das mich bis ins Mark erschaudern lässt. »Wir machen einen kleinen Ausflug zu Gott, bevor ich dich in die Hölle schicke, Baby.«

26

Aurora

Mein Herz stellt seinen Job ein, als ich sehe, wohin Ayden mich bringt. Weil ich seit Wochen nicht mehr hier war. Weil ich seit jener Nacht einen großen Bogen um die Kirche gemacht habe, um den Erinnerungen und Gefühlen zu entkommen, die in den kalten Mauern auf mich warten wie Bestien.

Wir sind hier.

An dem Ort, an dem alles angefangen hat.

Ayden parkt den Aston Martin vor der Kirche, und dieses Bild, das der Wagen in Kombination mit dem heruntergekommenen Junkiegebäude abgibt, muss vollkommen surreal sein. Ob er weiß, was ich weiß? Sind wir deshalb hier? Aber das ist unmöglich, oder? Ich habe mit keiner Silbe Helens Namen erwähnt, und hätte er mich an meiner Stimme erkannt, wie ich ihn an seiner, dann hätte er längst gehandelt und mich niemals eingestellt.

Er steigt aus dem Wagen und ich nutze den Moment aus, um ebenfalls aus dem Auto zu springen und loszurennen. Zum zweiten Mal an diesem Abend ergreife ich die Flucht vor dem Mann, der meine Welt in den letzten Wochen bis auf den Grund erschüttert hat. Ich gerate ins Stolpern, weil mein Adrenalinspiegel so hoch ist, während ich über die unbefahrene Straße renne. Da es hier keine einzige funktionierende Laterne gibt, ist der Vollmond am Himmel meine einzige Lichtquelle. Meine Seite beginnt zu stechen, als ich seine Schritte hinter mir höre. Gefolgt von einem so finsteren Lachen, das mir das Blut in den Adern gefriert. Mein Atem pfeift, als hätte ich bereits einen Marathonlauf hinter mir, und noch bevor ich in eine Seitenstraße abbiegen kann, werde ich von hinten gepackt und auf den Boden gedrückt.

»Wie oft willst du noch versuchen, vor mir zu fliehen, Baby?« Dass er mich immer noch bei diesem Kosenamen nennt, verwirrt mich enorm. Ich trete wild um mich und beginne, in seine Richtung zu schlagen, aber er antwortet, indem er noch fester zupackt.

Beinahe erleichtert atme ich auf, als er mich zurück auf die Beine zieht und Richtung Kirche stößt. Er steht so dicht hinter mir, dass ich seinen heißen, drohenden Atem in meinem Nacken spüren kann.

»Wenn du noch einmal abhaust, schieße ich dir eine Kniescheibe kaputt, Aurora. Geh. In. Die. Kirche.«

Schluckend gehorche ich, weil ich weiß, dass seine Worte keine leere Drohung sind. Alles, was er sagt, meint er zu einhundert Prozent ernst. Wenn ich eins über Ayden gelernt habe, dann das.

Sobald wir die Tür der Kirche erreichen, tritt Ayden sie auf und schubst mich hinein. So schnell wie es in meiner körperlichen Verfassung möglich ist, stolpere ich Richtung Altar und werde sofort von eintausend Flashbacks und Gefühlen überrannt. Von dem Gefühl, das seine Beichte in mir ausgelöst hat. Von dem Gefühl, das seine Hand auf meiner Haut hinterlassen hat. Dieses Kribbeln, das ich selbst nach einer Handvoll eiskalter Duschen nicht losgeworden bin und das mich in meinen Träumen bis heute verfolgt.

»Warum bringst du mich hierher?«, frage ich Ayden, als ich mich, so mutig wie ich bin, zu ihm umdrehe. Er steht zwischen den Sitzreihen, ich kann durch das Mondlicht seine dunklen Umrisse erkennen. Atemlos stolpere ich rückwärts, bis ich mit dem Rücken gegen den Altar stoße und meine Nägel in die Handinnenflächen jage.

»Du weißt genau, wieso wir hier sind, Baby.« Mit gefährlich langsamen Schritten kommt Ayden auf mich zu, in seiner Hand inzwischen eine Waffe.

»Ich will, dass du es sagst, Aurora.«

»Was soll ich sagen?«, heule ich und fühle mich auf einmal vollkommen erbärmlich. All die Stärke, die ich mein Leben lang aufgebaut habe, blättert von mir ab wie alte Farbe von einem Gartenzaun. Darunter bin ich schutzlos, schwach und nackt.

»Ich wiederhole mich nur ungern«, sagt er rau und tritt noch dichter an mich heran. »Dachtest du wirklich, dass ich die Spuren, die du in meiner Wohnung hinterlassen hast, nicht bemerken würde?« Mein ganzer Körper steht unter Strom und gleichzeitig in Flammen. Noch nie habe ich mich so gefühlt. So … am Leben? Gott, ich bin wirklich ein einziges Wrack, wenn mich das hier lebendig fühlen lässt. Aber vielleicht ist es gar nicht so verrückt, schließlich blicke ich dem Tod ins Gesicht und weiß, dass mein Leben hier enden könnte.

»Es tut mir leid, dass ich Lilly Velvet anvertraut und dir Geld gestohlen habe. Aber ich muss aus dieser Stadt raus.« *Deinetwegen. Ich muss deinetwegen aus diesem verdammten Land raus!* Aber diese Worte würden alles nur schlimmer machen, also versuche ich, den Grund auf meine Mutter zu schieben.

»Als ich Lilly gesehen habe, musste ich an Leon denken

und daran, dass ich alles dafür tun muss, damit es ihm gut geht. Er wird morgen aus dem Krankenhaus entlassen, und wenn ich wieder mit ihm nach Hause gehe, wird es wieder passieren, das wissen wir beide! Das ist der Grund, wieso ich das Geld …«

Eine harte Ohrfeige trifft mich und lässt mich verstummen. Die Tränen laufen in Rekordzeit über meine Wangen, als würden selbst sie meinen Körper so schnell wie möglich verlassen wollen. Damit sie in Sicherheit sind, bevor er seine Worte wahr macht und mich umbringt.

»Ich sagte, du sollst aufhören, mich anzulügen!«, brüllt er mich an und drängt mich so stark gegen den Altar, dass es wehtut. Alles, was Ayden mit mir macht, tut teuflisch weh. Weil er der Teufel ist. Weil alles, was er macht, so einnehmend böse ist.

Ein Schluchzen dringt aus meinem Mund, woraufhin er mein Gesicht mit der freien Hand packt und meine Wangen beinahe zwischen seinen Fingern zerquetscht. Wie kann ein Mensch nur so viel Kraft besitzen? Sein Atem riecht frisch, er streichelt meine glühende Haut wie der nächtliche Wind. Dann spüre ich den Lauf seiner Waffe direkt über meinem Herzen. Mein Brustkorb hebt sich so hart und schnell, dass es wehtut.

»Dieses Mal ist das ganze Magazin voll, Baby. Ich habe dir gesagt, dass ich es nicht mehr dem Zufall überlassen werde. Also sprich es aus! Sag mir, dass du genau weißt, wieso ich dich hierhergebracht habe.« Meine ganzen Sinne fokussieren sich auf das Gefühl der Waffe über meinem Herzen, während ich aufgebe. Ich weiß längst, was er von mir hören will.

»Ich …« Meine Stimme versagt, aber ich straffe meine Schultern und sammle meinen letzten Selbstwert zusammen. »Ich weiß, dass du Helen getötet hast!«

Es ist raus.

Das Geheimnis, das ich wochenlang wie einen Geist bei mir trug, ist endlich ausgesprochen. Zum allerersten Mal haben diese Worte meine Lippen verlassen und … es fühlt sich gut an. Als würde eine zentnerschwere Last von meinen Schultern fallen und am Boden des Gotteshauses in tausend Teile zerspringen.

Ayden schweigt und dieses Schweigen lässt mich noch nervöser werden. Sein Griff in meinem Gesicht hat sich leicht gelockert, die Waffe ruht immer noch an Ort und Stelle, bereit dazu, mein Ende einzuläuten.

»Wieso nicht gleich so, hm?« Er wusste es wirklich. Die Frage ist, wie lange schon. War ihm vielleicht von Anfang an klar, wer ich bin und was ich weiß? Was ich ihm in jener Nacht angetan habe, als ich ihm mein Messer in die Flanke rammte?

»Wie lange schon?«, frage ich wispernd. Ayden nimmt langsam die Waffe herunter und lässt gleichzeitig mein Gesicht los, um die Waffe in den Bund seiner Jeans zu stecken. Moment mal … Ich erzähle ihm die Wahrheit und anstatt mir eine Kugel ins Herz zu jagen, steckt er die Knarre weg? Was für ein krankes Spiel spielt er eigentlich mit mir? War all das bloß eine perfide Show, um mich zum Reden zu kriegen?

»Ich wusste es nicht«, erwidert er trocken. »Aber meine Intuition ist gut, Baby. Zuerst war da dein seltsames Verhalten beim Vorstellungsgespräch, sobald du meine Stimme zum ersten Mal gehört hast. Aber das hätte auch daran liegen können, dass du ein keusches kleines Mädchen bist, das noch nie einen Mann wie mich gesehen hat.« Sein Gesicht weicht langsam auf, aber ich erliege dieser Illusion nicht. »Sag mir, warum warst du wirklich in meiner Clubwohnung?« Sein Daumen streift über meine Unterlippe und ich halte erneut den Atem an. Die Gefahr ist noch nicht vorbei, und ich verfalle auch nicht dem Glauben daran, nur weil seine Berührung so sanft ist.

»Ich wollte Beweise finden.« Es tut so gut, die Wahrheit zu sagen, anstatt mich weiter und weiter in ein Netz aus Lügen zu verstricken. Und auch wenn ich weiß, wie das hier für mich ausgehen kann, werde ich ab jetzt ehrlich zu ihm sein, weil alles andere ohnehin keinen Sinn hätte.

»Und? Hast du Beweise gefunden?«, fragt er mich rau und fährt mit seinen Lippen sanft über meine Schläfe. Herrgott, wieso schafft dieser Bastard es immer noch, mich mit einer Geste um den Verstand zu bringen? Mich willenlos zu machen? Er hat mich gerade so fest geschlagen, dass mir die Tränen kamen. Trotzdem beruhigt sich mein Puls, und ich fange an, mich in seiner Nähe zu entspannen. Eingehüllt in seinen atemberaubenden Duft, dem Duft der Gefahr, die von ihm ausgeht. Es ist eine besondere Nuance, eine spezielle Note, die kein Parfümeur der Welt kreieren könnte.

Ich schüttle den Kopf. »Was wirst du jetzt mit mir machen?« Ich wünschte, ich könnte in seinen Augen nach der Antwort suchen, aber dafür ist es nach wie vor zu dunkel in der Kirche. Alles, was ich sehe, sind seine Konturen.

»Ich habe zwei Möglichkeiten. Bei der ersten Möglichkeit schiebe ich dir meine Waffe in den Rachen und verteile dein verlogenes South-Side-Hirn auf dem Altar hinter dir.« Seine Worte gleichen dem Schnurren einer Raubkatze, und ich beiße mir auf die Zunge, um nicht zu verraten, wie kaputt ich bin, weil ich keine Todesangst verspüre. Dabei weiß er es längst. Er hat mich schon durchschaut, weiß, was für eine Finsternis in mir ruht.

»Aber das werde ich nicht tun.«

Ich stoße die Luft mit einem festen Atemzug aus meiner

Lunge, als er das sagt. »Und wieso nicht?« Ich muss wissen, wieso er mich verschont, nach allem, was ich getan habe. Schließlich muss das, was ich gemacht habe, schlimmer wiegen als das, was Maggie getan hat. Aydens Finger tanzen über meine Wange und somit über die Stelle, die noch immer von seinem Schlag schmerzt.

»Weil meine Tochter dich mag«, erwidert er heiser. »Und ihre Meinung ist mir wichtiger als alles andere auf diesem Planeten.«

Fuck, er muss aufhören, über seine Tochter zu reden. Ich ertrage den Gedanken von ihm und Lilly nicht, weil er dafür sorgt, dass ich vergessen will, wer er ist und warum ich die Finger von ihm lassen sollte.

»Ich mag sie auch«, wispere ich und schürze die Lippen. »Aber was wirst du dann tun? Was ist die zweite Möglichkeit?«

»Möglichkeit zwei bedeutet …« Er greift zwischen unsere Körper und fährt mit den Fingern über den Bund meines karierten Rocks. »… dass wir da weitermachen, wo wir in jener Nacht aufhören mussten, weil du mir ein Messer ins Fleisch gerammt hast.« Mir entflieht ein Seufzen, als Ayden über mein Becken streichelt, weiter nach unten gleitet und meinen nackten Oberschenkel berührt. Mir liegt eine Entschuldigung auf der Zunge, was total lächerlich ist. Ich muss mich nicht dafür entschuldigen, ihn angegriffen zu haben, da er mir schon viel Schlimmeres angetan hat.

»Ich würde sagen, wir sind quitt«, erwidere ich daher mit gerecktem Kinn und spüre sie wieder. Diese Stärke, die eben meine Knochen verlassen hat, aber scheinbar doch nicht ganz fort war.

»Oh, Baby. Das sind wir noch lange nicht.« Mit einem Ruck hat Ayden mich gepackt und zum Beichtstuhl bugsiert. Er öffnet die Tür und stößt mich in die kleine Kammer, die kaum genug Platz für uns bietet. Bevor mein Gesicht frontal gegen das Holz knallt, federe ich mich mit meinen Händen ab. Ayden tritt hinter mich, schiebt meinen Rock nach oben und legt meinen Hintern frei. Seine flache Hand fährt andächtig über meine Pobacke, bevor er ausholt und zuschlägt. Ein Schauder rieselt über meine Wirbelsäule und entlädt sich in dem Fleck Haut, der jetzt wie Feuer brennt.

»Ich wünschte, ich könnte sehen, wie dein Arsch glüht, wenn ich mit dir fertig bin.« Damit teilt er den nächsten Schlag aus, auf dieselbe Stelle, mit noch mehr Druck. Mir entflieht ein Schrei, der in meinen Ohren klingelt, also beiße ich mir in den Unterarm, um still zu sein. Denn ich will nicht, dass es hier endet. Ich will, dass er sich von hinten in mich schiebt und mich als seins markiert. Weil es sich auf verkorkste Weise so anfühlt, als wäre ich es längst. Jetzt, da er die Wahrheit kennt, vielleicht sogar noch mehr als vorher. Erneut beiße ich zu, als Schlag Nummer drei folgt. Dieses Mal hat er die andere Seite genommen und noch mehr Kraft in den Punch gelegt. Meine Knie knicken beinahe zur Seite, aber in letzter Sekunde schlingt Ayden seinen Arm von hinten um meinen Bauch und hält mich auf den Beinen.

»Knie dich auf die Sitzbank.«

Atemlos rutsche ich nach vorn und tue, was er von mir verlangt, obwohl die Holzbank nicht sonderlich viel Platz bietet. Es reicht, um mir einen besseren Halt zu geben.

»Braves Mädchen«, lobt er mich und ich lechze nach genau diesem Lob wie ein Welpe nach einem Leckerchen.

»Sag mir, Aurora: Hattest du schon mal einen Schwanz in deinem blassen Arsch?« Seine direkte Frage lässt mich so hart erzittern, dass er es bemerkt und mit einem rauen Lachen quittiert.

»Das heißt dann wohl nein.« Quälend langsam streift er mir meinen Slip nach unten und lässt ihn in der Mitte meiner Oberschenkel ruhen. Anschließend fährt etwas durch meine Pofalte, das definitiv nicht sein Finger ist. Es fühlt sich kühl und anders an. Wie ein Gegenstand.

»Was ist das?«

»Das, Baby …« Ein Feuerwerk explodiert auf meiner Haut, als ich eine zarte Berührung an meinem Po spüre. »Ist dein Messer.«

Ich schließe die Augen, lehne meine Stirn gegen das Holz des Beichtstuhls und atme zittrig ein. »Du hast es behalten?«

»Als kleines Andenken«, bejaht er und fährt erneut mit der Klinge über meinen Po. Sie tänzelt über meine von den Schlägen glühende Haut. »Wie fühlt es sich an, zu wissen, dass ich dich damit umbringen könnte?«

Scheiße, was soll ich darauf bitte antworten?

Ich will ihn nicht mehr anlügen, weil er mir deutlich zu verstehen gegeben hat, was er davon hält, wenn man lügt. Aber die Wahrheit ist so verdreht, dass ich sie unmöglich laut aussprechen kann. Ayden scheint meine Gedanken zu lesen, als er sich von hinten über mich beugt und seinen Mund an mein Ohr führt. »Es gibt keine falsche Antwort, solange sie wahr ist.«

Wie ein Regenschauer erwischt mich seine raue Reibeisenstimme.

»Es fühlt sich aufregend an«, gestehe ich und beiße mir auf die Unterlippe. »Es fühlt sich aufregend an, zu wissen, welche Macht du gerade über mich hast. Dass du mit einer Handbewegung alles beenden könntest. Es fühlt sich gut an, die Kontrolle an dich abzugeben, und …«

»Und was?«

»Und noch besser würde es sich anfühlen, wenn du endlich in mir wärst.«

Ayden schmunzelt und beißt mir anschließend neckend ins Ohrläppchen. »Da sind wir ausnahmsweise einer

Meinung, Baby.« Sekunden später spüre ich nicht mehr die Klinge an meinem Hintern, sondern seinen prallen Schwanz. Er ist so verdammt hart, dass es wehtun muss. Seine Eichel streicht über meine wunden Stellen, und als ich spüre, dass er sich selbst einen runterholt, laufe ich in diesem gottverlassenen Beichtstuhl aus. Das hier ist so verboten und verdorben, dass kein Zweifel an meinem Platz in der Hölle besteht. Aber solange Ayden mir da unten im Feuer Gesellschaft leistet …

Seine Spitze ruht jetzt feucht von seinen Lusttropfen an meinem verbotenen Gang, und ich kann nicht sagen, wie es sich anfühlen wird, da ich noch nie Analsex hatte. Die wenigen Kerle, mit denen ich intim geworden bin, waren nur Profis darin, mich schnell und wie ein Roboter in die Pussy zu ficken. Keiner von ihnen hat das mit meinem Körper angestellt, was Ayden regelmäßig in mir auslöst. Meine Hormone spielen bei diesem Killer verrückt, und zwar nur bei ihm. Als wäre er das fehlende Puzzleteil, das meine Pussy brauchte, um richtig zu funktionieren.

Ich höre, wie er sich in die Hand spuckt und damit seinen Schwanz feucht macht. Als er wieder zu meinem Hintern gleitet, schiebe ich die Knie automatisch etwas auseinander und schließe erneut die Augen, weil ich Angst vor dem Schmerz habe, der gleich durch meinen Hintern ziehen wird. Ein Schmerz, der anders sein wird als der seiner Schläge.

Ganz langsam, Millimeter für Millimeter, dringt Ayden in meinen Anus ein. Ich schließe den Sauerstoff fest in meinen Lungenflügeln ein, halte den Atem an und versuche, nicht zu wimmern. Ich habe schon öfter gehört, dass Analverkehr anfangs wehtut, und die meisten Männer sind nicht so gut gebaut wie Ayden.

Immer tiefer dringt seine Eichel in meinen Arsch ein,

und als sie ganz in mir ist, balle ich meine Hände zu Fäusten und stoße die Luft aus. Jeder Winkel meines Körpers ist zum Zerreißen gespannt, was Ayden sofort bemerkt.

»Wenn du dich noch mehr verkrampfst, reißt du gleich auf, Baby.« Er hilft mir, den Pulli loszuwerden und streichelt anschließend mit der Hand über meinen Rücken. Seine Finger gleiten über meine Wirbelsäule, und als er meine nackten Schultern massiert, seufze ich wohltuend auf.

»Werd weicher für mich, Baby.«

Ich versuche zu gehorchen, auch wenn es wirklich schwer ist. Und tatsächlich: Der Dehnungsschmerz wird sanfter, bis es nur noch ein leichtes Ziehen ist, das sich erstaunlich schön anfühlt.

»Gut so, Aurora. Und jetzt genieß deine Gnade.« Ayden schiebt sich tiefer in mich, weitet meinen verbotenen Gang auf so heiße Weise, dass mir schwindelig wird.

»Fuck, es fühlt sich so gut an, wie sich dein Arsch um meinen Schwanz legt.« Inzwischen ist er fast ganz in mir und ich sehe Sterne vor meinen Augen tanzen. Das hier sprengt alle Grenzen, die ich bisher kannte. Alle Gefühle, die ich bisher gefühlt habe, werden von diesem einen überdeckt. Ayden beginnt, mich zu vögeln. Nicht sonderlich sanft, aber auch nicht hart. Es ist perfekt so. Immer wieder gleitet er in meinen Arsch hinein, verharrt dort für einen Moment und zieht sich dann wieder zurück, um erneut zuzustoßen. Ich bette meine Wange auf das Holz und stöhne so haltlos, dass ich sicher bin, noch nie so losgelöst beim Sex geklungen zu haben.

»Schön entspannt bleiben, Baby«, raunt Ayden und gräbt seine Finger grob in mein Becken. Er nimmt an Tempo zu, versenkt sich schneller und schneller in mir, aber nicht so roboterhaft, wie ich es gewohnt bin. Es ist animalisch, es ist rau, es ist zügellos und vollkommen wild. Es ist atemberaubend.

Auch wenn ich nicht dachte, dass es möglich ist, scheint sein Ständer noch härter in mir zu werden. Doch ich kann mich nicht länger darauf konzentrieren, weil ich plötzlich wieder etwas Kaltes auf meiner Haut spüre. An meiner Pussy, um genau zu sein. Ich schüttle den Kopf, weil mich die Angst wie eine Welle packt. »Nicht … Bitte schneide mich nicht.«

»Es ist nur der Griff«, erwidert Ayden und klingt dabei fast schon versöhnlich. Hat er mich wirklich nur gejagt, weil er wollte, dass ich ehrlich zu ihm bin? Denn im Moment glaube ich nicht, dass mich dieser Mann wirklich töten könnte. Geschweige denn töten will …

Wieder spüre ich das Messer zwischen meinen Beinen, dieses Mal gleitet es direkt zwischen meine Schamlippen. Der Griff fühlt sich kalt und gleichzeitig unglaublich gut an. Während er sich weiterhin in meinen Arsch pumpt, schiebt Ayden von vorn das Messer immer wieder vor und zurück, bis er an meiner Pussy innehält und den Griff ganz langsam in mich gleiten lässt.

»O mein Gott!« Zu wissen, was da gerade in mir steckt, macht mich vollkommen schwach. Doch anstatt mich zu verspannen, rufe ich mir seine Worte in Erinnerung und werde wieder weich. Er fickt meine Pussy mit dem Messer, während er meinen Arsch mit seiner enormen Härte bearbeitet. Der Höhepunkt rast auf mich zu und will mich bereits unter sich begraben, als Ayden das Messer wieder aus mir herauszieht und auf den Boden fallen lässt. Noch bevor ich protestieren kann, hat er sich aus mir gezogen und mich gepackt. Sekunden später sitzt er auf der Bank des Beichtstuhls, mit breit aufgestellten Beinen, und setzt mich auf seinem nackten Schoß ab. Sein Schwanz findet wie von allein den Weg zu meinem Ringmuskel und dann ist er wieder in mir. Meine Klit reibt mit jeder Bewegung über seinen Körper, und ich kralle mich so stark an seinen Schultern unter der Lederjacke fest, dass es wehtun müsste, wäre er nicht so schmerzunempfindlich.

»Ich will, dass du mich ansiehst, wenn ich in dir abspritze.«

»Es ist zu dunkel«, hauche ich atemlos, während ich beginne, seinen mächtigen Penis zu reiten. Mein Arsch hat sich so schnell an seine Größe gewöhnt, dass er mit Leichtigkeit in mich gleitet, jedes Mal, wenn ich auf ihn sinke.

Ayden umgreift meinen Hinterkopf, zieht mein Gesicht dicht vor seines und antwortet mir: »Manche Dinge kann man nur in der Dunkelheit richtig sehen, Aurora.« Und auch wenn seine Antwort kryptisch ist, glaube ich, sie verstanden zu haben. Ich darf nicht mehr versuchen, gegen meine eigene Dunkelheit anzukämpfen, wenn sich alles in mir scheinbar so sehr nach ihr sehnt. Also sehe ich Ayden fest ins Gesicht, verankere meinen Blick mit seinem und werde schneller. Unsere Körper klatschen lautstark und heiß gegeneinander, während ich uns gemeinsam zum Höhepunkt bringe.

Sekunden später komme ich so heftig, dass ein Schwall Lust aus meiner Pussy fließt, genau in dem Moment, in dem Ayden in meinem Arsch abspritzt. Ich spüre ihn pulsieren, spüre seinen Samen in mir und lasse mich erschöpft gegen ihn fallen. Mein ganzer Körper beginnt unkontrolliert zu zittern, weil es in dieser Kirche unglaublich kühl ist und die Hitze des Ficks langsam aus mir sickert.

Ayden zieht sich die Jacke aus und legt sie über meine Schultern, genau wie letztens im Krankenhaus, als Leon eingeliefert wurde. Ich schlinge das Leder dichter um mich und fühle mich gut. Angekommen. In der warmen Hölle.

»Wolltest du mich vorhin wirklich töten?«, frage ich ihn erschöpft. Er verharrt immer noch in meinem Arsch, und wenn es nach mir ginge, könnten wir für immer so hier sitzen bleiben. Vereint und vollkommen schutzlos.

»Ja«, erwidert er knapp. »Aber ich habe die Wahrheit gesagt. Lilly mag dich und …« Und was? *Ich mag dich auch.* Das ist es, was ich von ihm hören will. Oder noch mehr … Ich will, dass er mir sagt, dass er auch gerade dabei ist, sich in mich zu verlieben. Aber das ist reines Wunschdenken. Ayden ist sicherlich kein Mann, der auf Gefühlsduseleien und romantische Bekundungen steht.

»Wieso hast du es getan?«, stelle ich stattdessen die eine Frage, die ich schon vor Wochen stellen wollte. Die Frage, deren Antwort ich dringender denn je brauche, weil sie mich innerlich auffrisst. »Wieso hast du Helen getötet, Ayden?«

27

AURORA

Ayden gleitet aus mir heraus, hebt mein Becken spielend leicht an und zieht sich die Jeans wieder hoch. Anschließend lässt er mich wieder auf seinen Schoß sinken, wofür ich gerade enorm dankbar bin. Immerhin dachte ich, dass er nach dieser Frage wieder zu diesem gefühlskalten Monster werden würde, das mir wehtun will. Stattdessen atmet er vollkommen ruhig und hält mich einfach nur fest.

»Du musst es mir nicht sagen, aber … aber ich frage dich trotzdem, weil ich an nichts anderes denken kann.« Er ist mir keine Rechenschaft schuldig, genauso wenig wie ich ihm. Helen hat nichts mit mir zu tun. Aber nur ihretwegen sitzen wir jetzt hier, denn wenn er sie nicht ermordet hätte, wäre er sicherlich niemals in diese Kirche gegangen, um seine Beichte abzulegen. Dann hätte ich niemals seine Stimme gehört, niemals begonnen, die Schönheit in Albträumen zu sehen, und er wäre einfach nur mein Boss. Oder ein vollkommen Fremder, wenn ich mich gar nicht im Red Poison beworben hätte.

Vorhin habe ich mir noch gewünscht, ihm in die Augen sehen zu können, aber jetzt genieße ich die Dunkelheit, die uns wie ein Mantel umgibt. Sie macht alles noch viel intensiver. Seinen Atem, seinen warmen Körper, seine Präsenz.

Gerade als ich von seinem Schoß rutschen will, packt er mich dominant bei den Hüften und drückt mich zurück auf seinen Schritt. Er ist immer noch nicht ganz erschlafft, das kann ich durch seine Jeans spüren. Entweder das oder er ist schon wieder hart. Zutrauen würde ich es ihm.

»Ich erzähle es dir.« Seine Stimme klingt wie ein bittersüßes Versprechen. Das Versprechen, von nun an so ehrlich zu mir zu sein, wie ich es mit ihm bin. Doch wenn ich genau darüber nachdenke, hat er mich noch nie angelogen. Ich habe ihn schließlich nie nach Helen gefragt oder nach seiner Tochter, von dessen Existenz ich bis gestern Abend ja auch nichts wusste.

»Vor drei Monaten habe ich eine Festplatte in ihren Sachen gefunden.« Er klingt hart, vollkommen abgeklärt. Aber ich ahne bereits, dass sich die Geschichte gleich in ein einziges Drama verwandeln wird und halte mich deshalb an seinen Schultern fest. Ich will einfach so nah wie möglich bei ihm sein, wenn er sich mir öffnet. Ayden Curse. Der skrupellose Killer öffnet sich mir, dem kleinen, armen Trailerparkgirl.

»Erst habe ich mir nichts dabei gedacht, schließlich habe ich Helen vertraut.«

»Wart ihr verheiratet?«, platzt es aus mir heraus. Keine Ahnung, ob es einen Unterschied machen würde, aber ich will es trotzdem wissen.

»Ich bin nicht der Typ für eine Hochzeit, Baby«, erwidert er lachend und sendet damit erneut Stromstöße durch meinen Körper.

»Aber mit jedem verstreichenden Tag hat sie sich seltsamer benommen. Sie wurde verschlossen, hat sich mir nicht mehr anvertraut. Also habe ich einen Blick auf die Festplatte geworfen.«

Fuck, ich weiß, noch bevor er es aussprechen kann, was er mir sagen möchte. Und ich hasse alles daran. Die bloße Vorstellung lässt Galle in mir aufsteigen.

»Auf der Festplatte waren lauter Fotos und Videos gespeichert.« Sein Atem rasselt, als hätte er scharf die Luft eingesogen. »Und sie alle waren von unserer Tochter.«

Ich sacke ein Stück zurück, grabe aber parallel meine Nägel fester in seine breiten Schultern. Mir wird wieder schwindelig, einzig und allein wegen der Information, die er mir gerade preisgibt und die einfach nur furchtbar ist.

»Waren es …?« Ich kann das Wort »nackt« nicht in Verbindung mit den Videos und Fotos bringen, weil sich alles in mir dagegen wehrt, so etwas auch nur zu denken.

»Ja.« Dieses knappe Wort kommt wie ein Hauch über seine Lippen und umgehend fluten sich meine Augen mit Tränen. Ich habe Lilly kennenlernen dürfen und sie ist eines der bezauberndsten Mädchen überhaupt. Wie kann man seiner eigenen Tochter so etwas antun?

»Was hat sie mit den Dateien gemacht?«, hake ich nach, obwohl ich keine weiteren Details ertrage. Und dabei hat Ayden mir noch kaum etwas erzählt. Aber ich habe einen kleinen Bruder in Lillys Alter, und allein die Vorstellung, jemand könnte so etwas mit Leon machen, killt mich.

»Es hat etwas gedauert, bis ich es herausgefunden habe. Sie hat die Aufnahmen landesweit an pädophile Wichser verkauft, die es lieben, sich auf unschuldige Kinder einen runterzuholen.« Die Eiszeit scheint in der Kathedrale ausgebrochen zu sein, denn plötzlich beben meine Lippen vor Kälte, obwohl ich noch immer seine warme Jacke trage.

»O mein Gott«, wispere ich. »Es tut mir so leid.«

»Das ist noch nicht alles. Sobald ich es wusste, habe ich Lilly konfrontiert. Natürlich nicht so direkt, damit sie versteht, was ihre Mutter getan hat, aber ich habe sie gefragt, ob ihre Mom gern Fotos von ihr schießt und ob sonst etwas passiert ist, das sie mir sagen möchte …«

Ein Klumpen aus Hass, so groß wie der Grand Canyon, legt sich auf meine Brust und erschwert mir das Luftholen. Weil ich zu große Angst davor habe, was Ayden mir gleich sagen wird.

»Sie meinte, dass in den letzten Wochen immer wieder fremde Geschäftspartner von Helen zu ihr ins Kinderzimmer kamen. Meistens, wenn sie längst im Bett und ich arbeiten war. Sie haben sie nie angefasst, aber sie haben sie beobachtet.«

»Diese pädophilen Dreckssschweine!«, entflieht es mir scharf. »Wie kann man so etwas tun?«

»Die Männer bekommen ihre Strafe, Baby. Viele haben sie schon erhalten.«

Das Bild des Kerls mit der Hornbrille blitzt vor meinen Augen auf. Er hat einen Red Poison bestellt … Und plötzlich ergibt alles, was bis jetzt so wirr war, einen Sinn.

»Du tötest die Männer, die bei deiner Tochter im Zimmer waren«, schlussfolgere ich schluckend. Ich lege meine Hand an Aydens Wange und spüre, wie er nickt.

»Glaub mir, jeder einzelne hat den Tod verdient, genau wie Helen. Weil sie ihre eigene Tochter benutzt hat, um an Geld zu kommen. Wenn du mich fragst, ob ich bereue, was ich der Mutter meines Kindes angetan habe, dann ist die Antwort leicht.« Er macht eine kurze Pause, in der ich mein Blut rauschen höre. »Ich bereue nichts. Keine einzige Sekunde der Mordnacht. Alles, was ich bereue, ist, dass ich sie nicht noch länger leiden lassen habe.«

Mein Daumen streichelt über seine Wange, und als er seine Hand auf meine legt, schmilzt mein verdammtes Herz.

»Hast du sie geliebt? Helen, meine ich?«

Wieder nickt er, und ich versuche zu verdrängen, dass Eifersucht in mir wach wird, die hier nichts zu suchen hat. Natürlich hat er sie geliebt, bis er erfahren hat, was für eine Schlampe sie war.

»Aber Lilly liebe ich mehr. Und deshalb musste sie sterben.«

»Ich habe gesehen, wie sehr du sie liebst«, flüstere ich. »Gestern Abend. Ich konnte es in deinen Augen sehen.« Mein Daumen wandert in der Dunkelheit zu seinen Augenbrauen und ich zeichne sie zärtlich nach. »Und es tut mir leid, dass ich Velvet von ihr erzählt habe. Ich vertraue ihr und weiß, dass sie niemals jemandem dein Geheimnis verraten würde.«

»Ich vertraue Velvet auch.« Seine Aussage lässt mich innehalten und ich nehme die Hand herunter. »Aber jeder, der von Lilly weiß, ist einer zu viel. Ich habe verdammt viele Feinde, Baby. Menschen, die mich tot sehen wollen, seit mein Geschäft auf der South Side derart floriert. Und Lilly darf nicht, niemals, in die Schusslinie geraten. Sie ist meine größte Schwachstelle.«

Ohne darüber nachzudenken, was ich hier tue und was es zu bedeuten hat, beuge ich mich vor, um Ayden zu küssen. Ich presse meine Lippen so fest auf seine, dass es fast schmerzt. Ayden legt eine Hand auf meinen unteren Rücken und die andere gleitet in meinen Nacken. Er drückt mich noch dichter an sich heran, sodass unsere Körper eins werden, obwohl wir nicht miteinander schlafen. Der Kuss ist wild und ungestüm und einfach perfekt. Als wir uns voneinander lösen, keuche ich seinen Namen.

»Wofür war das?«, fragt Ayden mich raunend.

»Dafür, dass du mir die Wahrheit gesagt hast. Dafür, dass du Lilly bis aufs Blut beschützt.« Ich küsse seine Kieferlinie. »Wolltest du deshalb wissen, wie alt Leon ist? Als ich in dein Büro kam und dir sagte, dass mein Bruder in Gefahr ist?«

»Es gibt nicht viele Menschen, die meinen Schutz genießen. Kinder gehören dazu.« Kann er bitte aufhören, so etwas Markerschütterndes zu sagen? Ich glaube, dass ich ein Schleudertrauma von den letzten Stunden habe. Entweder das oder eine heftige Gehirnerschütterung, denn alles fühlt sich wie auf den Kopf gestellt an.

»Ich werde dir das Geld zurückgeben«, versichere ich ihm und hauche ihm einen letzten, nahezu keuschen Kuss auf den Mund. »Es tut mir leid, dass ich es gestohlen habe.«

»Behalte es.« Weil seine Worte keinen Sinn ergeben, runzle ich die Stirn. Er kann es nicht sehen, aber wieder einmal scheint er meine Gedanken lesen zu können, als wäre ich ein offener Brief für ihn.

»Nutz das Geld, um jemanden zu finden, den du für Leon einstellen kannst. Er sollte nicht mehr allein mit eurer Mutter in einem Haus sein, wenn du arbeitest.« Moment mal, er will mich nicht feuern? Bis vor einer Stunde ging ich noch fest davon aus, Chicago den Rücken zu kehren und nie wieder zurückzublicken. Jetzt sitze ich auf Aydens Schoß, noch immer halb nackt, und denke tatsächlich darüber nach, zu bleiben. Weiterhin für ihn zu arbeiten. Mich mehr in ihn zu verlieben. Jetzt, da keine Geheimnisse mehr zwischen uns stehen.

»Heißt das, ich bin nicht gefeuert?« Meine Augenbrauen tanzen Richtung Haaransatz, während ich mit polterndem Herzen auf seine Antwort warte. Ayden drückt mich fester auf seinen Schritt und beginnt, meinen Hals zu küssen. Hauchzart gleitet sein Mund über meine empfindsame Haut, und als er schließlich hineinbeißt, wimmere ich auf.

»Im Gegenteil. Du wurdest gerade eben befördert, Baby.«

»Befördert? Zu was?«, hauche ich benommen. »Zu was wurde ich befördert, Ayden?«, wiederhole ich meine Frage stöhnend, als er mit den Händen meine Brüste umfasst und über meine Brustwarzen leckt. Er schweigt weiterhin, aber sein sexy Schmunzeln ist Antwort genug.

Shit.

Ich habe mein kaputtes Herz endgültig an Ayden Curse verloren.

28

AURORA

Hätte mir vor drei Monaten jemand gesagt, dass ich eines Tages freiwillig in den Armen eines Killers liegen würde, hätte ich denjenigen für verrückt erklärt. Heute sieht die Realität noch viel skurriler aus, denn ich liege nicht einfach nur in Aydens starken Armen, nein. Ich genieße es auch noch und fühle mich wohl in ihnen. Wie bescheuert ist das eigentlich?

Vor einer Woche wollte ich noch aus Chicago flüchten und nie wieder zurückkehren, und jetzt schlafe ich bereits die zweite Nacht in Folge an seiner Seite. Zwar nicht in seinem richtigen Zuhause, sondern nur in seiner Wohnung im Red Poison, aber dennoch ist das alles vollkommen abgefahren.

Ayden hat mir tatsächlich die fünfzig Riesen überlassen, sodass ich direkt nach Leons Entlassung aus dem Krankenhaus eine Nanny organisieren konnte, die seitdem nachts auf meinen Bruder Acht gibt, wenn ich es nicht kann, weil ich arbeiten oder mich von meinem Boss verwöhnen lassen muss. Heute Nacht schon vier Mal, und ich befürchte, dass er immer noch nicht satt ist, denn seine Hand findet unter der Bettdecke erneut den Weg über meinen Hintern, als wäre er süchtig nach meinem Körper. Seine Fingerspitzen gleiten warm und verheißungsvoll über meine Rundung, was mich wohlig seufzen lässt.

»Ich schaffe kein fünftes Mal, Ayden«, murmle ich und versuche, mein Stöhnen zurückzuhalten, als seine Hand von vorn zwischen meine Beine taucht, während er einen Arm so fest um mich geschlungen hat, dass ich nicht fliehen könnte, wenn ich es wollte. Spoiler: Ich will es nicht. Wenn es nach mir ginge, könnte ich auch jede Nacht so verbringen, denn zum allerersten Mal fühle ich mich wirklich beschützt.

»Deine Pussy sieht das scheinbar ganz anders, Baby«, raunt er und beißt mir neckisch in die Schulter, während seine Finger meine Mitte berühren. Er hat recht. Ich bin schon nass, seit er angefangen hat, mich zu streicheln. Ober bin ich vielleicht *immer noch* feucht? Die letzte Runde ist kaum eine halbe Stunde her und er scheint mir keine Pause gönnen zu wollen. Dieser verdorbene Mistkerl.

»Mir tut schon alles weh!«, sage ich lachend und versuche, mich zu befreien, aber ich habe keine Chance. Er kesselt mich ein und sein einnehmender Duft tut seinen Rest. Ich bin ihm mit Haut und Haar verfallen, und ich habe keine Ahnung, was ich davon halten soll. Er drückt sein Becken von hinten gegen meinen Arsch, und als ich seine pralle Erektion an meiner Pofalte spüre, lecke ich mir über die Lippen.

»Mein Schwanz tut auch weh, weil er so hart ist«, knurrt er dicht an meiner Haut. Mir entflieht ein Kichern. Herrgott, passiert das gerade wirklich? Ich bin echt kein Mädchen, das sich in ein kicherndes Etwas verwandeln will, nur weil ihr Freund eine sexuelle Andeutung macht. Moment mal, habe ich ihn gerade als meinen *Freund* bezeichnet? Es wird von

Sekunde zu Sekunde schlimmer, weil ich mich Hals über Kopf in ein Fass aus Dunkelheit fallen lasse, ohne mit der Wimper zu zucken. Stattdessen sehne ich mich nach dem Aufprall wie ein todessehnsüchtiger Crackjunkie. Ayden ist mein Crack.

»Aber ich gönne dir eine Pause, weil ich ein Gentleman bin.«

»Ha! Dass ich nicht lache.« Ich sehe ihn über die Schulter hinweg an und bereue meine Abfuhr umgehend. Ayden sieht nicht nur gut, sondern verboten heiß aus. Seine Haare hängen ihm wild in die Stirn, sein Gesicht ist ganz weich, als gäbe es für uns in diesem Zimmer gerade keinerlei Sorgen. In gewisser Weise stimmt es sogar. Lilly und Leon sind in guten Händen, der Club läuft auch ohne meine Hilfe wie geschmiert und ich kuschle mit dem einzigen Mann, der mich jemals in Ekstase versetzen konnte.

Gerade könnte es nicht besser laufen. Wenn man außer Acht lässt, dass ich meine Mutter seit einer gefühlten Ewigkeit nicht gesehen habe, weil sie einen neuen Kerl an der Backe hat, der sie nur tiefer in den Sumpf ziehen wird. Noch weiß ich nicht, was ich mit ihr anstellen soll, aber ich werde mir einen Plan überlegen, wenn ich das hier ein wenig genießen konnte. Nach einundzwanzig Jahren darf es zum ersten Mal um mich gehen.

»Lilly hat mir erzählt, dass du schon immer einmal nach Kanada wolltest«, wechselt Ayden plötzlich das Thema. Seine Hand ruht jetzt zwischen meinen Schenkeln, und ich liebe es, dass er sie nicht wegnimmt, obwohl wir keinen Sex haben werden. Von ihm berührt zu werden ist wie ein Feuerwerk an Gefühlen, die ich vorher noch nie fühlen durfte.

»Hat sie?« Ich sehe Ayden fragend an und drehe mich auf den Rücken. Er stützt den nun freien Arm in die

Matratze und sieht mich einfach nur an. Ich kann diesen Blick nicht deuten, aber er setzt meine ganze Welt in Flammen. Er nickt, während er mit seinen Fingern über meinen glattrasierten Venushügel streichelt und mich einfach nur liebkost, ganz ohne Hintergedanken. Wie seltsam, dass ich einem Mann wie ihm mein Vertrauen schenke, obwohl ich in meinem ganzen Leben noch nie jemandem wirklich vertrauen konnte. Immerhin hat sich mein Vater physisch aus dem Staub gemacht und meine Mutter psychisch.

»Meine Mutter hat mir versprochen, dass sie mir die Nordlichter zeigen würde, als ich ein kleines Mädchen war. Muss wohl nicht erwähnen, dass sie ihr Wort nicht gehalten hat, oder?«

Ayden streichelt mich weiterhin so behutsam, dass ich mir unglaublich wertvoll vorkomme. Als könnte ich jeden Moment zerbrechen oder mich in Luft auflösen.

»Lilly will die Nordlichter jetzt auch sehen. Sie spricht von nichts anderem mehr, seitdem du ihr davon erzählt hast.« Seine Mundwinkel zucken und meine tun es ihnen gleich. Ich liebe es, wenn er von seiner Tochter spricht, weil dann immer dieses stolze, liebevolle Funkeln in seine sonst so kühlen Augen tritt.

»Und? Wirst du ihr den Wunsch erfüllen?«

»Ich erfülle ihr jeden Wunsch, Aurora«, erwidert er verständnislos. Weil es für ihn vollkommen normal ist, sich an sein Wort zu halten. Und das ist unfassbar sexy.

»Wenn du willst, kannst du mitkommen«, bietet er mir schließlich an, und ich erstarre zu Eis, weil ich nicht glauben kann, was er da gerade laut ausgesprochen hat.

»Nach Kanada? Mit … euch?« Ungläubig starre ich ihn an.

»Ja, wieso nicht? Lilly würde sich freuen. Außerdem

wolltest du doch vor einer Woche noch das Land verlassen, wenn ich mich richtig erinnere.«

Ich zucke mit den Schultern, während seine Hand über meinen Bauch fährt und meinen Nabel umkreist. Jeder Millimeter Haut, den er berührt, sehnt sich schmerzhaft nach mehr.

»Ich weiß ehrlich gesagt nicht, wie mein Plan ausgesehen hat, weil ich keinen richtigen hatte. Als Lilly mir den Namen ihrer Mutter sagte, sind bei mir alle Sicherungen durchgebrannt. Ich wollte einfach weg, um Leon und mich zu schützen.«

Aydens Blick wird dunkler, ernster. »Ich würde Leon niemals etwas antun.«

»Ich weiß«, entflieht es mir schnell, um die Wogen zu glätten. Ich drehe mich in seine Richtung und beginne, ihn ebenfalls zu streicheln. Jeden Zentimeter seines in Stein gemeißelten Oberkörpers zu erkunden, als hätte ich ihn noch nie zuvor gesehen. Und jedes Mal, wenn ich ihn beobachte, entdecke ich etwas Neues an ihm. Er hat eine feine weiße Narbe unterhalb seines rechten Ohres, ein kleines Muttermal auf seiner Schulter und manche Strähnen wirken im Licht eher braun als blond. Aus wachsamen Augen sieht Ayden Curse noch attraktiver aus.

»Ich würde auch dir nicht mehr schaden«, setzt er hinterher. Derweil zeichnen seine Finger meine Brüste nach und mich überkommt eine so tiefe Entspannung, dass ich seufzen muss. Dieser Mann weiß wirklich, welche Knöpfe er bei mir drücken muss.

»Würdest du nicht?« Seine Worte verunsichern mich. Ja, ich weiß inzwischen, dass er in dieser Nacht vor einer Woche nur die Wahrheit aus mir herausholen wollte. Aber heißt es deshalb, dass er seine Meinung nicht wieder ändern kann? Ayden ist unberechenbar und kalkuliert. Etwas, das ich auf der einen Seite höllisch heiß, auf der anderen viel zu einschüchternd finde. Vor allem, wenn sein Hass mir gilt.

»Nein, Baby.« Er beugt sich vor, umgreift mein Kinn und zieht mein Gesicht dicht vor seins, sodass unser Atem eins wird. »Solange du nicht auf die dumme Idee kommst, mich an die Cops zu verraten und somit dafür sorgst, dass Lilly ohne Vater aufwachsen muss, werde ich dir nicht mehr wehtun.«

»Das würde ich nie tun«, hauche ich entsetzt. Denkt er wirklich, dass ich dazu fähig wäre? Diesem zauberhaften Mädchen den Vater zu nehmen, nachdem es schon seine Mutter verloren hat?

Ayden antwortet mir nicht, stattdessen überwindet er die letzte Distanz zwischen unseren Mündern und küsst mich so verlangend und besitzergreifend, dass mir schwindelig wird. Würde ich nicht bereits liegen, könnte ich spätestens jetzt nicht mehr stehen, weil meine Knie weich wie Butter werden. Seine Zunge dringt fordernd in meinen Mund ein, leckt über meine Zähne und macht mich vollkommen willensschwach.

Mein Becken wölbt sich ihm automatisch entgegen, woraufhin mich Ayden an der Hüfte packt und auf sich zieht. Ich spüre seinen mächtigen Schwanz zwischen meinen nassen Schenkeln pulsieren und beginne, mich sanft vor- und zurückzubewegen, was ihm ein animalisches Knurren entlockt. Gott, dieser Kerl ist purer Sex auf zwei Beinen und er will ausgerechnet mich. Verrückte, völlig verdrehte Welt.

»Doch bereit für eine weitere Runde, was?« Er beißt mir in die Unterlippe, und noch ehe ich etwas erwidern kann, hat er mein Becken angehoben und mich auf seine Härte geschoben.

»O fuck«, flüstere ich, weil es nach den vier wenig

sanften Runden höllisch brennt. Aber auf die gute Weise. Wie von selbst bewegt sich mein Körper auf und ab, um ihn bis in den letzten Winkel in mir aufzunehmen. Gerade als ich mich von Aydens unwiderstehlichem Mund löse, hämmert es plötzlich an der Tür. Fragend sehe ich Ayden an, der sich von dem ungebetenen Gast nicht ablenken lässt, sondern sich weiterhin mit schnellen Stößen in mich rammt.

»Willst du nicht nachsehen, wer das ist?« Der Club hat heute schließlich geöffnet, und es könnte sein, dass es Probleme gibt. Ayden schenkt mir sein diabolischstes Lachen und schüttelt den Kopf. Stattdessen wirbelt er mich herum und fickt mich von vorn. So hart und einnehmend, dass das Bett im schnellen Takt gegen die Wand kracht und sicherlich den Putz abblättern lässt. Wieder hämmert es an der Tür, dieses Mal noch lauter.

»Ich glaube, du solltest nachschauen gehen.« Auch wenn ich alles dafür geben würde, das hier zu Ende zu bringen, scheint es wichtig zu sein. »Ich warte hier so lange auf dich.«

Aydens Stöße werden langsamer, bis er ganz in mir verharrt. Sein Blick kettet sich in meinen, als er nachgibt und sich aus mir herauszieht.

»Von mir aus. Aber ich will, dass du im Doggy-Style auf mich wartest.« Mit einem Klaps auf meinen Arsch steigt er vom Bett, und ich nutze die Gelegenheit, um ihn in seiner ganzen nackten Vollkommenheit anzuschmachten. Sein Schwanz ragt so breit und feucht in die Höhe, dass ich mich immer noch frage, wie ich ihn überhaupt in mir aufnehmen konnte, ohne vor Schmerz zu schreien. Er zieht sich rasch eine Jogginghose über und schlüpft in sein schwarzes Hemd. Er lässt die Knöpfe offen und geht barfuß zur Tür, während ich einen stummen Jubelschrei ausstoße, weil ich auf einer verdammten Wolke schwebe.

Ich habe Velvets Stimme an der Tür nur schwach wahrgenommen, aber Ayden hat die Wohnung inzwischen verlassen. Sicherlich gibt es Probleme im Club, um die er sich persönlich kümmern muss. Zufrieden rolle ich mich auf die Seite und vergrabe meine Nase in Aydens Kissen, um seinen männlich-herben Duft zu inhalieren.

Einige Minuten vergehen, die sich wie eine halbe Ewigkeit anfühlen, und als ich plötzlich ein lautes Poltern wahrnehme, das gedämpft bis zur Wohnung dringt, werde ich stutzig. Also ignoriere ich Aydens Befehl, auf allen Vieren auf ihn zu warten, schwinge meine Beine aus dem Bett und stehe auf. Ich gehe zu seinem Kleiderschrank und ziehe wahllos ein Shirt heraus, das ich mir überstreifen kann, damit ich nicht völlig nackt in sein Büro gehe.

Sekunden später kommt Speed ins Schlafzimmer getapst und schlängelt sich anschließend durch meine nackten Beine hindurch.

»Na, Katerchen.« Ich beuge mich zu ihm nach unten, streichle über seinen kleinen schneeweißen Kopf und muss lächeln, als er wie ein Vibrator zu schnurren beginnt. »Was macht dein Herrchen da draußen, hm?« Speed sieht aus seinen katzengrünen Augen zu mir auf, während ich ihn auf den Arm nehme und mit ihm durch die Wohnung tapse. Sobald ich in Aydens Büro bin und sehe, dass er nicht hier ist, wird das ungute Gefühl in meiner Brust noch stärker. Die Tür, die in den vorderen Bereich des Clubs führt, steht offen, und als ich meinen Weg fortsetze und das aufgeregte Treiben hinter der Bar höre, werde ich schneller.

Ich renne dem Vorhang entgegen, reiße ihn zur Seite und sehe Ayden mitten ins Gesicht. Sein wunderschönes Gesicht, das auf den Tresen gepresst wird.

Von. Einem. Cop.

»Was zur Hölle ist hier los?«, entfährt es mir heiser. Speed wird auf meinem Arm unruhig und springt maunzend zu Boden, während ich versuche, zu realisieren, was hier passiert. Die Kellnerinnen haben allesamt ihre Arbeit eingestellt und starren unseren Boss an, dem gerade Handschellen angelegt werden. Der ganze Club ist voller Bullen. Bullen, die dabei sind, Ayden festzunehmen.

»Ayden Curse?«, zischt der Cop mit dem Pornoschnurrbart hinter ihm und zurrt die Handschellen fester. Derweil ruht mein Blick nur auf ihm. Auf seinem wutentbrannten Gesicht, das gerade im Bett noch so weich und sorgenlos ausgesehen hat.

»Sie werden mit dem Verschwinden von Helen Murphy in Verbindung gebracht. Sie haben das Recht, zu schweigen.« Der Rest seiner Ansprache verschwimmt im Rauschen meines Blutes. Ich stolpere einige Schritte zurück, bis ich gegen das Regal mit den Spirituosen stoße. Der Bulle zerrt Ayden hoch und führt ihn direkt vor meinen Augen ab. Und sein Blick … sein Blick ruht selbst dann noch auf mir, als die Tür des Clubs aufgerissen und er nach draußen in die Nacht bugsiert wird. Und ich weiß ganz genau, was in seinem Kopf vor sich geht.

Ayden glaubt, dass ich ihn an die Bullen verraten habe.

29

AYDEN

Die Schuld ist dir ins schöne Gesicht geschrieben, Baby. Deine blauen Augen sind groß wie Untertassen und deine Lippen, die sich vorhin noch so hingebungsvoll um meinen Schwanz gekümmert haben, beben vor Angst. In mir kocht so viel Wut, so viel Hass, dass ich innerlich explodiere, während ich äußerlich zur Salzsäule erstarre.

Ich habe dir gerade noch gesagt, was passiert, wenn du mich an die Cops verrätst. Wenn du dafür sorgst, dass Lilly ohne Vater aufwachsen muss, weil ich im Knast verrotte. Dafür, dass ich die Welt von dieser Seuche namens Helen bereinigt habe.

Oh, Baby. Du hast einen Fehler gemacht. Ich kann mir nicht sicher sein, dass du mich an die Bullenschweine verraten hast, aber das Timing spricht gegen dich. Mein Blick rauscht zu Velvet, die dich mit ausdrucksloser Miene am Handgelenk packt. Habt ihr zwei vielleicht gemeinsame Sache gemacht?

Du hast mich unachtsam werden lassen, aber das wird mir kein zweites Mal passieren, glaub mir. Noch einmal werde ich dich nicht zu meiner Schwäche werden lassen.

Während der Wichser von Cop die Handschellen zuschnappen

lässt, stolperst du zurück und gräbst deine Nägel in den Stoff meines Shirts. Du dachtest wohl nicht, dass sie mich so schnell würden holen kommen, was? Oder dass sie mich hier, direkt vor deinen Augen, verhaften würden. Vermutlich gingst du davon aus, dass du längst über alle Berge sein würdest, wenn es passiert.

Stattdessen musst du aus der ersten Reihe dabei zusehen, wie dein Plan aufgeht. Es muss so sein. Helens Tod liegt fast zwei Monate zurück, und wenige Tage, nachdem du die Mordwaffe in meinem Zuhause gefunden hast, werde ich abgeführt?

Ich bin nicht dumm, Baby. Ich bin nicht naiv. Aber du bist es, wenn du glaubst, dass ich dich damit ungestraft davonkommen lasse. Und dabei war ich so kurz davor, dir einen Teil von mir zu geben, den ich gemeinsam mit Helens blutleerem Körper begraben habe. Den Teil, der mich trotz allem, was ich getan habe, menschlich gemacht hat. Den Teil, der dir gerade noch sagte, dass ich dir nicht schaden werde.

Der dreckige, nach Schweiß stinkende Bulle zerrt mich hoch und dirigiert mich durch meinen Club Richtung Ausgang. Ich höre das Tuscheln meiner Mädchen, aber ich habe nur Augen für dich. Weil ich will, dass du siehst, dass ich es weiß. Dass ich weiß, was du getan hast.

Ich kann dich bis zur Tür heulen hören, Baby. Der Klang deiner Tränen hat etwas so Ästhetisches an sich, dass ich dir stundenlang beim Weinen zusehen könnte. Ich will deine Tränen schmecken und mich in deiner Angst suhlen.

Noch ehe die Tür des Red Poison geschlossen wird, verschwindest du hinter dem Vorhang und rennst los.

Lauf, so schnell du kannst, Baby.

Denn wenn ich dich das nächste Mal kriege, bist du fällig.

30

AURORA

Mein Herz donnert mir bis in den Hals, als ich ins Schlafzimmer renne, um mir meinen Slip und die Jeans überzuziehen. Ich muss hier weg. Alle Blicke im Club ruhten auf mir, als wäre ich die Böse in diesem Spiel, obwohl ich rein gar nichts getan habe. Ich habe Ayden nicht an die Cops verraten und ich hatte es auch nicht vor. Ja, anfangs wollte ich Beweise für den Mord an Helen finden, aber die Dinge haben sich verändert. Wir haben uns verändert. Zumindest dachte ich, dass wir das haben. Aber der Zorn, mit dem Ayden mich angesehen hat, war so greifbar. Es ist nicht von der Hand zu weisen, dass er mir die Schuld daran gibt und dass ich dafür büßen werde.

Ich stopfe die Sachen, die hier von mir herumliegen, in meinen Rucksack und merke dabei, wie stark meine Hände zittern. Alles, was ich jetzt will, ist Leon in den Arm nehmen und nicht mehr loslassen. Gerade brauche ich ihn mehr denn je. Ihn und seinen kindlichen Glauben daran, dass alles irgendwie gut gehen wird.

Die Tränen rinnen ununterbrochen über mein Gesicht,

während ich den Reißverschluss zuziehe, den Rucksack schultere und aus Aydens Schlafzimmer renne. Vorn im Club greift Velvet nach meinem Arm, aber ich schaffe es nicht einmal, ihr ins Gesicht zu sehen, obwohl sie irgendwie meine beste Freundin ist. Ich kann ihr im Moment nicht die ganze Wahrheit sagen und das zerfrisst mich von innen heraus.

»Süße, was ist los? Wieso hat der Boss dich angesehen, als wäre das hier deine Schuld?« Ein Schluchzen dringt aus meiner Kehle, als ich mich von ihr losreiße und aus dem Red Poison stürme, ohne mit jemandem Augenkontakt aufzunehmen. Stattdessen brennen meine Blicke Löcher in den Boden. Draußen ist es erstaunlich warm, immerhin steht der Sommer vor der Tür. Da weit und breit kein Taxi zu sehen und mein Handyakku leer ist, muss ich wohl oder übel in den Trailerpark laufen. Der Abendwind bläst mir ins Gesicht, genau wie der Gestank von fauligem Abfall und frischer Pisse.

Ich hasse diese Stadt. Ich hasse sie schon, seit ich denken kann. Dennoch habe ich meine Chance, von hier zu verschwinden, nicht ausgenutzt. Jetzt wird Ayden zum Revier gebracht und ich habe keine Ahnung, was ich tun soll. Zu den Bullen gehen und um ein Gespräch mit ihm bitten? Damit ich ihm erklären kann, dass ich rein gar nichts damit zu tun hatte? Aber wieso sollte er mir glauben? Weil ich ihm ein paar Mal den Schwanz geblasen habe und er meinen Arsch entjungfern durfte? Sicher nicht.

Ich stand schon einmal auf seiner Abschussliste, und ich befürchte, dass ich es dieses Mal nicht so leicht wieder von der Liste herunterschaffe. Wenn ich mich nicht täusche, dürfen sie ihn bei Verdacht nur achtundvierzig Stunden festhalten, bevor sie ihn wegen fehlender Beweise laufen lassen müssen.

In zwei Tagen kann viel passieren. Ich könnte meine Sachen und Leon dieses Mal wirklich schnappen und verschwinden, so wie ich es vor einer Woche wollte. Oder aber ich bleibe hier und bete dafür, dass Ayden mir glaubt, was ich ihm zu sagen habe.

Ich weine lautlos, während ich durch beängstigende Gassen gehe, in die ich bei Dunkelheit normalerweise nie einen Fuß setzen würde, weil es einfach zu gefährlich ist, wenn ich unbewaffnet bin. Da Ayden sowohl meinen Revolver als auch mein Messer in Beschlag genommen hat, bin ich wehrlos. Er hat mich entwaffnet und das nicht nur materiell. Er hat mich komplett für sich eingenommen und meinen Verstand so verdreht, dass ich kaum noch klar denken kann. Denn anstatt Angst um mein Leben zu haben, kann ich nur an seines denken. Und daran, was passiert, sollten sie ihm den Mord an Helen nachweisen können. Dann würde er für Jahre hinter Gitter wandern und Lilly hätte weder Mutter noch Vater. Vermutlich würde sie in eine Pflegefamilie kommen, und ich weiß, wie dieser Scheiß abläuft.

Die Laternen funktionieren auf unserer Seite der Stadt überall nur sporadisch, sodass ich zum Teil mehrere Hundert Meter ohne Licht hinter mich bringen muss. Immer wieder blicke ich mich um und spüre eine Gänsehaut auf mir ruhen wie eine Schicht aus Angst, die sich um meinen Körper gelegt hat. Meine Schritte werden schneller, weil ich mit jedem Meter panischer werde.

Werde ich verfolgt? Nein, oder? Da war niemand. Nochmals sehe ich mich um, aber in der Dunkelheit dieser Gasse könnte ich nicht einmal die eigene Hand vor Augen sehen. Meine Nägel krallen sich in Aydens Shirt, das ich immer noch trage und als Andenken habe mitgehen lassen. Sein Duft spendet mir wenigstens die fragile Illusion von Schutz, obwohl er nicht körperlich bei mir ist. Beim Gedanken daran, dass ich ihn vorhin vermutlich zum letzten Mal berührt habe, schnürt sich meine Kehle zu. Wieso hat mir dieser verfluchte Gott nicht eine einzige Woche Frieden gelassen?

Wieder packt mich eine Welle der Furcht, als ich ein Knacken hinter mir höre. Umgehend renne ich los. Ich sprinte, so schnell es meine wackeligen Beine zulassen, und bekomme schon nach wenigen Metern enormes Seitenstechen, das ich ignoriere, so gut es geht. Auf keinen Fall werde ich in dieser dreckigen, vollgekotzten Gasse vergewaltigt oder ausgeraubt!

Mein Atem pfeift rasselnd, weil meine Kondition zu wünschen übrig lässt und ich seit Monaten nicht mehr joggen war. Und dann höre ich sie glasklar. Schritte. Drohende Schritte, die näher und näher kommen. Bevor ich mich ein letztes Mal umdrehen kann, werde ich bereits nach vorn gestoßen und lande mit dem Gesicht mitten auf den Pflastersteinen. Funkelnde Sterne wabern vor meinen Augen, weil der Aufprall scheiße wehgetan hat, und meine Stirn pocht wie verrückt, als hätte mir jemand ins Gesicht geschlagen.

Wer zur Hölle ist das?

Ein schwerer, männlicher Atem umgibt mich, als ich ein Gewicht auf meinem Rücken spüre. Mein Verfolger kniet sich über mich, greift grob in mein Haar und zerrt meinen Kopf vom Boden weg. Dann hält er mir ein Tuch vor den Mund und ich sacke vollständig zusammen.

31
AURORA

Als ich zu mir komme, fühle ich mich, als hätte mich jemand mit einem Zug überfahren. Jede Gliedmaße schmerzt höllisch und mein Schädel dröhnt stärker als je zuvor in meinem Leben. Weil meine Lider wie zugeklebt sind, kann ich die Augen nicht öffnen, und als ich etwas sagen will, stoße ich lediglich auf einen Widerstand in meinem Mund. Ich bin geknebelt.

Scheiße, was zur Hölle ist passiert, bevor mir schwarz vor Augen wurde? Ich erinnere mich daran, dass Ayden im Red Poison von den Cops abgeführt wurde, aber dann? Verzweifelt krame ich in meinen Erinnerungen nach den fehlenden Puzzleteilen, aber da ist nichts. Als hätte jemand meine Festplatte gelöscht, nachdem Ayden mit aufs Revier genommen wurde. Weil er einen Teil von mir mitgenommen hat, als er ging.

Ich kann immer noch nicht verstehen, wie es passieren konnte, aber ich habe Gefühle für ihn entwickelt, die rational nicht zu erklären sind. Er hat Monster in mir wachgekitzelt, die ich jahrelang so vehement vor der Welt verstecken wollte. Jetzt sind sie entfesselt und ich bin süchtig geworden. Nach ihm, nach diesem Gefühl, nach meiner eigenen Dunkelheit.

Ein Schluchzen hängt in meiner Kehle fest, während ich mich aufrapple. Ich liege auf etwas Weichem. Einem Bett? Allmählich wird das Gewicht auf meinen Lidern leichter, sodass ich einen erneuten Versuch wage und die Augen öffne. Alles ist verschwommen und ziemlich dunkel, aber ich erkenne schnell, dass ich auf einer Matratze liege, die sich direkt am Boden befindet. Es riecht modrig und nach Schimmel, wie in einem alten Keller. Wo zur verdammten Hölle bin ich?

Mein Stöhnen wird von dem Tuch in meinem Mund abgefedert, während ich meinen Kopf wieder auf die Matratze bette, weil mir so fürchterlich übel ist und ich Angst habe, erbrechen zu müssen, wenn ich mich zu viel bewege. Vermutlich würde ich dann an meiner eigenen gottverfluchten Kotze ersticken. So soll meine Geschichte auf keinen Fall enden.

»Wurde Zeit, dass du wach wirst, Prinzessin.«

Ich reiße meine Augen auf und rutsche automatisch in die Ecke dieses Raumes, als ich eine dunkle Gestalt auf mich zukommen sehe. Weil meine Sicht noch immer verschleiert ist, kann ich nur die Umrisse der Person erkennen. Der Mann ist breit gebaut, groß und komplett in Schwarz gekleidet. An der Decke hängt eine einsame Glühbirne, die nur noch schwaches Licht in den Raum wirft, und als der Mann unter sie tritt, erkenne ich ein Detail, das mich augenblicklich in Panik versetzt. Er trägt eine schwarze Sturmhaube.

Genau wie er. Die rechte Hand von Ayden. Ich habe Black seit Tagen nicht mehr gesehen, obwohl er sonst immer in der Nähe des Bosses ist, um die Drecksarbeit für ihn zu erledigen. Aber warum zur Hölle sollte er hier sein? Und wo ist dieses *Hier*?

Allmählich kommen die Erinnerungen an die Zeit nach Aydens Festnahme zu mir zurück, zwar nur in Bruchstücken, aber jeder Anhaltspunkt ist besser als keiner. Ich bin aus dem Red Poison gestürmt, weil ich das dringende Bedürfnis hatte, meinen kleinen Bruder zu sehen. Auf dem Weg dorthin muss dieser Mistkerl mich abgefangen haben. Ich stammle Wortfetzen gegen meinen Knebel, aber mehr als ein jämmerliches Wimmern kriege ich nicht zustande.

Inzwischen steht Black in seinem schwarzen Hoodie und der schwarzen Jeans direkt vor mir. In seiner rechten Hand ruht eine Waffe, die mir den Ernst der Lage verdeutlicht. Scheiße. Worin habe ich mich hier eigentlich verrannt? Erst fange ich an, für einen Mörder zu arbeiten, dann verliebe ich mich in ihn und jetzt hat mich seine rechte Hand grundlos entführt. Denn ich wüsste nicht, was ich diesem Kerl getan haben sollte.

Wir haben noch nie ein Wort miteinander gewechselt. Ob er auch glaubt, dass ich an Aydens Verhaftung schuld bin und mich deshalb bestrafen will? Vielleicht hat Ayden es irgendwie geschafft, ihm vor seiner Abführung eine Nachricht zu hinterlassen. Wäre ich bei Kräften, würde ich ihm mit voller Stärke gegen das Knie treten und versuchen, zu fliehen. Aber ich schaffe es ja nicht einmal, mich aufzusetzen, weil mein Körper mir nicht mehr gehorchen will.

»Weißt du, wie lange ich schon darauf gewartet habe, dich so hilflos und allein vor mir zu sehen?« Wovon zum Teufel spricht dieser Wichser? Tränen quellen aus meinen Augenwinkeln und rinnen über meine Wangen. Ich schüttle den Kopf und schreie gegen den Stoff in meinem Mund. Jeder Ton verliert sich in den Fasern. Black geht vor mir in die Hocke und zerrt das Tuch aus meinem Mund. Umgehend überkommt mich ein so starker und trockener Husten, dass es sich anfühlt, als würde meine Lunge ihren Weg nach draußen suchen.

»Was soll das?«, krächze ich, als ich mich einigermaßen im Griff habe. Noch immer sehe ich nicht scharf, aber es reicht, um seine Augen zu erkennen. Diese dunklen, fast tiefschwarzen Iriden, die mir von Anfang an ein unangenehmes Gefühl entlockt haben, jedes Mal, wenn er im Club war. Mir war dieser Kerl noch nie geheuer, und jetzt weiß ich, dass meine Intuition goldrichtig lag. Dieser Wichser ist gefährlich und jetzt hat er mich weiß Gott wohin verschleppt.

»Du musst schon konkreter mit deinen Fragen sein, Prinzessin.« Seine Hand umgreift mein Kinn, und jeder Millimeter Haut, der von ihm berührt wird, brennt wie Feuer. Am liebsten würde ich mich mit Bleiche waschen, um seine Spuren von meinem Körper zu bekommen.

»Warum hast du mich entführt?«, konkretisiere ich meine Frage speiend und versuche, seine Hand von meinem Kinn zu lösen, aber sein Griff ist bombenfest. Alles, was ich mit meinem Versuch erreiche, sind Schmerzen. Noch mehr Schmerzen, die in jeden Winkel meines Körpers kriechen, als hätte er mich, während ich bewusstlos war, verprügelt. Oder Schlimmeres … Galle steigt in mir auf, genau wie ein neuer Schwall an Tränen. Was, wenn er mich vergewaltigt hat, als ich ausgeknockt war?

»Ich habe Ayden nicht an die Cops verpfiffen!« Es ist die Wahrheit, aber aus meinem Mund und in dieser Situation klingt es, als würde ich mich nur rausreden wollen, um meinen Arsch zu retten. Sein Blick wird noch dunkler, seine Finger zerquetschen meinen Kiefer beinahe wie ein Schraubstock.

»Oh, Prinzessin. Das weiß ich.« Sein folgendes Lachen

jagt mir eine Todesangst ein, weil es so irre und absolut widerwärtig klingt. »*Ich* habe dafür gesorgt, dass er abgeführt wird. Glaubst du, dass ich dich deshalb hergeholt habe? Um ihn zu rächen?« Er lässt endlich mein Gesicht los und ich nutze den Moment, um von ihm wegzukriechen. Ich stoße mit dem Rücken gegen die kalte, feuchte Wand und ziehe die Beine schützend an den Bauch.

»Du hast ihn an die Cops verraten? Wieso?« Meine Zunge fühlt sich genauso schwer an wie der Rest meines erschöpften Körpers. Das alles ergibt keinen Sinn! Wieso sollte er so etwas tun?

»Die Gründe sind vielfältig.« Mit einem Schulterzucken erhebt Black sich und lässt anschließend seinen Nacken kreisen. Noch immer hält er die Knarre bei sich, die es mir unmöglich machen wird, unbeschadet von hier wegzukommen. Beim Versuch zu fliehen, würde er mich sicherlich sofort abknallen.

»Glaub mir, ich dachte, ich kriege das anders geregelt. Aber dieser Mistkerl hat doch tatsächlich Gefühle für dich entwickelt. Verrückt, oder?« Er stößt ein überhebliches Lachen aus, während ich versuche, seinen Worten irgendeinen Sinn zu verleihen. Ist dieser Penner eifersüchtig auf Ayden? Weil Ayden … Gefühle für mich hegt? Wieso sollte er? Ich habe noch nie ein Wort mit ihm gewechselt und er kann unmöglich gedacht haben, dass ich mich zu ihm hingezogen fühle. Kein einziges Mal habe ich ihm entsprechende Vibes gesendet, da bin ich mir sicher. Bis jetzt bin ich ihm so gut es geht aus dem Weg gegangen.

»Es rattert in deinem hübschen Kopf, oder, Auri?«

»Woher kennst du meinen Spitznamen?«, fauche ich und raufe mir die Haare. Das alles ist so absurd, so vollkommen realitätsfern. Ja, auf der South Side passieren ständig die abgefucktesten Dinge, aber das hier? Es gibt nur drei

Menschen, die mich Auri nennen. Leon, Mom und seit Kurzem Lilly. Niemandem sonst habe ich meinen Spitznamen verraten und schon gar nicht diesem Psycho.

»Du verstehst es nicht, oder?« Black ist mit einem Satz bei mir auf der Matratze und packt mich an Aydens Shirt, das ich noch immer trage. Aber sein behütender Duft wird vom Gestank des Schimmels hier drin übertüncht.

»Sieh mir in die Augen und sag mir, dass du nicht weißt, wer ich bin«, knurrt Black und zieht mich so dicht an sich heran, dass unsere Münder nur wenige Zentimeter trennen. Sein Atem riecht nach kaltem Rauch. Doch egal wie tief ich ihm auch in die Augen sehe … da ist nichts. Ich habe keine Ahnung, was dieser Wichser von mir will.

»Ich weiß nicht, wovon du sprichst!«, zische ich und versuche mich vergeblich von ihm zu lösen. Anstatt den Griff zu lockern, packt er nur fester zu. Und auch wenn sein Gesicht unter dem Stoff der Sturmhaube verborgen liegt, brennt sich der Zorn in seiner Mimik durch alles hindurch. Er ist außer sich vor Wut und ich habe absolut keine Ahnung, warum. Was ich ihm in den letzten Wochen getan haben könnte, dass ich diesen Hass verdient habe. Diese Demütigung.

»Dann werde ich es dir zeigen, Prinzessin.« Er lässt mich los und greift nach der Sturmhaube. Anschließend zerrt er sie von seinem Kopf und wirft sie achtlos zur Seite. Als er den Blick wieder auf mich richtet, halte ich den Atem an. Scheiße. Scheiße. Scheiße. Wer verarscht mich hier gerade eigentlich? Gibt es hier versteckte Kameras?

»Jon?«, frage ich heiser, weil ich dringend etwas Wasser bräuchte. Ich krabble zurück in die Ecke und umklammere meine Schienbeine, während ich den Mann anstarre, der mir vor sechs Jahren meine Jungfräulichkeit genommen hat.

»Du hast mich scheinbar doch nicht vergessen, was?«

Selbstgefällig packt er sich an den Schritt und schenkt mir ein teuflisches Grinsen. »Vielleicht hätte ich dir einfach meinen Schwanz zeigen sollen. Sicherlich hättest du kleine Schlampe mich dann sofort erkannt.«

Ich will so vieles sagen, aber ich kriege kein Wort heraus. Vor mir sitzt der einzige Lover meiner Mutter, auf dessen Avancen ich mich jemals eingelassen habe. Er war nicht lange mit ihr zusammen und hat sie wie Dreck behandelt, aber zu mir war er immer so … anders. Nahezu liebevoll. Er hat mir im Haushalt geholfen, wenn Mom mal wieder ausnüchtern musste, er hat zugehört, wenn ich jemanden zum Reden brauchte. Und irgendwann fing er an, mich anzufassen. Anfangs waren es nur zufällige Berührungen. Hier eine Berührung am Arm, hier eine Umarmung …

Und zu meiner Verteidigung muss ich sagen, dass Jon verdammt gut aussieht mit seinem dunklen Haar und dem kantigen, männlichen Gesicht. Er war deutlich jünger als meine Mutter, und eines Nachts, nachdem sie sich wieder einmal ins Nirwana gespritzt hatte, kam er in mein Zimmer. Ich habe es zugelassen. Weil es einen rebellischen Teil in mir gab, der meiner Mutter damit wehtun wollte. Ich wollte, dass sie sieht, was ich ihr weggenommen habe. Also habe ich mit Jon geschlafen. Er war mein Erster und dabei war er nicht einmal sonderlich gut.

»Ich habe dich seit Jahren nicht mehr gesehen. Was tust du hier?«, frage ich schluckend. Nach unserer kurzen und nicht gerade sehr erregenden Affäre hat meine Mutter ihn rausgeschmissen. Er hat weiterhin versucht, Kontakt zu mir aufzunehmen, aber ich habe ihn aus meinem Leben verbannt, immerhin war der Sex ohnehin nicht erwähnenswert. Ich habe ihn benutzt, um meiner Mutter zu schaden, und sobald sie ihn verlassen hat, war er unbrauchbar für mich. Das war sicher nicht die netteste Art, aber schließlich hat er sich an mir, einer Minderjährigen, vergriffen. In meinen Augen waren wir quitt. In seinen scheinbar nicht.

»Die Frage ist doch eher, was *du* in einem schäbigen Club wie dem Red Poison zu suchen hast«, kontert er und kommt wieder dichter auf mich zu. »Und im Bett eines Mörders.«

»Jon, bitte …« Ich drehe den Kopf zur Seite, weil er mir plötzlich wieder viel zu nahe ist. Aber er hat andere Pläne, schnappt sich mein Kinn, dreht mein Gesicht seinem entgegen und küsst mich. Ich winde mich unter diesem Kuss, versuche, ihn von mir zu treten, aber er ist so grob und herrisch, dass ich keine Chance habe. Vor allem nicht in meiner miserablen Verfassung. Seine Zunge stößt hart in meinen Mund vor und ich nutze seinen Fehler aus, um zuzubeißen. Meine Zähne graben sich so fest in seine Zunge, dass er sich fluchend von mir löst. Blut rinnt aus seinem Maul und tropft auf die Matratze unter uns.

»Du verschissene kleine Bitch!« Sekunden später verpasst er mir eine Ohrfeige, die sich gewaschen hat. Mein Kopf schleudert zur Seite und ich mache mich ganz klein, rolle mich zu einem menschlichen Paket zusammen.

»Bitte, Jon. Lass mich gehen! Ich werde auch niemandem sagen, was du getan hast!«

»Was ich getan habe?«, höhnt er. »Du bist diejenige, die einen Fehler gemacht hat, Prinzessin. Ich war in den letzten Wochen immer in deiner Nähe und du hast mich nicht einmal eines verschissenen Blickes gewürdigt!« Er packt mich an den Schenkeln, zieht mich grob zu sich heran und presst mich rücklings auf die Matratze. Wieder trete und schlage ich vergebens um mich. Seine Hände halten mich wie Gurte an den Handgelenken unten, während er sich zwischen meine Beine schiebt und sich auf mich legt. Sein Körper ist wie eine schwere Decke aus Nietnägeln, die sich allesamt in meinen Körper bohren.

»Stattdessen hast du dich von deinem Boss vögeln lassen wie eine läufige kleine Hündin, die den Mund nicht vollkriegt. Du hast Ayden gesagt, dass du noch nie einen Orgasmus in deinem ganzen Leben hattest. Und dabei hast du jedes Mal, wenn ich in deiner engen Fotze war, wie eine Nutte am Spieß geschrien.« Reiner Zorn sprüht mir aus seinen schwarzen Augen entgegen, während mich seine Worte aus dem Konzept bringen.

»Ich habe meine Augen und Ohren überall, Auri.«

»Du bist krank!« Ich sammle meinen Speichel und spucke ihm mitten ins Gesicht, auch wenn ich weiß, dass es kein kluger Schachzug von mir ist. Er widert mich so sehr an, wie mich noch nie jemand angewidert hat.

»Ich hasse dich!«

»Tust du nicht!«, raunt er, packt meine Kehle und drückt mich damit noch tiefer in die Matratze. In seinen Augen funkelt purer Wahnsinn, gepaart mit einer seltsamen Form der Obsession, die er scheinbar für mich hegt, während ich jahrelang keinen Gedanken an ihn verschwendet habe …

»Du solltest dir deinen Speichel für meinen Schwanz aufheben, Prinzessin. Wir wollen doch nichts davon verschwenden, wenn wir so viel nachzuholen haben.« Er beugt sich über mich und leckt mir die Tränen von den Wangen. Wimmernd nehme ich es in Kauf, auch wenn es mich alles kostet.

»Ich hoffe, du kannst immer noch diese eine Sache mit deiner Zunge.« Grinsend vergräbt er sein Gesicht an meinem Hals und beginnt, mich zu liebkosen. Währenddessen drifte ich immer weiter ab, weg von diesem räudigen Keller und diesem verdammten Psychopathen. Ob Ayden weiß, was für ein Wichser seine rechte Hand ist? Ob er weiß, was gerade mit mir passiert? Und sollte er es wissen: Wäre es ihm egal? In seinen Augen brannte so viel Enttäuschung, als ihn der Cop aus dem Club geführt hat. Vermutlich würde er zusehen und die Show genießen.

»Es muss unser Schicksal sein, Prinzessin. Du und ich. Nachdem ich dir deine Unschuld genommen habe, stolperst du unwissend zurück in meine Arme. Das Universum gibt uns ein Zeichen, Auri. Und man sollte diese Zeichen niemals ignorieren und stattdessen Ayden Curse ficken.«

»Er ist dein Boss. Wieso?«, krächze ich. »Wieso tust du ihm so etwas an?« Unsere Blicke rasten ineinander ein, und es kostet mich alles, ihm so tief in die Augen zu sehen.

»Boss hin oder her. Dieser Wichser hat alles, was ich mir immer erträumt habe. Er hat Macht, er hat Geld, er hat mehr Frauen, die ihm den Schwanz blasen, als ein Mann jemals braucht.« Seine Worte jagen eine Machete in mein Herz. »Und dann krallt er sich auch noch dich, weil er den Hals nicht vollbekommt?« Er schnalzt mit der Zunge. »Nicht mit mir, Prinzessin. Ich werde dafür sorgen, dass er für immer im Knast verrottet. Noch haben die Bullen keine handfesten Beweise für den Mord an Helen, aber du wirst mir helfen, diese Beweise zu liefern. Es wird Zeit, dass der König fällt und endlich jemand diesen Job übernimmt, der ihn verdient hat. Und wer weiß … wenn du dich gut benimmst, könnte ich dich zu meiner Königin machen.«

»Vorher sterbe ich!«

Blacks Miene erstarrt zu Eis. »Pass auf, was du dir wünschst, Prinzessin. Bevor du stirbst, werde ich dich so lange vögeln, bis jede Zelle deines Körpers endlich weiß, wem sie gehört.« Gierig sieht er an mir herab. Sein Becken drängt sich fester gegen meines, und als ich spüre, dass er bereits steinhart ist, durchfährt mich Todesangst. Es wäre ein Kinderspiel für ihn, mich auf der Stelle zu vergewaltigen.

»Bitte tu das nicht, Jon. Schlaf nicht so mit mir …« Ich versuche, möglichst versöhnlich zu klingen, um ihn zu besänftigen. Wenn meine bisherige Taktik nicht wirkt, muss ich andere Geschütze auffahren.

Black bewegt sein Becken kreisend an meinem Schritt und ich halte mein Wimmern so gut es geht zurück, auch wenn es mich alles kostet. Anschließend vergräbt er sein Gesicht wieder an meinem Hals und beißt hart in ihn hinein.

»Keine Sorge, Prinzessin. Ich ficke dich ohnehin erst, wenn all seine Spuren deinen schönen Körper verlassen haben.« Mit diesen Worten lässt er von mir ab und steht auf. Provokativ deutet er auf die Waffe in seiner Hand. »Denk nicht mal daran, mich zu hintergehen oder zu fliehen, sonst fängst du dir eine Kugel ein.« Prüfend sieht er auf mich herab. »Kann ich dir vertrauen, Auri?«

Atemlos nicke ich. Ich würde gerade alles tun, um mir ihn vom Hals zu schaffen. Zufrieden und selbstgefällig grinst Black, als er den Raum verlässt. Die schwere Eisentür fällt ins Schloss und Sekunden später höre ich, wie er einen Riegel vorschiebt, damit ich nicht fliehen kann.

Sobald sich seine Schritte entfernen und mich die Realität mit voller Wucht einholt, vergrabe ich mein Gesicht in der Matratze und schreie, so laut ich kann.

32
AURORA

Da ich schon im normalen Zustand kein gutes Zeitgefühl habe, fällt es mir schwer, einzuschätzen, wie lange ich schon allein in diesem widerwärtigen Keller liege. Es könnten erst wenige Stunden sein, aber auf der anderen Seite fühlt sich jede Sekunde hier drin wie eine Ewigkeit an. Es gibt in diesem Raum rein gar nichts zu sehen. Weder gibt es Schränke, die ich als Versteck benutzen könnte, noch Gegenstände, die ich zu einer Waffe umfunktionieren kann, um von hier zu verschwinden.

Also muss ich selbst die Waffe sein. Und ich weiß auch schon ganz genau, wo ich den Wichser treffen werde, wenn er das nächste Mal nach mir sieht. Was hoffentlich bald der Fall ist, denn ich halte es nicht mehr lange hier drin aus. Normalerweise habe ich kein Problem mit engen Räumen, schließlich wohne ich in einem mickrigen, schmalen Trailer. Doch obwohl der Keller locker zwanzig Quadratmeter umfasst, scheinen die Wände von Minute zu Minute näher zu kommen, was mich in haltlose Panik versetzt.

Sobald ich Schritte vor der Kellertür vernehme, rapple

ich mich auf und krieche zurück in meine Ecke. Dieses Mal zeigt mir Black von Beginn an sein Gesicht, und ich kann immer noch nicht glauben, dass ich ihm nach all den Jahren unter diesen beschissenen Umständen wieder in die Arme gelaufen bin.

Schon damals wusste ich, dass der Kerl ein paar Schrauben locker hat, aber das hier hätte ich ihm niemals zugetraut. Er hat mich betäubt, entführt und geschlagen. Und ich bin mir sicher, dass er noch viel Schlimmeres mit mir vorhat, wenn ich nicht kooperiere und ihm helfe, Aydens Handschellen für immer zuschnappen zu lassen.

Ich weiß zwar nicht, wo er Helens Leiche begraben hat, aber ich habe die Mordwaffe in seinem Haus gefunden. Allein das könnte, in Kombination mit Aydens Motiv, für eine Inhaftierung reichen. Aber ich werde einen Teufel tun und Black dieses Wissen als Futter vor die Füße werfen.

Er trägt einen Stuhl in den Raum hinein, schließt die Tür hinter sich und setzt sich in aller Seelenruhe vor mich, als wäre er nicht mein Kidnapper und ich nicht seine Geisel.

»Hast du gut geschlafen, Prinzessin?«, fragt er mich mit einem schelmischen Lächeln auf den spröden Lippen. Gott, wie sehr ich ihn verabscheue. Er entfacht das genaue Gegenteil von dem Feuer in mir, das Ayden jedes Mal in mir auslöst, wenn er den Raum betritt. Bei ihm gehe ich regelrecht in Flammen auf, bei Black gefriert alles in mir zu Eis, allen voran das Blut in meinen Adern.

»Die Frage kannst du dir selbst beantworten, oder?« Ich sehe ihm nicht ins Gesicht, weil ich genau weiß, wie sehr er es liebt, wenn ich ihm tief in die Augen blicke. Einen Scheiß werde ich tun.

»Vielleicht brauchst du einfach jemanden, der dich im Arm hält, wenn du schläfst. Jemanden, der dich beschützt.« Seine Worte sind so absurd und lächerlich, dass ich auflachen muss. Ich hatte so jemanden an meiner Seite. Ayden. In den letzten Tagen hatte ich in seinem Arm das Gefühl, gegen die ganze Welt bestehen zu können. Aber Jon Black wird niemals so etwas in mir auslösen, und ich bin mir sicher, dass er es insgeheim längst weiß. Und das macht ihn wahnsinnig.

»Weißt du, Prinzessin. Das hier könnte auch ganz anders ablaufen. Wenn du mir sagst, was du über Helens Tod und Aydens Mitschuld daran weißt, dann lasse ich dich vielleicht aus dem Keller raus. Du könntest bei mir im Schlafzimmer nächtigen und an einem richtigen Tisch mit mir frühstücken. Du würdest Freiheiten bekommen. Natürlich würde ich dich nicht gehen lassen, aber es könnte … angenehmer für dich sein, wenn du kooperierst.«

»Ich weiß nichts über irgendeine Helen!«, lüge ich harsch und recke mein Kinn. Sobald sich unsere Blicke treffen, würde ich am liebsten aufspringen, mich auf ihn stürzen und ihm die Augen auskratzen. Heute hat er keine Knarre bei sich, zumindest trägt er sie nicht offensichtlich.

»Und ich weiß, dass du lügst!«, herrscht Black mich an und ballt seine Hände wiederholend zu Fäusten. Ich weiß, dass er eine verdammt kurze Zündschnur hat und innerhalb von Sekunden explodieren kann, also muss ich aufpassen, was ich sage oder tue. Er müsste nur ein paarmal gezielt zuschlagen und mein Kopf wäre ein einziger Brei aus Hirnmasse und Knochen.

»Ich lüge nicht! Ich arbeite für Ayden im Red Poison, weil ich das Geld brauche, das ist alles! Ich weiß nicht, wer Helen ist. Ich weiß nicht, ob oder was er mit ihr getan hat! Und indem du mich hier wie einen Köter im Keller einsperrst, wirst du meine Liebe nie gewinnen!« Autsch. Ich beiße mir auf die Zunge, weil die Worte einfach so aus mir herausgeschossen sind, ohne dass ich über die Konsequenzen hätte nachdenken können. Aber ich weiß, dass ich einen wunden Punkt getroffen habe. Jon hat mir schon nach unserer ersten Nacht gesagt, dass er mich liebt. Ich konnte es nie erwidern.

»Du miese Schlampe!« Black springt von seinem Stuhl auf, zerrt mich auf die Beine und schleudert mich hart gegen die Wand. Mir entflieht ein Heulen, weil der Aufprall so stark war, und ehe ich ausweichen kann, hat er mich von hinten gepackt, meinen Kopf zurückgezogen und erneut gegen die Wand krachen lassen. Mein Auge schwillt sofort zu, und es klingelt in meinen Ohren, weil der Schmerz so übermächtig ist.

Meine Sicht verschwimmt erneut, als er mich wie einen beschmutzten Lappen auf die Matratze schmeißt und mir wieder wehtut. Dieses Mal mit der Faust. Sie kracht in mein Gesicht, woraufhin meine Unterlippe aufplatzt wie ein rohes Ei und Blut aus der Wunde schießt. Ich schlage blind um mich, kratze, beiße und schreie, aber er lässt nicht von mir ab. Als Nächstes tritt er mir in den Rippenbogen, was mich so unerwartet trifft, dass ich nichts anderes tun kann, als mich zu einer Schnecke zusammenzurollen. Meine Tränen vermischen sich mit Blut, mein Heulen mit einem Krächzen. Jeder Muskel fühlt sich an, als stünde er vorm Zerreißen.

Er wird mich umbringen.

»Du sagst, dass ich deine Liebe niemals gewinnen werde, Prinzessin?« Er dreht mich bestimmend auf den Rücken, schiebt harsch meine Beine auseinander und gleitet zwischen sie. Erneut deckt er mich mit seinem schweren Gewicht zu, während ich mich einfach nur in Staub auflösen will. Oder in Luft. Ich will weg sein, nicht mehr hier, nicht mehr unter ihm. Weil ich weiß, wie kaputt meine Psyche sein wird, wenn er mich jetzt fickt. Es wäre mein Gnadenstoß, mein sicherer Tod.

»Du liebst mich schon längst, Auri. Du hast es nur vergessen.« Seine Hand wandert über mein Veilchen und ist nahezu sanft dabei. Dieser Wichser ist noch so viel gestörter als gedacht. »Aber keine Sorge, Prinzessin. Ich werde dich daran erinnern.« Mit diesem Versprechen küsst er mich wieder, dieses Mal noch drängender als beim ersten Mal. Dank meiner aufgeplatzten Unterlippe brennt es wie Feuer, als seine Zunge in meinen Mund eindringt und ihn mit schnellen Bewegungen plündert. Ich hasse ihn. Ich hasse, wie er sich auf mir anfühlt. Ich hasse, wie er riecht. Wie er atmet. Alles an ihm ekelt mich an, und sollte ich es lebend hier raus schaffen, werde ich gedanklich für immer hier unten feststecken.

»Komm schon, Prinzessin. Zeig mir, dass du dich erinnerst.« Er löst sich von mir, kniet sich vor mich und öffnet routiniert seinen Gürtel.

Anschließend zieht er seine Jeans mitsamt Boxershorts so weit herunter, dass sein harter Schwanz hervorspringt. Umgehend wird mir noch schwindeliger, und ich muss mich zusammenreißen, um ihm nicht auf den mickrigen Penis zu kotzen.

»Nimm ihn in den Mund und lutsch ihn so, wie du noch nie zuvor einen Schwanz gelutscht hast.« Arrogant deutet er auf seine Latte, und ich weiß nicht, was ich tun soll, außer zu gehorchen. Sollte ich nicht machen, was er von mir verlangt, könnte er mich noch hier und jetzt erwürgen oder erdrosseln. So, wie er mich gerade zusammengeschlagen hat, würde ich ihm alles zutrauen.

Also rapple ich mich unter größten Schmerzen auf, krieche wie ein Häufchen Elend auf ihn zu und warte darauf, dass er sich auf den Stuhl in der Raummitte setzt. Sobald er es getan hat, rutsche ich von der Matratze herunter und knie mich zwischen seine Beine. Fuck. Ich werde ihn in den Mund nehmen müssen, wenn ich nicht sterben will.

In einer ähnlichen Situation war ich schon einmal mit Ayden, nachdem ich mich bei ihm im Schrank versteckt habe und er mich erwischt hat. Aber obwohl beide ihre Dominanz über mich auskosten und beide chauvinistische Arschlöcher sind, war das mit Ayden immer etwas anderes. Weil ich tief in meinem Kern von ihm dominiert und gedemütigt werden *wollte*. Weil es mich angemacht hat, als er mir die Waffe an den Kopf gedrückt und mich anschließend für den Blowjob bezahlt hat. Aber das hier ist anders. Das hier ist nur erniedrigend.

Black bringt den größten Ekel in mir zum Vorschein, Ayden meine größte Lust. Und ich wünschte, er wäre jetzt hier und würde diese Made für mich beseitigen. Nicht schnell, wie bei Maggie. Sondern quälend langsam, mit bloßen Händen. Black soll leiden, bevor er das Zeitliche segnet. Er soll sich genauso miserabel fühlen wie ich mich in dieser Sekunde.

»Nun mach schon, Auri. Mein Schwanz hat zu lange auf dich warten müssen.« Er greift grob in mein Haar, zerrt meinen Mund über seine unterdurchschnittliche Latte und wartet darauf, dass ich ihn in mir aufnehme. Also tue ich es. Es schmerzt ungemein, als er sich zwischen meine wunden Lippen schiebt, aber die körperliche Komponente ist weitaus harmloser als die seelische. Das hier schmerzt meiner Seele mehr als meinem Körper. Ganz langsam beginne ich, ihn zu lutschen, während mir ungehindert Tränen über das Gesicht laufen.

Und als Black genüsslich den Kopf in den Nacken legt und den Griff in meinem Haar lockert, weiß ich, was ich tun muss. Ich wollte ihn dort treffen, wo er am verwundbarsten ist: seinem verdammten Schwanz. Also lege ich meine Hand auf seine Eier, während ich ihn schneller lutsche, damit sein Verstand kurzzeitig aussetzt. Da ich ihn nicht ohne Waffe mit bloßen Händen werde töten können, brauche ich einen zeitlichen Vorsprung.

»Fuck, Prinzessin. Dein Mund ist wie für mich geschaffen!«, grollt er erregt, während ich zwei Dinge zur selben Zeit mache: meine Nägel fest in seine Hoden jagen und zubeißen. Ihm entflieht ein jämmerlicher Laut, als ich seine Eier noch fester zerquetsche und auf die Beine springe. Ich weiß nicht, ob ich ihn blutig gebissen habe, und ich traue mich auch nicht, mir seinen Schwanz genauer anzusehen.

»Falsch, Wichser! Dieser Mund gehört Ayden, und zwar nur ihm!« Wie ein Sack fällt Black vom Stuhl und hält sich wimmernd den Schritt fest. Derweil schicke ich all meine verbliebene Kraft in meine Beine und stürme los. Sobald ich die Kellertür aufgerissen habe, stürze ich die Treppe hinauf und nehme mehrere Stufen auf einmal. Solange der Wichser um seine kostbaren Eier und seinen Schwanz trauert, habe ich genug Zeit, von hier zu verschwinden.

Black schreit wie von Tollwut besessen meinen Namen, aber als ich einen Blick über meine Schulter werfe, folgt er mir nicht.

Das Haus, in dem er wohnt, ist stinknormal eingerichtet, und man sieht, dass er im Gegensatz zu Ayden nicht im Geld zu schwimmen scheint. Ich verschaffe mir so schnell wie möglich einen Überblick über die untere Etage, und als ich schließlich die Haustür entdecke, stürme ich auf sie zu und renne nach draußen. Der kühle Nachtwind bläst mir ins Gesicht, während ich durch Blacks Vorgarten sprinte und keuchend Luft hole. Immer wieder blicke ich hinter mich, um zu checken, ob er mir auf den Fersen ist, aber da ist niemand. Ich bin frei. Und doch spüre ich, dass die Gefahr noch lange nicht vorüber ist.

33
BLACK

»Sie hat dir in den Schwanz gebissen?« Ayden klingt für meinen Geschmack etwas zu amüsiert über meine Berichterstattung und am liebsten würde ich seine Kehle mit etwas anderem als diesem herablassenden Lachen füllen. Meiner Faust, beispielsweise. Oder einer Ladung Schrot. Verdient hätte es dieser Wichser, aber ich werde noch meinen Spaß mit ihm haben, wenn ich Auri zurückgeholt habe. Eins nach dem anderen.

Ich lasse mich auf meinen Küchenstuhl fallen und sehe dabei zu, wie sich Blutflecken in den Fasern meiner Jeans bilden. Die verdammte Bitch hat fest zugebissen. Dafür wird sie büßen, auf jede erdenkliche Weise.

»Haben die Cops etwas gegen dich in der Hand, Boss?«, weiche ich seiner Frage aus, weil ich keine sonderlich große Lust habe, mit ihm über meinen kaputten Schwanz zu plaudern. Ayden denkt, dass ich Aurora aufgrund des Verrats an die Cops eingefangen habe, und das soll auch so bleiben, bis ich weiß, wie es weitergeht.

Ayden hat vor meinen Augen Dutzende Menschen getötet, aber jedes Mal musste ich für ihn die Drecksarbeit erledigen. Nur bei Helen hat er im Alleingang gearbeitet, weshalb ich ihn auch für genau diesen Mord drankriegen muss. Alle anderen Opfer sind voll von meinen Spuren und somit würde ich mir nur ins eigene Fleisch schneiden, immerhin weiß jeder im Club, dass ich Aydens ganz spezielle Putzfrau bin. Genau deshalb brauche ich Aurora. Weil sie sich mit ihrer Zauberpussy in Aydens Herz gefickt hat und sie die Einzige ist, die mir die nötigen Beweise besorgen kann. Jetzt ist sie weiß Gott wo, während ich kaum von diesem gottverdammten Stuhl aufstehen kann, weil sie mich mit ihren Zähnen ausgeknockt hat.

»Die Bullen haben gar nichts«, erwidert Ayden scharf. »Morgen Abend müssen sie mich freilassen und dann werden wir – du und ich – uns um die kleine Kratzbürste kümmern, mein Freund.« Ich balle meine freie Hand zur Faust, während ich mit der anderen das Handy beinahe zerquetsche. Aus Aydens Maul klingt es, als hätte er vor, sich gemeinsam an Aurora zu rächen. Was er nicht weiß? Dass diese Sache mir vorbehalten bleibt. Auris Strafe gehört mir.

»Was soll ich tun?«, frage ich, um meine Tarnung aufrechtzuerhalten. Aydens Atem rasselt vor Wut.

»Fang sie ein und bring sie in die Kirche. Ich will ihr Leben dort beenden, wo der ganze Scheiß angefangen hat. Poetisch, oder?« Meine Knöchel treten weiß hervor, weil ich meine Hand so fest zur Faust balle. Ayden denkt wirklich, ihm gehört die ganze verfickte South Side. Ich werde ihn eines Besseren belehren.

Noch immer spüre ich Auroras weiche Lippen an meinem Schwanz, der seit ihrem Angriff schmerzhaft vor sich hin pocht. Ich wünschte, ich hätte ihr schon viel früher gezeigt, wo ihr Platz ist. An wessen Seite. Zu wessen Füßen. Dann hätte sie inzwischen vielleicht so etwas wie Manieren. Stattdessen hat Ayden die Kleine komplett verzogen und ich darf den Mist ausbaden.

»Hörst du mir überhaupt zu, Black?« Ayden ist die Ungeduld in die dunkle Stimme geschrieben, immerhin sind die Telefonate, die er aus dem Revier führen darf, zeitlich begrenzt.

»Sorry, Boss. Mein Schwanz brennt wie Feuer«, knurre ich und widerstehe nur schwer dem Drang, meine Jeans zu öffnen und mir das Elend anzusehen, das Aurora hinterlassen hat.

»Dein Schwanz interessiert mich nicht. Was mich interessiert, ist Aurora. Du wirst sie finden, hörst du?«

»Aye, Captain.« Hört er den Spott aus meiner Stimme heraus? Seine herablassende Art fickt mich schon seit Monaten, aber ich werde ihm jede Sekunde davon heimzahlen. Und die Krönung verpasse ich ihm, wenn ich die kleine Prinzessin direkt vor seiner Nase besinnungslos ficke, bevor ich ihm den Garaus mache. Er wird bei jedem einzelnen Stoß zusehen müssen, so wie ich zusehen musste, als sie seinen Schwanz vor meinen Augen geblasen hat.

»Ich werde zuerst bei ihr im Trailer nachsehen.« Ich kann mir zwar etwas Besseres vorstellen, als ihrer Junkiemutter zu begegnen, aber das wird meine erste Anlaufstelle sein.

»Behalte stattdessen lieber Velvet im Auge, sie ist die bessere Anlaufstelle und die einzige Freundin, die Aurora hat. Und Black?«

»Ja, Boss?«

»Du rührst sie nicht an, bis ich da bin. Ihr Tod gehört mir.«

Zähneknirschend warte ich darauf, dass mein Boss das Telefonat beendet. Dieser Wichser wird nie aufhören, mich wie seinen abgerichteten Köter zu behandeln. Und ich kann es kaum erwarten, endlich mit ihm die Rollen zu tauschen.

34
Aurora

Im Red Poison empfängt mich der typische Wahnsinn. Geiernde Kerle, die der Bedienung auf die gepushten Titten sabbern, Wände aus Zigarrenrauch und verruchte Musik im Rotlicht. Dann sehe ich Velvet hinter dem Tresen fröhlich Gläser spülen und meine Abneigung diesem Club gegenüber wird immer kleiner, bis sie sich komplett im Rauchnebel auflöst. Wer hätte gedacht, dass ich jemals eine Freundin wie sie haben würde? Oder überhaupt jemanden, den ich als Freundin bezeichnen kann? Damals war meine Mutter meine einzige Vertraute, bis sie sich in einen verdammten Geist verwandelt hat. Seitdem war ich auf mich allein gestellt. Mein Job im Red Poison hat mir unglaublich viel genommen, aber auf der anderen Seite auch wahnsinnig viel gegeben. Aus diesem Grund bin ich jetzt hier. Weil ich Velvet noch einmal sehen muss, bevor …

Als sie mich und mein malträtiertes Gesicht entdeckt, lässt sie das Cocktailglas scheppernd in die Spüle fallen und meine Gedanken stoppen abrupt.

»O mein Gott, Süße! Was ist passiert?« Sie zieht mich

umgehend in die Arme. Am liebsten würde ich mich an ihre voluminösen Brüste kuscheln und mir von ihr den Kopf tätscheln lassen, als wäre sie meine Mutter. Eine Mutter, die weitaus besser ist als die, die mir von diesem heuchlerischen Gott gegeben wurde. Wie gern würde ich ihr von Black erzählen und davon, was er mir angetan hat, aber dafür bleibt uns keine Zeit. Ich wollte sie unbedingt noch einmal sehen, bevor alles den Bach runtergeht.

»War *er* das?« Durch Velvets Augen schießen Blitze, mit denen sie Ayden am liebsten in den Tod schicken würde, obwohl die beiden so eng befreundet sind.

»Ich kann darüber jetzt nicht reden, ich wollte nur …« Meine Stimme bricht ab, als ich seine Anwesenheit spüre. Black ist hier. Er schiebt den schwarzen Samtvorhang zur Seite, und sobald sich unsere Blicke treffen, erschaudert es mich bis ins Mark. Wieder spüre ich seine schmierigen, schwieligen Hände auf meiner nackten Haut. Seinen Atem, der mich streift und verseucht. Black ist pures Gift und ich habe die volle Dosis abbekommen. Die *tödliche* Dosis. Von Sekunde zu Sekunde breitet sich sein Gift weiter in meinem angeschlagenen Körper aus. Er hat mich befleckt. Hat mich markiert. Und ich würde mir am liebsten jeden Zentimeter Haut vom Körper schälen, um zu vergessen, was er mir angetan hat.

»Sieh mal einer an, wer so dumm war, ausgerechnet hierherzukommen. Ich habe schon auf dich gewartet.« Mein Peiniger schenkt mir ein wölfisches Grinsen, das ich ihm am liebsten mit dem Messer, das Velvet zum Zitronenschneiden benutzt hat, aus dem Gesicht kratzen würde.

»Wovon spricht Black, Süße?« Velvet scheint die Gefahr zu verstehen, in der ich schwebe, und schiebt sich instinktiv zwischen uns.

»Geh zur Seite, Velvet. Das hier geht nur die kleine Trailerparkschlampe und mich etwas an.« Black stößt meine Freundin grob gegen den Tresen, woraufhin in mir ein ganz neues Level an Hass entflammt.

»Fass sie noch einmal an und ich schwöre dir …«

»Was?«, bellt er. »Was willst du dann tun, hm? Mir noch einmal in den verfluchten Schwanz beißen? Vielleicht sollte ich dir als Erstes die Zähne ziehen, damit du mir endlich einen ordentlichen Blowjob geben kannst.« Ich taumle rückwärts, weg von Black, weg von Velvet. Meine Freundin hält sich die schmerzende Seite, mit der sie gegen den Tresen geprallt ist, und Tränen flackern in ihren Augen.

»Scheiße, Aurora! Sag mir endlich, was hier los ist. Wovon spricht dieser Neandertaler? Hat er dich so zugerichtet?«

»Dich nehme ich mir später vor, Süße.« Er zwinkert Velvet zu. »Und dein geliebter Boss, für den du tausendfach die Beine breitgemacht hast, wie die Hure, die du bist, wird dir nicht helfen können.« Ich setze einen Tunnelblick auf, stoße gegen eines der anderen Mädchen, das mich daraufhin mit giftigen Worten bedenkt, die ich nicht verstehe. Alles, was ich sehe, ist Black. Alles, was ich höre, ist sein schmieriges, teuflisches Lachen. Das hier muss ein Ende haben. Ein für alle Mal. So schnell ich kann, stürme ich aus dem Red Poison, renne dabei beinahe die nächste Kellnerin um und stolpere die Treppe zur Straße hinauf.

Meine Beine führen mich automatisch über den nassen Bürgersteig, während mein Herz in ungeahnten Geschwindigkeiten unterwegs ist. Black wird mich niemals einfach so gehen lassen.

Seine Schritte verfolgen mich, genau wie dieses hämische Lachen, das die leere Gasse durchzieht, in die ich taumle. Mir tut immer noch jeder Zentimeter weh, weil er mich derart zugerichtet hat, sodass ich bei Weitem nicht so schnell unterwegs bin, wie ich es brauche.

Noch bevor ich das Ende der dunklen Gasse erreicht habe, packt Black mich an den Haaren und zieht mich zurück, bis ich gegen seine Brust stoße. Ich fühle mich wie in jener Nacht, als er mich betäubt und anschließend in seinen dreckigen Keller geschleift hat.

»Lass mich los, du verdammter Wichser!« Meine Worte verlieren sich, als er mir seine Hand auf den Mund presst. Wimmernd trete ich um mich, mobilisiere meine letzten Kräfte, aber ich bin zu schwach. Wieder einmal. Black verpasst mir einen so heftigen Schlag auf den Hinterkopf, dass ich augenblicklich falle. Ich falle in die Dunkelheit, falle in meine ganz persönliche Hölle. Und ich weiß, dass Ayden auf mich warten wird, wenn ich im Fegefeuer ankomme.

Der modrige Geruch von Staub und kaltem Stein dringt mir als Erstes in die Nase, als ich wieder zu mir komme. Meine Kehle brennt wie Feuer, genau wie meine Augen, als hätte ich tagelang durchgeweint. Müde schlage ich die Lider auf und bereue es sofort. Ein unerträglicher Schmerz jagt durch meine Schläfe und meine Sicht ist alles andere als scharf.

»Wo bin ich?«, murmle ich erschöpft, während meine Augen erneut zufallen. Etwas Nasskaltes drückt sich gegen meinen Rücken. Meine gefesselten Arme sind zu beiden Seiten ausgestreckt, als würde ich eine Umarmung erwarten. Doch alles, was mich in Blacks Nähe erwartet, ist eine Umarmung vom Tod.

»Wurde Zeit, dass du wach wirst, Prinzessin. Wir haben nicht mehr viel Zeit bis zum finalen Akt.« Er klopft mir gegen die Wange, woraufhin ich umgehend zu zittern beginne. Mir ist heiß und kalt zur selben Zeit. Ich hasse es, von ihm berührt zu werden und mich nicht wehren zu können.

»Lass mich gehen, Black«, wimmere ich und wende das Gesicht von ihm ab, weil ich seinen heißen Atem nicht länger auf meinen Lippen spüren will.

»Weißt du, als du mir entwischt bist, dachte ich wirklich, dass ich dich nie wiedersehen würde. Dass du deine dürren Beine in die Hand genommen hättest und verschwunden wärst.« Er packt mein Kinn und dreht mein Gesicht wieder seinem entgegen. Sekunden später streifen mich seine trockenen Lippen, während ich meine eigenen fest zusammenpresse.

»Aber die South Side steckt dir im Blut, nicht wahr? Du kannst hier nicht weg, weil du nirgendwo sonst hinpasst. Einmal Trailerparkschlampe, immer Trailerparkschlampe. Genau wie deine Mutter.« Mir stecken so viele Beleidigungen in der Kehle fest, aber ich kriege keine davon über meine Lippen, weil sein Mund noch immer so dicht vor meinem schwebt.

»Hättest du mich damals nicht einfach aus deinem Leben gestrichen, hättest du jetzt vielleicht mehr Glück, Auri. Dann würde dein erbärmliches Dasein nicht in dieser schäbigen Kirche enden.«

Wir sind in der Kirche. Hier, wo alles angefangen hat. Der Ort, an dem ich Ayden Curse begegnet und seinem dunklen Fluch zum Opfer gefallen bin.

»Fick dich«, zische ich, sammle meinen Speichel und spucke ihm mitten ins Gesicht. Endlich schaffe ich es wieder, die Augen zu öffnen, und dieses Mal ist meine Sicht klarer. Black wischt sich meine Spucke von der Wange und stößt ein knurrendes Lachen aus.

»Oh, Auri. Die einzige Person, die ich ficken werde, wirst

du sein. So lange, bis du meinen Namen in die ganze Stadt schreist. Gott persönlich soll hören, wie ich mir nehme, was ohnehin längst hätte mir gehören sollen.« Seine Hand packt meinen Hals so fest, dass Sterne vor meinen Augen tanzen. Ich japse nach Luft, aber er gewährt mir keinen Sauerstoff. Über meinem Kopf auf dem Altar, an den er mich gefesselt hat, brennen Kerzen. Das flackernde Licht verwandelt Blacks Gesicht in eine seelenlose, barbarische Fratze.

Ganz langsam lässt er meine Kehle los, um anschließend unwirsch nach meinen Brüsten zu greifen. Er zerrt mein Oberteil nach unten, sodass mein BH zum Vorschein kommt.

»Ich denke, ich werde dir zuerst auf die Titten spritzen.« Black geilt sich an seinen eigenen Worten auf, während mein Mund immer trockener wird. Die Vorstellung, es könnte wirklich so weit kommen, bringt mich um.

»Deine Brüste waren schon immer geiler als die deiner Alten.« Blacks Hand wandert tiefer, über meinen Bauch, bis zum Rand meiner Jeans. Sekunden später schiebt er seine Hand in meine Hose und entlockt mir ein Keuchen. Keines der guten Sorte. *Warum zur Hölle endet dieser Albtraum nicht endlich?*

»Komm schon, Auri. Spreiz deine Beine für mich, so wie du es damals getan hast. So wie du es für Ayden gemacht hast, obwohl er dich nicht verdient hat.« Ich schüttle unter Tränen den Kopf, winde mich, schreie, zerbreche. Bevor Black mit seinen schmierigen Fingern in mich eindringen kann, wird die Tür der Kirche hart aufgestoßen. Black verharrt mit der Hand in meinem Slip und schenkt mir ein allwissendes Grinsen.

»Oh, oh. Der Boss ist da.« Er beugt sich über mich, streicht mit seiner Nasenspitze über meine Ohrmuschel. »Showtime, Auri.« Er erhebt sich, baut sich vor mir wie ein

Schatten auf. Ein Schatten, dessen Kälte und Dunkelheit mich gebrandmarkt hat. Anschließend dreht er sich zu Ayden um.

Er ist hier.

»Gutes Timing, Boss. Ich habe sie gerade für dich gefesselt.«

»Fickt euch beide!«, schreie ich und zerre ein weiteres Mal ohne Erfolg an meinen Fesseln. Sie sind so stramm gezogen, dass die Seile in meine Handgelenke schneiden und der Schmerz bis in meine Schultern zieht.

»Ist das ein Angebot, Baby?« Aydens Anwesenheit erfüllt die komplette Kirche, genau wie in der Nacht unserer Begegnung. Sie saugt jegliches Sauerstoffmolekül aus der Luft, verschluckt mich.

»Denn wenn ich ehrlich bin, wäre mir gerade wirklich nach einem Fick zumute. Die zwei Tage im Knast haben mich ausgehungert.« Als er neben Black tritt, der überheblich auf mich herabblickt, wird mein Mundraum ganz trocken. Ayden und Black stehen vor mir, starren mich an, als wäre ich der nächste Gang auf ihrem Speiseplan. Und eins steht fest: Sollten sie ihre Worte wahr machen, besiegeln sie endgültig meinen Untergang. Mein Blick rastet in Aydens ein. Seine gletscherblauen Augen sind so kalt wie ein norwegischer Winter, während in mir meterhohe Flammen züngeln.

»Wieso trägt sie noch Klamotten, Black?«, fragt er seinen Handlanger. Meine Kehle verengt sich auf Knopfdruck. Black beugt sich über mich, packt meine Jeans und zerrt sie mir mit Gewalt von den Beinen.

»Lass. Mich. Los!«, kreische ich und trete nach ihm, aber ich bin zu schwach, um wirklich etwas anrichten zu können. Zu übel hat er mich in seinem Keller und heute Abend zugerichtet. Es zollt jetzt seinen Tribut, dass ich in den letzten

Wochen immer wieder als menschlicher Punchingball benutzt wurde.

»Ich will sie zuerst ficken, Boss.« Black sieht mich voller Lust in den dunklen Augen an, vögelt mich bereits mit seinen giftigen Blicken. Meine Jeans hängt in meinen Kniekehlen, während er meine Beine packt und mein Becken kraftvoll zu sich heranzieht. Wimmernd schließe ich die Augen, versuche seine Hände auf meiner nackten Haut auszublenden und mich in eine andere, hellere Welt zu wünschen, aber keine Chance. Ich spüre alles. Und ich hasse jede Sekunde davon.

Black hakt seine Finger unter meinen Slip und zieht ihn ebenfalls hinunter. Bevor er erneut zwischen meine Schamlippen gleiten kann, reiße ich panisch die Augen auf und suche Aydens Blick. *Worauf zum Teufel wartet er so lang?*

In seinen Eisaugen ist ein Feuer ausgebrochen, es nimmt ihn vollkommen ein. Nimmt mich ein. Ich flehe ihn mit Blicken an, diesen Irrsinn zu beenden, und alles, was er mir gibt, ist ein stoisches Nicken. Meine Mundwinkel verziehen sich zu einem spöttischen Grinsen, mit dem ich Black bedenke.

»Showtime«, wiederhole ich seine Worte von eben. Anschließend zückt Ayden sein – oder besser gesagt mein – Messer, tritt hinter seine rechte Hand und presst die Klinge von hinten gegen seine Kehle.

»Was zum Teufel?« Blacks Hand ruht zwischen meinen Beinen, während Ayden sich von hinten über ihn beugt. »Boss, wir hatten einen Plan!«, zischt er, blanke Panik in seinen Augen.

»Eine falsche Bewegung und du wirst innerhalb von Sekunden auf diesem dreckigen Boden ausbluten, mein *Freund*.« Das letzte Wort spuckt Ayden aus, als bestünde es aus Säure. Augenblicklich wird mein Herzschlag etwas ruhiger und meine Atmung nährender.

»Und jetzt nimm deine Scheißfinger von meinem Mädchen!«, knurrt ihm Ayden ins Ohr. O Gott. Mein Herz rast erneut. Aber dieses Mal nicht aufgrund der Angst, die Black in mir hervorruft, sondern aufgrund von Aydens Worten. *Sein Mädchen.* Bin ich das? Noch wichtiger: Will ich das sein? Nach allem, was ich über ihn erfahren habe? Nach allem, was er mir angetan hat? Black lässt von mir ab. Sekunden später hat Ayden ihn auf die Beine gezerrt und zur Seite gestoßen.

»Sagt mir endlich, was dieser Scheiß soll! Ich habe sie für dich hergebracht, Ayden! So, wie du es verlangt hast!« Er pumpt seine Fäuste und steht kurz davor, auf Ayden loszugehen. Aber wir wissen beide, dass er keine Chance gegen ihn hätte.

»Ich dachte wirklich, du hättest mehr Weitsicht, mein Freund. Stattdessen durchschaust du nicht einmal die Wahrheit, wenn sie dir auf dem Silbertablett präsentiert wird.« Ayden bleckt die Zähne und zückt seine Sig Sauer. Der Schuss kommt schnell und dröhnt in meinen Ohren. Am liebsten würde ich sie mir mit den Händen zuhalten, wäre ich nicht immer noch an diesen beschissenen Altar gefesselt. Black stößt einen gellenden Schrei aus, als er zu Boden geht.

Ayden hat ihm in die rechte Kniescheibe geschossen. Er kauert am Boden, während sich unter ihm eine nicht gerade unbedenklich große Blutlache bildet.

»Hast du keine Sekunde darüber nachgedacht, dass nicht Aurora das Opfer sein könnte, sondern du selbst? Dein übergroßes Ego stand dir schon immer im Weg, Black. Heute ist es dir zum Verhängnis geworden.« Während dieser Mistkerl ächzend mit den Schmerzen kämpft, tritt Ayden an mich heran und schneidet endlich die Seile durch.

Meine Arme sinken kraftlos nach unten, aber ich mobilisiere meine letzten Reserven, um mich wieder anzuziehen und aufzustehen.

»Nächstes Mal schießt du ihm gefälligst sofort den Scheißschädel weg!«, fauche ich Ayden an, weil er sich eindeutig zu viel Zeit gelassen hat. Wir hatten einen Plan, und der hat es sicher nicht beinhaltet, dass mich seine schmierige rechte Hand beinahe vergewaltigt.

»Du musst geduldiger sein, Baby.« Ayden drückt mir einen Kuss auf die Schläfe, und auch wenn ich immer noch wütend auf ihn bin, haben wir gerade keine Zeit für einen Streit.

»Ihr habt das geplant«, faucht Black und versucht, wieder auf die Beine zu kommen, aber sein kaputtes Knie macht ihm einen Strich durch die Rechnung. Er sinkt ächzend zurück auf den Boden.

»Dachtest du wirklich, dass ich nicht wusste, wie gefährlich es ist, ins Red Poison zu gehen? Dass du dort auf mich warten würdest?« Erneut sammle ich meinen Speichel und spucke auf Black, diese kleine Mistmade, die völlig falsche Besitzansprüche erhebt.

»Ich kam absichtlich in den Club. In Wahrheit bist *du* in meine Falle getreten, nicht *ich* in deine. Nachdem ich dich mit deinem mickrigen, blutenden Schwanz im Keller zurückgelassen habe, bin ich sofort zu Ayden aufs Revier gegangen.« Ich recke mein Kinn und werfe das Haar über meine Schulter.

»Scheiße, Baby. Diese verruchte Ader steht dir.«

»Um dich kümmere ich mich später«, fahre ich ihn an. Ich bin wütend auf ihn, weil er dieses Spiel nicht sofort beendet hat, als er die Kirche betreten hat. Stattdessen hat er Black die Möglichkeit gegeben, mir die Jeans vom Leib zu zerren.

»Sieh dich an«, bellt Black und starrt aus immer kleiner werdenden Augen zu Ayden auf. »Du dachtest immer, dass du der König bist. Dass diese fucking Unterwelt dir gehört. Dabei war ich so oft derjenige, der die Drecksarbeit für dich machen durfte. Und wo steht der König jetzt? Lässt dir echt von dieser Schlampe über den Mund fahren.« Er stößt ein hustendes Lachen aus. Sein Körper kämpft gegen die Schusswunde, aber wir alle wissen doch, dass er dieses Gotteshaus nur zerstückelt in einem Leichensack verlassen wird.

»Und weißt du, was besonders befriedigend ist?« Er legt eine Kunstpause ein. »Dass mein Schwanz der Erste in ihrer engen Pussy war. Und daran wird sich niemals etwas ändern. Egal ob tot oder lebendig, ich werde immer derjenige sein, der Aurora entjungfert hat.«

Black hat mich vor Jahren markiert und mir einen Teil genommen hat, den er nicht verdient hat. Einen Teil, den ich nie wieder zurückbekommen werde. Er hat mich mit seinem mickrigen Schwanz besudelt.

»Du scheinst Todessehnsucht zu haben, mein Freund«, knurrt Ayden. »Anders kann ich mir deine große Schnauze nicht erklären.«

»Das Allerbeste an der ganzen Sache weißt du noch gar nicht.« Black ignoriert Ayden, ist aber kaum noch bei Bewusstsein. Dauert sicher nicht mehr lange, bis er das Zeitliche segnet. Und ich war noch nie so gern Augenzeugin von etwas so Schrecklichem. Oder Wunderbarem. Wie man es auslegt.

»Was glaubst du, wer Helen auf die Idee gebracht hat, Profit aus deiner süßen kleinen Tochter zu schlagen?«

Mir gefriert das Blut in den Adern. Wie versteinert stehe ich neben Ayden. Ayden, der so still wird, dass man nicht einmal seinen Atem hören kann. Black hat Helen dazu angestiftet? Er hat diese pädophile Scheiße ins Rollen gebracht? Das bedeutet, dass er und Helen unter einer Decke gesteckt haben und Ayden keinen blassen Schimmer davon hatte. Vermutlich wusste er nicht einmal, dass sich die beiden kennen.

»Da verschlägt es dem King der South Side wohl die Sprache, was? Ich frage mich, wem hier die Weitsicht fehlt, *Boss*. Ich kannte Helen lange vor dir. Wir haben zusammen deinen Untergang geplant, während du dich auf deinem Thron in Sicherheit gewähnt hast.« Höhnisch grinst Black erst Ayden, dann mich an. Ayden rast auf ihn zu, packt seinen Hals und zerquetscht ihm beinahe die Kehle. Black japst nach Luft, aber vergebens. Aydens Griff ist fester als eine Handschelle aus Stahl.

»Du kannst froh sein, dass ich dir nicht die Zunge herausschneide, du pädophiler Bastard«, bellt er und lockert den Griff. »Woher kanntest du Helen?«

»Das wirst du nur erfahren, wenn du mich am Leben lässt«, pokert Black. »Aber das wirst du nicht, hm? Wir wissen doch beide, dass ich diese Kirche nicht lebend verlassen werde.«

»Goldrichtig, mein Freund. Jede Faser meines Körpers schreit danach, dir den Leib aufzuschlitzen, bis deine Gedärme diesen gottlosen Ort schmücken wie Girlanden.«

»Was hindert dich daran?« Blacks Worte sind kaum mehr als ein Wispern. Seine Kraft verlässt ihn von Sekunde zu Sekunde mehr.

»Sie.« Ayden sieht mich an. »Sie hindert mich daran.«

»Was meinst du?«, wispere ich. Er verwirrt mich. Worauf zum Teufel wartet er? Sekunden später drückt Ayden mir seine Waffe in die Hand. Seine geladene, entsicherte Waffe, die sich so schwer und ungewohnt anfühlt. Mit stockendem Atem starre ich die Knarre in meinen Händen an. Es ist nicht mein erstes Mal, aber das Bedeutendste. Weil Ayden will, dass ich Black töte.

Aber was will ich?

»Dieser Wichser hätte dich zweimal beinahe vergewaltigt, Baby. Sag mir, dass du es nicht willst. Dann mache ich es und schieße ihm für dich die Augen aus dem Schädel.« Er klingt ungewohnt sanft, obwohl seine Worte alles andere als sanft sind. »Aber wenn es einen Teil in dir gibt, der diesem Wichser ein Ende setzen will – der sich rächen will –, dann solltest du mein Geschenk annehmen.«

»Sie wird niemals abdrücken, Ayden«, krächzt Black mit einem halben Lachen auf den blassen Lippen. »Weil sie nicht die dunkle Königin ist, für die du sie hältst. Weil sie niemals an deiner Seite bestehen kann. In deiner Welt.« Seine Worte dringen in mich ein, verhöhnen mich, spornen mich an. Ich hebe die Waffe mit meinen zitternden Händen und visiere seinen Schädel an. Genauer gesagt den Punkt zwischen seinen hässlichen Augen. Derweil stellt sich Ayden hinter mich, vergräbt sein Gesicht in meinem Haar und gibt mir Rückendeckung.

Er will das wirklich.

Er will, dass ich diesem Mann das Leben nehme. Und auch wenn es einen riesigen Teil in mir gibt, der nichts lieber als das tun will, habe ich furchtbare Angst davor. Weil es kein Zurück mehr gibt, wenn ich es getan habe. Wenn ich einen Menschen getötet habe, werde ich für immer eine Mörderin sein. Für immer Blut an meinen Händen haben. An denselben Händen, die meinen kleinen Bruder um jeden Preis beschützen wollen.

»Ich bin direkt bei dir, Baby«, flüstert Ayden und streicht mir die Haare hinter die Schulter. Es gibt mir Kraft und Sicherheit, seinen warmen, schützenden Körper an meinem zu spüren. Ich bin nicht allein, weil er bei mir ist. Weil er meine Dunkelheit weckt und gleichzeitig aufpasst, dass ich mich nicht in ihr verliere. Sein Atem hüllt mich ein wie eine weiche Decke aus Geborgenheit.

»Ich weiß nicht, ob ich es kann.« Meine Stimme bebt stärker als je zuvor. Black kauert vor mir am Boden wie ein Häufchen Elend. Dieser Mann hat den Tod verdient und das weiß ich. Dennoch ist es so schwer, diese Entscheidung zu treffen. Eine Entscheidung, die nicht rückgängig gemacht werden kann.

»Kämpf nicht länger dagegen an«, bestärkt Ayden mich. Er schiebt den Sweater über meine Schulter und küsst meine freigelegte Haut so sanft, dass mein Körper sofort weicher wird. »Es hätte Leon sein können.« Seine Worte lassen die Flammen in mir höher und höher steigen, bis sie die komplette Kirche in Brand setzen. »Er hätte von Leon Fotos machen und sie verkaufen können, so wie er es mit meiner Tochter gemacht hat. Er hat den Tod verdient.«

Entschlossen sehe ich auf Black hinab, der mich zum ersten Mal mit echter Panik im Blick anstarrt. *Er hat Angst vor mir.* Und dieses Gefühl lässt mich fliegen. Weil ich kein armes Trailerparkgirl bin, das sich nicht wehren kann. Nicht mehr. Ich habe schon andere Kriege geführt und gewonnen. Diesen hier werde ich ebenfalls gewinnen.

»Und jetzt beende es.« Ayden gibt mich frei und schiebt mich leicht nach vorn, sodass ich Sekunden später direkt über Black stehe. Wir halten Blickkontakt, und während er den Atem anhält, habe ich das Gefühl, zum ersten Mal richtig Luft zu bekommen. Mein Daumen streicht über den Abzug der kalten Waffe.

Ich werde nie wieder das Opfer eines Mannes wie Black sein. Der einzige Mann, dem ich freiwillig diese Macht über mich gebe, steht hinter mir.

Ich beuge mich zu der Made nach unten, fahre mit dem

Waffenlauf über seine Brust und überlege, an welcher Stelle ich abdrücken soll. Ob ich nur einen Schuss oder mehrere abfeuern will. Mit geschlossenen Augen atme ich tief durch und dann drücke ich ab, direkt über seinem Herzen.

Alles um mich herum verschwimmt zu einem wunderschönen Nichts. Da gibt es nur noch mich, diese Waffe und den reglosen Körper des Mannes vor mir, der mich beinahe gebrochen hätte.

Da ist überall Blut.

So viel Blut unter mir.

Und so verdammt viel Befriedigung in mir.

Ich weiß nicht, wie lange ich auf seine Leiche hinabblicke, ohne mich zu regen. Irgendwann spüre ich eine Hand auf meiner Schulter und halte inne.

Ayden zieht mich gegen seine Brust und schlingt seine Arme von hinten um mich. Derweil nutze ich den Moment, um mir mein Werk anzusehen. Die Realität reißt über mir auf wie eine Gewitterwolke, die Blitze in meinen Körper jagt. Ich habe einen Mann getötet. Wieso zur Hölle fühlt es sich so gut an, jemanden Böses zu bestrafen?

Schluckend drehe ich mich zu Ayden um und sehe zu ihm auf. Er legt seine Hand an mein Kinn und hebt meinen Kopf noch etwas weiter an, um mich zu küssen. Er radiert Blacks Spuren aus und überschreibt sie mit seinen. Aydens Zunge dringt sanft in meinen Mund ein, erobert ihn auf seine ganz spezielle Art und Weise. Sobald wir uns voneinander lösen, wird mir erst richtig klar, was gerade passiert ist. Welche Konsequenzen das hier haben könnte.

»Was passiert jetzt mit ihm?« Blacks Schweigen verschluckt die gesamte Kirche. Zum ersten Mal erkenne ich, dass der Tod seinen ganz eigenen Soundtrack hat. Und dass ich diesen Soundtrack auf verquere Weise schön finde.

»Meine Leute kümmern sich um die Leiche und den Tatort, Baby.«

»Wieso kamst du so spät?«, frage ich atemlos. Wir hatten einen genauen Plan. Ich gehe ins Red Poison, locke Black hervor und lasse mich von ihm zur Kirche bringen. Dort sollte Ayden bereits auf uns warten.

»Es gab eine Änderung. Ich musste noch sein Haus präparieren«, erwidert er und drückt mir noch einen Kuss auf den Mundwinkel. Er scheint an meinem fragenden Blick zu sehen, dass ich mehr Informationen brauche.

»Helens Leiche befindet sich jetzt in seinem Keller, genau wie die Mordwaffe in seiner Küche. Außerdem habe ich die Fotos, die Helen an diese Wichser verkauft hat, ausgedruckt und in seinem Haus versteckt. Das wird sein Motiv sein. Helen hat herausgefunden, was Black ihrer Tochter getan hat, und ihn damit konfrontiert. Die Situation ist eskaliert …«

»Du willst ihm den Mord an Helen anhängen«, stelle ich leise fest.

Ayden nickt. »Im Grunde genommen hat er sie ermordet, nicht wahr? Wenn es stimmt, was er gesagt hat, hat er Helen dazu verleitet. Nur deshalb verrottet ihr Körper jetzt in seinem Keller.«

Wieder sammeln sich Tränen in meinen Augen, aber dieses Mal vor Erleichterung. Weil endlich alle Geheimnisse gelüftet sind und Black bald nur noch ein Haufen Knochen unter der Erde sein wird. Entweder das oder Ayden löst seine Überreste in Säure auf.

»Wieso weinst du, Baby?« Aydens Daumen wischt meine Tränen fort, noch bevor sie meine Wangen erreichen können.

»Weil es vorbei ist«, flüstere ich und schmiege mich an ihn. Grabe meine Nägel in seine Lederjacke und inhaliere seinen Duft so tief, wie es meine Lungenflügel zulassen.

»Fast, Baby.«

»Fast?« Irritiert sehe ich zu ihm auf. »Wieso fast?«

Ayden küsst mich erneut. Dieses Mal dominanter, härter, noch besser. Weil dieser Kuss danach schreit, dass ich ihm gehöre und dass er mich nie wieder gehen lassen wird.

»Es gibt noch eine Sache, die wir erledigen müssen. Hast du Lust auf einen Roadtrip nach Kanada?«

35
AURORA

24 Stunden zuvor

Es gleicht einem Weltwunder, dass ich auf dem Weg zum Revier nicht vor Schmerzen zusammengebrochen bin, so übel, wie Black mich zugerichtet hat. Ich kann nur hoffen, dass dieser Wichser in dem Keller elendig zugrunde geht, denn allein die Vorstellung, ihm noch einmal in die Falle zu laufen, versetzt mich in albtraumhafte Gedanken. Vielleicht hätte ich mir in seiner Küche ein Messer schnappen und die Sache zu Ende bringen sollen, aber ich wollte einfach nur verschwinden, so schnell ich konnte und solange er von meiner Attacke ausgeknockt war. Keine Ahnung, ob ich es wirklich geschafft hätte, ihn zu töten. Nicht nur körperlich, sondern auch psychisch. Ayden hat recht und in mir herrscht eine Dunkelheit, die ich nicht leugnen kann … aber das? Ich habe Angst davor, was es mit mir machen könnte.

Nachdem ich wie eine Irre über die Straße gerannt bin und erkannt habe, dass Blacks Haus nicht weit von unserem Trailerpark entfernt ist, bin ich als Erstes nach Hause gegangen, um nach Leon zu sehen. Er lag friedlich schlafend in seinem Bett, während Mom mal wieder unser Sofa in Beschlag genommen hat, weil der Weg bis in ihr Schlafzimmer scheinbar zu weit war. Lediglich Leons Nanny hat mitbekommen, dass ich da war. Bevor sie unangenehme Fragen über meinen Zustand stellen konnte, habe ich mich wieder nach draußen verzogen und Velvet angerufen. Dank ihr weiß ich, auf welchem Revier Ayden festgehalten wird, und als ich das schmale Gebäude vier Blocks vom Red Poison ansteuere, rumort mein Magen heftig. Zum einen habe ich Angst davor, die Cops könnten zu viele Fragen über meinen körperlichen Zustand stellen, zum anderen davor, dass sie mich nicht mit Ayden reden lassen werden.

Als ich das Revier betrete, empfängt mich die kühle Luft der Klimaanlage direkt über der Eingangstür. Mit schnellen Schritten stürme ich auf den Schreibtisch zu, hinter dem eine rothaarige Polizistin in Uniform sitzt und sich gerade durch einen Stapel Akten wühlt. Sobald sie mich ansieht, schiebt sie die Akten umgehend zur Seite und fokussiert sich vollends auf mich und meine zugerichtete Erscheinung. Kein Wunder, bei dem Bild, das ich abgeben muss. Ich habe noch keinen Blick in den Spiegel geworfen, aber ich bin mir sicher, dass ich schon mal besser ausgesehen habe. Besser gefühlt habe ich mich allemal.

»Was kann ich für Sie tun, Miss? Wollen Sie Anzeige erstatten?« Sie deutet auf die Blessuren in meinem Gesicht. Natürlich könnte ich Black einfach anzeigen, aber solange ich nicht mit Ayden sprechen konnte, wäre das kein kluger Schachzug. Also schüttle ich mit geschürzten Lippen den Kopf, auch wenn es die einzig richtige Entscheidung wäre.

»Ich bin nicht meinetwegen hier.« Mit einem Räuspern

versuche ich meine dünne Stimme fester klingen zu lassen, damit sie besser gleich versteht, dass ich es eilig habe.

»Worum geht es dann?«

»Sie haben vor …« Verdammt, wie lange ist es her? Weil ich nicht weiß, wie spät es ist, muss ich schätzen. »Vor circa vierundzwanzig Stunden einen Mann verhaftet. Meinen Boss Ayden Curse, um genau zu sein. Ich muss mit ihm sprechen.«

»Tut mir leid, Miss …«

»Rose«, vervollständige ich meinen Namen.

»Miss Rose. Ich kann Sie nicht zu Ihrem Boss lassen, solange er unter Arrest steht. Das ist mir nicht gestattet.«

»Bitte, es ist wirklich wichtig«, bohre ich weiter nach, aber ich weiß längst, dass sie mich nicht zu ihm lassen wird. Verfluchte Scheiße! Dieses Gespräch kann unmöglich bis morgen Abend warten.

»Wie gesagt, ich kann …«

»Sind Sie Aurora Rose?« Eine herbe Männerstimme durchschneidet die immer dünner werdende Luft im Raum. Der Cop, zu dem die Stimme gehört, tritt hinter den Schreibtisch der Rothaarigen. Die Daumen hat er lässig in die Schlaufen seiner Hose geschoben, während er mich kaugummikauend mustert. Seine Haare sind so kurz geschoren, dass man nur noch einen leichten Schatten sieht.

»Ja, die bin ich.«

Die beiden Polizisten tauschen vielsagende Blicke aus.

»Mach das nicht, Bruce. Wir haben Regeln!«, zischt sie ihren Kollegen an und wirft mir einen Seitenblick zu. »Außerdem sollten wir erst einmal klären, was ihr passiert ist.«

»Er will sie sehen, also lassen wir sie zu ihm.« Der Kerl mit der Fast-Glatze kommt um den Schreibtisch herum und packt mich am Arm, um mich anschließend mit sich zu ziehen. Verdammt, er bringt mich wirklich zu Ayden, oder? Wie es aussieht, scheint mein Boss selbst bei der hiesigen Polizei Kontakte zu haben. Sie reichen zwar nicht, um ihm die Untersuchungshaft zu ersparen, aber zum Brechen einiger Gesetze scheinbar schon.

»Du hast eine Viertelstunde, mehr kann ich euch nicht geben.«

»Danke«, nuschle ich und folge ihm durch den tristen, grauen Gang, der vermutlich zu den Zellen führt. Der Officer – Bruce, wenn ich mich richtig erinnere – zückt einen voll behangenen Schlüsselbund und öffnet eine Tür für mich. Sobald ich über die Schwelle geschlüpft bin, fällt sie hinter mir mit einem lauten Knall ins Schloss.

Mein Herz beginnt zu rasen, als hätte ich gerade eine Verfolgungsjagd hinter mir, während ich mich in dem Raum umsehe und als Erstes die Ecken nach Kameras absuche. Der Bereich ist sauber. Es gibt sechs Zellen, die allesamt leer sind. Alle, bis auf eine, genau gegenüber von mir. Aydens Zelle liegt zum Teil im Schatten, sodass ich sein Gesicht nicht sehen kann, sondern nur seine breit aufgestellten Beine.

Er sitzt auf einer Pritsche, und auch wenn ich nicht sehen kann, ob er mich anschaut, stellen sich die Härchen an meinem ganzen Körper auf.

Auf der einen Seite vor Angst, auf der anderen vor Sehnsucht. Ich habe Angst davor, wie er reagieren könnte, wenn ich ihm die Wahrheit sage. Angst davor, dass er mir nicht glauben könnte. Doch auf der anderen Seite halte ich es keine Sekunde länger mit dieser Distanz zwischen uns aus, also stolpere ich auf seine Zelle zu und umklammere die grauen Eisenstangen, die uns trennen, so fest es geht.

»Ayden«, wispere ich. Da ich jetzt sein Gesicht erkenne, sehe ich, dass er den Kopf nach hinten gelegt und die

Augen geschlossen hat. Schafft er es nicht, mich anzusehen?

»Dass du hier bist, zeigt mir, wie wenig du an deinem Leben hängst, Aurora.« Seine Worte peitschen wie eine Ohrfeige auf mein ohnehin gepeinigtes Gesicht. Ayden hält seine Augen weiterhin geschlossen, als könnte er sich nur so unter Kontrolle halten. Als würde die Bestie in ihm erwachen, sollte er sie öffnen.

»Ich weiß, dass du glaubst, ich wäre schuld an deiner Verhaftung«, keuche ich. »Aber ich habe nichts getan, das musst du mir glauben.« Ich senke meine Stimme, damit uns der Cop draußen nicht belauschen kann. »Ich habe niemandem von Helen erzählt.«

»So wie du niemandem von Lilly erzählt hast?«, fragt er in diesem verhöhnenden Unterton, der mich auf so vielen Ebenen verletzt. Ich dachte, über diesen Punkt wären wir inzwischen hinaus, aber scheinbar habe ich mich getäuscht. Er ist immer noch wütend, weil ich Velvet von Lilly erzählt habe, und ich verstehe es. Aber es ist zu spät, um daran etwas zu ändern.

»Bitte, Ayden. Sieh mich an, und ich erzähle dir alles, was ich weiß.« Ob ich genauso erbärmlich klinge, wie ich mich gerade fühle? Wie ein Lappen, mit dem man den dreckigen Boden dieser Arrestzelle geputzt hat, um ihn anschließend wegzuschmeißen?

Zu meinem Erstaunen kommt er meiner Bitte nach und öffnet die Augen. Als er mir ins Gesicht sieht, gefriert seines zu Eis. Seine Nasenlöcher blähen sich leicht auf und sein harter Blick wird noch härter. Mit einem Satz ist er bei mir, schlingt seine Hand durch die Gitterstäbe und berührt meine Wange. Es schmerzt höllisch, aber ich ziehe meinen Kopf nicht weg, weil diese eine Berührung alles ist, was ich gerade brauche. Seine Finger sind mein Pflaster.

»Ich würde dir so etwas nicht antun, Ayden. Nicht mehr nach allem …«

»Das spielt jetzt keine Rolle«, fährt er dazwischen und berührt mit seinem Daumen die unverletzte Seite meiner Unterlippe. Aydens Augen glänzen, und ich kann nicht sagen, ob sie es vor Zorn *auf mich* oder Mitleid *für mich* tun. Diese Unwissenheit ist am allerschlimmsten. Ohne den Blick von mir zu lösen, ruft er lautstark nach dem Cop, der mich hergeführt hat. Sekunden später betritt Bruce bereits den Raum.

»Schließ die Zelle auf«, befiehlt er dem Bullen harsch. Nur Ayden Curse kann derart mit einem waschechten South Side Cop reden, ohne sich dafür einen Schlag mit dem Stock oder eine Konfrontation mit dem Taser einzufangen.

»Kann ich nicht machen, Ayden. Dass ich sie hergelassen habe, bricht schon sämtliche Regeln.«

»Ich sagte: Öffne meine gottverdammte Tür und lass sie rein!« Jetzt wendet er den Blick von mir ab und sieht den Cop über meinem Kopf hinweg an. »Oder hast du vergessen, dass deine Kleine unter meinem Schutz steht?«

Stille bricht über uns ein wie ein stummer Platzregen. Man kann den inneren Konflikt des Polizisten in der Luft schmecken. Letztendlich gibt er nach, tritt neben mich und öffnet die Zelle. Verdammt, was zur Hölle hat Ayden vor? Will er mich gleich hier für etwas bestrafen, das ich nicht getan habe? Und der Cop lässt es einfach so zu?

Panisch sehe ich zu Bruce auf, aber er hält den Blick gesenkt und verschwindet mit großen Schritten aus dem Raum. Ayden und ich sind wieder allein. Die Luft um uns herum scheint zu flirren.

»Komm rein zu mir«, befiehlt er und ich kann am Klang seiner Stimme nicht ausmachen, was für ein Sturm gerade in ihm wütet. Er klingt so neutral, so abgeklärt. Weil ich ohnehin keine Wahl habe, da mein Herz längst für mich entschieden hat, schiebe ich die Tür auf und betrete seine Zelle. Sie ist klein und schäbig wie der Käfig eines armen Löwen, der für das menschliche Entertainment eingesperrt wurde.

Noch ehe ich etwas sagen kann, hat Ayden mich gepackt und gegen die Wand gedrückt, doch nicht brutal wie erwartet, sondern sanft. Er kesselt mich ein, schiebt seine Hand in meinen Nacken und betrachtet eindringlich meine Blessuren.

»Wer hat dir das angetan, Baby?« Seine Stimme ist kaum mehr als ein Flüstern, von dem ich Angst habe, es mir nur einzubilden. Weil es bedeuten würde, dass es ihn wirklich interessiert, was mir passiert ist.

»Wer hat dir wehgetan, Aurora? Sag es mir.« In diesem Moment bin ich mir sicher, dass der feuchte Film in seinen Augen wirklich da ist. Ayden ist definitiv kein Mann, der nah am Wasser gebaut ist, aber gerade treibt ihn etwas hart an die Grenze. *Mein Anblick.* Sein warmer Atem streichelt über meine geschundene Haut und umgehend ebbt der Schmerz etwas ab. Ganz verschwindet er nicht, aber er wird in seiner Nähe so viel erträglicher.

»Black«, erwidere ich schluckend. »Black war es.« Umgehend legt sich ein Schalter in Ayden um, er holt mit der Faust aus und lässt sie direkt neben meinem Kopf in die Wand krachen. Mir entflieht beinahe ein Schrei, den ich in letzter Sekunde mit den Lippen abfange.

»Fuck!« Ayden lässt von mir ab und tigert wild in der kleinen Zelle auf und ab. »Dieser verschissene kleine Bastard ist tot!«

»Er hat mich in einer Gasse abgefangen, nachdem ich das Red Poison verlassen habe. Dafür hat er … Chloroform oder so ein Teufelszeug benutzt.« Mein ganzer Körper steht unter

Strom, während ich die Geschehnisse zum ersten Mal laut ausspreche. »Er hat dich an die Cops verraten, Ayden. Er und nicht ich.«

»Wieso?«

»Ich … ich denke, weil er eifersüchtig war. Auf dich, deine Macht, dein Geld … und darauf, dass du mich hast.« Ayden stoppt mitten in der Bewegung und sieht mich so intensiv an, dass ich mich vollkommen nackt fühle. Seine Blicke brennen jeglichen Stoff einfach von meinem Körper, das haben sie von Anfang an getan.

»Erklär es mir, Baby.«

»Ich kenne ihn. Er war mal mit meiner Mom zusammen. Es waren nur wenige Monate, aber in der Zeit … in der Zeit hatten wir eine Affäre.« Seine Miene ist kaum noch zu lesen, weil sich die verschiedenen Emotionen in ihr vermischen. Aydens Kiefer ist zum Zerreißen angespannt, und wüsste ich nicht, wie er wirklich ist, hätte ich jetzt eine Heidenangst vor ihm.

»Er hat dich gefickt?«, fragt er mich knurrend.

»Als ich fünfzehn war«, bejahe ich und schäme mich plötzlich dafür, auch wenn ich weiß, dass er in der Verantwortung war und nicht ich. Er war erwachsen, ich war rechtlich gesehen noch ein Kind. Jon hätte mich niemals auf diese Weise berühren dürfen.

»Ich werde ihm die verdammten Eingeweide herausreißen«, zischt Ayden und ist Sekunden später wieder bei mir. Er nimmt mein Gesicht in beide Hände und lehnt seine Stirn gegen meine. Automatisch wandern meine Finger zu seinen und wir verschränken die Hände miteinander.

»Hat er dich …« Das letzte Wort schafft es nicht über seine Lippen.

Ich schüttle den Kopf. »Nein, aber er wollte es. Ich konnte ihn überwältigen und fliehen.«

»Wo ist der Bastard jetzt?« Sein Daumen streichelt über meine unverletzte Schläfe, und ich schließe seufzend die Augen, weil seine Berührung eine verdammte Wohltat ist. Wie können Hände so grob und auf der anderen Seite nur so sanft sein? Es ist, als hätte er zwei Gesichter, in die ich beide Hals über Kopf verschossen bin.

»Ich habe ihm in den Schwanz gebissen und bin verschwunden. Sicherlich ist er schon auf der Suche nach mir.«

Aydens Mundwinkel tanzen nach oben, was mich nur verwirrt die Stirn runzeln lässt. »Warum lächelst du so?«

»Weil ich stolz auf dich bin, Baby.«

In mir explodieren Feuerwerkskörper aufgrund seiner Worte. Es ist nur ein einfacher Satz in einem völlig schrägen Kontext, aber er bedeutet mir mehr, als ich zugeben will.

»Wie geht es jetzt weiter? Was machen wir?«, hauche ich. »Wenn er mich findet …«

»Die Cops haben nichts gegen mich in der Hand. Es gibt keine Leiche und keine Mordwaffe. Morgen Abend müssen sie mich gehen lassen, und dann werden wir gemeinsam dafür sorgen, dass dieser Bastard nie wieder Hand an dich legen kann. Dass er nie wieder jemandem wehtun kann.« Er drückt mir einen Kuss auf den Scheitel, obwohl ich mich viel mehr nach einem richtigen Kuss sehne. »Der Einzige, der sich an dir vergehen darf, bin immer noch ich.« Seine Mundwinkel zucken erneut und dieses Mal steckt er mich mit diesem Lächeln an. Weil er recht hat. Ayden ist der einzige Mensch auf diesem verseuchten Planeten, dem ich erlauben würde, mir wehzutun. Und die Art und Weise, wie er es sagt, klingt beinahe wie eine Liebeserklärung. Eine toxische, völlig verdrehte Liebeserklärung. Sie passt perfekt zu ihm und unserer seltsamen Beziehung.

»Aber für den Plan, der sich gerade in meinem Geist formt, brauche ich dich, Baby. Und ich brauche deinen Mut.«

»Ich tue alles, was du von mir verlangst«, erwidere ich nickend. »Was ist mit Lilly? Weiß sie schon, wo du bist?«

Ayden schüttelt den Kopf.

»Ich habe nach meiner Festnahme sofort Stacey angerufen. Sie bleibt bei ihr, bis ich entlassen werde. Und wenn du mich fragst, solltest du Leon zu mir ins Haus bringen.«

Seine Worte verwirren mich extrem, weil ich nicht deuten kann, in welche Richtung das hier geht.

»Ich soll meinen Bruder zu dir bringen?«

»Vor meinem Haus stehen zwei meiner Leute Wache. Bei mir ist er sicherer als in eurem ranzigen Trailer, vor allem, wenn Black weiß, wo ihr wohnt. Wir können nicht riskieren, dass er Leon als Druckmittel gegen dich benutzt.«

Atemlos nicke ich.

»Und du wirst deinen Bruder begleiten, verstanden? Ihr beide bleibt bis auf Weiteres bei mir.« Die Schmetterlinge in meinem Bauch wagen ihre ersten zaghaften Flügelschläge. Schlägt er mir gerade ernsthaft vor, bei ihm zu wohnen? Und ziehe ich es ernsthaft in Betracht?

»Das ist keine Bitte, Aurora. Und es ist definitiv nicht verhandelbar.«

»Okay«, hauche ich benebelt von meinen eigenen Gefühlen.

Aydens Augen scannen meine Wunden erneut, und als er unter meinen Hintern greift, um mich hochzuheben, umklammern meine Beine ganz automatisch sein Becken. Anschließend trägt er mich zu seiner Liege, setzt sich hin und lässt mich zeitgleich auf seinen Schoß gleiten. Seine Arme schlingen sich fest um meinen Oberkörper, als hätte er Angst, mich sonst zu verlieren. Dann vergräbt er sein Gesicht an meinem Hals und sagt etwas, das mich bis ins

Mark erschüttert. Auf die wohl schönste Weise, die ich je in meinem trostlosen Leben spüren durfte.

»Ich habe dich angelogen, Baby«, raunt er an meinem Hals und küsst ihn anschließend sanft. »Als ich dir sagte, dass es nur eine Schwachstelle in meinem Leben gibt, habe ich dich angelogen. Dich so zu sehen und zu wissen, was dieser Bastard dir angetan hat …« Er macht eine Pause, scheint nach den richtigen Worten zu suchen. Dabei kann die richtige Person ohnehin keine falschen Dinge sagen.

»Dich so zu sehen, zeigt mir, dass ich eine zweite Schwachstelle habe. Dich.«

36

AYDEN

2 Monate später in Cranbrook, Kanada

Dein Kleid macht mich wahnsinnig, Baby. Schon als du es im Hotelzimmer angezogen hast, hat mich dieser gewagte Schlitz an der Seite so scharf gemacht, dass ich unsere Mission fast vergessen hätte. Siehst du, was du mit mir machst? Wie sehr du mich in der Hand hast? Für dich vergesse ich meine Prinzipien, auch wenn sie alles sind, was in meiner abgefuckten Welt Bestand hat.

Du wirfst mir einen schnellen, wissenden Blick zu, als könntest du unentwegt meine Gedanken lesen. Als wüsstest du, was mir gerade durch den Kopf geht, der seit Monaten so voll von dir ist. Du hast mich infiltriert, Aurora. Hast mich mit deinen großen Augen manipuliert und dich in meiner Brust festgesetzt wie ein Blutegel.

Ich sitze in der schattigen Ecke dieser schäbigen Hinterwäldlerbar, während du am Tresen stehst und die anderen Gäste in Augenschein nimmst. Aber ich? Ich habe nur Augen für dich.

Mein Blick gleitet über deine überaus schöne Rückansicht. Das schwarze Kleid, das du trägst, ist viel zu schick für eine Bar wie diese, die nur von pöbelnden Alkoholikern bevölkert wird. Es stinkt nach ranzigem Apfelwein, billigem Parfüm und Männerschweiß.

Und in der Mitte … bist du. Du wertest diesen Schuppen durch deine bloße Existenz auf, machst ihn wertvoll. Deine grünen Haare fallen in großen Korkenzieherlocken über dein rückenfreies Kleid, während ich deinen Arsch taxiere und mir flüchtig über die Lippen lecke, weil ich dich vorhin noch so willig und gefesselt vor mir liegen sah.

Alle Augenpaare im Raum ruhen auf dir, und wenn es nach mir ginge, würde ich jedem einzelnen Spanner die Augäpfel herausschälen, weil du mir gehörst. Mit Haut und Haar. Licht und Schatten. Liebe und Hass. Aber alles muss nach Plan laufen, also lehne ich mich zurück und nehme einen Schluck dieses schalen Biers. Mit dieser widerwärtigen Pisse kann man höchstens die abgewetzten Dielen hier drin putzen, aber ich will ja nicht wählerisch sein.

Du schnappst dir einen der rot bezogenen Barhocker und gleitest elegant auf ihn. Umgehend dackelt der Kellner mit dem roten Holzfällerhemd und dem zotteligen Bart zu dir hinüber und nimmt deine Bestellung auf.

Fuck. Ich hasse es, dass ich hier sitzen muss, während dich alle Kerle in dieser Bar mit ihren Blicken vögeln. Der Einzige, der das darf, bin ich. Und du weißt es, oder, Baby? Weil du weißt, dass dein Platz an meiner Seite ist. Vielleicht wusstest du es schon, als wir uns zum ersten Mal in der Dunkelheit der Kirche getroffen haben. Ich *wusste es. Weil da von Anfang an diese Verbindung zwischen uns war, die ich nicht in Worte fassen konnte und bis heute nicht in Worte fassen kann.*

Du nippst an deinem Cocktail und wie von selbst gesellt sich unsere Zielperson an deine Seite. Keine Ahnung, ob er schon die ganze Zeit hier war und erst jetzt aus seinem Versteck gekrochen ist oder ob er eben erst kam. Du hast mich abgelenkt, Baby.

Sobald ich den Wichser sehe, balle ich unter dem Tisch meine Hände zu Fäusten. Unter anderen Umständen hätte ich mir diesen Waschlappen längst gepackt und auf den Tresen gedrückt, um ihm vor den Augen aller Sensationsgierigen die Fresse zu polieren. Aber dein Plan ist klüger und nur deshalb bleibe ich brav an meinem Platz sitzen und lasse dich die Führung übernehmen. Weil ich weiß, wie gut du darin bist. Weil ich dir gesagt habe, dass ich eine Königin in dir sehe und du inzwischen auch wie eine handelst.

Ich kann nicht hören, was der Wichser zu dir sagt, als er sich dichter zu dir beugt, aber ich schwöre bei Gott, sollte er dich küssen, werde ich meine Tarnung direkt auffliegen lassen, meine Sig Sauer zücken und sein Hirn auf den schäbigen Möbeln verteilen wie rotes Konfetti.

Du hast die Beine überschlagen, sodass man deine makellose Haut im warmweißen Licht bestens sehen kann. Mein Blick tastet sich über deine Waden hinauf zu deinen straffen Oberschenkeln. Das Wissen darüber, dass du heute keinen Slip trägst, um mich in den Wahnsinn zu treiben, gibt mir den Rest. Du bist ein Luder, Baby. Und du weißt genau, dass ich dich dafür bestrafen werde, wenn das hier vorbei ist.

Deine Hand ruht inzwischen auf dem Unterarm dieses Penners, der in seinem billigen Anzug so gar nicht zu dem Rest dieser Bagage passt. Man sieht, dass er sich normalerweise nicht in Schuppen wie diesen aufhält und dass er nur deinetwegen hier ist. Weil du ihn in unsere Falle gelockt hast wie eine königliche Spinne, die ihr Netz bereits um ihn gelegt hat.

Du bist gut und deine Show exzellent.

Der Kerl geiert dir so ungeniert auf die Brüste, dass es eng in meiner eigenen Brust wird. Weil ich – genau wie du – weiß, was dieser Mann getan hat. Auf was für Dinge er insgeheim steht.

Sag mir, Baby. Fällt es dir schwer, diese Show für einen pädophilen Wichser zu spielen? Oder befriedigt es dich einfach nur, zu wissen, was heute Nacht mit diesem Pack passieren wird?

Sein Name ist Marlow Taylor, er ist vierzig Jahre alt und arbeitet als Immobilienkaufmann in Cranbrook, diesem schäbigen kanadischen Städtchen, in dem wir seit gestern sind. In seiner Freizeit geht der Pisser gern jagen, um sein Haus mit den ausgestopften Köpfen armer hilfloser Tiere zu schmücken. Ach ja, und er steht auf Kinderpornografie. Deshalb sind wir hier.

Weil er der letzte Mann auf meiner Liste ist. Die letzte Made, die Bilder meiner unschuldigen Tochter gesehen und sich daran aufgegeilt hat. Heute Nacht wird diese Liste ein letztes Mal in Blut getränkt.

Seine Hand ruht inzwischen auf deinem nackten Oberschenkel, und auch wenn du eine gute Schauspielerin bist, sehe ich, wie sehr dich dieser Kerl anwidert.

Aber keine Sorge, Baby.

Er wird bluten. Er wird büßen. Und wir werden ihm heute Nacht gemeinsam den Tod bringen.

37
AURORA

Ich hasse es, wie sich die Hand dieses Monsters auf meiner nackten Haut anfühlt. Marlow Taylor ist das letzte Opfer, oder eher der letzte Täter, auf unserer kleinen Reise. Und ich kann es kaum erwarten, ihn aus dieser Bar zu lotsen und an Ayden zu übergeben.

Sein Atem ist scotchgeschwängert und sein Blick so glasig, als hätte er seine Augen in Schnaps gebadet. Seine Fingerkuppen brennen sich in meinen Oberschenkel hinein, und als seine Hand weiter nach oben wandert, greife ich danach und schenke ihm ein kesses Kopfschütteln.

»Nicht hier«, säusle ich und beuge mich noch etwas weiter vor, damit er einen besseren Blick auf meinen Ausschnitt hat. Dieser Mann widert mich so stark an, dass ich am liebsten in mein Cocktailglas kotzen würde, aber ich bewahre die Fassung. Nur noch ein paar Minuten lang …

Ich spüre Aydens Anwesenheit in jeder Pore meines Körpers, wie vor zwei Monaten in der Kirche, kurz bevor ich meinen ersten Mord begangen habe. Ich würde nicht sagen, dass ich süchtig nach diesem Adrenalinrausch geworden bin, aber ich genieße ihn dennoch. Weil ich ihn nur an den Menschen auslebe, die es verdient haben. Und Marlow Taylor, dieser pädophile Bastard, gehört ganz eindeutig dazu.

Er wirft mir ein wissendes Grinsen zu, bei dem seine fast schon unnatürlich weißen Zähne hervorblitzen und mich blenden. Sein Gesicht ist recht attraktiv. Kantiger Kiefer, leichter Bartschatten, dunkelbraune Augen, gerade Nase. Aber ich sehe nur eins: Hässlichkeit. Abgrundtiefe Hässlichkeit, weil er Helen und Black Geld gegeben hat, um sich anschließend an den Bildern dieses unschuldigen Mädchens aufzugeilen.

Er muss sterben. Bevor er noch mehr Menschen schaden kann. Noch mehr Kindern.

»Wie wäre es, wenn wir zwei uns draußen ein ungestörtes Plätzchen suchen, hm?«, frage ich ihn und klinge dabei so sexy, dass vermutlich jeder Kerl in dieser heruntergekommenen Bar sofort darauf anspringen würde. Nicht nur ein Mann zieht mich mit seinen Blicken aus, seitdem ich nach Ayden den Laden betreten habe, sondern fast alle.

»Das klingt hervorragend. Lass mich nur bezahlen.« Marlow zückt ein ledernes Portemonnaie, zieht ein paar Scheine inklusive großzügigem Trinkgeld heraus und wirft sie auf den Tresen. Anschließend hält er mir seinen Arm hin, damit ich mich bei ihm einhaken kann. Innerlich erschaudert es mich, als ich ihn berühre, äußerlich hingegen ziehe ich weiterhin die perfekte Show ab. Während Marlow mich nach draußen begleitet, schießt mein Blick zu Ayden.

Er sitzt in der hintersten Ecke der Bar, dreht das Bier in seiner Hand langsam von links nach rechts und sieht mich mit einer Mischung aus Stolz und Wut an. Stolz, weil er weiß, dass der Köder angebissen hat. Wut, weil dieser Wichser Hand an mich legen darf.

Ich nicke ihm so unauffällig wie möglich zu und nehme einen tiefen Atemzug, als Marlow mir den Vortritt nach draußen lässt. Die Bar ist von einer hölzernen Veranda umgeben, die sich einmal um das komplette Gebäude zieht. Wir befinden uns etwas abseits von Cranbrook, um uns herum nur endloser Wald, funkelnde Sterne am Horizont und die frische Luft des anbrechenden Herbstes. Umgehend schleicht sich eine Gänsehaut auf meine nackten Arme, weil mich mein Outfit bei diesen Temperaturen nicht gerade wärmt.

»Und? Wohin willst du mich bringen, Fremde?« Marlow öffnet sein Jackett und holt eine Packung Zigaretten heraus, von denen er sich eine zwischen die rissigen Lippen steckt.

»Ich bin mit dem Auto hier«, schlage ich ihm vor und beiße mir kokett auf die Unterlippe, weil ich weiß, wie schwach es Kerle wie ihn macht, wenn eine Frau das tut. Ich weiß, welche Knöpfe ich drücken muss, und Scheiße, ich bin gut darin. Das war ich schon bei Ayden, obwohl er eine verdammt gute Selbstkontrolle besitzt.

»Wo steht es?« Marlow bläst den Rauch direkt in mein Gesicht, während ich mit dem Kopf Richtung Wald deute. »Ich stehe weiter hinten im Wald, weil der Parkplatz vorhin voll war.« Ich schenke ihm mein vertrauenswürdigstes Lächeln, und wie zu erwarten, beißt der Wichser direkt an. Vollidiot. Merkt er nicht, dass ich ihn geradewegs – in High Heels – zum Schafott führe? Es ist fast schon lächerlich, wie naiv Männer sind, weil sie glauben, dass ihnen eine zierliche Frau nichts anhaben kann. Wenn er wüsste, was ich mit Black getan habe, würde er die Beine in die Hand nehmen und um sein pädophiles Leben rennen.

»Also, Monroe.« Er nennt mich bei dem Namen, den ich Ayden damals in der Kirche gesagt und mit dem ich mich auf dieser Dating-Plattform angemeldet habe, um Marlow zu ködern. Meine Mundwinkel zucken.

»Du kommst also aus Vancouver?«

Ich nicke und presse mich etwas dichter an seine Seite, während wir den beleuchteten Bereich des Parkplatzes vor der Bar hinter uns lassen und einen kleinen, unscheinbaren Waldweg ansteuern.

»Ich lebe in Vancouver, wurde aber in Seattle geboren.«

»Ah.« Marlow schmeißt seine Zigarette auf den Boden und tritt sie mit dem Schuh aus. »Daher der Akzent.«

Wir gehen immer tiefer in den Wald hinein. Da es noch nicht stockdunkel ist, gewöhnen sich meine Augen schnell an das fehlende Tageslicht.

Auf der rechten Seite steht der Wagen, mit dem wir hier sind. Ein schwarzer Ford Maverick, den Ayden von einem »Freund« aus Kanada geliehen hat. Ob dieser »Freund« wusste, wofür dieser Wagen herhalten muss?

»Das ist dein Wagen?« Marlow stößt einen anerkennenden Pfiff aus, während ich seine Hand packe, ihn schnellen Schrittes zu dem Wagen zerre und gegen die Karosserie drücke.

»Whoa …« Er lacht. Noch. Bald wird er nie wieder lachen. »Immer mit der Ruhe, Kätzchen.«

Kätzchen? Kann er haben. Ich schmiege mich an ihn wie eine Katze, packe das Revers seines Jacketts und ziehe ihn dichter an mich heran. Unter seiner Anzughose wird es umgehend enger, genau wie in meiner Kehle. Weil ich weiß, was dieser Mann für Leichen im Keller hat. Und weil es mich anwidert, ihm so nah sein zu müssen. Seine Hände wandern ungeniert auf meinen Hintern und packen wie die eines groben Bauarbeiters zu.

»Dein Arsch ist so geil, Monroe«, stöhnt er, als ich anfange, seinen Hals zu küssen. Billiges Parfüm dringt in meine Nase und legt sich auf meine Lippen, aber ich ziehe diese Show durch. Weil ich weiß, dass Ayden gleich hier sein wird, um diesem Albtraum ein Ende zu setzen. Ein für alle Mal. Marlow Taylor ist der letzte Mann auf seiner Liste und danach … ja was? Werden wir danach ein normales Leben führen? Wohl kaum. Seit Ayden aus dem Knast entlassen wurde, wohne ich bei ihm auf der North Side, genau wie Leon.

Meine Mutter hat wenige Tage später den Entschluss gefasst, einen kalten Entzug zu machen. Keine Ahnung, woher dieser Sinneswandel kam, und ich bin nicht so dumm, zu glauben, dass sie ihr Leben lang clean sein wird, aber ich gebe ihr diese letzte Gnadenfrist. Auch wenn es naiv ist, will ich Leon die Chance auf eine drogenfreie Mutter nicht gänzlich verbauen.

Er und Lilly verstehen sich blendend, auch wenn sie sich des Öfteren in die Haare bekommen, als wären sie ganz normale Geschwister. Ergo: Mein Leben in Chicago hat sich um einhundertachtzig Grad gedreht. Ich arbeite immer noch an Velvets Seite im Red Poison, und inzwischen weiß jede der Frauen, dass ich zum Boss gehöre. Sie küssen mir nahezu die Füße, und wenn ich ehrlich bin, genieße ich dieses Ansehen sehr. Für Velvet war es kein Problem, den Status als Aydens Mädchen für alles zu verlieren, immerhin ist sie mit ihren Tinderdates ausgelastet genug.

»Scheiße, Monroe. Ich will dich sofort vögeln«, raunt dieser Bastard und wirbelt mich herum, sodass nun ich es bin, die gegen die Karosserie gedrängt wird. Seine Hände tatschen unwirsch über meinen Körper, kneten meine Brüste und fühlen sich absolut widerwärtig auf mir an. Sein Knie gleitet zwischen meine Beine, schieben sie auseinander und reizen somit meine Grenzen aus. Ich will ihn nicht mehr so dicht an mir spüren. Seine Hände, seine Erektion, sein heißer, alkoholisierter Atem.

Noch ehe der Wichser merken kann, dass ich keinen Slip trage, höre ich schwere Schritte auf dem Sand. Marlow löst sich widerwillig von mir, und als er Ayden ansieht, stößt er einen Fluch aus.

»Verpiss dich, Wichser. Hier gibt es nichts zu sehen.«

Autsch. Der Kerl hat keine Ahnung, mit wem er es zu tun hat. Ayden stößt ein dunkles Lachen aus, das mich sofort runterkommen lässt. Das Zittern stoppt umgehend und die Kälte weicht aus meinem Körper wie die Luft aus einem kaputten Ballon. Diese Wirkung hat nur Ayden Curse auf mich. Für die Welt ist er die Gefahr in Person, für mich ist er vor allem eins: Sicherheit.

»Ich glaube, hier gibt es sogar ziemlich viel zu sehen, *Wichser*«, erwidert Ayden und ich sehe, dass er in aller Seelenruhe seine Sig Sauer zückt und einen Schalldämpfer aufschraubt.

»Scheiße, steck die Knarre weg!« Marlow stolpert von mir weg und hebt die Hände ergeben nach oben. »Ist die Kleine deine Braut? Wenn ja, tut es mir leid. Die Schlampe hat sich online an mich rangemacht und als Single ausgegeben«, rudert er mit Worten zurück, aber es ist zu spät. Marlow wird heute Nacht untergehen. In seinem eigenen Blut.

Ayden betrachtet seine Knarre von allen Seiten, fährt mit seinen behandschuhten Fingern über den Lauf und richtet ihn auf Marlow. Dann drückt er ab. Der Schuss landet in seiner rechten Schulter, woraufhin der Pisser einen gequälten Laut von sich gibt.

»Scheiße! Bist du verrückt?«, brüllt er und ich bin froh, dass wir so weit von der Bar entfernt sind. Zuschauer können wir nicht gebrauchen.

Ich richte derweil mein Kleid, recke mein Kinn und stolziere auf Marlow zu, der inzwischen halb zu Boden gegangen ist. Von oben sehe ich auf ihn hinab und ramme ihm mein Knie mitten in die Visage.

»Man nennt Frauen nicht Schlampen!«, zische ich und gehe anschließend zu Ayden hinüber, um mich an seine Seite zu stellen. Ich fechte meine Kämpfe inzwischen am liebsten allein aus. Etwas, das ich Ayden zu verdanken habe. Ich brauche ihn nicht, um meinen Retter zu spielen, was nicht heißt, dass ich es nicht trotzdem genieße, ihn an meiner Seite zu wissen.

»Weißt du, Marlow …«

»Woher kennst du meinen Namen?«, speit er und hält sich die blutende Schulter fest. Der Schuss ist nicht tödlich, er hat nur dafür gesorgt, dass der Kerl nicht wegrennen kann. Zumindest würde er mit der Wunde nicht weit kommen.

»Ich kenne viele Namen, Taylor. Darüber musst du dir keine Gedanken machen.« Ayden packt mich an der Hüfte, zieht mich ruckartig zu sich heran und drückt mir einen Kuss auf die Schläfe. »Pass auf, dass die Luft rein bleibt, Baby.«

Nickend drehe ich mich um und halte Ausschau, während Ayden auf Marlow zugeht. Ich höre, wie er über den Boden von ihm wegrutscht. Feigling. Am liebsten würde ich ihm gleich nochmals mein Knie ins Gesicht rammen, einfach weil es so befriedigend ist.

»Aber es gibt nur einen Namen, der gerade eine Rolle spielt. Und der lautet Helen Murphy.«

Eine Pause setzt ein. Schweres Schweigen legt sich wie ein Mantel über das Land und diesen endlosen Wald.

»Ich kenne keine Helen Murphy.«

»Ts, ts, ts. Hat dir deine Mommy nicht beigebracht, dass

es eine Sünde ist, zu lügen?« Neugierig drehe ich mich wieder den beiden zu und lehne mich gegen den Maverick. Wie ein Häufchen Elend kauert Marlow am Boden, seine Augen so weit aufgerissen, dass sie jeden Moment herausploppen können.

»Versuchen wir es noch einmal. Woher kennst du Helen Murphy?« Ayden hebt Marlows Kinn mit dem Schalldämpfer an, woraufhin ihm ein jämmerliches Heulen über die Lippen kommt.

»Ist ja gut! Ich … ich kenne sie aus dem Darknet.«

»Und warum hattest du Kontakt zu ihr?«, bohrt Ayden weiter nach, während ich innerlich vollkommen ruhig werde. Meine Hand gleitet automatisch auf meinen Bauch, und ich sehe seelenruhig dabei zu, wie Ayden unsere gemeinsame Welt von diesem pädophilen Gesindel befreit.

»Ich … ich …«

»Hör auf zu stottern!« Die Knarre trifft auf Marlows Schädel und er sackt zur Seite. »Sprich. Es. Aus.« Ayden hockt sich neben ihn und positioniert die Waffe erneut unter seinem Kinn.

»Ich habe Geld bezahlt, dafür, dass … dass sie mir Bilder schickt.«

»Bilder wovon?« Aydens Stimme fegt wie ein eiskalter Sturm über den Norden unseres Kontinents hinweg.

»V-von diesem Mädchen. I-ich weiß ihren Namen nicht.«

»Lilly«, knurrt er. »Ihr Name ist Lilly und sie ist meine Tochter, du krankes Schwein.«

»Es tut mir so l-leid! I-ich wollte n-niemandem schaden!« Marlow versucht, davonzukriechen, aber Ayden lässt ihm keine Chance. Er zerrt ihn zurück und legt eine Hand fest um seine Kehle.

»Sprich mir nach, Taylor: Ich bin ein pädophiler Wichser!«

»I-ich bin ein p-pädophiler W-wichser«, stottert Marlow und klingt dabei so erbärmlich, dass er mir fast schon leidtut. Wüsste ich nicht, was für ein Mensch dieser Mann ist.

»Geht doch.« Ayden klopft ihm auf die verletzte Schulter, was ihm ein erneutes Heulen entlockt, und erhebt sich. Anschließend richtet er die Sig Sauer auf seinen Kopf und drückt ab. Marlow sackt in sich zusammen und verstummt innerhalb eines Atemzugs. Ich sehe die Leiche am Boden an, sehe, wie sich eine Blutlache unter ihr bildet, und kann meinen Blick erst von ihr lösen, als ich Aydens Körper dicht an meinem spüre.

Er hat die Waffe inzwischen in den Bund seiner Jeans gesteckt und nimmt mein Gesicht in beide Hände. »Gut gemacht, Baby.«

»Danke«, wispere ich. »Aber du hast dir viel Zeit gelassen. Fast hätte der Kerl gemerkt, dass ich keinen Slip trage.« Meine Beine gleiten automatisch ein Stück auf. Ayden quittiert meine indirekte Einladung mit einem teuflischen Grinsen.

Ohne zu zögern, schiebt er seine Hand zwischen meine Beine und entlockt mir ein helles Stöhnen. Sein Daumen umkreist meinen Kitzler, und als er anschließend durch meine Schamlippen fährt, wird sein Grinsen noch breiter.

»Wie lange bist du schon so nass, Baby?«

»Seit wir die Bar betreten haben.« Die Vorstellung, Ayden mit diesem Outfit in den Wahnsinn zu treiben, hat mich unglaublich scharf gemacht. Mit Leichtigkeit dringen zwei seiner Finger in mich ein, während ich meine Nägel in seine breiten Schultern grabe.

Dachte ich bis vor wenigen Monaten noch, dass mein Körper kaputt und nicht zu Orgasmen in der Lage ist, hat Ayden mich eines Besseren belehrt. Bis jetzt hatte ich einfach nie einen Mann an meiner Seite, der verstanden hat, was ich brauche.

»Bitte, Ayden.«

»Glaub mir, Baby. Ich würde nichts lieber tun, als dich auf der Stelle gegen den Wagen zu ficken, aber wir müssen die Leiche loswerden.« Enttäuscht seufze ich, sobald er seine Finger aus mir herausgezogen hat. Sein Blick gleitet voller Gier und Lust über meinen Hals hinunter zu meinen Brüsten, die sich jetzt voll und schwer gegen den Stoff meines Kleides drücken.

Ob ich es ihm jetzt sagen sollte? Der Zeitpunkt ist maximal ungünstig, mit dem blutenden Marlow zu unseren Füßen. Aber ich trage dieses Geheimnis jetzt schon den ganzen Tag mit mir herum und langsam werde ich noch verrückt. Es brennt nahezu auf meinen Lippen, weil es unbedingt ausgesprochen werden will.

»Was ist, Baby?« Ayden merkt immer, wenn etwas nicht stimmt. Er ist unglaublich aufmerksam und das liebe ich an ihm. Im Grunde genommen liebe ich alles an ihm. Seine Dominanz genauso wie seine Sanftheit, jedes Mal, wenn Leon und Lilly in der Nähe sind.

»Ich muss dir etwas sagen.«

»Es ist ein bisschen zu spät für falsche Schuldgefühle, Aurora. Dieser Wichser musste sterben.«

»Das weiß ich!« Ich schüttle den Kopf. »Das ist es nicht.« Ich schürze die Lippen und versuche, die richtigen Worte hierfür zu finden. Dabei stehen sie längst fest. Ich muss nur den Mund öffnen …

»Baby«, knurrt Ayden warnend. »Überstrapazier meine Nerven nicht. Was ist los?« Er sucht mein Gesicht nach einer Antwort ab, während ich endlich den Mut fasse und es laut ausspreche.

»Ich bin schwanger.« Die angestaute Luft entweicht mit

einem Mal komplett aus meiner Lunge, während ich Ayden anstarre und auf eine Antwort warte. Eine Antwort, die nicht kommt, weil er verdammt noch mal nichts sagt! Er sieht mich nur an. Und ich kann nicht einmal sagen, welche Emotion seinen Blick dominiert, weil es in den letzten Minuten deutlich dunkler draußen geworden ist und die Tannen auch das letzte Licht verschlucken.

»Ayden? Willst du nichts dazu sagen? Ich habe heute Morgen den Test gemacht, weil ich so ein komisches Gefühl hatte … und ich weiß, dass das absolut nicht in deine Planung passt. Aber es ist passiert.« Nahezu trotzig verschränke ich die Arme vor der Brust. Als Ayden mir endlich antwortet, halte ich den Atem erneut an.

»Du hast vorhin an der Bar Alkohol getrunken.« Es ist eine Feststellung. Eine Anschuldigung. Ein Vorwurf. Obwohl ich mir eine andere Reaktion erhofft hätte, macht sie mich unfassbar scharf. Generell bin ich seit Tagen wie ein Häschen, das zu viel Östrogen im Blut hat.

»Der Drink war alkoholfrei«, verteidige ich mich und straffe meine Schultern. »Und bevor du mir sagst, dass ich das Baby abtreiben soll, sage ich dir gleich, dass ich das nicht tun werde. Es ist mein Körper, meine Entscheidung.« Bevor ich noch etwas sagen kann, küsst Ayden mich. Er küsst mich so stürmisch, dass mir umgehend schwindelig wird. Meine Beine werden weich und mein Herz schlägt im Galopp. Seine Hand wandert an meine Wange und berührt sie so zärtlich, dass ich in seinen Armen zu Wachs werde. Sein Körper hüllt mich ein wie eine schwere Jacke und ich kralle mich in sein Shirt. Als wir uns voneinander lösen, atmen wir beide schwer.

»Heißt das, du willst es?«, wispere ich hoffnungsvoll. »Das Baby, meine ich?«

»Allein dafür, dass du diese Frage stellst, müsste ich dir

den Arsch versohlen, Baby. Natürlich will ich dieses Kind.« Seine Stimme ist rau, drohend und zur selben Zeit unglaublich weich. Wie schafft dieser Kerl das nur immer wieder? Glücklich schmiege ich mich an ihn und schließe die Augen, weil mich so viele Emotionen überrollen wie eine Lawine.

»Gut, ich will es nämlich auch«, murmle ich dicht an seiner Brust, während er mir durch das Haar streichelt, als lägen wir gerade kuschelnd im Bett, anstatt neben einer Leiche im kanadischen Wald zu stehen. Aber es ist perfekt. Weil unsere Beziehung alles andere als normal ist.

»Du bekommst ein Baby von mir«, sagt Ayden in Gedanken versunken, als könnte er die Neuigkeiten nicht wirklich glauben. So geht es mir seit heute Morgen auch. Immer wieder habe ich den Teststreifen angestarrt und bin auf der einen Seite vor Glück geplatzt, auf der anderen vor Angst gestorben. Angst davor, dass Ayden das hier nicht wollen könnte. Dass er nicht will, dass ich die Mutter seines Kindes bin.

»Ich bekomme ein Baby von dir«, wiederhole ich schmunzelnd.

»Sind deine Brüste deshalb praller geworden?«

Mit einem Grinsen auf den Lippen sehe ich zu ihm auf, während seine Finger über mein Schlüsselbein gleiten und anschließend die Rundungen meines Ausschnittes nachzeichnen.

»Möglich«, erwidere ich und könnte ihn auf der Stelle vernaschen. Die Nacht hat sich inzwischen über uns gelegt, sodass ich nur noch seine Umrisse in der Dunkelheit sehen kann.

»Ich liebe dich, Ayden.« Ich habe es ihm bis jetzt noch nie gesagt, weil es sich immer so falsch und verwerflich angefühlt hat. Aber gerade füllt sich mein Herz mit so viel Liebe für diesen kaputten Mann, dass ich nicht anders kann, als es ihm zu sagen. Weil seine zerstörten Anteile zu meinen passen, auch wenn wir aus ganz unterschiedlichen Welten kommen.

»Ich liebe dich.« Mein Atem stockt, als er diese Worte ausspricht. »Euch«, korrigiert er sich. Mein Herz schlägt schneller und schneller, während das Prickeln zwischen meinen Beinen immer penetranter wird. Ayden zieht mich erneut gegen seine Brust und legt sein Kinn auf meinem Scheitel ab. »Was Leon und Lilly dazu sagen werden?«, fragt er in die Nacht hinaus.

»Ich glaube, sie werden sich freuen«, antworte ich und bin mir dessen verdammt sicher. Gemeinsam stehen wir hier, unter den kanadischen Sternen, und halten einander, als wäre es das Natürlichste der Welt. Ayden Curse, der Untergrundboss, und ich, das arme Trailerparkgirl. Wann zur Hölle ist das nur passiert?

Als ich Aydens Schmunzeln höre, werde ich hellhörig. »Was ist?«

Mit flatternden Lidern sehe ich zu ihm auf. Er muss nichts sagen, damit ich verstehe, was er meint. Über unseren Köpfen baut sich gerade das wohl schönste Naturspektakel auf, das ich je sehen durfte. Grüne Schleier tanzen über den Nachthimmel, küssen die Sterne und somit auch mein Herz. Ich habe mir immer gewünscht, eines Tages die Nordlichter zu sehen, und jetzt sind sie da. Nur für mich. Für uns. Und das Baby in meinem Bauch, das zwar keine perfekten Eltern hat, aber bis aufs Blut von ihnen beschützt werden wird. Für immer.

EPILOG AURORA

Im ganzen Haus riecht es nach Plätzchen und Zimt. Ergo: nach Weihnachten. Das erste Weihnachten, das Leon und ich nicht in unserem schäbigen Trailer, sondern in einem richtigen Haus mit funktionierender Heizung und warmem Wasser verbringen werden.

In den letzten Wochen habe ich Aydens Haus in eine kitschige Weihnachtsfestung verwandelt. Überall hängen Weihnachtsdekorationen, Mistelzweige und Lichterketten in den unterschiedlichsten Variationen. Außerdem haben wir den wohl größten Weihnachtsbaum, den Chicago je gesehen hat, ins Wohnzimmer vor die bodentiefen Fenster gestellt.

Ayden hat während meines Schmückwahns ständig die Augen verdreht, aber er hat mich einfach machen lassen. Weil ich schwanger bin und sonst vermutlich sofort in Tränen ausgebrochen wäre, hätte er mir meine Lust auf Weihnachten kaputt gemacht. Einmal hatte ich einen heftigen Nervenzusammenbruch, nur weil er sich geweigert hat, die Kekse zu essen, die ich mit Lilly und Leon in penibler Arbeit gebacken habe.

Seit diesem verhängnisvollen Keksdebakel erfüllt Ayden mir jeden Wunsch. Jeden einzelnen. Er trägt mich auf Händen, nicht nur im übertragenen Sinn, sondern wortwörtlich. Er massiert mir abends die Füße, wenn sie schmerzen, und kocht mir Tee, wenn mir kalt ist. Und er leckt und vögelt mich an jedem erdenklichen Ort zu jeder erdenklichen Zeit. Was definitiv mein liebster Schwangerschaftsbonus ist.

»Auri! Auri! Auri!«

»Daddy! Daddy! Daddy!«

Leon und Lilly stürmen ins Wohnzimmer, beide in ihren Weihnachtspyjamas und beide zum Anbeißen süß. Ihre großen Kulleraugen leuchten mit der Lichterkette an unserem Monsterbaum um die Wette.

»Hey, ihr zwei. Was macht ihr denn schon hier? Ihr solltet doch noch schlafen!« Es ist noch früh am Weihnachtsmorgen, und auch wenn ich nach der Nacht mit Ayden gern an seiner Seite ausgeschlafen hätte, musste ich vor einer halben Stunde aufs Klo und konnte danach nicht mehr einschlafen. Also habe ich es mir auf dem Sofa bequem gemacht, eine heiße Schokolade geschlürft und mir ausgemalt, wie Leon und Lilly wohl reagieren werden, wenn wir ihnen heute erzählen, dass wir ein Baby erwarten.

»Lilly hat gesagt, dass es die Geschenke schon um sieben gibt!« Mein kleiner Löwe deutet auf die Uhr über dem Kühlschrank. »Und jetzt ist es schon Viertel nach sieben!«

»Außerdem konnte ich nicht mehr schlafen. Ich. Bin. So. Aufgeregt! Bekomme ich heute endlich einen Balto?«

Lilly hängt uns seit Wochen in den Ohren, weil sie unbedingt einen Wolfshund als Haustier haben will, und wir haben ihr immer und immer wieder gesagt, dass Wölfe in die Natur gehören. Aber anscheinend sind wir bei ihr auf taube Ohren gestoßen.

»Ist Daddy noch nicht wach?«, will sie mit in die Hüfte gestemmten Fäusten wissen. Ihre blonde Palme sieht zum Brüllen komisch aus, weil sie so schief auf ihrem Kopf hängt, dass sich das Zopfgummi bald lösen wird.

»Daddy schläft noch.« Warum ihr Vater so müde ist, behalte ich für mich. Es könnte etwas mit zu viel Sex in zu vielen Stellungen zu tun haben.

»Daddy!« Lilly stürmt in Richtung unseres Schlafzimmers und reißt die Tür auf. Anschließend höre ich, wie sie kreischend aufs Bett und somit auf Ayden springt. Gott, der Arme.

»Aufwachen, Daddy! Es ist Weihnachten! Weeeeeiiiihnachten!«

Aydens verschlafenes Lachen ist eines der attraktivsten Geräusche, die ich je in meinem Leben gehört habe. Derweil krabbelt Leon neben mich aufs Sofa und kuschelt sich an meine Seite. Ich wuschle ihm durch die blonde Mähne und drücke ihm einen Kuss auf den Scheitel.

Mom ist inzwischen aus der Entzugsklinik raus und *noch* clean. Aber ich muss erst wissen, dass sie es dieses Mal wirklich durchziehen will, bevor ich Leon wieder in ihre Nähe lasse. Offiziell wohnt mein kleiner Bruder immer noch bei ihr, und ich bin froh, dass sie mir nicht das Gesetz auf den Hals gehetzt hat, weil ich ihn mit zu Ayden genommen habe.

»Ist ja gut, du kleine Rabaukin!« Ayden betritt mit Lilly auf den Schultern das goldbeleuchtete Wohnzimmer, kommt ebenfalls auf das Sofa zu und setzt seine Tochter neben Leon. Anschließend umfasst er von hinten mein Kinn und hebt es bestimmend an, damit ich ihn kopfüber küssen kann. Seine Lippen sind warm und weich, entfachen Tausende Glücksbläschen, die in mir zu brodeln beginnen.

Ich fühle mich, als würde Champagner durch meine Venen blubbern.

»Merry Christmas, Baby.« Seufzend versinke ich in dem Kuss, und wären die Kinder nicht zu Hause, würde ich ihn zu mir aufs Sofa ziehen, ihm die unverschämt tiefsitzende Jogginghose von den Beinen zerren und ihm auf meine ganz eigene Art und Weise Merry Christmas wünschen. Mit meinen Lippen an seinem Schwanz, beispielsweise.

»Guten Morgen«, murmle ich und sehe verliebt zu ihm auf.

»Was ist jetzt? Bekommen wir unsere Gescheeeeenke?«, will Leon wissen.

»Oder wollt ihr uns bis nächstes Jahr Weihnachten warten lassen?«, setzt Lilly forsch hinterher. In den letzten Wochen hat sie sich in einen richtigen Frechdachs verwandelt.

»Also schön. Ihr bekommt eure Geschenke. Aber erst müssen wir euch noch etwas sagen.« Ich stupse erst Leons, dann Lillys Nase an. Beide kichern daraufhin und verziehen die Gesichter. Wie kann man nur so unbeschreiblich süß sein? Allein sind sie schon purer Zuckerguss, aber zusammen? Zusammen sind sie unschlagbar. Etwas, das sie nur allzu gern ausnutzen.

»Ist es ein Geheimnis?« Leon liebt Geheimnisse, das hat er schon immer.

»Könnte man so sagen. Macht mal Platz.« Ayden setzt sich neben mich und Sekunden später krabbelt Lilly auf seinen Schoß. Sie kuschelt sich an seine Schulter und umarmt ihn wie einen Baumstamm.

»Ich mag Geheimnisse«, johlt Leon.

»Ich auch. Aber nur die guten!« Lilly sieht erschrocken zwischen Ayden und mir hin und her. »Ist es ein gutes oder böses Geheimnis?«

»Ein gutes«, beruhige ich den kleinen Wirbelwind und sehe Ayden leicht panisch an. Er nickt mir mutmachend zu, und dann lasse ich die Bombe einfach platzen.

»Ayden und ich … Wir bekommen ein Baby.«

»O mein Gott!« Lilly springt vom Schoß ihres Vaters und erst habe ich Angst, dass sie gleich einen Nervenzusammenbruch haben und uns die Ohren zusammenschreien wird. Doch stattdessen beginnt sie auf der Stelle zu hüpfen, wobei sich das Zopfgummi endgültig verabschiedet und auf dem Boden landet. Ihre blonden Locken fallen ihr ins Gesicht, während sie weiterhin einen menschlichen Flummi spielt.

»Ich bekomme eine Schwester?«

»Oder einen Bruder«, sagt Ayden.

»Das ist ja so aufregend! Ich muss dem Baby in meinem Zimmer Platz machen!« Sie will schon losstürmen, da packt Ayden sie und zieht sie lachend zurück auf seinen Schoß.

»Immer mit der Ruhe, Mini. Das Baby kommt erst in einigen Monaten.«

»Wie geht es dir damit, Löwe?« Ich nehme Leons Hand in meine, spüre seine Wärme, seine weiche Haut an meiner. Seine Miene erhellt sich und mir fällt ein riesiger Stein von den Schultern.

»Was wird das Baby dann für mich sein?«, fragt er neugierig.

»Das Baby ist deine Nichte. Oder dein Neffe, je nachdem, was es wird.«

»Cool!« Leon scheint kurz nachzudenken. »Darf ich meiner Nichte oder meinem Neffen dann auch die Fuck-Enten zeigen?« Seine Augen beginnen zu leuchten, während ich mir in den Hintern treten könnte, weil er die Fuck-Enten wohl niemals vergessen wird.

»Was sind Fuck-Enten?«, will Lilly wissen, während sie sich mit ihren zitronengelben Glitzernägeln am Kinn kratzt.

»Das sind die Enten, die im Lake Michigan wohnen, Lilly!«, sagt Leon augenverdrehend, als wäre es eine Schande, dass Aydens Tochter noch nie von dieser besonderen Spezies gehört hat.

»Oh, wie cool! Ich will sie füttern gehen. Dürfen wir sie füttern gehen, Daddy?« Aus großen Augen sieht sie ihren Vater an, der mir daraufhin mit erhobener Braue einen Blick zuwirft.

»Frag nicht«, flüstere ich.

Während Leon und Lilly weiterhin über die berüchtigten Fuck-Enten sinnieren, lehne ich mich gegen Ayden, fahre mit den Fingern über seinen muskulösen Unterarm und verschränke anschließend meine Finger mit seinen.

Händchenhaltend sitzen wir auf diesem Sofa, hören uns die wildesten Geschichten an und sehen Leon und Lilly beim Auspacken der Geschenke zu. Ayden zieht mich zwischen seine Beine, legt seinen Kopf auf meiner Schulter ab und legt seine Hände auf meinen Bauch.

Wir bekommen tatsächlich ein Baby. Ich, Aurora Rose, chronisch beziehungsunfähig, und Ayden Curse, chronisch gefährlich. Und doch spüre ich in diesem Moment etwas, das sich für mich noch immer so fremd anfühlt. So markerschütternd.

Ich spüre Geborgenheit. Ich spüre Familie.

Ayden Curse hat mir meine eigene Dunkelheit gezeigt, hat mich an meine Grenzen getrieben und mein Herz mehr als einmal in Gefahr gebracht. Aber am Ende des Tages hat er mir ein besseres Leben geschenkt.

Ende

BITTERSWEET SAVIOR

Bittersweet Savior: Was, wenn sich dein heißer One-Night-Stand als dein Entführer entpuppt?

Als ich meine Nachtschicht als Hunter beginne, habe ich einen genauen Plan: Ich suche mir meine Beute aus, erledige meine Arbeit, ohne dass meine Tarnung auffliegt. Doch dann sehe ich sie an der Bar, wie sie sich mit dem falschen Kerl anlegt. Ich sollte ihr nicht helfen, aber plötzlich stehe ich hinter ihr und spüre ihren Körper dicht an meinem. Mit der Hand in ihrer Tasche ist sie kurz davor, einen verheerenden Fehler zu begehen und ihre Waffe zu zücken. Erst als sie zum Dank für meine Hilfe vor mir kniet und mich ansieht, erkenne ich, wer sie wirklich ist – das kleine Mädchen von damals, dem ich schon einmal das Leben gerettet habe. Und wofür? Damit sie jetzt in den Armen eines dreckigen Frauenhändlers landet? Ich habe den Auftrag, sie an den skrupellosesten Mann Kolumbiens zu verkaufen. Ich will ihr nicht schaden, aber ihr wehzutun ist mein verdammter Job.

Was mache ich jetzt mit ihr? Sie brechen? Sie lieben? Vielleicht beides?

FUCKING WILD BEASTS

Fucking Wild Beasts: Wir wollen alles von dir haben, kleine Faye. Deinen verführerischen Körper. Deine zarte Seele. Dein zerbrechliches Herz. Wir sind bereit, dich zu teilen. Bist du es auch?

Als Faye nach einem Autounfall schwer verletzt in der Wildnis eines amerikanischen Nationalparks zusammenbricht, wird sie am nächsten Morgen von drei geheimnisvollen Männern gefunden, die ihr in einer stillgelegten Psychiatrie Unterschlupf gewähren. Ihre Erinnerungen an vergangene Nacht sind wie ausgelöscht und die wahren Absichten der attraktiven Fremden bleiben ein undurchschaubares Rätsel. Vor allem, da einer von ihnen einen unerklärlichen Hass auf sie hat und sie am liebsten zum Sterben im Wald zurücklassen würde.

Aber eins haben Eden, Lucien und Sawyer dennoch gemeinsam: sie bringen mit ihrer dunklen Anziehungskraft Fayes Herz zum Rasen und ihre Knie zum Erzittern, bis sie sich eingestehen muss, dass ihr Körper für jeden einzelnen brennt.

Als die schrecklichen Geschehnisse jener Nacht schließlich ans Licht kommen, braucht Faye ihre Beschützer mehr denn je.

Doch sind die drei Männer wirklich ihre Rettung? Oder werden sie am Ende sogar ihr Untergang sein?

UNDERGROUND BASTARDS

Eliot *North* McTavish herrscht mit harter Hand über den Norden von Prayer's Well. Er ist skrupellos, er ist dominant, er ist das blutige Gesetz des schottischen Untergrundes. Der blonde Gangsterboss mit dem Wikingerblut ist überall gefürchtet, und keiner, der an seinem Leben hängt, gerät zwischen ihn und seine Ziele. Keiner, bis auf eine … Sie.

Am Tag ihrer Hochzeit wird Shona verschleppt. Ihr Entführer ist kein Geringerer als der legendäre – gerade aus dem Knast entlassene – North McTavish. Der Mann, den alle nur als *Schattenadler* kennen. Der nordische Hüne wirft sie sich über die Schulter und nimmt sie mit in seine Burg an den rauen Klippen von Prayer's Well, der düsteren Untergrundstadt, die er gemeinsam mit seinem Bruder regiert. Hier draußen in der schottischen Wildnis gelten nur seine Gesetze und Shona findet den gottlosen Barbaren neben all der rasenden Furcht anziehender als gut für sie ist. Sie muss ihm so schnell wie möglich entkommen, denn er hat noch eine Rechnung mit ihrem Verlobten offen und nichts Gutes mit ihr im Sinn. North McTavish ist ein Wilder, ein Bastard, ein verdammtes Tier und hasst die Zukünftige seines Erzfeindes aus tiefster Seele. Trotzdem gefällt es ihm viel zu gut, sie in seiner Gewalt zu haben … und es ist nie gut, dem Schattenadler zu gefallen!

Auftakt der neuen Dark Romance-Dilogie von Sophie Moore mit rauem Schottland-Feeling, heißen Szenen, wilden nordischen Kerlen und tiefen Gefühlen.

»Eliot McTavish war nicht mein Retter. Er war ein verdammtes Tier, das darauf lauerte, mich hungrig und dreckig zu zerfleischen und meine Überreste an die Raubmöwen zu verfüttern.«

ÜBER DEN AUTOR

Sara Rivers veröffentlicht seit 2016 erotische Liebesromane, die viele Leserherzen höherschlagen lassen. Ihre Storys bestehen aus prickelnder Erotik, Spannung und einer Prise Romantik. Der perfekte Cocktail für alle Fans von Bad Boys und Soft Dark Romance. Unter ihrem Klarnamen Sarah Stankewitz veröffentlicht sie Herzschmerzromane mit Taschentuchgarantie.

instagram.com/sarahstankewitz.sararivers